16 · 17세기

시조의 동향과 경향

김상진

국학자료원

꼭 3년 전. 아버지께서는 영원히 돌아올 수 없는 머나먼 길로 여행을 떠나셨다. 그때 나를 짓누르고 있던 지배적인 감정은 불안함이었다. 내가 전혀 경험해 보지 못한 알 수 없는 곳으로 혼자 떠나신 아버지께서 어떻게 생활하실지 걱정스럽고 불안했다. 좀더 시간이 지나고 나서, 돌이킬 수 없는 현실을 깨닫고 난 다음에 서서히 아버지의 외로움을 느끼기 시작했다. 그러자 슬픔은 아픔이 되었다. 정치학을 전공하셨지만 많은 사람들은 아버지를 유학자로 기억한다. 융통성이 없어 보일만큼 강직한 성품이셨고 그 때문에 외로우셨다. 그 외로움을, 아버지의 생전에는 알지 못했다. 아버지가 떠나신 다음에야, 내가 외로워지고 나서야 비로소 깨닫게 된 것이다.

9년 전에 『조선 중기 연시조의 연구』를 출판하며, 내가 사대부 시조에 관심을 갖게 된 것은 가문의 내력과 시를 좋아하는 개인적 성향으로 말미암는다고 한 적이 있다. 대대로 성리학의 이념을 중시하던 집안 내력은 어쩔 수 없이 내게도 대물림이 되었고, 어느 틈에 난 아버지의 성품을 가장 많이 닮고 있었다. 그렇게 시조를 연구하게 되었고 이제 시조는 내 삶의 일부가 되어버렸다.

『16·17세기 시조의 동향과 경향』은 1부와 2부로 구성되어 있다. 1부는 '사대부와 연시조'란 제목으로, 사대부 작가의 연시조에 대한 작품 분석이 주를 이룬다. 앞선 『조선 중기 연시조의 연구』에서 성리학적 이념의 틀 안에서 성리학과 연시조의 관계를 조명하는데 중점을 두었다면 이 책에서는 계기적 구조물로서의 연시조가 논의의 핵이 된다. 즉 <도산십이곡>, <고산구곡가>, <훈민가>, <한거십팔곡>, <산중잡곡>, <전원사시가>를 대상으로 이들이 작품이 각각 낱낱의 시조를 어떻게 구성함으로써 연시조로서의 의미를 획득하는가를 파악하고자 하였다.

이들 작품은 적게는 10수(<고산구곡가>)에서부터 많게는 53수(<산중잡곡>)의 시조로 구성되어 있다. 이렇듯 여러 수의 시조를 하나의 제목아래 계기적 구조물로서의 연시조로 구성하기 위해서는 그들 나름대로의 질서와 규칙이 내재하게 된다. 그런데 그것을 구성하는 방법은 작품의 특성에 따라 서로 다르게 된다. 예컨대 <고산구곡가>나 <전원사시가>와 같은 사시가계 연시조는 시간의 순환에 따라 시조를 나열함으로써 일차적인 감상만으로도 그 계기성을 발견할 수 있다. 이에 반해 <훈민가>는 연시조로서의 특성이 쉽게 발견되지 않는다. 따라서 이 책에서 논의하고 있는 여섯 작품이 여러 수의 시조 작품을 어떻게 구성함으로써 연시조로서 의미를 획득하고 있는지를 낱낱의 시조 작품에 대한 분석을 통하여 천착하였다.

제 2부에서는 개별 작품론으로 시조 엮어 읽기를 시도 하였다. 이러한 작업을 하게 된 것은 16·17세기 시조에 대한 애정 때문이다. 16·17세기 시조를 연구한다고 하면 사람들은 자주 지루한 표정을 짓는다. 성리학의 이념이 강한 시대이다보니 창작되는 시조 또한 효용적 가치를 중요시 하게 되고 흥미요소는 자연 떨어질 수밖에 없다. 하지만 이 시기의 시조 작품이야말로 미학으로나 품격으로나 그 어떤 시기의 시조들보다 최우선한다는 게 개인적인 생각이다. 다만 그 가치를 느끼지 못하고 있을 뿐이다. 율곡이 <고산구곡가>의 제 10연에서 말한 것처럼 '기암괴석이 눈 속에 묻혀 있는데, 유인은 오지 않고 볼 것 없다'고 하고 있는 것이다.

그래서 16·17세기의 시조를 보다 흥미를 갖고 대할 수 있고, 또 그것이 지나간 시대의 관념적인 문학 텍스트에서 그치는 것이 아니라 현대에서도 유용할 수 있는 텍스트임을 제시하고자 하였다. 먼저 제 1장은 이 시기의 산수 시조와 산수화를 비교 고찰하였다. 당연한 결과였겠지만 이들은 장르를 달리하면서도 그 이념과 정서는 놀랍도록 닮아 있었다. 담박함을 중시하던 성리학의 이념은 시조뿐만 아니라 그 시대의 회화에도 영향을 미치고 있었다. 물론 본서에서 다룬 것은 아니지만 그 시기의 백자(白磁)에서 느낄 수 있는 미감 또한 같은 맥락에서 볼 수 있다.

제 2장은 최근 들어 관심이 고조되고 있는 생태주의의 관점에서 시조를 조망하였다. 논문에서도 언급하였지만 우리나라 문학이 생태주의에 관심을 갖게 된 것은 1990대부터이다. 이때부터 생태시가 등장하게 되었는데 이것은 현대 사회로 접어들며 생태계가 파괴됨에 따라 이에 대해 경각심을 불러일으키고 경계하기 위함이었다. 그런데 여기서 다룬 <고산구곡가>는 바로 현대인들이 지향하는 훼손되지 않은 생태의 모습을 그대로 간직하고 있는 점이 흥미로웠다.

3장의 테마는 다소 파격적이다. 현대문학에서도 논문의 텍스트로 다루기에 다소 부담스러운 대중가요인 <텐미니츠>를 주 텍스트로 삼아 <청산리 벽계수>와의 관계 속에서 텍스트에 나타난 여성 이미지를 다루었다. 물론 기녀작가인 황진이의 시조와의 비교를 대상으로 논의를 전개하였지만 그래도 '16·17세기 시조'란 타이틀 안에서 철저히 대중성으로 무장된 노래를 텍스트로 삼는다는 것은 무척 조심스러운 일이었다. 하지만 성리학의 본질을 파악한다면, <텐미니츠>가 논의의 대상이 될 수 있는 근거는 충분하다. 성리학은 당대의 신흥 유학으로 실천적인 면이 강조되는 것으로서, 그만큼 현실적인 면을 강조하고 있기 때문이다.

얼마 전부터 일주일에 한 번, 성당에서 미사시간에 반주 봉사를 하고 있다. 봉사를 시작하며 내가 하고 있는 모든 일들이 결코 내가 잘나서 하는 것이 아니란 사실을 새삼 깨달았다. 고등학교 시절까지도 피아노를 전공하려고 했던 터이기에, 비록 오랫동안 피아노를 치지 않았어도 성가 반주 정도는 무난히 할 줄 알았다. 그리고 국문학보다 훨씬 먼저 피아노를 만났기 때문에 어떤 부분에서는 국문학보다도 더 자신 있어 하기도 했다. 하지만 나의 오만함은 여지없이 무너졌다. 처음 연주해보는 교회 오르간이 어색하기도 했지만 그보다는 눈과 손이 엄청나게 둔탁해져 있었다. 마음은 베토벤도, 쇼팽도 모두 연주할 것 같았지만 손은 초보자마냥 어설프게 움직이고 있었다. 주변 사람들의 도움으로 조금씩 익숙해져 가고 있는 중이다.

나는 하느님의 기적을 믿는다. 따지고 보면 내가 하루하루 살아가는 것도 하느님의 기적이다. 세상살이에 익숙하지 않아 21세기를 살아가면서도 16·17세기 처사 문인마냥 수기(修己)하는 자세로 버티고 있는데 그래도 이만큼 살고 있으니 이보다 더한 기적이 어디 있을까 싶다. 쑥스러움이 많아 맘 표현 한번 제대로 못하고 그냥 저냥 지나치기 다반사인데 항상 아껴주시고 마음써주는 여러 선생님과 이웃들을 만난 것도 기적이다. 사회화도 덜되고 마음도 독하지 못하면서 어줍지 않게 학문을 한답시고 스스로도 고생이고 때론 주변 사람들마저도 힘들게 하고 있다. 악착스럽지 못해 찾아온 기회도 놓치기 일쑤다. 그러나 내가 어디에 있던지, 어떤 모습으로 생활하던지 삶의 이치와 순리를 거스르지 않고 하루하루 있는 그대로의 삶을 받아들이며 살아가고자 한다. 나는 확신한다. 내가 하늘의 뜻을 거역하지 않고 로사리오처럼 살아간다면 하느님은 언제든지 내게 가장 잘 어울리고 가장 잘 맞는 옷을 입혀주신다는 사실을 믿어 의심치 않는다.

인문학을 한다는 것이 더 이상 미덕이 아닌 시대. 거기서도 16·17세기는 지리멸렬의 대명사처럼 불린다. 그럼에도 불구하고 선뜻 출판해 주심은 물론 여러 격려의 말씀까지 곁들여주신 국학자료원의 정찬용 사장님께 감사드린다. 책을 만드는 과정이 많이 신경 쓰이고 피곤한 일일 텐데도 항상 친절하게 맞아

주는 출판사 식구들에게도 무어라 고마운 마음을 전해야 할지 모르겠다. 학문은 물론 일상의 모든 일에 마음써주시는 윤석산 교수님과 특별한 인연으로 만난 김명희 교수님, 그리고 필자보다 더 꼼꼼하고 세심하게 교정을 봐준 후배 강소영 선생에게도 그저 감사할 따름이다. 미사 반주처럼, 이 책을 내는 데도 역시 여러 분들의 도움을 받고야 말았다.

책을 낸다는 핑계로, 연로하신 어머께 그간 너무 소홀했다. 여든 셋이란 연세가 믿기지 않을 정도로 정정하시고 항상 밝은 웃음을 간직하고 계셔서 속마음으로 얼마나 다행인지 모른다. 모든 것을 자식한테 양보하며 '괜찮다'란 말로 일관하시지만 어머니라고 해서 왜 서운함이 없으셨을까. 이 책으로 어머니의 섭섭함을 조금이나마 탕감하려고 한다면 너무 이기적인 생각이 아닐는지 모르겠다.

2006년 4월 4일
김 상 진

제 2부 : 작품론 - 시조 엮어 읽기

제 1부
사대부와 연시조

제 1장 서론

시조는 우리의 문학 장르 가운데 가장 유구한 역사를 지닌 것으로 고려 말 혹은 조선 초에 형성되어 지금까지 이어지고 있다. 물론 조선조의 시조가 가창됨으로써 노래로서의 기능이 부각된 것과는 달리 현대 시조는 시로서의 기능만을 하고 있기는 하지만, '시조'라는 명칭으로 한데 묶여 그 전통을 이어가고 있다.

이렇듯 오랜 시간을 두고 시조가 향유되면서 우리 문학의 대표적인 장르가 될 수 있었던 이유에 대해, 시조가 우리 민족의 정서에 가장 적합하기 때문이라고 한다. 그런데 우리의 민족의 정서는 어떠하며, 또 시조가 어떻게 우리 민족의 정서에 부합되는지를 질문한다면 마땅한 답변을 찾지 못하기가 일쑤이다. 이는 어찌 보면 그만큼 요즘 시대에 시조는 관념적인 문학, 혹은 학문이 되고 있음을 뜻하는 것일 수도 있다.

그렇다면 오늘날의 시조는 무가치하고 단지 지난 시대의 문학 유산쯤으로 치부되어야 할 것인가? 그렇지는 않을 것이다. 시대가 변하고, 사람이 변하고 그래서 문학을 향유하는 방식이나 사고에도 많은 변화가 있었겠지만, 그것이 지니고 있는 가치 자체가 무화(無化) 된 것은 아니다. 다만 시대의 변화에 따라 문화와 정서가 변하고, 그래서 그것이 지니고 있는 가치를 발견하지 못하는 것뿐이다. 모든 것에서와 마찬가지로 문학 연구 또한 그것의 가치를 발견할 때 흥미는 배가 된다. 따라서 '사대부와 연시조'를 통하여 시조 작품을 면밀히 검토함으로써 시조가 우리 문학의 대표양식이 되고 있는 이유와, 또 우리 민족의 정서를 담기에 가장 적합하다는 것의 근거가 무엇인지를 밝히고자 한다.

현전하는 시조는 모두 4736수이다.[1] 그래서 논의의 전개를 위해서는 우선 그 범주를 설정하는 일이 선행되어야 한다. 시조는 조선의 건국과 함께 발전해 온 장르이다. 이는 간결하고 소박한 형식의 시조가 유학을 국시로 삼은 조선의 이념과 부합되었기 때문이다. 즉 시조는 성리학의 이념을 담기에 가장 적절한 장르로, 사대부 계층이 중심이 되어 형성, 발전되었다. 물론 양적 확대가 이루어진 것은 조선 후기로 접어들며 그 담당층이 서민으로까지 확대되면서부터이지만 일반적으로 생각하는 시조, 즉 '3장 6구 45자 내외'라는 형식의 시조는 성리학의 이념으로 무장된 사대부 계층으로 말미암는다.

조선조에서 성리학이 가장 성행했던 때는 조선 중기로 불리는 16·17세기로, 전후 시기와 변별되는 특성을 보인다. 이 시기는 조선조 성리학의 대표 학자로 불리는 퇴계 이황과 율곡 이이가 활약하던 때이기도 하다. 퇴계와 율곡은 각각 영남학파와 기호학파의 태두로, 그들의 학문을 조선을 너머 동양 최고로 이끌었다. 이들은 영남학파와 기호학파, 주리파(主理派)와 주기파(主氣派)로 구분되어 서로 대척을 이루는 듯하지만, 양쪽 모두 리(理)[2]의 개념을 궁구하던 성리학자로 사림파 문인이라는 데 포용될 수 있다.

16·17세기의 시조에는 사림파 문인들의 활약이 두드러지다. 사화와 당쟁으로 말미암아 출처(出處)를 거듭하던 이들은 처하여 강호에 머물러 독선기신(獨善其身)하며 시조로써 그들의 성정(性情)을 나타내는 일련의 강호시조를 창작하기에 이른다. 또한 출하여 세상에 나아가서는 겸선치인(兼善治人)하며 자제(子弟)들이나 무지몽매한 백성들을 위하여 훈민시조를 창작하기도 하였다. 이러한 강호시조와 훈민시조는 16·17세기 시조사에서 두 가지 주된 흐름으로 사림파 문인들에 의하여 주도된다.

---

1) 작품 수는 박을수 편, 『한국시조사전』(아세아문화사, 1992)에 근거한다.
2) '이'라고 표기하는 것이 옳겠으나, 한글만으로 표기할 때 의미의 전달이 모호할 수 있는 부분을 생각하여 앞으로 理를 뜻하는 한글 표기는 '리'로 하기로 한다.

그런데, 여기서 주목되는 또 하나의 사실은 사림파 문인들이 자신의 성정이나 학문적 지향, 혹은 훈민의 효용적 가치를 위한 수단으로 삼은 것이 모두 연시조라는 점이다. 그리고 이것은 이들에게만 국한된 것이 아니라 이 시기 사대부 문인들에게 보편적으로 나타나는 성향이다. 요컨대 16·17세기 성리학의 발전과 함께 사대부 문인들에 의해 연시조가 성행하였다. 이로써 16·17세기 성리학과 사대부 문인과 연시조는 서로 연관 체계 속에 놓이게 된다. 결국 사대부와 연시조에 대한 파악은 조선조 사대부 시조를 이해하려는 접근이며 궁극적으로는 시조의 본령에 접근하게 될 것이란 기대 하에 16·17세기의 사대부 연시조를 대상으로 논의를 전개하기로 한다.

본격적인 논의에 앞서 제 2장에서는 연시조의 장르적 특성에 대하여 규명하고자 한다. 이를 위해서는 그것이 자체적으로 지니고 있는 성격 규명 이외에, 동 시대에 있어왔던 다른 문학 장르와의 비교를 통해서 그 특성은 더욱 분명하게 드러나게 되므로 다른 장르와의 비교 연구 또한 수행되어야 한다. 따라서 같은 시기의 시가 문학인 단형시조 및 가사와의 관계 속에서 연시조의 특성을 밝히고자 한다. 더욱이 이들은 모두 사대부 문인들에 의해 향유되던 문학 장르이다. 그렇다면 동일 계층이 서로 다른 문학 장르로 그들의 정서와 사상을 표현하였다는 점에 의문을 가질 수 있다. 과연 어떤 상황에서 단형 시조를 제작하였으며, 어떤 상황에서 연시조나 가사를 택하게 되었을까의 문제이다.

동일한 시대에 동일한 계층이 각기 다른 장르나 양식을 택했다고 하는 것은 그들의 문학 장르 마다 각각의 특성을 지니고 있기 때문이란 해석이 가능하다. 물론 이런 장르의 차이는 문인마다 각자에게 익숙한 장르가 따로 존재하기 때문이라고 볼 수 있다. 하지만 송강 정철의 경우에는 단형시조와 연시조, 그리고 가사를 모두 제작함으로써 그들의 장르 선택이 오직 개인적인 성향이나 취향의 탓만은 아님을 시사한다. 따라서 조선 중기에 제작되던 고전 시가 양식을 두루 섭렵하였던 송강의 작품을 대상으로 하여 연시조의 특성을 규명할 것이다. 연시조의 성격을 규명하는 일은 궁극적으로 왜 이 시기 사대부들이 연시조를 창작하게 되었느냐는 질문에 대한 해답이 될 수 있다.

이어, 제3장 이하는 '사대부와 연시조'의 가장 핵심이 되는 내용으로 사대부 문인들이 제작한 연시조 작품의 실제에 관한 고찰이다. 논의의 대상은 여섯 작가에 의한 여섯 개의 연시조 작품으로 퇴계 이황의 <도산십이곡>과 율곡 이이의 <고산구곡가>, 송강 정철의 <훈민가>, 송암 권호문의 <한거십팔곡>, 그리고 갈봉 김득연의 <산중잡곡> 및 선석 신계영의 <전원사시가>가 그것이다. 이들은 16·17세기를 대표하는 사대부 문인이거나 그 작품, 그리고 그것에 영향 받은 것으로, 문학적으로나 문학사적으로 의미를 지니는 작품들이다. 이들 작품은 그것이 창작된 배경이나 동인(動因)이 서로 같지 않기 때문에 작품을 바라보는 시각 또한 달라질 수밖에 없다. 물론 논의의 핵심은 '사대부와 연시조'이다. 그런 만큼 각 작가의 연시조가 논의의 중심을 이루겠지만, 필요에 따라서는 작가의 면모나 다른 작품들도 거론하게 될 것이다. 그리고 이것은 각 작품마다 편차가 있을 수 있다. 각 장에서 논의하게 될 작가와 작품을 개괄하면 다음과 같다.

제3장은 퇴계의 <도산십이곡>을 대상으로, 퇴계가 그것을 지은 창작배경과 함께 <도산십이곡>의 작품에 대한 고찰이다. <도산십이곡>은 총 12수의 시조로 이루어진 연시조 작품이다. 성리학자인 퇴계가 왜 우리말 노래인 <도산십이곡>을 지었는가에 대해서는 퇴계 자신이 발문을 적어 놓음으로써 그 취지가 비교적 선명하게 드러나 있다. 따라서 발문을 토대로 퇴계가 왜 이 작품을 지었는가에 대해 먼저 살펴보는 것은 향후 작품 논의에 방향을 설정하게 된다. 아울러 퇴계의 사상에 대해서도 검토하고자 한다. 주지하다시피 퇴계는 16·17세기의 대표적 정치가이자 사상가인 동시에 문인이다. 그에게 있어서 시조는 미적 창작물이기보다는 재도지문(載道之文)으로서의 가치가 더욱 부각된다. 그러므로 퇴계 사상의 일단을 파악하는 것도 <도산십이곡>의 본령

을 이해하는 의미 있는 일이라고 본다.

　이러한 작업을 토대로 연시조로서의 <도산십이곡>에 주목한다. <도산십이곡>이 12수의 단순한 집합체가 아니라 계기적 필연성에 따라 연결된 것이라면 그것의 연작성에 주목하는 것은 곧 작품의 본질에 다가서는 근본적인 작업이 될 것이다. <도산십이곡>을 살펴봄에 있어서는 먼저 작품에 나타난 표현을 살펴보고, 이어 퇴계가 언지(言志)와 언학(言學)이라고 명명한 전육곡과 후육곡의 구성에 주목할 것이다. 이러한 작업을 토대로 <도산십이곡>의 12수가 어떤 필연성에 의하여 연시조로 구성되었는가를 살펴보고자 한다. <도산십이곡>의 구성을 논의하는 데는, 그것이 퇴계의 성리학적 사상의 구현이라는 점을 간과할 수 없다. 그러므로 연시조로서의 <도산십이곡>의 고찰은 퇴계 사상과의 관계에서 설명하게 될 것이다.

　다음은 율곡의 <고산구곡가>에 대한 고찰이다. 율곡은 퇴계와 짝을 이루며 사람들의 입에 오르내리는 인물이지만 같은 연배의 인물은 아니다. 퇴계가 율곡보다 30여년 정도 연배가 앞서는데, 율곡은 퇴계를 스승으로 생각하고 사숙하였다. 그러나 이들의 사상은 주리파와 주기파로 구분되는 것에서 알 수 있듯이 성리학의 요체를 파악하는 근본적인 방식에서 생각을 달리 했으며 문예 미학의 관점에서도 견해의 차이를 보인다. 즉 퇴계가 온유돈후(溫柔敦厚)를 강조했던 것과는 달리 율곡은 충담소산(沖澹蕭散)을 중히 여겼다. <고산구곡가>에는 이와 같은 율곡의 미의식이 담겨 있다. <고산구곡가>는 율곡이 황해도 해주의 고산(高山)에 머물며 그와 당대의 성리학자들이 전범으로 여기는 주희의 <무이도가(武夷櫂歌)>를 본받아 지은 작품이다. <무이도가>가 무이산의 아홉 구비를 노래한 것처럼 <고산구곡가> 또한 고산의 아홉 구비를 노래하였다. 그러나 <고산구곡가>가 <무이도가>를 효방하였다는 것은 형식적 계승에서 그칠 뿐 내용에서는 많은 차이를 보이게 된다.

　무엇보다도 <고산구곡가>는 사시(四時)의 순환을 노래함으로써 사시가계 연시조에 포함된다. 제 1연의 서사와 함께 1곡에서 9곡에 이르는 고산 구곡담을 사시의 순환에 따라 순차적으로 노래하고 있는 <고산구곡가>는 단주모야의 하루 사시와 춘하추동의 일년 사시가 등장함으로써 대표적인 사시가계 작품이 되고 있다. 더욱이 이 두 가지의 시간단위는 서로 유리되지 않고 유기적으로 결합함으로써 하나의 시간 단위로도 파악될 수 있다는 특색을 지닌다. 따라서 <고산구곡가>를 이해하기 위해서는 무엇보다도 작품에 등장하는 시간 질서를 섬세하게 분석하는 일이 필요하다. 이에, 작품에서 하루 사시와 일년 사시를 어떻게 노래하고 있는가를 살펴본 후에 이들이 하나의 시간으로 통합될 수 있는 근거와 타당성은 무엇인지 고찰할 것이다.

또한 율곡은 고산 구곡담을 노래하는 가운데 1연과 6연을 통하여 주자의 삶과 학문을 본받겠단 다짐을 하고 있다. 따라서 표면적으로는 고산 구곡담의 춘하추동, 혹은 단주모야의 사시를 노래하고 있지만 거기에는 율곡의 성리학적 이념이 담겨 있다. <고산구곡가>는 율곡이 출사했을 시기의 작품이 아니라 강호에 머물던 시기에 이루어진 것으로, 율곡은 거기서 은병정사를 마련하고 강학과 함께 영월음풍 하는 삶을 지향하였다. 강호에서 느끼는 삶의 감회가 성리학자로서의 의식과 함께하여 겸선을 지향하게 된다. 작품에서 이것은 타인의 존재로써 확인된다. 즉 고산 구곡의 절경을 보며 그것을 다른 사람들과도 함께 나누고자 하는 것이다. 그러나 이러한 지향이 욕망으로까지는 이어지지 않아 작품의 담박함을 저해하지는 않는다.

다음으로 보게 될 작가와 작품은 송강의 <훈민가>이다. 퇴계와 율곡이 조선의 대유(大儒)로 명망이 높은 것과는 달리 송강 앞에는 '풍류객'이란 수식어가 따라다닌다. 송강에 대한 이러한 평가가 크게 잘못된 것은 아니라고 본다.[3] 하지만 풍류객이란 수식어에 가려져 송강 또한 조선시대의 정치인이었으

---

3) 풍류란 어원은 그 뿌리가 오래 되었고 개념 또한 다양하게 정의될 수 있지만, 여기서는 일반적인 개념을 따르도록 한다.

며, 비록 퇴·율처럼 성리학자로서의 면모가 크게 부각되는 것은 아니더라도 당대를 살아가는 문인으로써 당시의 유교적 이념에 철저한 사대부였다는 사실이 무시되거나 종종 뒷전으로 물러앉게 되는 점 또한 사실이다. 풍류객 송강 역시 출퇴를 거듭하면서 환로에 나간 사대부 문인이었다. 특히 송강과 율곡은 둘도 없는 절친한 관계로, 송강이 직언을 일삼아 정치적 곤혹을 치르게 될 때 율곡이 적극적으로 변론하는가 하면 송강 또한 율곡이 먼저 세상을 떠나자 애도하는 글을 써서 처절한 슬픔을 나타내기도 하였다.

　송강이 강원도 목민관 생활을 하면서 그곳 백성들을 위해 지은 <훈민가> 16수는 그의 정치가적 면모를 여실히 보여주는 한 예이기도 하다. <훈민가>와 유사한 것으로 박선장, 주세붕 등이 지은 <오륜가>를 들 수 있다. <훈민가>와 <오륜가>는 오륜의 질서를 중심으로 한 교훈적 내용을 시조에 담아 자제들에게 가르치기 위해 제작한 노래라는 점에서 공통된다. 그런데 그 제목에서 알 수 있듯이 <오륜가>가 오륜의 질서를 가르치는데 중심이 놓이는 것이라면 <훈민가>는 그 범위가 보다 넓다. 말하자면 <훈민가>는 '백성을 가르치는 노래'이다. 오륜이 백성들에게 가르쳐야 할 중요한 덕목이긴 하지만 그렇다고 백성들이 배워야할 것이 오륜만 있는 것은 아니다. 오륜은 5종의 인간관계에서 필요한 질서에 초점이 맞추어져 있다. 따라서 <훈민가>는 오륜의 질서뿐만 아니라 사회 덕목에 대해서도 언급하고 있다.

　<훈민가>는 이처럼 오륜의 질서와 함께 사회적 규범에 대해서 노래한다. 그런데 이 또한 연시조라는 점을 간과해서는 안 된다. 다만 <도산십이곡>에서 퇴계 자신이 전육곡과 후육곡을 명시하였고, <고산구곡가>가 고산의 구곡담을 사시의 순환에 따라 노래함으로써 구체적인 분석을 거치지 않고도 그것의 계기적 연속성을 비교적 쉽게 발견할 수 있는 것과는 달리, <훈민가> 16수가 어떤 계기성에 의해 나열되었는지의 파악이 용이하지 않다. 그러므로 <훈민가>에 담긴 주지를 그대로 전달받기 위해서는 그것의 연작성을 밝혀내는 일이

무엇보다 중요하다.

　이상의 세 문인이 도학(道學)이나 문학 작품으로 일반인들에게 익숙하고 많이 알려진 데 비하여 6장 이하에서 살펴보게 될 권호문과 김득연, 그리고 신계영은 고전 시가에 특별히 관심을 갖고 있는 사람이 아니라면 그리 친숙한 인물이 아니다. 이것은 앞선 세 인물의 경우에는 그들의 호(號)를 전면에 드러내어 부르고 있는 데 반해, 이들은 이름을 명명함으로써만 그 존재를 인식할 수 있다는 사실로도 확인된다.

　그 가운데 권호문과 김득연은 두 사람 모두 퇴계에게 영향 받은 바 크며 전형적인 처사(處士) 지향적 문인이란 공통점을 지닌다. 먼저 송암 권호문은 퇴계의 문하에서 수학한 문인이다. 그는 대부분의 사림파 문인들이 정치적인 패배로 인하여 산림에 은거하게 된 것과는 달리 특별한 좌절의 경험 없이 스스로 자연을 택한 경우로, 전형적인 처사 지향적 인물이다. <한거십팔곡>은 그가 노년에 산림에 은거하여 평생을 살아오며 출처의 갈림길에서 방황하고 갈등하던 모습과 함께, 은거를 택하여 그 속에서 즐거운 삶을 노래한 19수의 연시조 작품이다.

　<한거십팔곡>을 살펴보기에 앞서 그의 한시를 먼저 검토하기로 한다. 권호문의 한시는 연대기로 구성되어 있어서 삶의 궤적을 살피기에 용이할 뿐만 아니라 <한거십팔곡>에서 보이는 감정의 변화와 맥을 함께 하기 때문이다. <한거십팔곡>은 작가가 노년에 지은 작품으로 출처의 갈등에서 은거의 즐거움에 빠져들기까지의 과정을 지난 세월을 회상하듯 시간 순서에 의해 순차적으로 나열하였다. <한거십팔곡>에서 보이는 이러한 변화는 한시에서도 유사하게 발견된다. 경우에 따라 몇몇 작품은 장르와 표기 방식의 차이로 표현은 달라도 작품이 지향하는 바는 동일하게 나타나기도 한다.

　권호문은 전형적인 처사 문인이다. 즉 강호에 머무는 이유가 정치적인 패배로 인한 것이 아니라 출사에는 뜻이 없고 천성적으로 강호의 삶을 지향해서

스스로 강호를 택한 것이다. 통상적으로 강호 문학의 형성은 '당쟁 하의 명철보신과 치사객의 한거'로 말미암는다고 본다. 그러나 <한거십팔곡>은 '치사객의 한거'일 수는 있지만 '당쟁 하의 명철보신'은 아니다. 스스로 택한 강호이기 때문에 권호문이, 혹은 <한거십팔곡>이 강호를 지향하는 마음은 오히려 강렬하고 그런 만큼 이것이 강호문학으로서 지니는 의미는 중요하다고 본다. 따라서 강호 문학으로서 <한거십팔곡>의 위상을 재정립하도록 한다.

<산중잡곡>을 제작한 김득연 또한 퇴계의 학문에 영향 받은 바 크다. 그가 퇴계에게 직접적으로 학문을 사사 받은 것은 아니지만 증조부 때부터 안동지방에 거주하며 영남 사림의 영향을 받게 되었고 부친인 김언기가 퇴계의 문도에 있었던 탓에 그 또한 자연스레 퇴계의 학문에 영향 받게 되었다. 그가 활동하던 시기는 당파간의 정쟁이 치열하던 시기였다. 그러나 김득연은 출사에는 별반 뜻이 없었다. 오십 팔세란 늦은 나이에 생진 양시에 합격하였지만 당시 북인이 득세하고 있었기에, 김득연은 다시 천거되기를 바라지 않고 이내 향리에 머물렀다. 이렇듯 그는 처음부터도 벼슬살이에 뜻을 두지 않았던 전형적인 방외인적 문인에 속한다. 그는 연시조 가운데 작품 수가 가장 많은 53수의 <산중잡곡>을 남겼다. 그 밖에도 <영회잡곡>과 <산정독영곡> 등의 연시조를 남기기도 하였다.

하지만 <산중잡곡>을 비롯한 그의 연시조에서는 앞선 작가의 작품과는 다소 구분되는 면모를 지닌다. 연시조의 정의를 '하나의 제목 아래 여러 수의 시조를 연달아[連] 지은 것'이라는 확대된 개념에서 보면 <산중잡곡> 또한 연시조에 포함되고 또 통칭 연시조로 일컫지만, 연시조의 정의를 '계기적 구조물'이라는 것으로 구체화시키면 <산중잡곡>은 연[聯]시조 보다는 연작시조라고 보는 것이 오히려 타당하다.

이렇듯 계기적 구조물로서의 성격이 미약한 탓에 기왕의 연구에서는 연시조로서의 <산중잡곡>이나 그것의 연작성에 논의의 초점을 맞추기보다는 낱낱의 작품을 두고, 어떤 주제의 틀 안에서 바라보는 것이 논의의 전부였다. 그러나

<산중잡곡>이 계기적 구조물로서 성공을 거두고 있는가의 여부를 차치하더라도, 53수의 시조를 하나의 제목으로 묶은 데는 이들이 하나로 묶일 수 있는 개연성을 내포하고 있을 것이란 생각이다. 따라서 본 논의에서는 <산중잡곡>의 연작성에 주목하며 그것의 의미를 재조명 하고자 한다.

마지막으로 보게 될 작가와 작품은 신계영의 <전원사시가> 10수이다. 사시가계 연시조인 <전원사시가>가 세상에 알려진 것은 1960년인데, 그간 이렇다 할 주목을 받지 못하였다. 그러다가 최근 조선 중기에 대한 관심이 높아지며 17세기 시가를 논의하는 자리에서 자주 거론되었다. 특히 시기에 따른 전원 의식의 변화 과정을 추찰하는데 중요한 작품으로 등장하곤 하였다. 논의의 초점이 '전원'에 맞춰지다 보니 자연 전 작품을 통찰하는 일은 관심 밖의 영역으로 물러나야 했다.

<전원사시가>는 제 1연에서 8연까지 봤을 때, 춘하추동을 각기 두 수씩 노래하여 일년 사시를 노래한 전형적인 작품이 된다. 그런데 여기서 일탈되는 것이 9연과 10연이다. 9연과 10연은 섣달 그믐 밤을 뜻하는 '제석(除夕)'이란 특정 시간을 노래하게 된다. 제석을 계절 속에서 본다면 물론 겨울이지만 그러나 여기서 제석을 노래한 것은 겨울의 의미로서가 아니다. 그보다는 일 년의 마지막 밤이라는 데 무게가 실리게 된다. 그런데 특정 시간을 뜻하는 제석을 춘하추동과 대등한 위치에서 노래했다는 것은 그만큼 그것의 중요성을 인식한 것이라 하겠다.

실제적으로 제석은 <전원사시가>가 사시가계 연시조로 한몫하는데 중요한 기능을 한다. <전원사시가>의 사시는 표면적으로는 춘하추동의 일년 사시를 노래하고 있지만, 내부적으로는 단주모야의 하루 사시를 동시에 노래한다. 그런데 이 두 가지 유형의 사시를 하나로 엮을 수 있는 것이 바로 제석이다. 따라서 <전원사시가>를 논의함에 있어서는 제석의 의미와 기능을 중심으로 논의를 전개하게 된다. 제석의 의미와 기능은 크게 두 가지로 요약된다. 하나는

일년 사시와 하루 사시의 조화를 꾀한다는 것이다. 제석은 구체적인 시간을 뜻하기 때문에 계절과 하루 중의 시간 모두를 나타낸다. 즉 제석은 그 자체로 하루 사시와 일년 사시에 모두 포함될 수 있는 시간이다.

제석의 또 다른 역할은 전원의 의미를 규정한다는 점이다. 앞서 두 유형의 사시를 조화시키는 경우는 제석의 시간적 의미에 초점이 놓인다면 전원의 의미를 규정함에 있어서는 작품의 내용이 중심이 된다. 8장에서 구체적으로 논의되겠지만, 제석의 9연과 10연은 내용을 봤을 때는 늙음의 문제를 노래함으로써 '탄로가'처럼 보이기도 한다. 그러나 작가는 이것을 <탄로가>가 아닌 <전원사시가>에서 노래하고 있다. 이는 9연과 10연이 탄로를 테마로 하고 있기는 하지만 단순히 늙었다는 그 자체보다는 그것을 통해 전원에 대한 그의 인식을 나타내고 있기 때문이다. 따라서 제석의 두 작품은 <전원사시가>에 나타난 전원의 의미를 살피는데 중요한 역할을 한다. 이상의 논의를 통해 사시가계 연시조로서 <전원사시가>의 위상과 함께 강호시조, 혹은 전원시조로서 <전원사시가>가 차지하는 위치를 검토할 수 있을 것으로 기대한다.

16·17세기 시조의 동향과 경향을 파악함에 사대부의 연시조를 그 중심으로 한 것은 이것이 이 시기의 시조의 중심이 된다는 생각에서이다. 따라서 이러한 논의가 일차적으로는 이들 여섯 작가에 의한 여섯 개의 연시조에 대한 깊이 있는 천착이 되겠지만, 나아가서는 이 시기의 시조 문학을 파악하는 작업으로 이어질 것으로 전망한다. 이에 대한 본격적인 내용은 2장 이하의 논의에서 구체화 될 것이다.

제 2장 연시조의 성격 규명

1. 논의를 시작하며

시조의 한 유형인 연시조에 대한 정의에 대해서는 다양한 견해가 있으나 '몇 개의 시조가 일군이 되어 다소의 연결성을 지니고 있는 분장식 장가(長歌)와 비슷한 형태의 시가군'[4]이라고 한 최초의 정의에 대해서는 보편적으로 동의하는 분위기다. 그 후 몇몇 학자들에 의해 언급되어왔으나, 연구의 초기 단계에서는 연시조라고 하더라도 그것의 개별적인 작품을 연구하는 데 그쳐 있었다. 연시조로서의 특성에 주목하여 연구가 이루어진 것은 비교적 최근에 이르러서이다.[5]

우리 시가사에 연시조가 처음 등장한 것은 15세기 말엽이다. 그 후, 16세기에 그 기틀을 마련하여 17세기에 성행하게 되었다. 16세기는 사대부 문학이 주도되던 시기로, 우리나라를 대표할 시가 양식인 3장 6구 45자 내외로 이루어진 시조(이것은 단형시조와 연시조를 모두 포함하는 개념이다)와 가사가 발전하던 때이기도 하다. 그리고 이것은 모두 사대부 중심의 문학이란 공통점을 지니게 되는데, 작가나 향유 계층이 동일하다는 것은 그것의 정서나 사상의 유사성으

---

4) 고정옥, 『국문학개론』(우리어문학회편), 일성당 서점, 1949, 17쪽.
5) 1980년대에 박규홍의 「조선전기 연시조 연구」(영남대 석사논문, 1983), 조성래의 「연시조의 구조에 관한 연구」(청주대 석사논문, 1983), 임주탁의 「연시조의 발생과 특성에 관한 연구」(서울대 석사논문, 1989) 등 세 편의 석사논문이 발표되었고, 그 후 1990년대에 이르러 박사논문으로 김상진의 「조선중기 연시조의 연구 - 사시가계, 오륜가계, 육가계 작품을 중심으로」(한양대 박사논문, 1996)가 있다.

로 귀결될 수도 있다. 이러한 상황을 전제할 때 생기는 의문 하나는 동일한 시대에 동일한 계층이 왜 서로 다른 양식으로 노래를 불렀는가 하는 점이다. 더욱이 시조는 다시 단형시조와 연시조로 하위분류 될 수 있는데, 이 두 양식은 서로 공존하며 불려졌다. 이것은 물론 단순한 취향의 문제이거나 한 작가의 다양한 표현 욕구라는 것으로 단순화 시킬 수도 있다. 하지만 설령 그렇다 하더라도 모든 표현된 양상에는 내면화된 의식이 작용하게 된다는 점을 간과할 수 없다.

이러한 사실에 유념하여 연시조가 그 기틀을 마련하던 시기, 즉 16세기 작품을 대상으로, 같은 시기에 함께 불리어졌던 다른 유형의 시가 작품들과 견주어 보면 연시조의 성격이 보다 분명하게 파악될 것이다. 이것이 일차적으로는 연시조의 내용적 특성을 밝혀내는 작업이 되겠지만 나아가서는 단형시조와 가사의 성격을 규명하는 데도 효과적이라고 본다. 즉 각각의 장르, 혹은 유형에 어떤 내용의 노래를 주로 하였는가를 살펴 귀납적으로 그 특성에 도달하는 것이다.

한편, 작품 수만 놓고 볼 때 연시조의 전성기는 17세기가 된다. 16세기에는 10여 편이 있을 뿐이지만 17세기에는 무려 50여 편에 이르는 연시조가 제작되었다. 하지만 연시조의 사적 전개에 있어서 16세기는 보다 중요한 의미를 지닌다. 왜냐하면 연시조는 이 시기에 그 기반을 마련하여 이후의 작품들에 상당한 영향을 미치게 되기 때문이다. 즉 <고산구곡가>나 <도산십이곡> 등의 작품이 등장하며 사시가계·오륜가계·육가계의 기틀이 16세기에 형성되고 이것이 17세기로 이어지며 수용·발전되었다. 따라서 16세기의 작품을 대상으로 연시조를 단형시조 및 가사와 견줌으로써 연시조의 내용적 특성을 살펴보고, 아울러 다른 유형의 시가 장르와 변별되는 특성이 무엇인지에 대해서도 주목하도록 한다.

2. 연시조의 두 방향 : 강호와 훈민

단형시조가 18세기에 접어들며 가객의 등장으로 전성기를 맞았다면 연시조
는 16세기에 그 유형의 틀을 마련하여 17세기에 성행하게 된다. 16세기의 연시
조는 그것의 내용이나 지향하는 바에 따라 대략 두 개의 범주로 구분할 수
있는데, 강호가도를 노래한 강호시조와 오륜의 질서 등을 백성들에게 가르치고
자 하는 훈민시조가 그것이다.6) 이들 중 강호시조는 수기(修己)를, 훈민시조는
치인(治人)을 지향함으로써 서로 다른 모습을 지니지만 양자 모두 조선조 성리
학자의 삶의 지향이라는 점에서 일치된다. 즉 '세상이 궁하면 산림에 처하여
수기하면서 독선하고, 세상이 달하면 출하여 치인하며 겸선한다'7)는 것이 당시
사대부들의 출처관인데, 강호시조가 물러난 시기의 노래라면 훈민시조는 나아
간 시기의 노래가 된다.

강호시조는 다시 육가계 연시조와 사시가계 연시조로 분별할 수 있다.8) 육가
계 연시조에는 퇴계 이황의 <도산십이곡>을 비롯하여 송암 권호문의 <한거
십팔곡>과 장경세의 <강호연군가>, 안서우의 <유원십이곡>, 권구의 <병
산육곡>, 신지의 <영언십이장> 등이 있다. 사시가계 연시조는 15세기의 작품
인 맹사성의 <강호사시가>를 시작으로, 율곡 이이의 <고산구곡가>, 신계영
의 <전원사시가>, 이휘일의 <전가팔곡> 등이 뒤를 잇는다. 이 가운데 16세
기 사대부 연시조로 가장 뚜렷한 자취를 보인 것은 역시 퇴계의 <도산십이곡>
과 율곡의 <고산구곡가>이다. 따라서 강호시조의 성격에 대해서는 이 두 작품

---

6) 박규홍은 16세기의 시조를 '시적 화자를 백성으로 삼아 거기에 내재된 의미를 맞춘 일련의
작품과, 자신을 포함한 누구든 시적 화자일 수 있도록 유가의 사상을 시어로 육화한 일군의
작품'으로 분류하였는데, 이 또한 각각 훈민시조와 강호시조의 개념과 유사할 수 있다 (「16세
기 시조문학 연구」, 『시조학논총』8집, 한국시조학회, 1992).
7) 『孟子』<盡心章句> : 窮則獨善其身 達則兼善天下.
8) 강호시조의 유형 가운데 <어부가> 계열을 포함시킬 수 있다 (신영명, 「16세기 강호시조
연구」, 고려대 박사논문, 1990). 하지만 <어부가> 계 연시조는 고려 말부터 내려오던 <어부
가>의 전통을 이어받은 것으로 파악되어 육가계 연시조나 사시가계 연시조와는 다른 노선으
로 발전하게 된다.

을 중심으로 논의를 전개하고자 한다.

<도산십이곡>의 성격을 파악하기 위해서는 퇴계가 직접 쓴 <도산십이곡발>의 내용이 유효하다.

> 도산십이곡은 도산 선생이 지은 것이다. 노인이 이를 지은 것은 무엇을 위함인가. 우리나라 노래 곡조는 대부분 음란하여 족히 말할 것이 없다. 한림별곡 類는 글 하는 사람의 입에서 나왔으나 교만 방탕하고 비루하고 희롱하고 친압하여 군자가 마땅히 숭상할 바가 아니다. 근세에 이별의 六歌가 세상에 전하니 오히려 그것이 이보다 좋다고는 하나 역시 세상을 희롱하고 不恭한 뜻만 있고 溫柔敦厚의 내용이 적음을 애석하게 여긴다. (중략) 그러나 지금의 시는 옛날의 시와 달라서 가히 읊기는 하되 노래하지는 못한다. 만약 노래하려 하면 반드시 시속말로 엮어야 되겠으니, 대개 나라 풍속의 음절이 그러지 않을 수가 없었다. 그러므로 내가 일찍이 이별의 노래를 모방하여 도산육곡을 지은 것이 둘이니, 하나는 言志요, 다른 하나는 言學이다. 아이들로 하여금 조석으로 익혀서 노래하게 하고, 안석에 기대어 듣기도 하고 또한 아이들이 스스로 노래하고 춤추고 뛰기도 하니 비루한 마음을 씻어버리고 감발하며 화창하여 노래하는 자와 듣는 자가 서로 유익함이 있을 것이다. (하략)[9]

이 글에 의하면 퇴계가 <도산십이곡>을 지은 이유는 기존 시가에 대한 불만 때문이다. 즉 고려조의 <한림별곡>과 같은 노래는 그 내용이 온건하지 못하고, 이별이 지은 <육가>는 <한림별곡>류보다는 낫지만 내용의 온유돈후(溫柔敦厚)가 없기 때문에 사람들이 마땅히 부를 노래가 없다는 것이다. 그래서 세상 사람들이 부를 수 있을 만한 노래를 만든다는 것인데, 노래를 부르면

---

9) 『退溪全書』권43, <陶山十二曲跋> : 右陶山十二曲者 陶山老人之所作也 老人之作 此何爲也哉 吾東方歌曲 大抵多淫哇不足言 如翰林別曲之類 出於文人之口 而矜豪放蕩兼以褻慢戲狎 尤非君子所宜尙 惟近世有李鼈六歌者 世所盛傳猶爲彼善於此 亦惜乎其有玩世不恭之意 而小溫柔敦厚之實也 (中略) 然今之詩異於古之詩 可詠而不可歌也 如欲歌之必綴以俚俗之語 蓋國俗音節所不得不然也 故嘗略倣李歌而作 爲陶山六曲者二焉 其一言志 其二言學 欲使我輩朝夕習而歌之 憑几而聽之 亦令兒輩自歌而自舞蹈之 庶幾可以蕩滌鄙吝感發融通 而歌者與聽者不能無交有益焉.

'비루한 마음을 씻어 버리고 감발하며 화창'하여 유익하기 때문이다. 즉 노래에
는 그만큼 효용적 가치가 있다는 설명이다. 요컨대 퇴계가 <도산십이곡>을
지은 것은 말하자면 심성의 고양을 위해서이고, 그것을 위해서는 온유돈후의
뜻이 있어야 한다.

　　<도산십이곡>은 퇴계의 언급처럼 여섯 곡씩 나뉘어 전육곡은 언지(言志)를,
후육곡은 언학(言學)을 노래한다. 그렇다면 언지와 언학이란 과연 무엇을 뜻하는
가. 퇴계에 있어서 지(志)는 '모든 것을 바르고, 크고, 성실하고, 확고하고, 변함이
없게 하는 것'[10]으로 결국 '도에 뜻을 두는 것'을 의미하게 된다.[11] 또한 학(學)이
란 퇴계의 학문 즉 성리학을 뜻한다. 『예기(禮記)』에 따르면 '군자는 음악으로
그 도를 얻고, 소인은 음악으로 그 욕심을 얻는다'[12]고 하였다. 즉 군자의 지는
마음이 도를 향하고, 소인의 지는 마음이 욕심을 향한다는 것이다. 그렇다면
지 그 자체는 도를 향할 수도 욕을 향할 수도 있는 것인데, 언지의 여섯 노래는
지의 방향을 도로 이끌게 된다. 퇴계가 언지를 통하여 도를 향할 것을 이야기
했다면, 언학에서는 그러한 도를 바탕으로 학에 힘쓸 것을 강조한다. 퇴계의
이러한 정신은 작품으로 구체화 된다.

> 春風에 花滿山ᄒ고 秋夜에 月滿臺라
> 四時佳興이 사ᄅᆷ과 ᄒᆞ가지라
> ᄒᆞ물며 魚躍鳶飛 雲影天光이야 어늬 그지 이슬고 (제 6연)

> 愚夫도 알며ᄒ거니 긔 아니 쉬운가
> 聖人도 몯다ᄒ시니 긔 아니 어려운가
> 쉽거나 어렵거나듕에 늙는 주를 몰래라 (제 12연)

---

10) 『退溪全書』권29, <答金而精>: 志欲其正大誠確而大不變.
11) 최신호, 「도산십이곡에 있어서 '언지'의 성격」, 『한국고전시가작품론』2, (백영정병욱선생
　　10주기추모논문집), 집문당, 1992, 512-514쪽.
12) 『禮記』<樂記>: 君子樂得其道 小人樂得其心.

위의 두 시조는 언지와 언학의 마지막에 해당되는 작품들이다. 6연은 자연에 완전하게 친화된 모습으로 사철 모두 아름다움을 간직한 자연에서의 흥겨운 삶을 이야기 한다. 하지만 이러한 사시의 흥취도 '솔개가 하늘을 날고 물고기는 연못 위에 뛰고[어약연비(魚躍鳶飛)], 연못이 거울을 이루어 하늘빛 구름 그림자가 함께 도는[운영천광(雲影天光)]' 지경에는 이르지 못한다. 그렇다면 왜 솔개는 하늘을 날고 물고기는 연못 위로 뛰어 오르는가. 그것은 바로 도의 충만함 때문이다. 운영천광 또한 만물이 천성(天性)을 얻는 이치를 설명함이다.[13] 따라서 6연은 자연의 이치, 즉 도의 이치를 깨달은 득도를 노래한 것이다.

제 12연은 노래의 대상이 직접 제시되지는 않았지만 이것이 언학의 마지막 작품임을 생각할 때, 그 요체가 도임을 알 수 있다. 퇴계는 그것을 우부도 알 수 있을 만큼 평이한 것이라고 했는가 하면 이어 성인도 알 수 없다고 함으로써 다시금 미궁에 빠지게 한다. 요컨대 이는 도의 포용과 진수(眞髓)에 관한 것으로서 이 세상 모든 작용이 도가 아닌 것이 없음을 말한다. 한편 12연 또한 솔개와 물고기의 비유로 파악할 수 있다. 솔개는 양물(陽物)로 하늘로 올라갈 수는 있지만 물에 잠기지는 못한다. 물고기는 음물(陰物)로 못에서 뛸 수는 있지만 날 수는 없다. 솔개가 반드시 하늘로 날고, 물고기가 반드시 못에서 뛰는 것은 임금은 임금답고, 신하는 신하답고, 아비는 아비답고, 자식은 자식다워서 제각기 자신의 자리에 머물러야 함이 도의 진수이다. 그런데 도의 본체와 작용은 없는 곳이 없다. 그래서 세상 그 어떤 물상이나 현상에도 도는 있다. 이것은 도의 포용이다. 이렇듯 세상 모든 물상 가운데 도 아닌 것이 없어서 누구라도 할 수 있는 것이지만 분수에 맞게 도를 행한다는 것이 결코 쉽지만은 않다. 그래서 우부도 할 수 있지만 성인도 다 할 수 없는 것이라고 하였다. 그러면 진정 도에 이르기 위해서 필요한 것은 무엇일까. 그것은 아마도 우부이든 성인이든, 쉽든 어렵든 간에 꾸준히 정진하는 일일 것이다.

---

13) 이에 대해서는 김상진, 「도산십이곡의 창작배경과 작품세계」(『한양어문연구』11집, 한양대 한양어문연구회, 1993, 300-301쪽)을 참조함.

<고산구곡가>는 율곡이 그의 나이 마흔 셋에 황해도 해주에 있는 고산에 들어가 고산구곡을 경영할 때 지은 작품이다. <도산십이곡>이 발문을 통하여 창작 이유를 뚜렷이 밝힌 것과는 달리 <고산구곡가>는 따로 서문이나 발문을 두지 않았다. 하지만 작품에 서연(序聯)을 둠으로써 작품의 서사적 기능을 함과 동시에 그 지향을 밝히고 있다.

> 高山九曲潭을 사룸이 모르더니
> 誅茅卜居ᄒ니 벗님니 다 오신다
> 어즈버 武夷를 想像ᄒ고 學朱子를 ᄒ리라 (제 1연)

> 五曲은 어드미오 隱屛이 보기 죠히
> 水邊精舍는 瀟灑ᄒᆷ도 ᄀ이 업다
> 이 中에 講學도 ᄒ려니와 咏月吟風 ᄒ리라 (제 6연)

<고산구곡가>의 제 1연과 6연이다. 1연은 고산 구곡담을 노래하기에 앞서 그곳에서 터전을 마련하고 앞으로의 다짐을 노래함으로써 서사의 기능을 확연하게 드러낸다. 이에 반해 6연은 구곡담의 다섯째 골짜기를 이야기함으로써 1연과는 차별성을 지닌다. 하지만 6연은 2연 이하 진행되는 아홉 수의 노래에서 중심의 핵이 된다.[14] 고산의 아홉 구비 가운데 다섯째를 노래한 6연은 고산 구곡담을 노래한 다른 작품과는 달리 시간이 등장하지 않는다. 그 대신 '은병정사'라는 공간이 강조된다. 은병정사는 율곡이 실제로 은거생활을 한 곳이 되기도 하다. 여기서 율곡이 하고자 하는 행위는 강학과 영월음풍인데, 이는 5곡에서 시간성이 배제되었다는 것과 관련지어 볼 때 강학과 영월음풍이 제한된 시간에서 벗어나 지속적으로 이루어짐을 동시에 의미하기도 한다. 그리고 이것

---

14) <고산구곡가>에서 6연이 지니는 의미에 대해서는 김혜숙의 「<고산구곡가>와 정신의 높이」(『한국고전시가작품론』2(앞의 책), 521-524쪽)에서 깊이 있는 천착을 한 이후 김용철의 「16세기 강호시조의 낭만적 성격」(『우리어문연구』19집, 우리어문학회, 2002, 67-68쪽)에서도 설명하고 있다.

은 1연의 '학주자'에도 동일하게 적용될 수 있다.

1연에서 율곡은 풀이 우거져 사람들의 자취가 없는 고산 구곡담에 풀을 베고 복거하니 이웃이 몰려온다고 하였다. 그런데 율곡은 무엇을 위하여 그렇게 하였는가. 그것은 바로 '무이를 상상하고 학주자'를 하기 위해서이다. 요컨대 주자, 즉 주자의 학문을 배우겠다는 것으로서 주자의 학문의 요체를 본받음은 물론 무이산 구곡계에서 자연과 더불어 생활하던 그의 삶 또한 표방하겠다는 의미를 동시에 지닌다. 1연에서 풀을 베고 살 곳을 마련[誅茅卜居]하고서 학주자를 하고자 했다면, 6연에서는 물가에 은병 정사를 마련하고 강학과 함께 영월음풍하는 생활을 하고자 한다. 율곡이 정사의 이름을 은병이라고 한 것 또한 무이구곡의 대은병(大隱屛)에서 뜻을 취한 것으로 1연과 유사한 의미를 지닌다. 율곡은 그의 <은병정사학규>를 통해서 '과업을 하려는 자는 반드시 다른 곳에서 익히라'[15]고 말한다. 또한 강학과 영월음풍 가운데 초점이 놓이는 것은 후자인데, 이로써 강학을 하는 것 역시 입신양명을 위함이 아니라 도에 이르기 위한 것으로 파악할 수 있다.

한편 고산의 구곡담을 하루, 또는 일년의 시간 질서에 따라 차례로 나열하며 승경의 아름다움을 노래한 <고산구곡가>는 표면적으로는 자연의 아름다움을 노래하는 데 머물고 있다. 하지만 그것이 단지 고산 구곡담의 아름다움을 묘사하는 데 그치는 것은 아니다. 율곡이 고산에 머물던 때는 물러난 시기에 해당된다. 율곡은 물러나 자수(自守)하는 사람의 품격을 천민(天民)·학자(學者)·은자(隱者)의 셋으로 구분하고 천민과 학자를 그 지향할 마땅한 바로 여겼다.[16] 이는 곧 <고산구곡가>의 지향이 천민과 학자에 있음을 의미하게 된다. 그런데

---

15) 『栗曲全書』권15, '雜著'2 <隱屛精舍學規> : 若欲唔科業者 必習于他處 (이에 대한 보다 구체적인 내용은 김상진, 「고산구곡가의 성리학적 생태인식」, 『시조학논총』20집, 한국시조학회, 2004, 57-58쪽 참조).
16) 『栗谷全書』권15, <東湖問答> : 退而自守者其品有三 懷不世之寶 蘊濟時之具 囂囂樂道 韞櫝待賈者天民也. 自道學不足而求進其學 自知材不優而求達其材 藏修待時 不經自售者學者也. 高潔淸介不屑天下之事 卓然長往與世上忘者隱者也.

율곡의 궁극적인 지향이 자수의 품격에 머물러 있음은 아니다. 그는 자수하는 것은 현실에서 때를 못 만났기 때문이며 본심은 겸선에 있다고 말한다.[17] 이러한 겸선의 지향은 작품에서 보이는 타인에 대한 관심으로 표출된다. 즉, 율곡은 고산 구곡담을 노래하며 그곳의 아름다운 승경을 '벗' 혹은 '사람들'로 표현되는 타인들과 함께 보고 즐기기를 바란다. <고산구곡가>는 노래의 전반에 걸쳐 타인의 존재가 지속적으로 등장하는데,[18] 이는 곧 율곡의 궁극적인 지향이 겸선에 있음을 시사한다. 이로써 <고산구곡가>의 궁극적인 지향이 율곡이 고산구곡담의 승경을 보고 느낀 감회를 표현하기보다는 도의 실현에 있음을 알 수 있다.

16세기 연시조의 또 다른 지향은 바로 훈민이다. 여기에는 오륜을 주제로 한 시조가 다수 포함되는데 주세붕과 송순의 <오륜가>와 송강 정철의 <훈민가>, 그리고 박선장과 김상용 및 박인로의 <오륜가> 등이 있다. 이 가운데 송강의 <훈민가>는 가장 뛰어난 작품으로 평가받는다. 그것은 기왕의, 혹은 이후의 작품들이 지나치게 관념화 되어 훈민의 대상인 백성들에게 실제감이 결여되었던 것과는 달리 구체적인 생활을 소재로 그 움직임을 동적으로 그려냈기 때문이다.[19]

널리 알려져 있는 사실로, <훈민가>는 송강이 강원도 관찰사로 있을 때, 그곳 백성들을 위하여 만든 것이다. 그리고 그것의 제작에는 중국 진고령(陳古靈)의 <선거권유문(仙居勸諭文)>이 절대적인 영향을 미쳤다.[20] 이러한 사실

---

17) 『栗谷全書』권15, <東湖問答> : 客曰士生斯世 莫不以經濟爲心 宜乎心亦皆同 而或進而兼善 或退而自守 何耶主人曰 士之兼善 固其志也 退而自守 夫其本心歟 時有遇不遇耳.
18) <고산구곡가>에서 '타인'의 모습이 등장하는 것은 모두 다섯 수로 1연, 2연, 3연과 9연, 10연이다. 이에 대해서는 김상진, 「고산구곡가의 구조와 의미고찰」, 『한양어문연구』8집, 한양대 한양어문연구회, 1990, 74-78쪽 참조.
19) 신연우, 『조선조 사대부 시조문학 연구』, 박이정, 1997, 48-49쪽.
20) <선거권유문>과 <훈민가>의 관계에 대해서는 박성의, 「경민편과 훈민가 소고」, 『송강문학연구』, 국학자료원, 1993, 103-105쪽에서 상세히 다루고 있다.

은 송강이 쓴 <홍주관판기(洪州舘板記)>의 내용을 통해서도 확인된다.

> (전략) 그래서 여기에 서산 진선생의 두 권유문에서 그 요지만을 가려 뽑아 하나로 만들어서 촌락에 게시하노니, 너희들 백성에게 바라는 바는 아비는 사랑하고, 자식은 효도하고, 형은 우애하고, 아우는 공손하고, 남편은 화기 있고, 아내는 순종할 것이며 말은 반드시 진실하게 하고, 행동은 반드시 온공히 하며, 族黨에는 은혜를 베풀고 鄕閭에는 禮가 있게 하며, 윗사람은 공경하여 받들고 고독한 이는 불쌍히 여겨 구휼을 하는 등이니, 한 道가 변해서 道義가 있는 나라로 되게 하여 위로 聖君이 백성을 위로하시고 신하를 공경하시는 덕화를 받게 되면 어찌 아름다운 일이 아니랴. 오직 너희 백성들은 각각 마땅히 힘쓸지어다.[21]

이상의 내용은 <훈민가>와 매우 흡사하다. 요컨대 <훈민가>는 백성들로 하여금 서로의 관계에 있어서 지켜야 할 마땅한 도리를 가르치고 행동의 지침을 일러주는 것이라고 할 수 있다. 그런 만큼 그것은 무엇보다도 효용성에 초점을 맞춘다. <훈민가>의 이러한 효용적 가치는 다음의 두 글을 통해서도 알 수 있다.

> 단가 16수는 곧 선조 때 相臣인 정철이 강원감사로 있을 때 지은 것이다. 이는 陳古靈의 논문 여러 조목에 군신, 장유, 붕우의 세 가지를 가한 것이니, 백성들로 하여금 항상 외우고 익히며 읊어서 입에 익히게 하면 사람의 性情을 감발시키는 데 도움이 없지 않을 것이므로 이에 浮刻하여 훈민가라 하였다.[22]
>
> "故 相臣 鄭澈이 지은 훈민가는 모두 16장으로, 그 말이 백성들이 날마다 실행하는 윤리에 지나지 않는 것입니다. 촌락의 부녀자와 어린 아이로 하여금 항상 외워서 감동한 바가 있게 하려 한 것으로 곡조가 경민편에 있습니다. 지금 만일 이를 팔도에 분부하시어 백성으로 하여금 외우고 익히게 하면 비록 어리석은 남녀 백성이라도 거의 다 大義를 알게 될 것이니, 三南兩西에 山有花라는 속된 俚曲이 아무런 의미도 없이 사람의

---

21) 『국역 송강집』<홍주관판기>, 삼안출판사, 1974, 152쪽.
22) 위의 책, <잡록·경민편>, 460쪽.

마음만 음탕하게 하는 것에 비하오리까. 신은 생각건대 여러 도에 분부를 내리시어 小民 중 조금 지식이 있는 자를 가려 훈민가 16장을 가르쳐 외우고 익히게 하는 것은 지극히 쉬운 일입니다. 두어달 이내에 그 거행의 근면하고 태만함을 알게 될 것이오니 이러한 뜻으로 嚴飭을 가하심이 어떠할까 하나이다." 상감은 "주달한 바가 옳으니 그것을 여러 도에 신칙 반포하도록 하라" 하셨다.[23]

위의 인용문은 김정국(金正國, 1485-1541)의 『경민편(警民編)』에 실려 있는 것으로 송강이 지은 16수의 훈민 시조를 <훈민가>라 명명하며 그것의 효용적 가치를 평가한 글이고, 아래 것은 조선 영조조에 정승을 지낸 한익모(韓翼謨, 1703-?)가 상감께 올린 계(啓)이다. 이 두 글은 <훈민가>의 효용적 가치를 매우 높게 평가하고 있다. 물론 당시 강원도 사람들이 <훈민가>를 얼마만큼 수용했는지는 정확하게 알 수 없다.[24] 하지만 그것의 효용성은 이미 당시의 논객들에게서 매우 긍정적인 평가를 받았음을 알 수 있다. 특히 한익모는 <훈민가>를 강원도 지역에서 뿐만 아니라 전국적으로 유포해서 부를 것을 주청한다. <훈민가> 이전에도 백성들에게 인륜 도덕을 가르치는 노래는 있어왔지만 그가 유독 <훈민가>를 널리 부를 수 있도록 하자고 한 것은 그것이 여느 훈민시조와는 다른 차별성을 지니고 있기 때문이다. 우선 내용적인 면에서 <훈민가>는 인륜 도덕만 이야기한 것이 아니라 사회 규범 및 행동의 지침까지를 일러주고 있다. 형식의 측면에서 보더라도 강압하고 규제하는 일방향성에서 벗어나 작중 화자를 내세워 다양한 목소리로 발화한다.

---

23) 위의 책, <잡록:한상익모계>, 460쪽.
24) 오종각의 「이세보의 연시조 연구」(『한국시가연구』5집, 한국시가학회, 1999, 357쪽)에서는 <훈민가> 16수 모든 작품이 일반 가집에 널리 전승되지 못했음을 근거로 하여 이것이 강원도 백성들에게 얼마만큼 광포되었는지에 회의적인 견해를 보였다. 하지만 <훈민가>는 17세기와 18세기로 이어지며 주로 문헌을 중심으로 전승되어 정책적 차원에서 보급·장려된다(이에 대해서는 최규수, 『송강 정철 시가의 수용사적 탐색』, 월인, 2002, 86-97쪽). 물론 강원도 백성들에게 회자된 것과 후대에 정책적으로 보급된 것은 다른 맥락으로 파악할 수 있다. 여기서는 그것이 지닌 효용적 가치에 초점을 맞춘다.

상뉵 장긔 ᄒᆞ디 마라 숑ᄉ 글월 ᄒᆞ디 마라
집 배야 므슴ᄒᆞ며 ᄂᆞ미 원슈 될 줄 엇디
나라히 법을 세우샤 죄 인ᄂᆞᆫ 줄 모로ᄂᆞᆫ다 (無學賭博 無好爭訟, 15연)

아바님 날 나ᄒᆞ시고 어마님 날 기르시니
두 분 곳 아니시면 이 몸이 사라실가
하늘 ᄀᆞ튼 ᄀᆞ 업슨 은덕을 어디 다혀 갑ᄉ오리 (父義母慈, 1연)

오ᄂᆞᆯ도 다 새거다 호ᄆᆡ 메고 가쟈스라
네 논 다 ᄆᆡ여든 네 논 졈 ᄆᆡ어 주마
올길헤 ᄲᅩᆼ 빠다가 누에 머겨 보쟈스라 (無惰農桑, 13연)

위의 세 노래는 송강의 <훈민가> 중에서 발췌한 작품들이다. 그러나 그 발화양상은 서로 같지 않다. 훈민 시조는 작가 관료의 신분으로 있으면서 백성 교화를 목적으로 만들어진 것이 대부분이기 때문에 화자가 청자에게 명령형으로 발화하는 것이 보편적인 현상이다. 15연은 그와 같은 훈민시조의 일반적인 경우에 해당하는 작품으로, 화자가 청자보다 상위의 신분에서 청자에게 명령한다. 그리고 그 내용을 보면 송강 자신이 작중 화자로 등장하여 목민관의 신분으로 강원도 백성들에게 도박과 송사를 금지할 것을 명령한다.

그 다음에 제시된 1연은 부모에게 효도할 것을 노래한다. 그러나 1연의 상황은 15연과는 다른 모습이다. 송강은 자신이 청자보다 낮은 위치에서 효를 다짐하고 있을 뿐, 목민관으로서의 면모는 드러내지 않는다. 13연은 또 다른 상황이 전개된다. 여기서 송강은 스스로가 강원도 백성 중의 한 사람이 되어 상대에게 이야기 하고 있다. 13연은 훈민 시조에서는 드물게 청유형으로 발화한다. 즉 화자는 청자가 동등한 입장에서 상대의 동참을 유도하고 있다. 또한 1연과 13연은 청자와 화자의 관계에서 볼 때는 화자하위형과 화자·청자동등형으로 구분되지만 송강 스스로가 강원도 백성의 한 사람이 되어 발화한다는 측면에서는 동일하다. 왜냐하면 훈민 시조가 백성들의 실질적인 삶에 지침이 될 수 있다는 점을 생각할 때, 그 수용자 층은 젊은 계층이 되기 때문이다. 따라서 송강 자신이 강원도의 젊은 계층이 되어 부모님에 대한 효를 다짐하고 있다. 이렇듯 다양한 목소리로 발화하는 것은 효용의 극대화를 위함이다.

3. 단형시조와 가사의 지향

16세기에 어떤 이유로 연시조가 불려지게 되었는지, 연시조의 어떤 특성이 당시 사대부들에게 다가설 수 있었는지에 대하여 같은 시기에 불려졌던 단형시조와 가사와의 관계 속에서 살펴보기로 한다. 이들과의 변별적 특성이 연시조의 본질을 좀더 극명하게 드러낼 것으로 기대하기 때문이다.

이것을 위해서는 동일한 잣대가 필요할 텐데, 이에 가장 적절한 작가와 작품으로 송강 정철과 그의 작품을 들 수 있다. 송강은 16세기의 대표적인 작가로서 단형시조와 연시조, 그리고 가사 작품을 모두 창작하였을 뿐 아니라 작품 수도 상당수에 이른다. 물론 한 작가의 작품이 각 장르를 대표하는 절대적인 기준이 될 수는 없을 것이다. 하지만 문학이 사회와 유리될 수 없는 것이므로 그 시대에 그러한 장르를 선택했다고 하는 것은 그의 작품이 그 장르적 특성을 지니고 있다는 말로 환언할 수 있다. '단가 고산, 장가 송강'이란 표현에서도 알 수 있듯이 송강은 대표적인 가사 작가로 꼽힌다. 하지만 송강의 명망이 가사에만 머무는 것은 아니다. 앞서의 표현은 송강가사의 가치를 높이기 위함이지 시조의 가치를 폄하하기 위한 것은 아니다. 그는 시조의 창작에도 괄목할 만한 업적을 보여 90수가 넘는 시조 작품을 남겼는데, 이는 그가 활동하던 시기의 시조 작가 가운데 가장 많은 작품 수이다.[25)]

---

25) 작품 수는 박을수(편), 『한국시조대사전』(앞의 책)에 근거한다. 이 책에서 송강 작품으로 수록된 시조는 모두 96수이며, 그 가운데 일곱 수는 송강의 작품인지 의심의 여지가 있다.

1) 단형시조의 서정적 미감

<훈민가> 16수를 제외한 송강의 단형 시조는 80수 정도이다. 적지 않은 수의 시조를 남긴 만큼 그 주제도 다양하다. 단형시조에서도 <훈민가>와 동일한 주제를 지향하는 훈민시조가 발견되지만 단형시조에서는 그보다는 개인의 정서를 표현하는 것에 더욱 치중하게 된다. 이러한 단형시조는 대략 우시연군, 자연의 홍취와 인생무상 등의 주제로 범주화할 수 있다.

① 뎌긔 셧는 뎌 소나모 길 ㄱ의 셜 줄 엇디
　저근덧 드리혀 뎌 글헝의 셔고라쟈
　숫 씌고 도치 멘 분네는 댜 디ㄱ려 흐다 (松江歌辭 李選本 51)

② 明珠 四萬斛을 년닙픠다 바다셔
　담는 둣 되는 둣 어드러 보내는다
　헌 ㅅ 흔 믈방을론 어위 계워 흐는다 (松江歌辭 星州本 62)

③ 믈 아래 그림자 지니 드리 우희 즁이 간다
　뎌 즁아 게 서거라 너 간는 디 무러보쟈
　손으로 흰 구룸 ㄱ르치고 말 아니코 가더라 (松江歌辭 星州本 72)

위의 세 시조는 각각 당쟁과 자연의 홍취, 그리고 인생무상을 노래한다. ①에서의 소나무는 절조 있는 충신을 의미한다. 길 가의 소나무는 도끼 든 자의 표적이니, 잠깐 구령 속에 서 있으면 화를 면할 것이라는 진술은 당쟁의 소용돌이에서 화를 당하는 충신의 경우를 일컬음이다. 요컨대 지절을 지키려는 신하가 길가의 소나무처럼 위험도 마다않고 직언을 일삼다가 상대의 미움을 받아 화를 입게 되는 이치를 경계한 것이다. 송강은 당쟁의 아픔이 누구보다 컸던 인물이다.[26] 을사사화와 정미사화로 인하여 어린 시절에 아버지의 유배

---

26) 김상진, 「송강시조에 나타난 화자의 모습과 차별 양상」, 『온지논총』8집, 온지학회, 2002, 79-97쪽.

생활을 함께 경험하고 형의 죽음을 직면하기도 했다. 따라서 이는 직언을 서슴지 않아 당쟁의 직접적인 피해자가 되기도 했던 송강 자신에 대한 외침이자 또 다른 충직한 신하를 위한 전언이기도 하다.

②에서는 섬세하고 예리한 묘사를 통한 미감과 함께 흥겨움의 정취를 동시에 꾀하며 미적 형상화를 이룬다. 이는 자연물에게 인격을 부여한 때문으로 파악된다. '어위 계위' 하고 '헌ᄉ'하다는 것은 인간의 감정이나 행동을 나타내는 표현으로 그 주체는 인간이 되어야 한다. 그런데 자연물인 물방울을 두고 이와 같이 표현했다는 것은 그것을 바라보는 사람, 즉 송강의 마음이 흥겹고 그래서 떠들썩하게 수다라도 떨고 싶은 것인지도 모른다. 요컨대 자연의 아름다움을 보고 흥겨워하는 송강의 마음을 엿보게 한다.

송강의 자연관이 잘 나타난 작품 ③에서는 인생의 무상함을 느낄 수 있다. 하지만 인생의 무상을 이야기하는 데도 허무보다는 멋스러움이 느껴진다. 선문답과도 같은 묘사로 시작한 초장에서는 선시(禪詩)의 품격마저도 느껴진다. 다리 위를 지나는 중의 존재를 알 수 있는 것은 물 아래 비치는 그림자를 통해서이다. 초장의 이러한 태도는 중장과 종장으로 이어진다. 지나는 중을 향해 가는 곳을 물어보지만 중은 대답대신 엉뚱하게도 하늘에 떠가는 구름을 가리킨다. 동문서답 같기도 하고 뜬금없어 보이기도 하지만 이것은 중장의 물음에 대한 대답이다. 그렇다면 그가 가는 곳은 곧 흰 구름이 가는 곳이다. 갈 곳을 따로 정하지 않고 흘러가는 구름처럼 그 또한 발길 닿는 대로 가는 것이다. 무상감이 들게 하지만 결코 비관적이지는 않다.[27]

이처럼 송강은 단형시조를 통해서는 <훈민가>에서 보이던 모습과는 전혀 다른 양상을 전개한다. 한편 이 시기의 단형시조에는 매창(梅窓)이나 황진이(黃眞伊) 등, 기녀들이 작가로 참여하였다. 특히 이들은 사대부와는 달리 서정적

---

27) 이에 대해 안병태는 「송강문학에 나타난 자연관」(『송강·고산문학론』, 이우출판사, 1987, 140쪽)에서 초장의 景·靜·시각성을, 중장의 靜·動·청각성으로 휘갑하여 종장에서 자연에 귀의하였다고 설명한다.

구상물로서의 시조를 인식함으로써 연시조의 지향과는 다른 노선을 걷게 된다. 이처럼 단형시조에서는 연시조에서 보이던 효용성이라든지 성정의 미학은 별로 찾아보기 힘들다. 대신에 서정성은 그만큼 더 강조된다.

2) 가사와 정서의 심화

송강은 서포(西浦) 김만중(金萬重, 1637-1692)에 의해 '동방의 이소(離騷)'라는 격찬을 받은 <관동별곡>과 <사미인곡>·<속미인곡>의 세 편과 함께 <성산별곡>을 제작하며 모두 4편의 가사를 남겼다. 송강 가사의 우수성은 조선조부터도 널리 알려져 당대의 비평가들 또한 찬사를 아끼지 않았다. 홍만종(洪萬宗, 1643-1725)은 『순오지(旬五志)』에서 송강가사에 대하여 다음과 같이 적고 있다.

> 관동별곡은 송강 정철이 지은 바로, 관동지방 산수의 아름다움을 차례로 들되, 幽邃詭怪한 장관을 말로 다하였으니 경물을 묘사한 교묘함과 造語의 기특함은 참으로 樂譜의 절등한 곡조라 하겠다. 사미인곡 또한 송강이 지은 것인데『詩經』의 미인이란 두 글자를 祖述하여 시국을 걱정하고 임금을 사모하는 뜻을 붙인 것이어서 참으로 郢中(楚나라의 수도)의 <白雪曲>(초나라 가곡의 명칭으로, 고상한 歌詞를 일컬음)에 견줄 만하다. 속사미인곡 또한 송강이 지은 바인데, 앞서 지은 사의 미진한 생각을 다시 서술한 것으로 말이 더욱 공교롭고 뜻이 더욱 처절하여 孔明의 <出師表>와 伯仲하다 하겠다.[28]

여기서 홍만종은 <관동별곡>에서 보이는 묘사와 조어(造語), <사미인곡>과 <속미인곡>에서 보이는 뜻의 공교로움 등을 <백설곡>이나 <출사표>에 견주어 격찬한다. 이러한 평가는 이선(李選, 1632-1692)이 적은 송강가사의

---

[28]『松江全集』<記述雜錄> : 關東別曲松江鄭澈所製 而歷擧關東山水之美 說盡幽邃詭怪之觀狀 物之妙造語之奇 信樂譜之絶調也. 思美人曲祖述詩經美人二字 以寓憂時戀君之意 亦郢中之白 雪. 續思美人曲 復伸前詞未盡之思 語益工而益意切 可與孔明出師表伯仲看也.

발문을 통해서도 알 수 있다. 그는 여기서 송강의 세 가사를 두고 '비록 굴원의 초사나 소식의 사부도 이보다 낫다고 할 수는 없다. 그것을 매번 목을 당겨 소리 내어 부르는 것을 들으면 성운이 청초하고 그 뜻이 매우 높아 자신도 깨닫지 못하는 사이에 허공에 의지하여 바람을 타고 날개가 돋아 신선이 되어 오르는 듯하다'는 말로서 극찬했다.[29]

다음의 작품은 송강가사 중에서 자연의 아름다움이 잘 드러난 <관동별곡>이다. <관동별곡>은 관동 지역을 기행하며 그 체험을 가사로 엮은 기행가사이다. 여기서 송강은 자신의 행로를 상세히 적으며 그 자연의 아름다움을 보고 느껴지는 정서를 상세하게 묘사하고 있다.

> 延秋門 드리드라 慶會南門 브라보며
> 下直고 믈너나니 玉節이 알픠셧다
> 平丘驛 몰을 ᄀ라 黑水로 도라드니
> 蟾江은 어듸메오 雉岳이 여긔로다
> …(중략)…
> 銀ᄀ톤 무지게 玉ᄀ톤 龍의초리
> 섯돌며 뽐ᄂᆞᆫ소리 十里예 ᄌ자시니
> 들을제는 우레러니 보니ᄂᆞᆫ 눈이로다 (<관동별곡>『송강가사』성주본)

<관동별곡>은 기행이 중심을 이루기 때문에 여행지의 노정을 차례로 나열해가며 전체적인 작품을 구성하게 된다. 위에 인용된 작품의 일부를 보더라도 연추문, 경회남문, 평구역, 섬강, 치악(산) 등의 지명이 등장한다. 그러나 <관동별곡>의 우수함이 여기에 있는 것은 아니다. 그것은 이 선의 표현처럼, '성운이 청초하고 뜻이 높아, 노래를 하면 자신도 모르게 우화등선의 경지에 이르게 된다'는 탁월한 언어의 조탁에 있다. 만폭동에서의 장관을 '은같은 무지개'라든

---

29) 『松江全集』<李選本跋> : 無不盛傳修屈平之楚騷 子瞻之詞賦 殆無以過之. 每聽其引喉高詠 聲韻淸楚 意旨超忽 不覺其飄飄乎 如憑虛而御風 羽化而登仙.

지, '옥같은 용의 초리'라는 비유를 들어 묘사함으로써 실제보다도 너 황홀하게 그려내고 있다. 이처럼 <관동별곡>에서는 자연 공간의 장관을 탁월한 언어로 묘사하기도 했지만 그 광경 속에서 돋아나는 송강의 풍류심, 홍취 또한 훌륭하게 형상화하였다. '져근덧 가디마오 이 술 흔잔 먹어보오'라든지 '어와 조화옹이 헌스도 헌스홀샤' 등의 표현은 눈앞에 펼쳐지는 금강산의 장관 앞에서 한껏 홍겨워하는 송강의 마음이기도 하다.

<사미인곡>과 <속미인곡>은 송강이 창평 유배지에 있으면서 지은 작품이다. 송강은 두 작품을 통하여 임을 향한 간절한 사랑을 역시 그의 탁월한 언어로 핍진하게 묘사하고 있다. <사미인곡>은 본사가 춘·하·추·동사로 이루어져 있는데, 각 계절마다 임에게 바치고픈 사물을 들어 자신의 마음도 함께 임에게 바치고자 하였다. 즉 매화[춘사], 원앙금·오색선으로 지은 옷[하사], 청광(淸光)[추사], 양춘(陽春)[동사] 등이 그것이다. 이렇듯 사시의 순환을 통하여 임을 향한 간절한 마음을 읊음으로써 임에 대한 변함없는 사랑을 노래하게 된다. 하지만 그 사랑을 임은 알지 못하니 괴로울 따름이다.

> ᄒᆞᄅᆞ도 열두째 ᄒᆞᆫ둘도 셜흔날
> 져근덧 싱각마라 이시름 닛쟈ᄒᆞ니
> ᄆᆞ음의 미쳐이셔 骨髓의 쎄텨시니
> 扁鵲이 열히오다 이병을 엇디ᄒᆞ리
> 어와 내병이야 이님의 타시로다
> ᄎᆞᆯ하리 싀어디여 범나븨 되오리라
> 곳나도 가지마다 간ᄃᆡ죡죡 안니다가
> 향므든 놀애로 님의 오ᄉᆞ 올므리라
> 님이야 날인줄 모ᄅᆞ셔도 내님조ᄎᆞ려 ᄒᆞ노라
> (<사미인곡>『송강가사』성주본)

> 반기시ᄂᆞᆫ 눗비치 녜와엇디 다ᄅᆞ신고
> 누어 싱각ᄒᆞ고 니러안자 혜어ᄒᆞ니

내 몸의 지은 죄 뫼▽티 빠혀시니
하놀히라 원망ᄒ며 사롭이라 허믈ᄒ랴
셜워 플텨헤니 造物의 타시로다
글란 싱각마오 미친일이 이셔이다
님을 뫼셔이셔 님의일을 내알거니
믈▽튼 얼굴이 편ᄒ실적 몃날일고
春寒苦熱은 엇디ᄒ야 디내시며
秋日冬天은 뉘라셔 뫼셧ᄂ고
粥早飯 朝夕뫼 녜와▽티 셔시ᄂ가
기나긴 밤의줌은 엇디 자시ᄂ고 (<속미인곡>『송강가사』성주본)

    <사미인곡>에서 송강은 하루 열 두 때, 한 달 삼십 일을 내내 시름에 젖어 마음 속에 깊은 한을 지니고 있는 자신의 아픔을 토로한다. 마음에 한이 맺혀 얻은 병은 중국의 전설적인 명의(名醫) 편작이 열 명이 있어도 고칠 수 없다고 했으니 그 한의 깊이가 어느 정도인지 가히 짐작이 가고도 남음이 있다. 그래서 차라리 죽어 한 마리 나비가 되어서라도 임의 곁에 머물고자 한다. 죽음을 불사할 만큼 임을 향한 사랑은 절실하다. 더욱이 그 나비는 그냥 임에게 앉는 것이 아니라, 꽃나무 가지마다 앉아서 꽃의 향기를 가득 담아 임에게 앉기를 희망한다. 이는 본사에서 각 계절을 대표하는 것을 임에게 바치려 했던 것과 동일 맥락에서 파악할 수 있는데, 죽어서도 가장 좋은 것을 임에게 바치고픈 마음을 표출함으로써 애처로울 정도로 간절한 연군의 정을 묘사하고 있다. 통칭 갑녀와 을녀로 지칭되는 두 명의 여성 화자를 등장시켜 대화체로 엮은 <속미인곡>에서 송강은 임을 향한 간절한 사랑을 진솔하게 서술한다. 위에서 화자는 짐짓 자신의 상황에 대하여 누구의 탓도 하지 않은 채 자신의 허물로 돌리고자 한다. 하지만 가슴에 맺힌 한을 쉽게 풀어버릴 수도 없고, 임에 대한 사랑을 멈추지도 못한다. <사미인곡>에서 춘하추동 변함없는 연주(戀主)의 정을 노래한 것과 마찬가지로 여기서도 '춘한고열, 추일동천, 죽조반, 조석뫼'

등을 통하여 한 순간도 놓치지 않고 임을 생각하는 절대적인 사랑을 노래한다. 이처럼 송강은 <사미인곡>과 <속미인곡>의 두 가사 작품에서 유배지에서 단절된 임의 사랑을 절절하게 담아낸다.

한편 <성산별곡>은 앞선 세 작품에 비해 상대적으로 덜 주목을 받지만, 이 또한 자연에서의 흥취를 인간사적인 면과 결합하여 형상화하였다.[30]

> 엇던 디날손이 星山의 머믈면셔
> 棲霞堂 息影亭 主人아 내말듯소
> 人生 世間의 됴흔일 하건마는
> 엇디흔 江山을 가디록 나이녀겨
> 寂寞山中의 들고 아니 나시는고
> 松根을 다시쓸고 竹床의 자리보와
> 져근덧 올라안자 엇던고 다시보니
> 天邊의 썬는구름 瑞石을 집을사마
> 나는듯 드는양이 主人과 엇더흔고
> ...(중략)...
> 山中의 册曆이업서 四時롤 모르더니
> 눈아래 헤틴景이 철철이 절로나니
> 듯거니 보거니 일마다 仙間이라 (<성산별곡>, 『송강가사』성주본)

<성산별곡>의 서사이다. <성산별곡>은 송강이 김성원(金成遠, 1565-1592)의 정자인 식영정(息影亭)과 서하당(棲霞堂)에 찾아가 아름다운 성산에서 유유자적 하는 그의 생활을 동경하며 자연에서의 즐거움을 노래한 작품이다. 자신을 '지나는 손'으로 표현하여 식영정 주인에게 발화하는 양식으로 진행하는 <성산별곡>은 16세기 조선조 사대부들의 전형적인 삶의 한 단면을 보여

---

30) 최성호의 「성산별곡 연구」(『송강문학연구』(앞의 책), 221-252쪽)에서는 송강의 다른 가사 작품에 비해 <성산별곡>이 상대적으로 평가를 받지 못하는 것과는 달리 <성산별곡>을 새롭게 평가하고 있다.

준다는 평을 받는다.[31] 즉 물러난 시기에 산림을 안식처로 생각하는 사대부의 자연관을 표출한다는 것인데, 그들에게 귀거래는 명분일 뿐 기회를 만나면 언제든지 세상에 나아갈 수 있다는 것이다. 그렇다면 어떤 의미에서 <성산별곡>은 가장 사대부적이란 의미를 지닐 수 있다. 송강은 여기서 자연의 흥취를 노래하며 자연과 융화된 삶을 노래하고 있다. 설령 그것이 때를 기다리며 침잠하고 있는 것이라 할지라도 개인의 정서적 표출이라는 점만은 인정된다.

이상을 종합할 때 송강의 가사는 자연의 아름다움을 노래한 작품과 유배지에서 연군의 정을 노래한 작품으로 분류할 수 있다. 아름다운 절경을 보고 노래한 것도 개인적인 정서이고, 유배지에서 군주에 대한 끝없는 애정을 노래한 것도 개인의 감정을 토로한 것이다. 그런데 이들이 단형시조와 구분되는 것은, 이들은 감정을 술회함에 있어서 확장적이라는 점이다. 자연을 보고 느끼는 감회, 더욱이 그것이 여러 승경을 둘러보는 경우라면 감정의 이완상태일 것이고 그것의 진술도 풀어진 형태를 보이게 될 것이다. 연군 가사 또한 유사한 맥락에서 파악할 수 있다. 유배지에서의 처절한 생활은 한으로 연결될 것이며, 그 응어리진 한을 읍소하는 마음을 노래하는 데는 이미지의 압축을 요구하는 시조로써 감정을 담아내는데는 한계가 있다.

한편 이 시기에 지어진 다른 작가의 작품인 이서(李緖)의 <낙지가>와 송순(宋純)의 <면앙정가>는 은일가사로서의 면모를 지니며, 백광홍(白光弘)의 <관서별곡>은 기행가사로 관서 지방의 풍경을 읊고 있다. 산수가 좋아 산수와 더불어 산 봉래를 '미인'[말 그대로의 미인을 지칭]에게 바친 노래인 양사언(楊士彦)의 <미인별곡>과, 서울의 한강에서 뱃노래를 하며 주위의 풍경을 노래한 허강(許橿)의 <서호별곡>에서는 풍류객으로서의 모습이 두드러지다. 송강이 활약하던 시기에는 약 10명의 작가에 의해 13편의 가사가 전해진다.[32] 그런데

31) 정대림, 「성산별곡과 사대부의 삶」, 『한국고전시가작품론』2(앞의 책), 640쪽.
32) 성호경, 「16세기 국어 시가 연구」(서울대 박사논문, 1986, 156-159쪽)에 의하면 송강의 4편 외에, 이서, 백광홍, 양사언, 허강, 송순, 이황, 조식, 고응척이 각각 한 편씩 남기고 있다.

이늘의 내용을 보면 연시조에서 보이넌 노학자적 변모와는 거리가 있다. 송강 또한 <훈민가>에서는 목민관의 신분에 철저하여 도학자적인 모습을 어느 정도 보이지만 <성산별곡>을 비롯한 <관동별곡>, <사미인곡>, <속미인곡> 등 네 편의 가사에서는 그러한 모습은 전혀 보이지 않음으로써 연시조와는 차별성을 보인다.

이처럼 이 시기의 가사 문학은 정서를 표출함에 있어서 단형시조보다 적극적이다.[33] 이는 형식적 제한이 까다로운 시조에 비하여 가사는 4음보의 운율만 지켜나가면 될 뿐 특별한 제약이 없기 때문에 훨씬 진술해지고 정서를 표출하는 데 유리하기 때문으로 파악된다.

4. 연시조의 특성

맹사성의 <강호사시가>로부터 시작된 연시조는 16세기로 접어들며 본격적으로 제작된다. 이 시기는 성리학 사상의 발전과 맞물리는 시기이기도 하다. 연시조는 무엇보다도 성리학적 리(理)를 바탕으로 이루어졌다. 16세기와 그 다음 시기까지도 고전시가의 주 담당층은 사대부 계층이다. 그들에게 있어서 문(文)이란 도(道)를 표현하는 도구였는데 연시조는 이러한 재도지기 문학으로서의 역할에 보다 충실하였다. 또한 그들은 도를 표현하는 데서 머무는 것이 아니라 나아가서는 많은 사람들에게 알려 함께 실현해야 한다는 보다 중요한 목적을 두고 있다. 그랬을 때 그들의 도를 담아내고 다른 사람에게 전달하는

이 가운데 이황의 <도덕가>와 조식의 <권선지로가>는 작자가 분명하지 않은데, <권선지로가>는 홍만종이『순오지』에서 조식의 작품으로 기록하고 있다. 그 외에 율곡의 <낙빈가> <자경별곡> 등이 있으나, 그 내용으로 봤을 때 율곡의 작품으로 보기에는 무리가 있고, 이황의 <퇴계가> <금보가> <상저가> <도덕가> <효우가> 또한 퇴계의 사상과 일치점을 찾기 힘들다.

33) 최상은,『사대부 가사에 나타난 자연인식과 서정』, 보고사, 2004, 58쪽.

데 가장 효과적인 문학 양식이 연시조라고 생각했을 것이다.

일반적으로 시조는 정서적 가치가 큰 무리와 효용적 가치가 큰 무리로 나눌 수가 있다.[34] 전자가 단형시조를 주로 하여 발전하여 왔다면 후자는 연시조를 주로 하여 발전하였다. 이들이 각기 단형시조와 연시조로 구분되어 발전하게 된 것은 그들이 담고 있는 내용과 긴밀한 관계가 있다. 즉 어떤 대상에 대한 정서적 미감은 밖으로 표출하여 확장시키기보다는 절제하여 함축적으로 표현할 때 더욱 긴장감을 느끼게 한다. 따라서 설명하기보다는 이미지로 형상화하여 그 의미를 상징적으로 나타낼 때 더욱 효과적일 수 있다.

하지만 이러한 이미지적인 것은 종종 그 의미가 제대로 전달되지 않을 수도 있어서 효용적 가치를 목적으로 하는 일련의 작품에는 적합하지 않을 수 있다. 효용의 가치를 위해서는 미적 형상화보다는 주제의 전달이라는 측면이 더욱 강화된다. 그러므로 경우에 따라서 다소 설명적일 경우도 있게 되고 비록 설명적이진 않다 하더라도 삼장의 형태로 효용의 가치를 모두 표현하기에는 제한이 따른다. 가사 또한 유학자들의 도를 담기에는 부족한 면이 있다. 이것은 가사의 형식이 시조만큼 정제되지 못한 데서 기인한다. 성리학은 규범적인 학문이다. 시조가 '3장 4음보'로 이루어진 규범적인 장르라면 가사는 3·4조 혹은 4·4조로 얼마든지 그 행을 늘일 수 있다.[35] 이러한 무제한성이 사대부들에게는 무절제성으로 받아들여질 수 있다. 따라서 시조의 삼장 형태를 유지하면서도 자신들이 갖고 있는 성리학적 사상을 표현하는 데 적합한 수단으로 연시조를 제작하였을 것으로 보인다. 더욱이 연시조는 삼장으로 완결되는 단형시조가 여러 수 중첩됨으로써, 하나의 노래를 무제한적으로 늘여 쓴 가사보다 기억이 용이하다. 연시조가 단지 혼자 즐기기 위한 수단이 아니라 효용적인 측면에 더욱

---

34) 김열규, 「한국시가의 서정의 몇 국면」, 『고전시가론』, 새문사, 1984, 377-388쪽.
35) 가사의 형식에 대해서는 여러 가지의 의견이 있으나 대략 위와 같은 것으로 요약할 수 있다. 최강현은 「가사의 발생사적 연구」(국어국문학회편)(『가사문학연구』, 정음문화사, 1984, 19-28쪽)에서 가사의 형식에 대한 여러 견해를 소개하고 있다.

가치를 둔다면 수용자층이 쉽게 외우고 익힐 수 있는 형식의 차용은 매우 중요하다.[36]

이것은 같은 시기에 불려졌던 단형시조 및 가사와의 비교를 통하여 더욱 극명해질 수 있다. 앞서 송강의 작품을 중심으로 살펴보았듯이 단형시조와 가사가 개인적인 정서를 표출하는 데 치중하였다면 연시조는 효용적 가치에 더 큰 목표를 두었다. 물론 단형시조나 가사에도 효용을 목적으로 하는 작품이 전혀 없는 것은 아니며, 이들 또한 성리학의 이념을 담고 있는 작품이 존재한다. 예컨대 송강의 "강원도 백성들아 좋은 일 ᄒ자스랴 / 사람이 태어나 올치옷 못하면 / 마소를 갓고깔   어 밥먹이나 다ᄅ랴"는 단형시조로서 효용성이 부각된 대표적인 경우이다. 이러한 모습은 가사도 마찬가지이다. 가사 또한 교화를 염두에 두어 효용적인 가치를 강조한 작품들이 있다. <도덕가>와 <권선지로가> 등이 그것이다.

하지만 단형시조나 가사에서 효용성을 강조하는 것이 일반적인 현상은 아니다. 더욱이 이들은 유교적 성정을 그려내는 데는 연시조의 수준에 미치지 못하고 있다. <권선지로가>에 대해 "도학의 문자를 썼기에 오히려 서술이 장황하다 하겠으며, '이천(伊川)의 비를 씌워 염계(濂溪)를 건너가서 명도(明道)씌 길흘 무러'라는 대목 같은 것은 말장난으로 기울어졌다"[37]고 한 평가는 이러한 상황에 설득력을 더한다. 이에 반해 이 시기의 연시조는 예외 없이 성리학적 질서를 노래하게 된다. 연시조가 단형시조, 가사와 다른 점은 세 가지 유형의

---

36) 이러한 용이성으로 인해 본고에서 논의의 대상으로 삼은 세 작품은 후대의 작품에 적극적으로 수용되는 양상을 보인다. 권호문, 장경세 등을 비롯한 문인들이 <도산십이곡>을 흐방하여 육가계 연시조를 제작하기에 이른 것은 기왕의 연구에서도 자주 언급된 바이다. 연시조와는 계열을 달리하지만 <고산구곡가>와 <훈민가> 또한 후대에 수용되는데, <훈민가>에 대해서는 최규수의『송강 정철 시가의 수용사적 탐색』(앞의 책)에서 심층적으로 논의되었다. <고산구곡가> 또한 <고산구곡도>나『고산구곡첩』의 제작으로 이어지게 한다. 이에 대해서는 이상원, 「조선후기 '고산구곡가' 수용양상과 그 의미」,『고전문학연구』24집, 한국고전문학회, 2003, 31-57쪽 참조.
37) 조동일,『한국문학통사 2』, 지식산업사, 1982, 307쪽.

시가를 모두 제작한 송강의 경우를 통해서도 알 수 있었다. 특히 송강가사는 우리의 국어를 자유자재로 구사하여 언어미를 최대한으로 표현한 작품으로 꼽힌다. 이러한 발랄한 언어의 표현은 형식의 자유로움으로부터 비롯되었을 것이다. 반면에 성리학적 이념은 나타나지 않는다.

한편 현전하는 연시조 작품은 15세기에 2편, 16세기에 10여 편이 있고 17세기에 이르러는 약 50여 편이 창작되었으며, 18, 9세기는 6편 정도의 작품만이 남아 있다. 작품의 편수를 통해서도 알 수 있듯이 연시조는 16세기에 창작되기 시작하여 17세기에 전성기를 맞이한다. 16세기와 17세기의 사이에는 조선 역사에서 커다란 사건이었던 임진왜란(1592-1598)이 놓여 있다. 전쟁은 많은 부분에서 사람들을 변모시킨다. 하지만 조선 중기론에 따르면 17세기는 16세기와 본질적으로 다르지 않다고 본다. 즉 16세기 이래 구축된 양반 사대부 중심의 사회가 17세기에도 여전히 이어진다는 것이다.[38] 요컨대 16세기 연시조에서 강조되던 효용의 목적이 17세기의 작품에서도 또한 중요한 가치로 등장하게 되고, 그런 만큼 16세기 연시조는 중요한 의미를 지니게 된다.

지금까지 16세기 연시조의 특성을 같은 시기에 제작된 단형시조 및 가사와의 관계 속에서 파악하였다. 단형시조와 연시조, 그리고 가사는 그 형식은 다르지만 서로 같은 계층에 의해 향유되었다는 공통점을 지닌다. 그렇다면 과연 어떠한 이유로 동일계층이 서로 다른 양식으로 표현하게 되었는가에 대하여 살펴본 결과, 연시조는 무엇보다도 효용적 가치에 무게 중심이 놓이는 유형의 시가임을 검토하였다. 또한 단형시조와 가사는 양자 모두 개인의 정서적 표출이라는 점에서는 공통되지만, 단형시조가 절제된 미감을 보이는 데 반해 가사는 훨씬 더 묘사적이고 확장적이다. 이는 이 시기의 가사가 주로 기행이나 유배지에서 쓴 연군 가사가 많다는 것과 유관하다. 기행의 감흥이나 유배지에서의 한을 삼장의 형태로 표현하는 데는 무리가 따랐을 것이다. 이로써 16세기

---

38) 이상원, 「17세기 시가사의 시각」, 『조선중기 시가와 자연』, 태학사, 2002, 261-262쪽.

의 세 가지 유형의 고전 시가는 각각 그들의 형식에 적합한 내용을 담아냄으로써 발전하였음을 검토하였다. 이는 또한 문학에 있어서 내용과 형식의 불가분의 관계를 나타내는 하나의 증좌이기도 하다.

제 3장 <도산십이곡>의 미학과 작품 세계

1. 퇴계와 <도산십이곡>

<도산십이곡(陶山十二曲)>은 퇴계(退溪) 이황(李滉, 1501-1570)이 지은 12수의 연시조 작품이다. <도산십이곡>은 우리의 시가 문학 중에서 성정 미학이 가장 뛰어난 작품이라 할 수 있다. 퇴계의 생존 당시, 우리나라의 성리학은 동양 최고라는 자부심을 갖고 있었고, 퇴계는 그 가운데서도 가장 높은 곳에 위치하는 거유(巨儒)로 그의 학문은 일본에까지 전해졌다. <도산십이곡>은 문학작품이기도 하지만 퇴계의 성리학적 사상이 시로써 형상화된 것이기도 하다. 이는 문학을 '도를 싣기 위한 그릇'으로 파악하던 당대의 사대부 문인들에게는 지극히 자연스러운 현상이기도 하다. <도산십이곡>은 그 가운데서도 효용적 가치가 두드러진 작품으로, 기왕의 연구에서도 언급하였고 퇴계 자신이 쓴 <도산십이곡발>에도 나타나 있듯이 퇴계가 당시 불리고 있던 노래에 대해 불만을 품고 우리 정서에 맞는 노래를 창작하고자 하는 생각에서 만들어진 노래이다.

퇴계가 <도산십이곡>을 제작한 시기에 대해서는 두 가지의 견해가 있다. 그 첫째는 서수생의 의견으로,[39] <도산십이곡발>에서 '가정년 을축 저문 봄 18일 도산 노인이 쓴다'[40]고 한 기록을 근거로 하여 퇴계가 65세 되던 1565년

---

39) 서수생, 「퇴계문학의 연구」, 『한국의 철학』창간호, 경북대 퇴계학연구소, 1973, 129-130쪽.
40) 『退溪全書』권43, <陶山十二曲跋> : 嘉靖四十四年 歲乙丑 暮春 旣望 山老書.

(명종 20년)에 지었다고 본다. 둘째는 서원섭의 주장인데[41], 서수생의 의견보다 앞선 60, 혹은 61세에 지었으리라고 보고 있다. 이러한 주장의 근거는 발문에서 '…당분간 한 벌을 써서 상자에 넣어 놓고, 때때로 내어 스스로 살피고…'[42]라고 적고 있는 것과 함께, 작품에 등장하는 천운대(天雲臺)와 완락재(玩樂齋)가 복축된 연도 등을 따져 근거로 삼은 것이다. 즉 이미 써 두었던 것을 '당분간' 넣어두고 '때때로' 살펴본다고 한 것은 실제로 작품을 쓴 것은 그보다 앞선 시기라는 것이 그의 설명이다.

이 두 가지 견해에는 약 4, 5년의 차이가 있기는 하지만 대략 퇴계가 육십을 넘긴 1561-1565년경이다. 이 시기는 퇴계가 도산서당에 머물며 인생과 학문 등에서 달관을 이루어가던 때로, 퇴계는 <도산기(陶山記)>, <이학통록(理學通錄)>, <심경후론(心經後論)> 등의 글을 지으며 제자들에게 『계몽(啓蒙)』, 『심경(心經)』을 강의하였다. 당시의 사대부 문학이 문학적 창작물이 아니라 도를 실현하는 그들의 사상적 표현이었던 만큼, 퇴계가 노년에 제작한 <도산십이곡> 또한 그의 이러한 사상들이 총체적으로 담겼다고 할 수 있다.

그렇다면 퇴계는 왜 연시조인 <도산십이곡>을 짓게 되었을까? 퇴계가 <도산십이곡>을 짓게 된 연유에 대해서는 무엇보다도 퇴계 자신이 쓴 <도산십이곡발>에 잘 설명되어 있다.[43] <도산십이곡발>에 나타난 퇴계의 생각은 세 가지로 요약할 수 있다. 첫째는 기존 시가에 대한 불만이며, 둘째는 노래하려면 시속말로 엮어야 한다는 사실의 강조, 셋째는 이것을 노래함으로써 더러운 마음을 씻고 감발 유통하여 서로 간에 유익함이 있다는 것이 그것이다. 먼저 기존 시가란 '한림별곡류(翰林別曲類)'와 이별(李鼈)의 <육가(六歌)>를 이름 이다. 물론 퇴계는 이 둘에 대해 모두 못마땅한 태도를 보인다. 한림별곡류는 교만 방탕하고 또 비루하고 희롱하는 뜻이 있어서 군자가 숭상할 바가 못 되고,

41) 서원섭, 「퇴계의 도산십이곡 연구」, 『한국의 철학』2, 경북대 퇴계학연구소, 1974, 119-121쪽.
42) 『退溪全書』권43, <陶山十二曲跋> : 姑寫一件 藏之篋笥 時取以自省.
43) <도산십이곡발>의 내용은 제 2장의 각주9) 참조.

이별의 <육가> 또한 온유돈후한 내용이 부족하다고 지적하고 있다. 이러한 시는 오히려 인간의 심성을 해칠 뿐이다. 이러한 기존 시가에 대한 불만은 향후 그가 짓게 되는 노래의 내용을 규정하는 근거가 된다.

다음으로 이 시는 노래할 수 있어야 하고, 이것을 노래하려면 시속말로 만들어야 한다고 했다. 퇴계가 굳이 '노래할 수 있어야' 한다고 강조한 것은 노래의 효용성 때문이다. 노래는 많은 사람들이 쉽게 접근할 수 있는 방법이 된다. <도산십이곡>을 짓기 이전, 퇴계는 자신의 감회를 시조가 아닌 한시로 나타내곤 하였다. 실로 그는 1,814수에 이르는 한시를 지었다. 그런 퇴계가 말년에 도산에 머물며 시조인 <도산십이곡> 12수를 지었다는 것은 매우 흥미로운 일이다. 이것은 한시에는 없는 그 무엇이 시조에 있기 때문이다. 이에 대해 최진원은 한시와 시조의 차이가 '영(詠)'과 '가(歌)'에 있다고 보고 시조의 존재 이유를 '흥(興)'에 두고 있다.[44] 즉 한시는 단지 읊을 수 있는 데 반해 시조는 노래할 수 있으며 이를 통해서 흥을 돋울 수 있다는 것이다.

또한 이는 노래하는 것으로서 그치는 것이 아니라 서로 간에 유익함이 있어야 한다고 하였다. 기존 시가에 대한 반발이 <도산십이곡>의 내용을 결정짓는 역할을 하였다면 '노래할 수 있어야 한다'는 생각은 시조란 형식을 택하도록 하였다. 그렇다면 '서로 간에 유익함이 있어야 한다'는 세 번째 생각은 내용과 형식 모두를 포괄하는 것이라고 할 수 있다. 유익하되 혼자가 아닌 '서로'가 되기 위해서는 많이 불려야 할 테고, 또 그냥 부르는 것이 아니라 '유익함'이 있기 위해서는 내용의 충실함, 즉 온유돈후의 뜻이 담겨 있어야 하는 것이다. 그래서 선택된 것이 연시조의 형식이다. 연시조는 단형시조의 미학을 그대로 간직하면서도 3장 6구의 짧은 형태만으로는 아쉬움이 남던 효용의 가치를 더할 수 있는 장점을 지닌다. 바로 이러한 생각들로 퇴계는 말년에 <도산십이곡>을 제작하기에 이른다.

---

44) 최진원, 『한국고전시가의 형상성』, 성균관대 대동문화연구원, 1988, 36-41쪽.

이처럼 퇴계가 <도산십이곡>을 제작하게 된 것은 궁극적으로는 사림파 문인의 성리학적 사유에서 비롯된다고 하겠다. 모름지기 사대부란 출하여 세상에 나아가 도를 실현하는 것이 마땅한 도리이겠으나 뜻이 세상과 맞지 않으면 처하여 수기(修己)하는 것 역시 도의 실현 방식이라고 보았다. <도산십이곡>은 퇴계가 산림에 머물던 시기에 지은 작품이다. 하지만 <도산십이곡>의 지향이 수기에만 머물지는 않는다. 시속의 사람들이 마땅히 부를 수 있는 노래를 제작하는 퇴계의 마음에는 치인의 지향 또한 동시에 내포되어 있다고 하겠다. 하지만 이것은 출사에 뜻을 둔 지향이 아니라 사대부로서 지니고 있는 선민의식 정도로 봄직하다.

2. 온유돈후(溫柔敦厚)의 미학

16세기에 들어서 사림파의 등장과 함께 문학에 대한 개념은 많은 변화가 있었다. 사림파는 시의 중요성을 강조하며, 자연을 노래하면서 도를 밝히고 마음을 바로잡는 시가 무엇보다도 소중하다고 하였다. 이것이 당대 사림파 유학자들의 공통된 생각이었는데, 퇴계는 그 가운데서도 선편을 잡는다. 시에 대한 퇴계의 사상에 대해 조동일은 '그는 시의 감흥은 금할 수 없는 것'이라고 하며 '참된 시는 자연의 모습을 그리는 데 그치지 않고 자연의 모습을 그리면서 자연이 있게 되는 도의 원리를 생각하게 하여 감흥을 준다'고 설명한다.[45]

퇴계는 "학문은 이치[理]를 다함을 귀히 여긴다. 이치에 밝지 못하면 혹 글을 읽거나 혹 일을 당해서, 가는 곳마다 걸리지 않는 것이 없을 것이다"[46]고 함으로써 문학을 이치의 실현으로 보는 입장을 밝히고 있다. 그렇다고 퇴계

---

45) 조동일, 「16세기 사림파의 문학 사상」, 『대동문화연구』13집, 성균관대 대동문화연구원, 1979, 112-116쪽.
46) 『退溪集』言行錄1 <禹性傳記> : 學貴窮理 理有未明 則或讀書或遇事無 所往而不礙.

가 문학의 가치를 폄하하지는 않는다. 퇴계는 문학에 깊은 관심이 있었다. 그래서 도학을 함에 있어서도 늘 문학 쪽에 관심을 두었다. 문학과 도학의 관계에 있어서 문학이 어떻게 심성을 나타내며, 어떻게 심성을 올바르게 길러 줄 수 있는가 하는 문제를 퇴계는 도학의 논리로 설명하였다. 물론 문학에 대해 절대적이거나 전폭적으로 긍정적인 견해를 가졌던 것은 아니다. '스스로 문예에 각별히 힘쓰는 자는 선비가 아니고, 과거에 급제하는 것을 취하는 자도 선비가 아니다'[47]고 한 퇴계의 언급에는 글에 기교를 부리거나 이를 출세의 수단으로 삼는 것을 비난하는 그의 생각이 담겨 있다. 문학에 대한 퇴계의 생각은 정탁(鄭琢, 1526-1605)에게 준 다음의 글로써 보다 잘 설명될 수 있다.

> 무릇 시는 비록 末技이지만, 性情에 근본을 둔다. 體와 格이 있어서 쉽사리 바꿀 수 없다. 그대는 지나치게 어지러이 다투며 氣를 드러내고, 승리를 쟁취하기를 좋아하며, 말이 방종한 데 이르기도 하고, 義가 어지러운 데 이르기도 한다. 일체를 불문에 붙이고 입을 믿고 붓을 믿으며 함부로 써대는 것은 비록 일시적인 쾌감을 얻을 수는 있어도 만세에 전하기 어렵지 않을까 두렵다. 하물며 이런 일은 능하다 해도 계속 익혀야 하는데, 더욱이 말을 조심해서 하거나 마음의 도를 수습하는 데 방해가 되니, 마땅히 경계해야 할 태도이다. 응당 古今 名家의 저작을 취해서 착실하게 공들여 스승으로 삼고 본받으면, 타락하지 않는 데 가깝게 된다.[48]

여기서 퇴계는 '시는 말기'라고 하여 근본이 되는 것은 도이며 시는 말단이라는 자신의 생각을 표명한다. 이 진술에만 의거하면 시는 존재의 의미를 잃게 된다. 하지만 이어 시 또한 '성정에 근본을 둔다'고 함으로써 시가 긍정될 수

---

47) 『退溪集』言行錄5 <鄭士誠記> : 自別工文藝非儒也. 取科祭非儒也.
48) 『退溪集』권35, <與鄭子精琢> : 夫詩雖末技 本於性情 有體有格 誠不可易 而爲之 君惟以誇多鬪靡逞氣 爭勝爲尙 言或至於放誕 義或至於厖雜 一切不問 而信口信筆 胡亂寫去 雖取快於一時 恐難傳於萬世 況此等事 爲能而習熟不已 尤有妨於謹出言 牧於心之道 切宜誡之 仍取古今名家著 實加工而師效之 庶幾不至於墜墮也.

있는 근거를 마련한다. 즉 퇴계에게 있어서 시의 존재 가능성은 세련된 기교와 화려한 언어 사용에서가 아니라 그것이 담고 있는 도학 사상에서 찾을 수 있다. 이는 당시 사림파 문인들의 공통된 생각이다. 과거의 문학은 글재주를 발휘하는 것을 문학의 최고 경지로 생각하였다. 하지만 사림파 문학은 이러한 주장을 반대하며 시는 수식을 배격하고 유한(幽閒)한 경지를 나타내야 한다고 했다. 퇴계 또한 학문은 도를 궁리하여 그것을 실천함에 있는 것이라고 하며, 기교나 부리고 말이나 다듬어 수사에만 전념하는 것을 경계하였다.

여기서 퇴계의 이기론(理氣論)에 대하여 잠시 언급하기로 한다. 퇴계는 <답교질문목(答喬姪問目)>에서 '연비어약(鳶飛魚躍)'에 견주어 리와 기를 설명하였다.49) 즉 리는 '소이비소이약자(所以飛所以躍者:나는 까닭, 뛰는 까닭)'로, 기는 '기비기약(其飛其躍:날고 뜀)'으로 보았다. 다시 말해 리는 원인이나 까닭이 되는 것이며 기는 나타나는 현상이 된다는 것이다. 이것을 사단칠정의 원리에서 파악하면 리가 발한 것은 사단(四端)이고, 기가 발한 것은 칠정(七情)이 된다. 사단은 본연지성으로 순선(純善)이지만 칠정은 기질지성으로 유선악(有善惡)이다. 기질지성을 소종래(所從來)로 하는 칠정은 선악이 아직 정해지지 않은 중절(中節)의 선이다. 이는 수양의 선이며 점진적으로 완전한 선에 도달하게 되는데 완전한 선으로의 도달을 위해 수양을 할 때 바로 시가 작용한다는 것이다. 여기서 시는 그 존재성을 인정받게 된다.50) 이러한 퇴계의 생각이 다수의 한시와 <도산십이곡>, 그리고 <낙빈가(樂貧歌)> <도덕가(道德歌)> <상저가(相杵歌)> 등의 가사 작품 창작으로 이어질 수 있었다.

한편 <도산십이곡발>에서 보았듯이 퇴계는 우리 말 시가에 대해 긍정적인 반응을 보였다. 그는 <도산십이곡>을 노래함으로써 '스스로 노래하고 춤추고 뛰기도 하니 거의 비루한 마음을 씻어 버리고 감발하며 화창하여 노래하는 자와 듣는 자가 서로 유익함이 있을 것'이라고 하였다. 이것은 시를 단지 감흥의

---

49) 『退溪集』권40, <答喬姪問目> : 其飛其躍 固是氣也 而所以飛 所以躍者 乃侍理也.
50) 최동국, 「이황론」, 『고시조작가론』, 백산출판사, 1986, 66-69쪽.

표출로 끝내는 것이 아니라 이를 통한 효용을 거두고자 하는 그의 생각을 단적으로 드러낸 대목이라 할 수 있다.

수기를 지향하는 강호시조와 교화를 목적으로 하며 치인을 지향하는 훈민시조의 두 방향으로 발전하였던 16·17세기 시조문학은 일견 서로 다른 두 방향으로 발전된 듯하지만 실제로는 서로 유리될 수 없는 상보적인 관계에 놓여 있다.[51] 왜냐하면 다른 사람을 교화하기 위해서는 자신의 수양이 선행되어야 하기 때문이다. 즉 수기를 바탕으로 교화를 해야 상대를 강제하지 않고 교화할 수 있기 때문이다. <도산십이곡>이 자연에서의 삶을 노래하며 강호를 지향함과 동시에 사람들의 심성을 고양시키기 위한 효용에 목적을 두고 있다는 것은 강호와 훈민이 상보적 관계에 있음을 의미하는 것이기도 하다.

더욱이 시조는 시라 하더라도 노래할 수 있다고 하여 한시와는 다른 가치를 두었다. 시조나 한시나 모두 문학의 수단이며 도를 드러내야 한다는 공통점을 지니고 있지만 시조는 노래할 수 있다는 점에서는 한시와 다르다는 것이 퇴계의 설명이다. 노래할 수 있기 때문에 어린 아이도 쉽게 배워 부를 수 있는 것이다. 그래서 그는 성정을 기르기에 적합한 수단으로 <도산십이곡>을 만들었다. 요컨대 퇴계에게 있어서 <도산십이곡>은 그의 성리학을 실현하는 한 방편이라 할 만하다. 하지만 <도산십이곡>의 가치가 오직 리의 실현에만 있는 것은 아니다. 퇴계가 <도산십이곡>을 지은 것은 물론 리를 실현하기 위함이지만 노래 그 자체 또한 무시할 수 있는 것은 아니다. <도산십이곡>에는 흥과 즐거움의 정서가 시적 성취로 나타나게 된다.[52]

---

51) 조태흠, 「훈민시조연구」, 부산대학원 박사논문, 1989, 7쪽.
52) 신연우, 「<도산십이곡>에의 미학적 접근」, 『고전문학연구』25집, 한국고전문학회, 2004, 165-168쪽.

3. <도산십이곡>의 표현과 구성

1) <도산십이곡>의 표현

하나의 작품을 대할 때, 우선 접할 수 있는 것이 표현의 문제이다. <도산십이곡>에서 가장 두드러지는 표현은 대우와 반복이다. 여기서 대우란 대구(對句)와 대련(對聯)이 아닌 현대 문예표현 양상인 대조와 조화(Contrast and Harmony)의 수사 기법이다. <도산십이곡>에서는 이 가운데 조화의 수법이 자주 나타난다. <도산십이곡>에 등장하는 대우의 표현은 크게 두 가지 유형으로 나눌 수 있다. 즉, 시조의 초·중·종장 가운데 하나의 장 안에서 나타나는 것과 장과 장(예컨대 초장과 중장, 혹은 중장과 종장 등)이 대우를 이루는 경우가 그것이다. 먼저 같은 장 안에서 묘사되고 있는 대우의 표현을 보기로 한다.

① 이런들 엇더ᄒ며 / 뎌런들 엇더ᄒ료 (제 1연 초장)
② 煙霞로 지블 삼고 / 風月로 버들 사마 (제 2연 초장)
③ 春風에 花滿山ᄒ고 / 秋夜에 月滿臺라 (제 6연 초장)
④ 古人도 날 못보고 / 나도 古人 못뵈 (제 9연 초장)

위의 작품들은 동일한 구조 안에서 서로 대칭이 되는 표현을 등장시킨 경우이다. '이런들/뎌런들, 지블 삼고/버들 사마, 춘풍/추야, 고인/나'의 대칭이 바로 그것이다. 그런데 이러한 대조적 표현은 궁극으로는 조화를 이루어 하나의 의미, 즉 강호에서의 삶을 지향하게 된다.

다음은 두 개의 장이 대우를 이루는 경우이다.

⑤ 淳風이 죽다ᄒ니 眞實로 거즛마리 /
   人性이 어디다ᄒ니 眞實로 올흔마리 (제 3연 초·중장)
⑥ 幽蘭이 在谷ᄒ니 自然이 듣디됴해 /

白雪이 在山ᄒ니 自然이 보디됴해 (제 4연 초·중장)

⑦ 雷霆이 破山ᄒ야도 聾者는 못듯ᄂ니 /
　白日이 中天ᄒ야도 瞽者는 못보ᄂ니 (제 8연 초·중장)

⑧ 靑山은 엇뎨ᄒ야 萬古애 프르르며 /
　流水는 엇뎨ᄒ야 晝夜에 긋디 아니는고 (제 11연 초·중장)

⑨ 愚夫도 알며ᄒ거니 긔 아니 쉬운가 /
　聖人도 몯다ᄒ시니 긔 아니 어려운가 (제 12연 초·중장)

　이상에서 보듯이 <도산십이곡>의 12수 가운데 다수의 작품에서 대우가 등장한다. 이러한 대우법의 등장은 모두 초장과 중장에서 나타나는데, 이들은 서로 동일한 구조를 지니고 있음을 알 수 있다. 예컨대 ⑨의 경우를 보더라도 '우부/성인, 알다/모르다, 쉽다/어렵다'와 같이 초장과 중장이 완벽하게 대조를 이루며 짝을 이루게 된다. 전체 작품 가운데 9수에 걸쳐 대조에 의한 대우가 등장하며 그렇지 않은 것은 세 수에 불과하다. 그런데 앞서 말했듯이 <도산십이곡>의 대우가 궁극적으로는 조화를 지향한다고 할 때, 나머지 세 수도 대우의 차원에 포함될 수 있다.

⑩ 山前에 有臺ᄒ고 臺下에 流水ㅣ로다 (제 5연 초장)
⑪ 天雲臺 도라 드러 玩樂齋 瀟灑ᄒᄃ더 (제 7연 초장)
⑫ 當時에 녀든 길을 몃ᄒᆡ를 ᄇᆞ려두고 (제 10연 초장)

　위의 세 작품은 앞선 경우처럼 일대 일의 명확한 대응이 아니기 때문에 일차적으로는 대우가 등장하지 않은 것처럼 보인다. 왜냐하면 '산 앞[山前]'과 '집 아래[臺下]'는 대조라기보다는 그가 거처하는 공간의 묘사에 더욱 가깝기 때문이다. 더욱이 '산 앞에 집이 있고[有臺]', '집 아래에는 물이 흐른다[流水]'고 하여 그 광경을 설명하기까지 한다. 이러한 모습은 나머지 두 작품의 초장에 서도 동일하게 나타난다. 그러나 <도산십이곡>에 등장하는 대우법은 그 목적이 대조에 있는 것이 아닌 만큼, 단순히 대구를 이루는 데 그치는 것이 아니라 이를 통하여 조화를 꾀하는 것에 그 초점이 놓인다. 따라서 ⑩에서 ⑫에 이르는 작품들도 대우의 차원에서 파악할 수 있다.

<도산십이곡>에서 보이는 대우를 통한 조화의 수법은 퇴계가 자주 사용하는 방법의 하나로 한시나 그 밖의 기록에서도 그 모습을 발견할 수 있다. 한시인 <우야(雨夜)>·<촉석루(矗石樓)>·<춘일한거차로두(春日閑居次老杜)> 등에서는 정동(靜動)의 조화를, <우청만흥(雨晴慢興)>·<병중우기(病中偶記)> 등은 원근의 조화, <답황중거(答黃仲居)> 등은 시비(是非)와 이기(理氣)를 조화시킨 작품이다.[53] 그런가 하면 퇴계는 자신의 논리를 이합(離[分]合)의 관계로 설명하며 양자의 조화를 꾀한다. 그래서 "같음[同] 중에서 다름[異]이 있는 줄 알고, 다름 중에서 그 같음이 있는 것을 보며, 분석해서 둘로 삼지만 그 아직 일찍이 분리하지 않는 것을 해치지 않으며, 합해서 통일하나 실로 서로 잡스럽지 아니 한 것으로 돌아가니 곧 두 길을 다해야 편견이 없게 된다"[54]고 말한다. 이 같은 동리(同異), 이합(離合)의 긍정이 퇴계의 리와 기, 본연과 기질, 사단과 칠정을 설명하는 데서 정연하게 전개되고 있다.[55]

이렇듯 그의 사상을 나타내는 글이나 한시, 그리고 연시조인 <도산십이곡>에 두루 나타나고 있는 대우를 통한 조화의 방법은 체와 용, 동과 정을 두루 섭렵하는 그의 성리학적 사고방식의 표출이기도 하다. <도산십이곡>의 대우는 초장, 혹은 초·중장에서 나타나며 종장에서는 이들의 통합을 추구한다. 이것 또한 그의 사상과 무관하지 않다.

대우와 함께 또 하나 눈에 뜨는 것이 있다면 그것은 언어의 반복이다. 대우가

---

53) 김지용, 「퇴계시와 다산시, 그 표현 양상의 비교 연구」, 『퇴계학연구』4집, 단국대 퇴계학연구소, 1990, 26-32쪽.

54) 『退溪集』권16, <答奇明彦書> : 就同中而知其有異 就異中而見其有同 分二而二而不害其未嘗離 合而爲一而實歸於不相雜 乃爲周悉而無偏也.

55) 이에 대해서는 유명종의 「퇴계학의 기본체계」(『퇴계학연구』3집, 단국대 퇴계학연구소, 1989)에서 구체적으로 설명하고 있다.

서로 짝을 이루는 것이므로 대우의 표현이 으레 반복법을 동원하게 마련이긴 하다. 하지만 <도산십이곡>에서의 반복은 대우의 결과로만 나타나는 반복은 아니다. 언어 표현을 통한 반복이 자주 등장한다. 각 연에 등장하는 반복을 살피기로 한다.

(제 1연) 엇더ᄒ며 / 엇더ᄒ료 / 엇더ᄒ료 / 므슴ᄒ료
(제 2연) 지블 삼고 / 버들 사마
(제 3연) 죽다ᄒ니 / 어디다ᄒ니, 眞實로 / 眞實로, 거즛마리 / 올ᄒ마리
(제 4연) 在谷ᄒ니 / 在山ᄒ니, 自然이 / 自然이, 듣디됴해 /보디됴해
(제 8연) 破山ᄒ야도 / 中天ᄒ야도, 못듯ᄂ니 / 못보ᄂ니
(제 9연) 古人 / 古人 / 古人, 날 / 나, 못보고 / 못뵈 / 못뵈아도, 녀던
       길 / 녀던 길 / (녀고), 알픠 / 알픠, 잇니 / 잇거든,
(제10연) 도라온고 / 도라오ᄂ니
(제11연) 엇뎨ᄒ야 / 엇뎨ᄒ야
(제12연) 알며ᄒ거니 / 몯다ᄒ시니, 긔 아니 / 긔 아니, 쉬운가 어려운가
       / 쉽거나 어렵거나 둥에

위에서 보듯이 <도산십이곡>에서는 여러 수에 걸쳐 반복이 등장한다. 그리고 그 반복의 형태는 동일한 어휘를 그대로 반복하는 경우와 그 모습을 조금 변형하여 반복하는 두 가지 경우로 구분할 수 있다. 이 가운데 전자는 회기법, 후자는 부분적 회기법에 해당되어[56] 양자 모두 반복의 범주에서 파악이 가능하다. 시가 작품에서 반복은 매우 긍정적인 효과를 지닌다. 즉, 작품을 읽거나 노래하는 사람들로 하여금 형태의 통일성을 갖게 하고 리듬감을 느끼게 하여 쉽게 근접하고, 쉽게 암기할 수 있게 한다. 반복의 가장 대표적인 유형이 민요라는 점을 환기할 때 이는 설득력을 얻게 된다. 그 밖에도 거듭 반복함으로써 자신의 주장을 재차 확인하기도 하고 더욱 강조하는 데도 한몫한다.

---

56) Robert A. de Beaurande/Wolfgang U. Derssler (김태옥, 이현호역), 『담화, 텍스트 언어학 입문』, 양영각, 1991, 45-81쪽.

반복이 주는 이러한 효과는 퇴계가 단지 시적 표현을 위해서만이 아니라 또 다른 효과를 위해 반복을 사용했으리란 추론을 할 수 있다. 또 다른 효과는 <도산십이곡발>에서 밝힌 창작 동기와 상통한다. 즉 '아이들로 하여금 조석으로 익혀서 노래하게 하고, 안석에 기대어 듣기도 하고 또한 아이들이 스스로 노래하고 춤추고 뛰기도 하게'하기 위한 방법적 차용이 시속의 사람들에게 친숙한 형태인 반복인 것이다. 대우와 함께 반복은 <도산십이곡>의 전편을 통해 일관되게 등장함으로써 단형시조에서는 느낄 수 없는 연시조로서의 통일성을 갖게 한다. <도산십이곡>을 세밀하게 분석하지 않고 단지 감상만 할 때도 이들 작품에서 어떤 통일성을 느낀다면 그것은 곧 작품 전체를 지배하고 있는 대우와 반복에 기인한다.

2) 〈도산십이곡〉의 구성

<도산십이곡>의 구성이 크게 언지와 언학으로 이루어졌음은 퇴계가 이미 언급한 바이다. 그렇다면 퇴계는 과연 무엇에 근거하여 1연에서 6연까지를 나열하였는가. 이것의 구성에 관한 것은 형태적인 측면에서만 파악하기보다는 내용과의 관계 속에서 파악하는 것이 더욱 적절할 듯하다. 다시 말해, 작자가 추구하고자 하는 내용을 어떠한 형태에 어떻게 담았느냐의 문제이다. 따라서 각 연의 주제에 대한 언급이 요구된다.

(1) 전육곡-언지

아무런 회의 없이 받아들이던 <도산십이곡>의 '전육곡(前六曲) 언지(言志)'와 '후육곡(後六曲) 언학(言學)'이란 사실에 대한 관심은 최신호로부터 비롯된다.[57] 그는 퇴계시에 있어서 '언지'의 개념은 아주 작은 듯하면서도 지극히 중요한 문제라고 강조하였다. 퇴계는 <도산십이곡> 외에도 한시인 <삼월병

---

57) 최신호, 앞의 논문, 511-518쪽.

중언지(三月病中言志)>, <동암언지(東巖言志)>, <구지(求志)>, <도산언지
(陶山言志)> 등에서도 언지를 이야기함으로써 그것의 중요성을 강조하였다.
'지(志)'는 원래 '심(心)'과 '지(之)'를 합한 것으로 '마음이 가다' '마음이 향하
다'란 의미로 마음의 방향을 나타내는 말이었다. 그리고 그 마음의 방향은
일정한 곳을 지향하는 것이 아니라 그저 마음이 가고자 하는 대로 가면 되는
것이었다. 그러던 것이 퇴계에 이르러 그 개념이 다소 바뀐다. 퇴계는 심(心)을
본연(本然)으로서의 성(性)과 발용(發用)으로서의 정(情)·의(意)로 나누며, 이
때 지(志)는 어느 쪽도 택할 수 있다고 보았다. 하지만 지는 '모든 것을 바르고
크고 성실하고 확고하고 변함이 없게 하는 것'[58]이라고 한 기록을 통해서 퇴계
에게 있어서의 지는 리(理), 성(性), 도(道), 인(仁), 의(義)가 됨을 알 수 있다.
결국 퇴계의 지는 '도에 뜻[志]하는 것'이 된다.

> 이런들 엇더ᄒ며 뎌런들 엇더ᄒ료
> 草野愚生이 이러타 엇더ᄒ료
> ᄒ믈며 泉石膏肓을 고텨 므슴ᄒ료 (제 1연)

> 煙霞로 지블 삼고 風月로 버들 사마
> 太平聖代에 病으로 늘거가뇌
> 이듕에 ᄇ라는 이른 허므리나 업고쟈 (제 2연)

언지의 첫째 노래인 제 1연은 자연 속에서 더없이 즐거운 회포를 이야기하고
있다. 여기서 화자는 자신을 '초야우생'으로, 자신이 자연에 경도된 지경을 '천
석고황'으로 표현한다. 스스로를 어리석다고 하여 자신을 겸손하게 표현한 것과
는 달리 자연을 좋아하는 마음은 고질병이라고 하여 그 지극함을 노래하였다.
　화자는 초·중·종장의 끝구를 설의법으로 표현함으로써 자신의 마음을 강
조한다. 초장에서 화자는 아무런 전제 없이 다만 이런들, 저런들 '엇더ᄒ료'라

---

58) 『退溪集』권29, <答金而精> : 志欲其正大誠確而大不變.

며 자문한다. 중장은 초야우생이란 행동의 주체자가 등장하지만 '엇더ᄒ료'의 주체는 여전히 밝히지 않고 있다. 이는 종장에 이르러 비로소 확연해진다. 종장에서 화자는 천석고황을 고쳐 무엇 하겠냐며 강호에서의 삶을 지향한다. 그렇다면 초·중장에서 말하는 '엇더ᄒ료'의 주체는 화자가 위치한 상황에서 있는 그대로의 삶, 좀더 구체적으로 말하면 세상에 나아가지 않고 처하여 산림에 머물러 있는 자신의 삶의 모습이 된다.

화자가 자연에서의 삶을 강조하는 것은 궁극적으로 변하는 인간사와 변하지 않는 자연을 통해 자연의 무구함을 강조하려는 것이다. 이것은 다시 본질과 현상의 관계로 설명할 수 있다. 본질은 불변이나 현상은 변한다. 본질은 근본이고 현상은 말단이며, 본질은 천(天)이고 천은 자연이다.[59] 요컨대 천은 도이며, 도란 불변의 본질이 되는 것이다[천=도=불변]. 따라서 자연을 통해 도에 이르고자 함이다.

제 2연은 1연의 시적 이미지를 이어 받으면서 확산되는 모습을 보여준다. 앞서 제 1연에서 자연이 불변의 본질이 됨을 보았다. 곧 제 1연은 자연을 지향하며 자연에 대해서만 노래한 데 반해 2연은 인간 거지(居止)의 개념을 상정하고 있다. 화자는 자신이 거처할 곳으로 연하를, 자신의 벗으로 풍월을 꼽는다. 그렇지만 연하와 풍월은 그 의미로 볼 때는 모두 자연을 일컫는 말로 서로 동의어가 된다.

초장은 자연과 더불어 살고자 하는 화자의 바람이다. 자연으로 집을 삼고 자연으로 벗을 삼는 삶은 가히 '태평성대'라 이를 만할 것이다. 그런데 역설적이게도 이런 태평성대에 화자는 병으로 늙어간다고 말하고 있다. 여기서의 병은 1연에서 말한 천석고황일 수도 있고, 혹은 노년에 찾아온 심신의 병일 수도 있다. 물론 작품의 맥락에서 볼 때 병은 천석고황이겠지만 설령 후자라 하더라도 크게 상관은 없다. 어느 쪽을 지향하든지 강조되는 것은 자연이다. 자연의

---

59) 윤재근, 『시론』, 도서출판 둥지, 1990, 350쪽.

이치를 깨달으며 화자가 바라는 일은 단지 스스로에게 허물이 없는 삶이다.

하지만 2연의 의미가 무한한 자연과 유한한 인간의 관계를 노래하는 데만 있지는 않다. 물론 화자는 변하지 않는 자연에게 절대적 가치를 부여한다. 자연이 본질로 변하지 않는 것이라면 인간은 변하는 것이다. 다만 1연에서 자연과의 완전한 합일을 지향하였다면 2연에 와서는 '자아[我]'가 조금은 세상 밖으로 모습을 드러낸다. 이것은 종장의 '허물이나 없고자' 하는 표현에서 발견된다. 허물이나 없이 살려는 바람은 지극히 소박한 것일 수도 있겠으나 실제로는 가장 어려운 일일 수도 있다. 왜냐하면 이것은 바로 도를 실현하는 삶인데 그러기 위해서는 자신의 수양이 뒤따라야 하기 때문이다.

> 淳風이 죽다ᄒ니 眞實로 거즛마리
> 人性이 어디다ᄒ니 眞實로 올ᄒ마리
> 天下애 許多英才를 소겨 말슴ᄒ가 (제 3연)

> 幽蘭이 在谷ᄒ니 自然이 듣디됴해
> 白雲이 在山ᄒ니 自然이 보디됴해
> 이듕에 彼美一人을 더욱 닛디 못ᄒ애 (제 4연)

이어지는 3연에서는 풍속과 인성을 이야기함으로써 제 1, 2연과는 다른 양상이 전개될 것임을 시사한다. 1연이 자연을, 2연이 자연에서 세상을 향하는 과정을 이야기 했다면 위의 노래는 세상의 법도에 관한 것으로 도가(道家)의 법과 유가(儒家)의 법을 이야기 한다.

퇴계는 도가의 사상에 비판적이었다. 유가가 유위(有爲)로 삶의 문제를 해결하려 하였다면 도가는 삶을 무위(無爲)로 해석하려 하였다. 삶의 문제를 유위로 해결하려는 유가적인 접근법에서는 인간의 의지가 긍정될 수 있지만 무위로 보는 도가적 접근에서는 그렇지가 않다. 그래서 도가는 인간보다 자연에 치중하여 인간의 생명욕마저 자연의 한 현상으로 보는 극단으로 흐를 수 있는 것이다. 초장에서 순풍이 죽었다고 하는 것은 도가의 자연관인데 이를 두고 거짓이라고 하는 진술은 그에 대해 부정적인 입장을 드러내는 것이다.[60]

　반면에 인성이 어질다는 것은 유가의 인간관으로 마땅히 긍정되어야 할 진실이다. 곧 현허(玄虛)를 사모하는 노장적 태도를 못마땅하게 생각하는 대신 도의(道義)를 즐기어 심성을 기르는 일을 마땅히 힘쓸 일로 여겼다.[61] 순풍과 인성은 도의와 관련된 일이다. 퇴계에게 있어서 리의 개념은 그 어느것 보다 우선되어야 할 중요한 명제이다. 그것은 천지만물을 생화(生化)하는 본원(本源)으로서 일체를 초월한 절대적인 것이다. 주지하다시피 퇴계는 주리론(主理論)을 주창하였다. 그는 리에서 발한 것이 사단(四端)이라고 말하는데, 이는 궁극적으로 인의예지(仁義禮智)를 드러낸다. 맹자의 설명을 빌면 인의예지는 '식색지성(食色之性)'과 대비되는 인간의 성(性)에 해당하는 것으로 인간의 본질적 특성인 '본연지성(本然之性)'이 된다. 이처럼 사단은 인간의 본연지성이 되는 까닭에 순박한 풍속이나 어진 인성은 어디서건 근본으로 자리하게 된다. 근본은 또한 바탕이 되는 것으로 진리의 개념으로 치환할 수 있다. 이로써 제 3연의 초·중장은 결국 진리의 불변함, 혹은 존재함을 노래한 것이 된다.

　하지만 화자의 주지가 순풍과 인성을 이야기하려는 데 있는 것은 아니다. 보다 근원적인 것을 추구함으로써 세속을 꿈꾸는 많은 영재[許多英才]를 경계하고자 함이다. 이에 대해 퇴계는 '세상에 허다한 영재들이 세속의 학문에 허덕이고 있으니, 다시 어떤 사람이 능히 이 과거의 허방[臼]을 헤쳐 벗어날 수 있겠는가'[62]라고 말한다. 종장에서 화자는 초·중장의 내용을 다시 한번

---

60) 김광순, 「퇴계문학에 있어서의 자연관과 인생관」, 『연민학지』제 1집, 연민학회, 1993, 55쪽.

61) 퇴계는 『退溪集』권3, <陶山雜詠幷記>에서 '觀古之有樂於山林者 亦二有焉 有慕玄虛事高尙而樂者 有悅道義頤心性而樂者 … (中略)….. 雖然寧爲此而自勉 不爲彼而自誣矣'라고 하여 현허를 즐기며 고상을 섬기는 노장적인 태도는 가치기준을 어지럽히는 것이므로 마땅히 배격해야 할 것으로 설명하였다.

62) 『退溪集』言行錄5 <論科擧之弊:鄭士誠記>: 世間許多英才 混汨俗學 更有甚人 能擺脫得此科臼耶.

강조하며 '허다영재'란 말로 3연의 내용을 함축한다. 이러한 허다 영재로써 또 하나의 의미를 읽을 수 있다. 제 1·2연은 모두 스스로에게 하는 말들이다. 그런데 3연에서는 '허다 영재'란 대상을 인식하고 있음을 알 수 있다. 대상을 향해 발화한다는 것은 곧 이 노래가 교화에 목적을 두고 있음을 시사한다.

제 4연은 일차적으로 아름다운 자연을 노래한다. 유란과 백운이 등장한 초·중장은 자연의 그윽한 정취에 빠지게 한다. 중국 초나라의 시인 송옥(宋玉)의 <풍부(諷賦)>에서 '신원금이고지(臣援琴而鼓之) 위유란백설지곡(爲幽蘭白雪之曲)'에 '유란'이 등장하는 것으로 보아 그 유래는 <유란곡(幽蘭曲)>에서 비롯된 것일 수도 있는데, 화자는 그윽한 난초의 향기를 즐김을 강조하기 위한 관습적 표현으로 차용하였다. 유란과 백운이 듣기 좋고 보기 좋다는 것은 자연을 바라보는 마음이다. 아름다운 자연에서 화자가 떠올리는 것은 저 한사람, '미인'인데 미인이 군주를 뜻한다면 유가의 덕목인 충의 실현일 것이며, 주자(朱子)라면 자연을 통해 유가적 심성의 고양을 강조하게 된다.[63] 미인이 어느 쪽을 의미하든 성리학적 사상의 지향을 뜻하고 있다. 제 3연이 학문을 통해 백성을 교화하려는 겸선의 포부라면, 4연은 겸선의 의지도 나타내지만 유가의 가르침을 따라 자연에서 수기하며 독선하고자 하는 또다른 의지를 보인다. 독선을 꿈꾸는 4연의 모습은 5연으로 이어진다.

> 山前에 有臺ᄒ고 臺下에 流水ㅣ로다
> 쎄 만흔 골며기는 오명가명 ᄒ거든
> 엇더타 皎皎白駒는 머리 ᄆ솜 ᄒ는고 (제 5연)

---

63) 피미일인에 대해 김상진, 「도산십이곡의 창작배경과 작품세계」(『한양어문연구』11집, 한양어문학회, 1993)와 성기옥, 「도산십이곡의 재해석」(『진단학보』91집, 진단학회, 2001) 등에서는 군주로 보고 있는데 반해 한영조, 「幽情, 혹은 유교적 은자의 길」(『퇴계학보』111집, 퇴계학연구소, 2002, 165쪽)에서는 주회로 보았으며 신연우, 「<도산십이곡>에의 미학적 접근」(『고전문학연구』25집, 한국고전문학회, 2004, 169-170쪽)에서도 군주(명종)는 아니라는 견해를 보인다. 그러나 비록 그 대상이 명종은 아니더라도 당시의 사대부적 사고 질서에서 볼 때 아직은 군주로 봄이 적절하단 생각이다.

春風에 花滿山호고 秋夜에 月滿臺라
四時佳興이 사롬과 흔가지라
호믈며 魚躍鳶飛 雲影天光이야 어늬 그지 이슬고 (제 6연)

산 앞에 대(臺)가 있고 그 앞에 물이 흐르고 있다는 초장의 모습은 당시 퇴계가 기거하던 도산서당의 풍경 묘사이다. 5연에서 관건이 되는 것은 무리를 지은 갈매기와 백구(白駒)가 과연 무엇을 표상하느냐 하는 것이다. 『시경(詩經)』「소아(小雅)」편의 <백구(白駒)>[64]에서는 백구가 현자(賢者), 즉 숨어 사는 선비[隱士]가 타는 망아지를 뜻한다. 또한 백구는 동음의 '백구(白鷗)'로도 볼 수 있는데 이 경우는 망세(忘世)의 상징이다.[65] 이 둘은 망아지와 갈매기란 커다란 차이가 있지만 어느 것이든 세상을 떠나 생활한다는 점에서는 동일하다. 그러나 중장에 갈매기가 등장한 점으로 미루어 생각할 때 종장의 교교백구는 흰 갈매기로 또한 화자의 상징임을 알 수 있다.

갈매기는 무리를 이루고 있는 데 반해 백구는 홀로이다. 오며가며 하는 갈매기의 모습에선 익숙한 여유로움이 느껴지는 반면 백구는 홀로 멀리 마음을 두고 있다고 함으로써 불안정한 상태임을 알 수 있다. 초장의 상황으로 교교백구가 위치한 곳은 강호 자연이다. 그런데 거기서 멀리 마음을 둔다면 이는 곧 세상을 향한 마음이다. 화자는 그런 백구의 행동을 질타함으로써 자연을 향하는 자신의 마음을 노래한다.

제 6연은 자연에 완전히 친화된 상태이다. 6연은 초·중·종장 간에도 심화의 양상을 나타낸다. 초장에 등장하는 '춘풍'의 '화만산'과 '추야'의 '월만대'가 중장에서는 '사시가흥'이란 말로 치환되며 그 아름다움을 더한다.[66] 그러나

---

64) 『詩經』「小雅」, <白駒> : 皎皎白駒食我場苗/縶之維之以永今朝/所謂伊人於焉逍遙//皎皎白駒食我場藿/縶之維之以永今夕/所謂伊人於焉嘉客//皎皎白駒賁然來思/爾公爾侯逸豫無期/愼爾優游勉爾遁思//皎皎白駒在彼空谷/生芻一束其人如玉/毋金玉爾音而有遐心.

65) 최진원, 『한국고전시가의 형상성』(앞의 책), 22쪽.

66) 四時佳興에 대해 퇴계는 "(봄에는) 산새가 즐거이 서로 울고, (여름에는) 초목이 우거져 무성하

사철의 홍취도 물고기가 뛰고 솔개가 나는[魚躍鳶飛] 지경에는 이르지 못한다. 즉 초장의 봄과 가을이 중장에서는 사시로 확대되었고 종장에 이르러서는 모든 공간을 포함하는 개념으로 바뀌게 된다. 그런데 여기서 일견 자연의 아름다운 경지를 나타내는 것과도 같은 이 작품이 실제로는 도를 담고 있다. 연비어약은 솔개는 하늘 위를 날고 물고기는 연못 위에 뛰고 있다는 말인데, 앞서 보았듯이 하늘은 곧 자연이고 자연은 다시 도가 된다.[67] 그렇다면 어약연비(魚躍鳶飛)의 경지는 도의 행함이 위나 아래 모두 밝은 것으로 도의 작용이 아닌 것이 없음을 일컫는 말이니 성리학의 이치를 설명한 것이다.

운영천광 또한 도산서당에 있던 천광운영대(天光雲影臺)를 일컬음이다. 이는 주자의 "반이랑 네모난 연못이 한 거울을 이루었으니 하늘빛 구름 그림자가 함께 돌고 돈다[半畝方塘一鑑開, 天光雲影共徘徊]"는 데서 유래한 말로 만물이 천성을 얻는 이치이기도 하다. 이렇게 볼 때 제 6연은 자연의 이치, 다시 말해 도의 이치를 깨달은 득도의 경지를 노래한 것이라 하겠다.

이렇게 보면 언지에 해당하는 여섯 노래에서는 얼핏 강호 자연에서의 삶을 노래한 것처럼 보이지만 실제로는 도에 뜻을 두는 그 과정을 순차적으로 노래하고 있다. 언지가 도에 뜻을 두는 과정의 노래라면 그 이후는 도에 뜻한 그 이후의 삶이 될 것이다. 따라서 언학의 여섯 노래에서는 도에 이른 후의 배움[學:道]을 노래하기에 이른다.

(2) 후육곡-언학

후육곡의 언학은 퇴계의 학문, 곧 성리학을 이름이다. 『예기(禮記)』의 <악기(樂記)>에서는 '군자는 음악으로 그 도를 얻고, 소인은 음악으로 그 욕심을

며, (가을에는) 바람과 서리가 차갑고, (겨울에는) 눈과 달이 서로 얼어 빛나며 사철의 경치가 서로 틀리니 홍취 또한 끝이 없는 것이다 [山鳥嚶鳴 時物暢茂 風霜刻려 雪月凝輝 四時之景不同 而趣亦無窮]"고 이야기 한다(『退溪集』권3, <陶山雜詠幷記>).
67) 최동국, 앞의 논문, 66-69쪽.

얻는다'고 말한다.[68] 그렇다면 지란 도를 향할 수도 욕을 향할 수도 있다. 언지가 그 중에서 도를 향할 것을 노래했다면 후육곡에서는 이러한 도를 바탕으로 학문에 힘쓸 것을 강조한다. 이렇게 볼 때 퇴계의 주지는 언지보다는 언학에 놓이게 된다고 할 수 있다. 말하자면 전육곡의 뜻을 통해 후육곡으로 들어가는 것이다.

> 天雲臺 도라 드러 玩樂齋 瀟灑ᄒᆞ듸
> 萬卷生涯로 樂事 無窮ᄒᆞ애라
> 이듕에 往來風流를 닐러 므슴ᄒᆞᆯ고 (제 7연)

> 雷霆이 破山ᄒᆞ야도 聾者는 못듯ᄂᆞ니
> 白日이 中天ᄒᆞ야도 瞽者는 못보ᄂᆞ니
> 우리는 耳目聰明男子로 聾瞽ᄀᆞᆮ디 마로리 (제 8연)

후육곡의 첫 노래에 등장하는 천운대라든가 완락재 등은 도산 18절(陶山十八絶) 중의 하나이다. 완락재는 주자가 <명당실기>에서 "완상하여 즐기니 족히 여기서 평생토록 지내도 싫지 않겠다"[69]고 한 말에서 따온 것으로, 퇴계 또한 그러한 삶을 표방하고자 함이다. 주자가 조선조 성리학자들에게 있어서 하나의 전범이 되었음은 주지의 사실이다. 때문에 화자 또한 이곳의 삶을 완상하여 즐기고자 한다. 이곳에서 화자가 지향하는 삶은 바로 만권의 책과 함께 가실 줄 모르는 즐거움을 누리는 것이다. 그리고 이러한 여가에 오고 가며 풍류를 즐기고자 함이다. 여기서 화자는 풍류를 이야기함으로써 일견 언학과는 거리가 있는 것으로 생각될 수 있다. 더욱이 퇴계는 그의 <도산십이곡발>에서 풍류를 주제로 삼고 있는 한림별곡류에 대하여 '긍호방탕하고 설만희압'하여

---

68) 『禮記』<樂記> : 君子樂得其道 小人樂得其心. 이에 대해 윤재근은 '군자의 志는 마음이 도를 향하고, 소인의 志는 마음이 欲을 향한다'고 설명한다(윤재근, 앞의 책, 32쪽).
69) 『退溪集』권3, <陶山雜詠幷記> : 樂而玩之 足以終吾身 而不厭之語也.

군자가 숭상할 바가 아니라고 지적하였다.

이러한 <도산십이곡>의 풍류와 한림별곡류의 풍류에 대하여 최진원은 고려인과 조선인의 인식의 차이로 설명한다.[70] 즉 전자의 경우는 '향락적 서정'으로서의 멋을 뜻하지만 후자의 경우는 '정신적 침잠'을 풍류로 생각한다는 것이다. 이러한 정의를 수용한다면 언학의 첫째 노래에서는 풍류 또한 성리학적인 풍류가 된다. 결국 후육곡의 첫 노래는 독서에 침잠하여 얻는 즐거움을 그 주지로 하며, 언지의 첫 노래가 철저하게 내향적이었던 것처럼 이 또한 자신[我]를 지향하고 있다. <도산십이곡>의 열 두 노래에서는 작품에 청자의 존재를 직접 거론하지 않는다. 언지의 노래들이 그렇고 후육곡의 경우도 마찬가지이다. 그런데 제 8연에서는 '우리는'이란 표현을 쓰고 있다. 물론 이것이 시조의 관습적인 표현이긴 하지만 이를 통해 화자 자신을 포함한 다수의 청자를 설정하여 그들에게 직접 말을 건네는 방식을 취하고 있다.

제 8연의 주지를 요약하자면 어리석음에 대한 경계라고 하겠다. 산이 무너진다든지 해가 중천에 떠 있다는 표현은 들을 수 있고 볼 수 있는 것의 가장 지극한 상태를 의미한다. 그러나 아무리 큰 소리, 밝은 빛이라도 농자(聾者)나 고자(瞽者)에게는 무의미하다. 마찬가지로 아무리 좋고 훌륭한 가르침이라도 이를 배우는 자가 농자나 고자와 같다면, 다시 말해 이를 받아들일 자세가 갖추어지질 않았다면 이는 무용지물에 불과하다. 그러면 어떻게 해야 하는 것인가? 이에 대한 대답이 종장에서 제시된다. 곧 귀도 밝고[聰] 눈도 밝게[明]하여 그 어느 것 하나도 놓치지 말고 잘 듣고 보아서 마음에 새겨야 한다.

요컨대 이는 배움의 자세를 일컫는 것으로 학문을 함에 있어서 가장 중요한 것이 무엇인가를 제시한다. 뇌정이나 백일은 학문으로 치자면 가장 진수가 되는 것들이다. 반면에 농자나 고자는 어리석은 인간들을 상징한다. 어리석은 자는 결코 화자가 지향하는 바가 아니다. 화자는 '귀와 눈이 밝은 사람[耳目聰

---

70) 최진원, 『한국고전시가의 형상성』(앞의 책), 7-19쪽.

明男子]'을 지향한다. 어리석음을 경계하는 한편 마땅히 나아갈 바를 동시에
제시한다.

> 古人도 날 못보고 나도 古人 못뵈
> 古人을 못뵈아도 녀던 길 알퓌 잇니
> 녀던 길 알퓌 잇거든 아니 녀고 엇뎔고 (제 9연)

> 當時예 녀든 길홀 몃희를 브려두고
> 어듸가 둔니다가 이제사 도라온고
> 이제나 도라오느니 녇듸 모슴 마로리 (제 10연)

　　제 9연은 법고(法古)의 이름이다. 옛사람[古人]과 '나'는 시대를 달리하여
살아가는 탓에 직접적인 교유는 불가능하다. 학문은 바로 이러한 시간의 원격
을 뛰어넘는다.[71] '녀던 길'이란 선현들이 행하던 길로, 궁극적으로는 도를
실천하며 분수를 지키는 생활을 일컫는다.
　　후육곡에 흐르는 전반적인 작품적 특성으로 원근의 조화를 들 수 있다. 즉
후육곡에 있는 여섯 노래들은 원과 근이 거리감이나 그 차이를 느낄 수 없을
만큼 긴밀하게 묘사되어 조화를 이룬다. 9연은 이러한 원근의 조화가 가장
잘 묘사된 작품 가운데 하나라고 할 만하다. 옛사람과 나의 사이에는 많은
시공의 차이가 있지만 화자는 그것을 '녀던 길'을 통하여 조화시킨다. '녀던
길'의 존재가 시공을 뛰어넘을 수 있는 전기를 마련한다면 그 바탕에는 성리학
이 있다. 성리학에서 추구하는 바는 순선(純善)이다. 순선은 유선악(有善惡)과
는 구별된다. 유선악은 경우에 따라 변할 수 있는 것이지만, 순선은 오직 선만이
있는 것이므로 불변이다. 이러한 불변의 진리에는 고금이 따로 없다. 순선을

---

71) 여기서 고인은 퇴계가 본받고자 했던 선현들로, 손오규(「퇴계시와 '경'」, 『성대문학』26, 성균
　　관대학교 국어국문학과, 1988, 89-90쪽)는 <和陶集飮酒>의 시를 들어 舜, 周文王, 程子,
　　朱子라고 설명하고 있다.

위해 우리가 할 수 있는 바는 스스로의 덕을 쌓는 일이다. 앞서 8연이 인간의 우매함을 경계하며 연학(硏學)에 힘쓸 것을 강조하였다면 9연은 연학을 바탕으로 수덕 함양에 힘써 온유돈후의 정을 키우자는 데 그 주지가 있다.

'녀던 길'의 문제는 10연에도 등장한다. 이를 위해 작가인 퇴계의 삶을 잠시 언급하기로 한다. 퇴계는 당대인들이 마땅히 해야 할 일로 선현의 가르침을 따름을 꼽았다. 선현의 가르침을 따르는 데는 은현(隱現)이 따로 있을 수 없다는 당시의 사상적 풍토에서 퇴계도 예외가 아니었다. 그래서 『맹자』에서 말하듯이 시대를 만나면 세상에 나아가 천하를 아우르겠지만[達則兼濟天下] 그렇지 않으면 은거하면서 홀로 수양하는 것[窮則獨善己身]도 도를 통하는 길이라고 생각했다.

퇴계가 살던 시기(1501-1570)는 소위 사화기라고 일컬어지던 때이다. 사대 사화 가운데 갑자, 기묘, 을사사화가 그가 생활하던 1504년부터 1545년에 걸쳐 일어났다. 불우한 시기에 태어난 퇴계는 급진적인 개혁보다는 점진적인 변화를 주장했고 무엇보다도 마음의 근본을 중시했다. 따라서 나라를 다스리는 왕으로 하여금 성인의 도에 따라 처사하고 어진 정치를 실시함으로써 문란한 국세를 바로잡아 나라를 위기에서 구원하고자 하였다. 그가 말년에 도산에 머물게 된 동기도 혼탁한 정쟁에 섞이지 않고 성현의 도를 몸소 실천하여 학문과 교육과 교화를 통하여 진리의 표준을 높이 드러내고자 함이었다.

이러한 퇴계의 사상과의 관계 속에서 볼 때 10연의 주지를 좀더 쉽게 파악할 수 있다. 퇴계의 바람은 정치가로서의 득세라든가 부귀공명이 아니다. 그는 오직 도를 실현하자는 데 뜻을 두었다. 때문에 그의 귀향처는 곧 도산이며, 그가 하고자 하는 바는 은퇴하여 도를 닦는 일이다. 제 10연은 바로 이러한 마음을 담고 있다. 중장에서는 늦은 은퇴에 대한 후회를, 종장에서는 덕을 쌓고 닦는 데 힘쓸 것을 이야기한다.

青山은 엇뎨ᄒ야 萬古애 프르르며
流水는 엇뎨ᄒ야 晝夜애 긋디 아니ᄂ고
우리도 그치디 마라 萬古常靑 호리라 (제 11연)

愚夫도 알며ᄒ거니 긔 아니 쉬운가
聖人도 몯다ᄒ시니 긔 아니 어려운가
쉽거나 어렵거나듕에 늙ᄂ 주를 몰래라 (제 12연)

11연에서는 자연이 나온다. 청산은 늘 푸르며 흐르는 물 또한 쉼이 없다. 청산이나 유수는 자연지물 가운데 하나이지만 이들은 보다 큰 의미를 지닌다. 성리학에 있어서, 그리고 퇴계에게 있어서 자연이란 단순히 완상의 대상만은 아니다. 여기서 자연은 도의를 키우고 심성을 기를 수 있는 하나의 매개물이 된다. 앞에서 거론했듯이 퇴계는 자연의 법칙과 도덕의 법칙이 그 근원을 함께 한다고 본다['天=道=不變'의 관계]. 따라서 11연에 등장하는 자연이란 도를 함양하고자 하는 하나의 장치가 된다.

청산과 유수는 늘 그대로의 모습을 간직하고 있다. 이것을 통해 화자는 변하지 않는 성을 이야기 한다. 그는 이러한 대자연의 이법(理法)을 소이연(所以然)으로서의 리로 보고 있다. 리는 기의 작용에 의해 형체를 지니는 것으로 그 자체는 원래 무형의 것이다. 즉 리는 사물 이전에 형성된 것으로 일체를 초월한 절대적인 존재가 된다. 퇴계의 자연관이 이러한 경지에 이른다는 것을 생각할 때, 제 11연에서 화자가 지향하는 바는 더욱 분명해진다.

한편 청산과 유수의 관계를 보면 이들은 같으면서 같지 않다. 이들은 항상 그대로의 모습을 간직하며 항상성을 지닌다는 점에서는 공통되지만 청산이 늘 그 자리에서 고정 불변하는 정(靜)의 상태를 유지하는 것이라면 유수는 그 자체로 끊임없이 움직이고 있는 동(動)의 상태를 유지하게 된다. 즉 청산이 만고에 고정되어 있는 상태로 존재하는 대상이라면 유수는 주야로 쉼 없이 흘러가는 상태를 지속하고 있다.

퇴계는 리의 절대적 존재를 확신하면서 천지 만물을 생화하는 본원으로서 리의 실체적 존재성을 명확히 긍정하였다. 리는 무형의 실체를 소유한 존재이다. 그런데 거기에는 체용(體用)이 있어 그것의 작용으로 인하여 리가 스스로 능발능생(能發能生)하여 우주 만물을 주재하고 생화한다고 보고 있다. 즉 스스로 능발능생하는 지묘(至妙)의 용(用)이 있고 정의 조작이 없는 본연의 체(體)가 있는 것이다.

그렇다면 초장의 청산은 정의 조작이 없는 체의 이름이며 중장의 유수는 능발능생하는 용의 이름이고 종장은 체와 용의 합일이다. 종장에서 보이는 체용합일은 어떤 외부의 변화에 의한 것이 아니라 그 자체의 능동성에 기인한다. 자연의 법칙과 도덕의 법칙이 그 근원을 함께 함을 생각할 때 자연의 작용과 마찬가지로 인간 본성도 체용이 작용하는 것이다. 결국 제 11연은 학문을 향한 쉼 없는 영원한 열망을 자연의 법칙을 통하여 노래하였다.

다소 역설적으로 표현된 제 12연은 '도'의 일컬음이다. 도에 대하여 화자는, 초장에서는 우부도 알 수 있을 만큼 쉬운 것이라고 하더니 중장에서는 성인도 다 할 수 없을 만큼 어려운 것이라고 하여 미궁에 빠뜨린다. 그럼 여기서 말하는 도의 정체는 과연 무엇인가. 이는 도의 포용과 진수에 관한 문제로, 요컨대 이 세상에 모든 작용이 도 아닌 것이 없다는 것이다. 우부도 알 수 있다고 하는 것은 도의 포용이다. 도의 본체와 작용은 없는 곳이 없어서 미치지 않는 곳이 없다. 그러니 모든 일과 사물에는 도가 담겨 있다. 성인도 알기 어렵다고 한 것은 도의 진수이다. 이것은 솔개와 물고기[鳶飛魚躍]의 비유로 파악할 수 있다. 솔개는 양물(陽物)로 하늘로 올라가나 물에는 잠기지 못한다. 반대로 물고기는 음물(陰物)이어서 못에서 뛸 수는 있지만 날지는 못한다. 이는 자연의 묘한 이치로 그렇게 되지 않을 수 없는 것이니 그저 묵묵히 마음으로 깨달아야 한다. 그런데 솔개는 반드시 하늘로 올라가고 고기가 반드시 못에서 뛰는 것은 과연 무엇을 뜻하는가. 이것은 임금은 임금답고, 신하는 신하답고, 아비는 아비답고, 자식은 자식다워서 각각의 자리에 머물러 서로 뒤바뀔 수 없다는 것이다.

이 세상 모든 물상이 도 아닌 것이 없으나, 분수에 맞게 도를 행한다는 것이 결코 쉽지 만은 않다. 그래서 우부도 할 수 있는 가장 쉬운 것이면서, 성인도 다 할 수 없는 가장 어려운 것이기도 하다.[72] 종장에서는 이러한 도의 쉽고 어려움의 시비와 무관하게 도에 침잠하는 모습이다. '늙는 주를 몰래라'란 종장 끝구는 낙중유우 우중유락(樂中有憂 憂中有樂) 하는 가운데 시간의 흐름조차도 잊었으니, 학문에 심취되어 있음을 알 수 있다. 11연에서 학문에 대한 열망을 간절히 그렸다면 여기서는 학문에 깊이 빠져드는 경지를 노래하여 한층 심화되었음을 알 수 있다.

4. 연시조로서의 <도산십이곡>

이상과 같이 <도산십이곡>이 내용에 따라 언지와 언학의 두 노래로 나뉘어져 있음을 검토하였다. 그렇다면 이들은 각각 어떤 필연성에 의해 여섯 곡, 혹은 열 두 곡이 배열되었는지를 살피기 위해 각 연의 주지를 살피기로 한다.

전육곡-언지
제 1연 : 세속을 벗어나 자연과 친화함
제 2연 : 자연에서 생활하여 자신의 덕을 닦음
제 3연 : 살아 있는 순풍과 인성을 가르침
제 4연 : 피미일인을 향한 연모의 마음
제 5연 : 망세의 어려움
제 6연 : 자연에서 뜻을 구함

---

72) 이에 대해 정요일의 「퇴계의 문학론」(『퇴계학연구』 4집, 단국대 퇴계학연구소, 1990, 12쪽)에서는 '학문을 하는 즐거움 속에서도 성현의 도를 따르기 어려운 데서 생기는 근심과 그러한 근심 속에서도 끊임없이 성현의 도를 따르고자 하는 학문의 즐거움이 노래된 것[樂中有憂 憂中有樂]'이란 의미로 파악한다.

후육곡-언학
제 7연 : 독서삼매에 빠져 지분지족함
제 8연 : 세상을 바로 보지 못하는 어리석음의 경계
제 9연 : 고인의 덕행을 좇고자 함
제10연 : 은퇴하여 덕을 닦고자 함
제11연 : 학문을 향한 영원한 열망
제12연 : 학문에 잠심한 즐거움

주제만을 놓고 볼 때 이들의 구성에는 아무런 필연성도 개재되지 않은 것처럼 보인다. 하지만 이들의 내적 구성을 보면 일관된 흐름이 있음을 알게 된다. 언지의 여섯 작품을 먼저 보기로 한다.

제 1연은 세속을 잊고 자연에 묻혀 사는 생활을 노래했다. 여기서는 '아(我:자연)'만이 존재한다. 자연과 더불어 스스로 만족한 삶을 노래하고 있다. 2연은 자연을 노래함과 동시에 거기서 자신이 마땅히 해야 할 바, 즉 수신(修身)을 이야기 한다. 이것은 1연이 자연에서 친화되어 다만 즐거워하는 것과는 다른 양상이다. 물론 2연에서도 세상을 지향하지는 않지만 자연을 완상하는 데 머물지 않고 그 가운데서 덕을 닦고자 한다. 3연에서는 백성들에게 순풍과 인성을 가르치고, 4연에서는 피미일인을 향한 정을 노래하여 그 지향하는 바가 자신에서 타인으로 변한다. 앞의 두 노래가 자연에서의 생활에 중심이 놓인다면 3, 4연에서는 자연을 이야기 하되 그것을 통하여 세상으로 나온다. 또한 백성을 생각하고 피미일인을 생각함으로써 사대부적 포부를 느끼게도 한다. 이로써 독선하고 겸선하는 조선조 선비 사상의 일단을 엿보게 한다.

5연에서는 다시금 자연을 지향한다. 하지만 완벽하게 자연을 향한 것은 아니다. 그래서 세상을 잊고 자연에 귀의하기를 바라지만 맘처럼 되지 않음을 교교백구에 비유하였다. 여기서는 세상을 향하는 과정으로 볼 수 있다. 언지의 마지막 노래인 6연에서 화자는 자연과 완전히 하나가 되어 거기서 뜻을 얻음을 노래하였다. 화자는 '사시가흥'과 '사름'이 하나라고 하여 물아일체의 경지를 그려내고 있다. 종장에 나타난 득도의 모습은 중장에서 묘사한 자연과의 합일을 통해서 이루어진다.

이렇게 볼 때 언지의 여섯 노래는 다시 둘로 양분된다. 즉 1, 2, 3연 세 노래의 지향이 자연에서 세상을 향하며 독선에서 겸선의 의지를 드러냈다면, 이어지는 4, 5, 6연은 세상에서 자연으로 향하며 겸선에서 독선을 향하게 된다. 이것은 일견 순환논리와도 같으나 그보다는 발전적이다. 즉 1연의 자연과 6연의 자연은 같지 않다. 이는 흙에서 태어난 인간이 흙으로 돌아가지만 태어날 때와 돌아갈 때가 같지 않은 이치와 동일하다. 1연의 자연이 태초의 평원 상태라면 6연의 자연은 많은 풍화작용을 거친 끝에 평정을 얻은 대지와도 같다. 결국 1연에서부터 3연이 자연에서 세상을 향하며 발전해 나아갔듯이, 4연에서 6연까지 또한 세상에서 자연을 향하며 발전한 것이다.

다음은 언학의 여섯 노래이다.

제 7연은 독서에 침잠하는 즐거움을 노래하였다. 언지의 제 1연에서와 마찬가지로 여기서의 독서 행위는 다만 자신의 즐거움으로 그친다. 즉 독선의 경지에 머무는 것일 뿐 그것을 겸선의 의지로까지 확대하지 않는다. 곧 전적으로 자신[我]을 향하고 있다. 둘째 노래는 자연 현상에 비유하여 인간을 경계한다. 여기서의 자연 현상은 비유의 대상으로 쓰였을 뿐 그것이 어떤 의미를 지니는 것은 아니다. 또한 종장에 등장한 '우리도'란 표현을 통해 타인의 존재를 상정하고 있음을 알 수 있다. 여기서 화자는 자신과 함께 타인을 경계함으로써 겸선의 모습을 보인다.

9연과 10연은 '녀던 길'이란 시어가 반복 사용됨으로써 두 작품이 내용적으로 어떤 상관성을 드러낼 것을 암시한다. 제 9연은 고인의 덕행을 좇고자 하는 마음, 10연은 다시 학문에 전심하고자 하는 마음을 읊었다. 제 8연이 학문을 하기에 앞서서 취해야 할 자세를 언급하였다면, 9연과 10연은 실질적으로 학문을 함에 있어서의 문제를 이야기 한다. 11연은 몇 가지 점에서 8연과 유사하다. 우선 8연에서 자연이 비유의 대상으로 쓰인 것처럼, 11연의 청산과 유수 또한 항상성과 정진함의 상징으로 등장하였다. 종장의 첫 구가 '우리도'로 시작하는 것 또한 동일하다. 8연이 총명한 귀와 눈을 가지고 가르침을 똑바로 받아들일 것을 경계했듯이, 11연 또한 학문을 함에 있어서 체와 용을 두루 섭렵할 것을 강조한다.

<도산십이곡>의 마지막 노래이기도 한 12연은 도에 깊이 심취되어 있음을 그 주지로 한다. 10연과 11연이 학문의 구체적인 실행과 학문을 행하거나 받아들일 때의 자세를 경계하고 있다면 12연에서는 이런 모든 것을 거치고 난 후에 이루어지는 득도에 관한 이야기라고 할 수 있다. 이는 독서삼매에 빠져 즐거워하는 7연의 모습과도 비교할 수 있다.

이상과 같이 언학 또한 언지와 유사한 구성을 지니고 있다.[73] 유사하다고 한 것은 언지는 자연과 세상의 관계가 명확하게 구분되어 있으나, 언학은 여섯 곡 전체를 '학문'이란 것으로 묶을 수 있어서 전적으로 동일하지 않기 때문이다. 이는 지(志)가 두 개로 대별되는 쓰임 중에 하나를 선택, 지향하는 것임에 반해 학(學)은 처음부터 오직 하나만을 추구하기 때문이다. 그러나 같은 학문을 이야기 하되 여기에도 편차는 존재한다. 이로써 언학 또한 7, 8, 9연과 10, 11, 12연을 한데 묶을 수 있는데, 이들은 학을 노래함에 있어서 '침잠→경계→ 수덕'의 순서로 진행되고, 후반부는 그 반대로 작용하게 된다. 물론 7연과 12연 의 성숙의 깊이는 같지 않다.

<도산십이곡>이 이같은 구성을 보이는 것은 <도산잡영병기>에 기록된 퇴계의 생활과도 유관하다. 이들은 마치 순환의 구조와도 같으나 그 정도를 볼 때는 그렇지가 않다. 즉 처음의 자연과 나중이 같지 않으며 침잠 또한 그 성숙도가 같지 않다.

아아, 나는 불행히도 먼 시골에 태어나서 투박하고 고루하여 들은 것이

---

73) 신연우, 앞의 논문, 163-168쪽에서는 흥과 락의 문제를 두고 언지는 마지막 연에 있는 주제를 향해 점진적인 전진을 이루고, 언학은 반대로 먼저 집약하고 서서히 풀어간다고 보고 있다.

없으면서도, 山林 중에 즐거움이 있다는 것은 일찍 알았었다. 그러나 中年에 들어 망령되이 세상길에 나아가 바람과 티끌이 뒤덮는 속에서 여러 해를 보내면서, 스스로 돌아오지도 못하고 거의 죽을 뻔하였었다. 그 뒤에 나이는 더욱 늙고 병은 더욱 깊어지며 처세는 더욱 곤란하여지고 보니, 세상은 나를 버리지 않지만 내가 부득이 세상을 버리지 않을 수 없게 되었다. 그래서 樊籠을 벗어나 田園에 몸을 던지니, 앞에서 말한 山林의 즐거움이 뜻밖에 내 앞으로 닥쳤던 것이다. 그러면 내가 지금 오랜 병을 고치고 깊은 시름을 풀면서, 늘그막을 편히 할 곳은 여기를 버리고 또 어디 가서 구할 것인가.[74]

    기록에 의하면 퇴계는 처음 산림[자연]에 살며 즐거움을 구하였다. 그러다가 중년에 세상에 나아갔지만 이것은 그가 바라던 바는 아니었다. 그 후 다시 세상을 떠나 산림으로 돌아와 그곳에서 안락함을 구하고자 한다. 이 경우, 그곳의 산과 나무[자연]가 변한 것은 아니지만 그것을 대하는 퇴계의 감회는 처음과 나중이 같지는 않았을 것이다. 세상의 풍진을 겪은 후에 맞이한 자연은 훨씬 감회가 깊었을 것이다. 이렇게 볼 때 <도산십이곡>은 내적 필연성에 따라 나열되었음을 알 수 있다. 겉으로 드러나는 언지와 언학의 구도 이외에도 그 안의 작품들 또한 내적 질서에 따라 유기적으로 연결되고 있다. 이러한 구성은 <도산십이곡>의 효용적 가치를 높이는 한 이유가 되었을 것으로 짐작된다.

    작품을 바라봄에 있어서는 무엇보다도 <도산십이곡>의 실체에 올바르게 접근하자는 데 중점을 두었다. 그것을 위해서 작품의 분석에 앞서 퇴계가 왜 <도산십이곡>을 창작하게 되었는가에 대해 먼저 관심을 두었다. 즉 제작 동기 및 퇴계의 학문에 대해 먼저 살피고 이를 바탕으로 그의 학문과 작품과의 관계를 규명하고자 하였다.

---

74) 『退溪集』권3, <陶山雜詠幷記> : 嗚呼余之不幸 晚生遐裔 樸陋無聞 而顧於山林之間 夙知有可
    樂也 中年妄出世路 風埃顚倒 逆旅推遷 幾不及白返而死也 其後年益老 病益深行益躓 則世不
    我棄 而我不得不棄於世 乃始脫身樊籠 投分農畝 而向之所謂山林之樂者 不期而當我之前矣
    然則余乃今所以消積病 豁幽憂 而晏然於窮老之域者 舍是將何求矣.

'사대부와 연시조'라는 큰 테두리 안에서 작품을 파악하는 것인 만큼 <도산십이곡>이 연시조라는데 논의의 중심을 두었다. 작품 분석을 통해서 <도산십이곡>의 전육곡과 후육곡이 각각 어떤 필연성에 의하여 순서적으로 나열되어 있음을 검토하였다. 이들은 발전의 양상을 띠며 각각 첫째 연에서 여섯째 연을 향하고 있다. 또한 내용의 유기적인 결합과 함께 작품 전체에 대우와 반복의 표현을 함으로써 결속구조를 갖고 있다. 특히 여기서 보이는 대우는 대구(對句)나 대련(對聯)과는 다른 것으로, 서로 짝을 이루어 조화를 이루고 있다. 이러한 표현의 통일성과 내용의 연계성은 <도산십이곡>이 다만 퇴계 성리학의 실현뿐만 아니라 하나의 연시조 작품으로서도 성공하고 있음을 시사한다.

시가 문학에서 퇴계 이전에도 몇몇의 연시조가 있어 왔다. 맹사성의 <강호사시가> 이후로 이현보의 <어부단가>, 주세붕의 <오륜가> 등이 그것이다. 그러나 퇴계의 <도산십이곡>으로부터 연시조 유형이 더욱 발전하게 되었다. 즉 이후부터 많은 연시조가 제작되고 또 이를 효방한 작품들도 다수 나타나게 되었다. 장경세의 <강호연군가>, 권구의 <병산육곡>, 안서우의 <유원십이곡> 등은 모두 <도산십이곡>을 효방하였거나 여기에 영향 받아 지어진 작품이다. 이렇게 볼 때 <도산십이곡>은 작품이 지니는 작품성 못지않게 그것의 시가사적 의미도 대단한 성과라 할 수 있다. 다만 여기서는 <도산십이곡>이 갖고 있는 연시조로서의 가치를 파악하는 데 더 큰 취지가 있으므로 여타의 부분에 대해서는 기존의 연구에 따른다.

제 4장 <고산구곡가>의 시간과 성리학적 인식

1. 율곡과 <고산구곡가>

율곡(栗谷) 이이(李珥, 1536-1584)는 조선조 중기의 학자로 당대의 거유(巨儒)인 퇴계 이황과 함께 우리나라 성리학의 양대 산맥 중의 하나이다. 그의 문집에는 수많은 한시가 수록되어 있으나, 이는 시인 율곡의 모습을 나타낸다기보다는 주자주의적 사고방식에 익숙한 조선조 유학자가 지니는 공통의 모습으로 봄이 더욱 마땅하다. 관에 나가서는 정치가로, 제자를 가르칠 때는 학자로서의 모습을 지니지만 율곡에 대한 가장 올바른 평가는 이기철학(理氣哲學)의 이론가이며 사상가라는 데서 찾을 수 있다. 그의 생애나 사상에 대해서는 새삼 언급할 필요가 없을 정도로 많은 연구가 있었고, 그의 작품을 논의하는 자리에서도 생애에 관한 천착은 거의 필수적으로 뒤따랐다. 이는 고전 연구의 오랜 관습이기도 하지만 그만큼 문학과 삶의 거리가 긴밀한 탓이기도 하다.

율곡이 생활하던 시기는 사림파 문인들에 의해 조선 성리학이 중국을 넘어 동양 최고를 자부하던 때이다. 율곡을 포함한 사림파 문인들은 시의 중요성을 강조하여 자연을 노래하면서 도를 밝히고 마음을 바로잡는 시가 무엇보다도 소중하다는 생각을 지녔다. 율곡 또한 문학을 중시하여 '말은 소리의 정수이고, 문사는 말의 정수이고, 시는 문사의 빼어난 것'[75]이라고 하여 시를 가장 정수

---

75) 『栗谷全書』拾遺 권3, <人物世藁序> : 詩者 文辭之詠嘆洤 而最秀者也 嗚呼 言者 聲之精者也

(精髓)한 것으로 보았다. 그래서 그는 역대의 시 가운데 빼어난 것을 골라 시선집인 『정언묘선(精言妙選)』을 엮기도 하였다. 문학에 대한 율곡의 견해는 <정언묘선서>를 통해서도 알 수 있다. '바른 성정이 그대로 거짓 없이 자연스럽게 드러'[76]났다거나, '말의 정수를 담'[77]고 있다고 함으로써 시의 가치를 인정하였다. 그런가하면 시의 효용성에 높은 가치를 두어 '시가 귀신도 감동시킬 수 있다'[78]고까지 하였다. 그 밖에도 시를 '가슴 속에 남은 찌꺼기를 씻어내는 것'이라고 한 것이나 이러한 과정을 통해 '자신을 성찰하는 데 도움을 준다'는 것 역시 시의 효용성을 뜻하는 말이다. 문학에 대한 율곡의 이러한 견해는 도문일체(道文一體) 문학관으로 이어져 연시조인 <고산구곡가(高山九曲歌)>로 형상화되었다.

<고산구곡가>는 율곡의 유일한 시조작품으로[79] 당대뿐만 아니라 후대에까지 영향을 미쳤다. 최립(崔岦)이 처음 기록하고 우암 송시열 등이 한역하였으며 후대의 작품에 수용되기도 하였다.[80] <고산구곡가>가 여러 문인들에 의해 한역되고 후대의 작품에 수용된 것은 작품이 지니고 있는 영향력 때문이다. 즉 <고산구곡가>는 단순한 문학 작품의 경계를 넘어서 율곡의 도문일체 문학관의 구현체인 것이다. 따라서 <고산구곡가>의 이해에는 그것의 미적 형상화와 함께 그 안에 담겨 있는 도를 파악하는 일도 중요하다.

文辭者 言之精者也 詩者 文辭之秀者也 然則 詩之所以重於世仔斯可見矣 是故聖人之述經也 詩居其一 而干以見世道之盛衰 國運之治亂.

76) 위의 책 권13, <精言妙選序> : 詩本性情非矯僞 而成聲音高下出於自然.

77) 위의 책, <精言妙選序> : 詩之於言又其精者也.

78) 위의 책 , <人物世古序> : 詩之可以感乎人者可知也 且子美之句 能去栖疾 蘇州之絶 能止江派 則 詩之可以感乎鬼神者 亦可知也.

79) 심재완의 『역대시조전서』(세종문화사, 1986)에 의하면 두 편의 시조가 더 있으나 이는 가집에 따라 작자가 서로 다르게 기록되어 있어 율곡의 작품으로 보기에는 어려운 점이 있다.

80) 이에 대해서는 이상원의 「조선후기 <고산구곡가> 수용양상과 그 의미」(『고전문학연구』24집, 한국고전문학회, 2003)에서 상세하게 다루고 있다. 여기서는 17세기 말에서 18세기 초 노론계 문인들의 <고산구곡가> 수용 양상에 대하여 고찰하고 이들이 <고산구곡가>를 수용한 것은 가창의 필요가 아니라, 노래가 갖고 있는 상징적 의미라고 보았다.

<고산구곡가>는 알려져 있듯이 주자의 <무이도가>를 효방한 작품이다. 하지만 실제 작품을 보면 이것은 형식적인 유사성일 뿐 실제의 내용에서는 많은 차이를 보인다. 특히 <고산구곡가>는 사시(四時)의 순환을 노래함으로써 맹사성의 <강호사시가>로부터 비롯된 사시가계 연시조에 포함된다. 이러한 사시의 순환은 <고산구곡가>를 연시조로 구성하고 도를 나타내는 데 근간이 되고 있다. 따라서 <고산구곡가>에 등장하는 사시의 순환 질서를 파악하는 일은 작품을 이해하는 출발이자 핵심이 된다.

2. 상승구조와 하강구조

사시의 유형에는 춘하추동의 일년 사시, 삭현망회(朔弦望晦)의 한달 사시, 단주모야(旦晝暮夜)의 하루 사시가 있다. <고산구곡가>는 그 가운데 춘하추동의 일년 사시와 단주모야의 하루 사시를 노래한다. 그런데 이 두 가지 유형의 사시는 서로 유리되지 않고 교차적으로 나타남으로써 10수 모두를 일년 사시 혹은 하루 사시로 꿰뚫을 수 있는 특성을 지닌다. 이렇게 하나의 사시 유형으로 <고산구곡가>를 고찰할 때, 작품에 시간이 등장하지 않는 1연과 6연을 중심으로 상승구조와 하강구조로 구분할 수 있다.

1) 상승구조로 본 〈고산구곡가〉

제 2연에서부터 5연까지는 고산 구곡담의 1곡에서부터 4곡까지를 소개하며 그곳에서 느끼는 화자의 감회 등을 시간의 질서에 따라 노래한다.

> 一曲은 어드미오 冠岩에 히 비쵠다
> 平蕪에 너거드니 遠山이 그림이로다
> 松間에 綠樽을 노코 벗오는양 보노라 (제 2연)

고산구곡담의 첫째 구비를 노래한 제 2연에서 가장 쉽게 발견되는 것 가운데 하나는 문답 형식으로 이루어졌다는 점이다. 이는 고산의 아홉 골짜기를 노래한 모든 작품에 적용되는 것으로 <고산구곡가>의 한 특성이 될 수 있다. 즉 초장에서 모두 "몇 곡은 어디냐"라고 묻고 중장 이하에서 그 물음에 답하는 것이다.[81] 물론 묻는 것도 화자이고 대답하는 것도 화자인데, 결국 이는 내용을 강조하기 위한 시적 장치로 이해할 수 있다.

1곡은 해가 비치는 관암이다. 해가 비치니 잡초 무성한 들판에 드리웠던 안개[닉]가 걷히고 멀리 있던 산이 그림처럼 아름다운 자태로 나타난다. 해가 비치는 것과 안개가 개어 먼데 산이 나타난다는 것은 동일한 의미로 파악될 수 있다. 이는 모두 '어둠 → 밝음'이라는 한 가지 의미를 지향하는 것이다. 초·중장이 어둠에서 밝음으로 변하는 자연의 상태를 그린 것이라면 종장은 이러한 자연 속에 처해 있는 자신의 모습을 감정 개입 없이 묘사한 경우이다. 소나무 사이에서 좋은 술통을 곁에 두고 벗이 오기를 기다린다. 벗이 오는 것을 기다린다고만 했을 뿐 과연 벗이 왔는지의 여부는 알 수 없다. 또한 벗이 오면 함께 흥취를 나누겠다든지, 안 오면 어떻게 하겠다는 등의 감정은 표현하지 않은 채 정경만을 노래하고 있다.

> 二曲은 어드미오 花岩에 春晩커다
> 碧波에 곳츨 씌워 野外로 보내노라
> 사람이 勝地를 모로니 알게 흔들 엇더리 (제 3연)
>
> 三曲은 어드미오 翠屛에 닙 퍼졌다
> 綠樹에 山鳥는 下上其音 흐는 적에
> 盤松이 바롬을 바드니 녀름 景이 업세라 (제 4연)

---

81) 조태흠의 「고산구곡가의 구조와 의미」(『국어국문학』24집, 부산대학교, 1987)에서 구체적으로 논의하였다.

고산구곡의 2곡은 화암에 봄기운이 완연한 곳이다. 화자는 초장에서 '춘만'이라는 어휘를 등장시켜 계절이 봄임을 말한다. 하지만 그 이전에 나오는 '화암'에서 봄을 노래하는 작품임을 알 수 있다. '꽃'은 종종 봄의 상징으로 표현되기 때문이다. 초장에서 앞에 등장하는 단어의 이미지로 뒤이어 나올 내용을 연상할 수 있었다면, 중장과 종장은 중장의 의미로써 종장의 내용을 유추할 수 있는 경우이다. 푸른 물결에 꽃을 띄워 들 밖으로 보내는 화자의 행위에서 화자가 머물고 있는 장소, 즉 승지를 사람들에게 알리려는 마음을 알 수 있다. 즉 경치를 묘사하면서도 사람들에게 승지를 알리려는 화자의 의지를 내포하는 것이다.

3곡은 병풍처럼 두른 꽃나무 가지에 잎이 무성한 곳이다. 2곡에서 꽃의 등장으로 봄을 알렸다면, 3곡에서는 그것의 무성함을 통하여 계절의 무르익음을 짐작하게 된다. 계절의 무르익음은 중장의 녹수로써 다시 한번 확인된다. 취병과 녹수, 그 속에서 즐거이 노래하는 산새들, 시원하게 불어오는 한 줄기 바람을 받는 키 작은 소나무. 이들은 한데 어우러져 여름 낮 산속 골짜기의 정경을 청정하게 그려낸다. 이처럼 3곡에서는 여름 낮 산속의 정경만을 묘사하고 있다.

> 四曲은 어드미오 松崖에 히 넘거다
> 潭心岩影은 온갖 빗치 줌겨셰라
> 林泉이 깁도록 됴흐니 興을 계워 ᄒ노라 (제 5연)

4곡은 소나무 벼랑[松崖]으로 해가 넘어가는 곳이다. 송애에 관한 기록은 율곡이 서른여섯에 쓴 <송애기>에 상세하게 적혀 있다. 기록에 의하면 경치가 좋고 벼랑 위에 소나무가 있기 때문에 '송애'라고 이름 하였다.[82] 벼랑을 타고 넘어가는 해는 그 절묘함을 더한다. 중장에서 모든 빛이 못 속 바위 그림자에 잠겼다는 것은 해가 져서 날이 어둑어둑해지는 광경의 시적 표현이다. '온갖

---

82) 『栗谷全書』 권13 : 有客請名其地 余創名地曰松崖 崖上有松故也.

빛이 잠겼다'는 것은 단지 빛뿐이 아닌 모든 소리나 향기마저도 머금은 듯한 분위기를 자아낸다. 말하자면 우리의 오감 모두가 물속 깊이 잠겨버린 듯한 고요함을 느끼는 것이다. 이러한 초장과 중장을 통해 느껴지는 정서는 적막감이다. 하지만 이러한 적막감을 화자는 오히려 좋아한다. 이 점 종장을 통해 확인된다. 화자는 여기서 임천이 깊을수록 좋다고 말하고 있다. '깊어서' 좋다거나 '깊어도' 좋은 것이 아니라 '깊을수록'이란 익심형을 사용함으로써 고요함을 오히려 즐기는 자신을 나타낸다. 하지만 여기서도 주관적인 화자의 감정을 드러내기보다는 임천에 묻혀 즐거워하는 자신의 모습을 객관적으로 묘사함에 그치고 있다.

상승구조에 포함되는 네 작품에 나타나는 시간을 보면, 1곡에서는 아침을 노래하고 2곡과 3곡은 각각 봄과 여름을 노래한다.[83] 4곡은 다시 하루 사시로 해가 넘어가기 시작하는 시간, 즉 오후에 해당하는 시간을 노래하게 된다. 즉 1곡과 4곡에서는 하루 사시를 노래하고 2곡과 3곡에서는 일년 사시를 노래한 것이다. 이처럼 두 단위의 사시를 번갈아 노래하는 가운데 하루의 시간이 일년의 시간을 감싸는 구조를 하고 있어서 아이러니컬하게 보이는 면모도 없지 않다. 우주의 원리로 보자면 일 년의 시간 구조 안에 하루의 시간이 포함되는 것이 더 자연스럽기 때문이다.

하지만 작품을 면밀히 살피면 이들은 하루 사시와 일년 사시의 대립이나 두 단위의 시간 구조가 결합된 것이 아니라 하나의 시간 질서가 순차적으로 전개되고 있음을 발견하게 된다. 노드롭 프라이의 원형이론에 따르면 봄·여름은 각각 아침·낮과 그 이미지를 맺을 수 있다.[84] <고산구곡가>의 시간 또한 춘하추동, 혹은 단주모야의 하나의 시간으로도 파악이 가능하다. 이들을 하나의 시간 단위로 파악하기 위해서는 봄과 아침, 여름과 낮으로 표현되는 시간을

---

83) 서사적 기능을 하는 제 1연과 6연을 제외한 나머지의 작품은 노래의 대상이 되는 고산구곡의 순서로 명칭하기로 한다.

84) Frye N, 『Fables of identity』, Harcourt, Brace & World, Inc., 1963.

동일한 시간으로 견주어 그들 간의 차서를 정하는 일이 필요하다.

1곡의 시간은 '해가 비친다'는 초장의 표현으로 알 수 있다. 또한 이는 전후 맥락에 따라 내리쬠의 상황이 아니라 해가 떠올라 비추기 시작함을 의미하는 것으로 동이 트는 이른 아침이다. 2곡은 '춘만'으로 봄이 저물어가는 계절임을 알 수 있다. 이처럼 1곡과 2곡은 이른 아침, 늦은 봄이 시간적 배경이 된다. 이 두 유형의 사시를 하나의 질서로 파악하기 위해 먼저 하루의 시간으로 보면 늦봄은 늦은 아침이 될 것이며, 일 년의 시간으로 보면 1곡의 시간은 만춘보다 이른 맹춘이 된다.

3곡은 종장에서 '여름'이란 직접적인 어휘를 등장시킴으로써, 4곡은 '해 넘거다'란 표현으로 시간을 뜻하게 된다. 그리고 이것을 일년 사시로 파악하면 모두 여름이 된다. 이 또한 두 작품 간의 차서를 따져보면, 3곡에서는 어떤 청량감이 느껴진다. 그것은 푸른 나무[綠樹] 숲에 산새가 오르내린다든지, 반송이 바람을 받는다는 표현 등에서 비롯된다. 무더위로 지친 여름이 아니라 봄을 지나 여름으로 향하는 푸른 나무숲의 시원함이 느껴지는 여름이다. 거기에 반해 4곡은 해가 넘어가는 시간이라고 해서 정오를 지난 오후 시간이 되고 계절로 보면 저물어가는 늦여름의 광경이 느껴진다. 하루의 시간으로 봤을 때는 3곡의 여름은 낮에 해당되고, 4곡은 정오가 지난 오후 시간이다.

이처럼 1곡에서 4곡까지를 계절의 이미지로 보면 '봄 → 늦봄 → 여름 → 늦여름'으로 진행되고, 이것을 하루 사시로 본다면 '새벽 → 아침 → 낮 → 오후'의 진행이 되어 일 년, 혹은 하루의 시간 질서로 파악이 가능하다.

2) 하강구조로 본 〈고산구곡가〉

하강구조에는 고산의 6곡에서 9곡까지를 노래한 7연에서 10연까지의 작품이 포함된다. 여기서도 상승구조와 마찬가지로 그 감회와 심경을 시간 질서에 따라 노래하게 된다.

六曲은 어드미오 釣峽에 물이 넘다
나와 고기와 뉘야 더욱 즐기ᄂᆞᆫ고
黃昏에 낙디를 메고 帶月歸를 ᄒᆞ노라 (제 7연)

6곡은 물이 많은 산골 낚시터다. 하지만 화자의 목적이 고기를 낚는 데 있지는 않다. 자신과 고기를 두고 누가 더 '즐기느냐'고 한 표현에서 고기를 잡는 것이 생활의 수단이 아님을 단적으로 드러낸다. 화자와 고기는 쫓고 쫓기는 관계가 아니며 낚으려는 사람이나 피하려는 고기나 모두 즐겁게 노니는 것이다. 고기를 잡음이 목적이 아니니 황혼 길에 낚싯대를 메고 고기 대신 달빛을 싣고 오지만 아쉬움보다는 흥겨움이 느껴진다. 6곡의 시간은 종장 첫구에 등장하는 '황혼'과 '달'의 존재로 알 수 있다. 상승구조의 작품에서 하루 사시를 나타낼 때 '해'의 고도로써 그 시간을 가늠할 수 있었듯이 여기서는 달이 등장한다. 그런데 이것을 황혼과 함께 둠으로써 이제 막 해가 저물어가는 초저녁쯤의 시간임을 알 수 있다. 또 상승구조에서 하루 사시를 노래한 작품들이 주변의 경관을 객관적인 시각으로 묘사하는데 중점을 두었다면 6곡에서는 자연에 친화된 화자의 상태가 중심이 된다.

七曲은 어드미오 楓巖에 秋色됴타
淸霜이 엷게치니 絶壁이 錦繡ㅣ로다
寒巖에 혼자 안자셔 집을 잇고 잇노라 (제 8연)

八曲은 어드미오 琴灘에 둘이 붉다
玉軫金徽로 數三曲을 노는 말이
古調를 알이 업스니 혼자 즐겨 ᄒᆞ노라 (제 9연)

7곡은 가을 색이 아름다운 풍암이다. 가을을 노래한 7곡은 봄을 노래한 2곡과 구조적으로 유사하다. 2곡이 '춘만'으로써 계절을 나타냈듯이 여기서는 '추색'으로 계절을 말한다. 그리고 이 또한 앞서 등장한 '풍암'을 통해서도 암시 받을 수 있다. 요컨대 2곡에서 '화암-춘만'으로 연결되며 앞에 등장하는 사물로 이미 계절을 짐작할 수 있었듯이 7곡 또한 '풍암-추색'의 연결로 계절이 가을임을 알 수 있다. 중장의 맑은 서리[淸霜]도 가을의 상징이다. 바위는 단풍으로 물들어가고 맑은 서리가 절벽을 두르고 있는 광경을 화자는 아름다운 비단 수[錦繡]에 비유함으로써 그림처럼 아름다운 가을 산의 절경이 눈앞에 펼쳐지듯 생생하게 그려내고 있다. 종장은 그 속에 있는 화자의 모습을 묘사한다. 화자는 차가운 바위[寒巖] 위에, 그것도 혼자 앉아 있다. '한암'과 '혼자'는 두운에 의한 운율의 효과도 있지만 '차가운 바위'와 '혼자'라는 데서 공통으로 느껴지는 이미지, 즉 쓸쓸함을 강조하려는 의도가 더욱 강하다. 이러한 쓸쓸함의 이미지는 가을의 정서와 부합된다.

8곡은 달이 밝은 금탄이다. 달이 밝다는 것은 그만큼 밤이 깊었음을 뜻하는 것으로 6곡보다 시간이 경과되었음을 알 수 있다. 초장에서 느껴지는 이미지는 맑은 하늘에 휘영청 밝은 보름달이다. 물론 하늘이 맑다는 말은 없지만 '금탄에 달이 붉다'란 표현을 통하여 맑은 하늘의 이미지마저도 떠올릴 수 있다. 곧 여울에 비친 달이 밝기 위해서는 하늘은 맑고 달은 밝아야 하기 때문이다. 초장에는 금탄이, 중장에는 옥진금휘가 등장한다. 옥진금휘란 매우 좋은 거문고를 일컫는 말로 거문고와 옥진금휘는 동일한 대상의 반복적 표현이다. 밝은 달 아래 거문고[玉軫金徽]를 뜯으며 노래를 읊조리는 화자의 모습은 쓸쓸하기도 하지만 한편으론 고고한 선비의 품격이 느껴지기도 한다.

> 九曲은 어디미오 文山에 歲暮커다
> 奇巖怪石이 눈속에 무쳐세라
> 遊人은 오지 아니ᄒ고 볼 것 업다 ᄒ더라 (제 10연)

고산의 아홉 번째 구비는 한 해가 저물어가는 문산이다. 겨울을 노래한 9곡은 겨울을 나타내는 직접적인 용어 대신 '세모'로써 대신한다. 그리고 이것은 중장에서 눈[雪]이 등장하여 다시 한번 확인된다. 고산 구곡의 겨울은 적막감마저 흐른다. 세모의 분위기와 함께 중장 및 종장의 표현으로 작품 전반에 고요함마저 감돈다. 기암괴석이 많지만 눈 속에 파묻혀 보이지 않고 보이는 것은 오직 눈뿐이다. 하지만 드러나 보이지 않는다고 해서 그 실체마저 없는 것은 아니다. 겉으로 드러나 눈으로 볼 수 있는 것만이 전부가 아님을 화자는 알지만 유인(遊人)은 미처 알지 못한 채 그 곳을 외면한다. 제 10연에서 화자는 기암괴석이 눈 속에 묻혀 있어 볼 것이 없다며 사람들이 그곳을 외면하는 사실만을 단순하게 노래한다. 그러나 한편으로는 그러한 사실에 대한 안타까움과 외로움의 정서가 더욱 강하게 묻어 있다.

이와 같이 <고산구곡가>의 6곡에서부터 9곡에 이르는 네 작품은 사시의 순환으로 볼 때 하강의 이미지를 노래하고 있다. 즉 6곡과 8곡에서 저녁과 밤의 시간을, 7곡과 9곡에서 가을과 겨울을 노래하여 하루 사시와 일년 사시가 한 수씩 교차로 등장한다. 그러나 저녁과 밤은 가을과 겨울의 이미지와 연결됨으로써 상승구조에서와 마찬가지로 이들 네 수는 하나의 사시 유형으로 꿰뚫을 수 있다.

6곡에서 시간을 나타내는 어휘는 황혼과 대월귀이다. 곧 6곡의 시간은 해가 저물고 달이 떠오르는 시간이니 초저녁 즈음에 해당할 수 있고 계절로는 초가을이다. 7곡에는 풍암, 추색, 청상 등의 어휘가 등장한다. 추색으로서 계절이 가을임을 명확하게 나타내고 있다면 풍암이나 청상은 가을의 깊이를 뜻하는 것으로 볼 수 있다. 단풍이 들고 서리가 내리는 것은 가을의 절정에서 만추를 향해 가는 시기이다. 이것은 6곡의 초가을보다 좀더 경과된 계절임을 알 수 있다. 물론 하루의 시간으로 본다면 이미 해가 저물고 어둠이 짙어가는 저녁에서 밤으로 접어드는 시간에 해당된다. 따라서 6곡과 7곡의 관계를 볼 때 6곡은 7곡보다 이른 시간임을 알 수 있다.

8곡엔 '밝은 달'이 등장하는데 달이 밝기 위해서는 그만큼 어둠이 짙어야 한다. 곧 밤을 뜻하게 되고 밤을 일년 사시로 소급하면 겨울에 해당된다. 9연 또한 세모, 눈이란 어휘로 겨울을 노래하고 있다. 그렇다면 8곡과 9곡의 순차를 규명해야 한다. 더욱이 8곡의 '달이 밝다'는 것만으로는 그 시간대가 너무 광범위해서 좀더 구체적인 시간을 따져봐야 할 필요가 있다. 이를 위해서는 화자의 행위를 주시해야 한다. 금탄에 달이 밝은 곳에서 화자는 거문고를 타며 옛 가락을 읊조린다. 즉 8곡의 시간은 달빛을 받으며 풍류를 즐기기에 적절한 시간이어야 한다. 그러기 위해서는 지나치게 깊은 밤은 아닐 것이며 저녁밥을 먹은 이후부터 잠들기 이전까지의 시간으로 추론할 수 있다.

거기에 반해 9곡에서는 매우 깊은 겨울의 이미지를 느낄 수 있다. 한 해가 저무는 세모는 겨울의 절정이며 하루의 시간으로 치자면 가장 깊은 밤이다. 뿐만 아니라 기암괴석이 눈 속에 묻혀 있다고 했으니 이 또한 이미 겨울이 시작된 지 오래되어 춥고 기나긴 겨울이 진행되고 있음을 뜻한다.

이로써 6곡에서 9곡까지를 일년 사시로 파악한다면 이는 '초가을 → 가을 → 초겨울 → 겨울'로 발전되어 감을 알 수 있다. 이것은 다시 하루의 시간 질서로 본다면 '초저녁 → 저녁 → 밤 → 깊은 밤'에 해당된다.

3. <고산구곡가>와 성리학적 인식

<고산구곡가>는 사시의 순환 질서에 따라 작품이 진행되는데, 사시의 개념은 성리학에 기초한다. 조선조 성리학의 전범이 된 주자는 그의 <인설(仁說)>[85]에서 "천지의 마음에는 네 가지 덕이 있으니, 원형리정(元亨利貞)이라 한

---

85) <人說>은 『朱文公文集』권67, '雜著'에 실려 있다. 주자가 많은 논변을 거쳐 완성한 것으로 그의 업적 가운데 중요한 위치를 차지한다. 그의 <인설>은 처음부터 인은 生道라는 의미로 본령을 삼고 있다. 언제 지은 것인지는 명확하지 않으나 43세에 지은 <克齋記> 보다 뒤에 집필한 것으로 추정한다(양승무, 「주자의 인설에 대한 재조명」, 『유교사상연구』1집, 유교학회, 1986, 115-123쪽).

다. 원은 통괄하지 않음이 없으니 그 운행은 춘하추동의 질서가 된다"[86]고 하고 이어 "그러므로 사람의 마음에는 그 덕이 또한 넷 있으니 인의예지(仁義禮智)라고 한다"[87]고 하여 사시와 천덕(天德)과 심덕(心德)을 견주었다. 곧 사시란 천덕의 운행으로 일어나는 것이라 하였으니 사시 또한 하늘[天]에 귀속되고 심덕인 인의예지와도 관계를 맺는다. 인의예지란 맹자의 개념에 의하면 '인간이 지니고 있는 마음의 근본[仁義禮智根於心]'이다. 요컨대 사시는 단순한 계절의 의미에서 더 나아가 천명(天命)과 심성(心性)을 표상하는 요체이다. 천명과 인성을 중요시하는 것은 성리학의 근본이다.

그렇다면 궁극적으로 사시가 계열의 노래는 천명과 인성을 담으려는 의도가 내재된 것으로 볼 수 있다. 천명과 인성을 나타내기 위해서 사시의 순환을 노래했다는 것은 주기의 관점에서 파악할 수 있다. 리를 파악함에 있어서 주기론자들은 덕을 매개로 한 리의 드러남을 강조한다. 그러므로 사시가계 작품은 리를 드러내고 있는 자연의 모습을 시간의 변화에 주목하며 묘사한다.

> 高山九曲潭을 사룸이 모로더니
> 誅茅卜居ᄒ니 벗님너 다 오신다
> 어즈버 武夷를 想像ᄒ고 學朱子를 ᄒ리라. (제 1연)

<고산구곡가>의 제 1연으로 작품 전체의 서사이면서 상승구조의 서사이기도 하다. 작품의 제목이자 초장 첫 구에 등장하는 고산은 황해도 해주에 있는 산으로, 작자인 율곡이 42세 때 들어가 주자의 '무이구곡(武夷九曲)'을 본 따 고산구곡을 경영하며 공부하였던 곳이다. 제 1연에서 화자가 말하려고 하는 것은 '무이를 배우고 학주자'를 하고자 함이다. 그렇다면 주자를 배우겠다는 것은 과연 무엇인가. 주자는 조선조 학문의 전범(典範)이었다. 따라서 주자를

---

86) 『朱文公文集』권67, 雜著 <仁說> : 蓋天地之心 其德有四 曰元亨利貞 而元無不統 其運行焉 則爲春夏秋冬之序.

87) 위의 책, <仁說> : 故人之爲心 其德亦有四 曰仁義禮智.

효방하겠다는 것은 종종 그의 학문적 존숭으로 이어지며 <고산구곡가>의 효용성을 견고히 하는 것으로도 작용할 수 있다. 그런데 1연에서 주자를 배우겠다는 것은 좀더 포괄적이다. 이것은 무이산 구곡계에서 자연과 더불어 생활하던 주자의 삶을 총체적으로 지향하는 것이다.[88] 또한 종장 끝구를 '하리라'란 미래형 종결어미로 발화함으로써 이하의 작품들은 그곳에서의 구체적인 삶이 전개될 것임을 시사한다.

다음은 하강구조에 해당하는 6연 이하 10연까지의 작품에서 서사적 기능을 하는 제 6연이다.

> 五曲은 어드미오 隱屛이 보기 조희
> 水邊精舍는 瀟灑홈도 ᄀ이 업다
> 이 中에 講學도 ᄒ려니와 咏月吟風 ᄒ리라. (제 6연)

제 6연 역시 서사적 기능을 한다. 따라서 제 1연에서와 같이 'ᄒ리라'란 미래형을 씀으로써 앞으로의 다짐을 나타내는 언어적 장치를 잊지 않는다. 하지만 1연과는 달리 서사적 기능을 하면서도 고산 구곡담 가운데 하나인 5곡을 노래하고 있다.

5곡의 장소는 은병이다. 1곡에서 4곡까지의 장소가 시간질서와 관계를 맺고 있는 것과는 달리 은병은 공간성이 중시된다. 은병은 율곡의 은병정사가 있는 곳으로,[89] 여기서 이루어지는 화자의 행위는 '강학'과 '영월음풍'이다. 곧 5곡이 위치한 은병은 강학과 영월음풍을 위한 장소가 되고, 그만큼 6연에서 강학과 영월음풍은 강조된다. 강학과 영월음풍은 <고산구곡가>에서 자주 등장하는 '사름'과 '벗'과의 관계 속에서 파악할 수 있다. 강학은 화자가 타인에게 베푸는 것이며, 영월음풍은 화자 스스로가 즐기는 행위이다. 앞서의 '학'이 '학주자'하

---

88) 이민홍의 「고산구곡가와 무이도가고 Ⅰ」(『개신어문연구』1집, 충북대, 1981)과 「고산구곡가와 무이도가고 Ⅱ」(『개신어문연구』2집, 충북대, 1982) 참조.
89) 『栗谷全書』권15에 <隱屛精舍學規>와 <隱屛精舍約束>의 기록이 있다.

고자 하여 수기에 비중을 두고 있다면 '강학'은 오히려 겸선 쪽에 가깝다. 또한 학의 대상은 시류에 영합하는 것이 아니라 도에 이르는 학을 뜻할 것이다.

이는 8곡에 나오는 고조(古調)와의 관계에서 파악할 때 더욱 분명할 수 있다. 작품에 드러난 이러한 모습은 '수신제가 치국평천하'를 이상으로 삼는 사대부적 삶의 지향이며 실공(實攻)과 실효(實效)를 강조하는 율곡의 성리학적 이념과 일치한다. 이것은 오직 치인을 지향하는 부류의 노래와는 다르다. 여기서의 화자는 여전히 강호에 머물고 있다. 즉 수기하며 독선(獨善)을 하지만 기회가 되면 언제든지 출하여 세상 사람들과 겸선을 하겠다는 자세이다. 즉 겸선의 의지는 있으나 그것이 욕심으로까지 이어지지는 않는 것이다.

이처럼 1연과 6연은 <고산구곡가>에서 서사적 기능을 하며 화자의 의지를 담고 있다. 이 두 작품을 놓고 볼 때 화자의 지향은 '학주자'와 '강학' 및 '영월음풍'임을 알 수 있다. 이를 위해 화자는 고산 구곡담에 머물게 되는데, 이는 물러난 공간에 해당된다.[90]

물러나 수기(修己)하는 사람의 품격에 대해 율곡은 다음과 같이 말한다.

> 물러나 自守하는 사람은 그 품격이 세 가지가 있다. 不世之寶를 품고 濟世之具를 쌓아 자기 분수에 만족하여 道를 즐기며 韞櫝待賈하는 사람은 天民이다. 學이 부족함을 스스로 헤아려 그 學에 나가기를 구하고 藏修待時하며, 가볍게 출세하려 하지 않는 사람은 學者이다. 고결하고 淸介하여 천하의 일을 대수롭지 않게 생각하고 卓然長往하여 세상을 잊는 사람은 隱者이다. 天民이 때를 만나면 온 천하 사람이 그의 혜택을 입는다. 학자는 비록 밝은 시대를 만날지라도 참으로 그 道가 미심쩍은 바가 있으면 가볍게 나아가지 않는다. 만약 은자라면 遯世에 치우치므로 시중의 道가 아니다.[91]

---

90) 이에 대해 이민홍은 '염퇴지사'라 하고, 염퇴지사가 주인공으로 있는 자연은 임간학교의 성격을 띤다고 하였다(『조선조 시가의 이념과 미의식』(개정판), 성균관대 출판부, 2000, 243쪽).

91) 『栗谷全書』권15, <東湖問答> : 退而自守者 其品有三 懷不世之寶 蘊濟時之具 囂囂樂道 韞

여기에서 보면 율곡이 지향하는 바는 천민(天民)과 학자(學者)인데, 이는 곧 <고산구곡가>의 화자가 지향하는 바이다. 또한 화자는 타인에 대한 관심을 표명한다. '사름'과 '벗님'이 그것이다.[92] '사름'을 통하여 겸선의 의지를 나타낸 것이라면 '벗'은 학주자를 함께 할 수 있는 대상으로 수기를 의미함에 가깝다. 1연에서 겸선과 수기를 사람과 벗의 관계로 나타내고 있다면 6연에서는 강학과 영월음풍으로 나타내게 된다.

이처럼 <고산구곡가>가 수기만을 이르지 않고 겸선을 함께 노래했다는 사실은 율곡, 혹은 작품의 화자가 현실에 대해서도 긍정적임을 시사하고 있다. 실제로 율곡은 현실에 대해 긍정적이었으며 그가 자연에 머무는 것은 때를 못 만났기 때문이다. 다음 글을 통해 이러한 그의 사상의 일면을 엿볼 수 있다.

> 손님이 말했다. "선비가 이 세상에 나서서 경국제민에 뜻하지 않음이 없으니 뜻과 일이 같아야 하거늘, 혹은 나아가 兼善하고 혹은 退하여 自守함은 무슨 까닭인가?" 주인이 말했다. "선비의 兼善은 진실로 그 뜻이니 自守함이 어찌 본심이겠는가. 때의 만남과 못 만남이 있을 뿐이다."[93]

인용문에서 보듯이 율곡은 선비가 마땅히 취해야 할 바로 겸선을 꼽았고, 자수함은 본심이 아니라 다만 때를 만나지 못했을 뿐이라고 하였다. 그만큼 율곡은 겸선을 지향해야 할 바로 여겼고, 또 때를 기다리고 있었다. 율곡의 이러한 사상이 <고산구곡가>에서는 사람에 대한 관심으로 나타나게 된다. '벗'과 '사람'으로 지칭되는 '타인'에 대한 관심은 곧 치인 지향이자 겸선의

槽待賈者 天民也 自度學不足而求進其學 自知材不優而求達其材 藏修待時 不經自售者 學者也 高潔清介不屑天下之事 卓然長往與世上忘者 隱者也 天民偶時 則天下之民 皆被其澤矣 學者雖遇明時 苟於斯道 有所未信 則不敢輕進焉 若隱者則偏於遯世 非時中之道也.

92) 이민홍은 '사름'은 治君澤民의 民인 백성, 벗은 벗 가운데 최상인 道友(道友, 宦友, 文友로 구분)로 파악한다(이민홍, 앞의 책, 243쪽).

93) 『栗谷全書』권2, <東湖問答> : 客曰 士生斯世 莫不以經濟爲心 宜乎心亦皆同 而或進而兼善 或退而自守 何耶主人曰 士之兼善 固其志也 退而自守 夫其本心歟 時有遇不遇耳.

의지가 된다.

<고산구곡가>에서 타인의 존재가 등장함으로써 겸선의 의지를 나타낸 작품으로는 2연(1곡)과 3연(3곡), 9연(8곡)과 10연(9곡)이 있다.

제1연에서 '사람'과 '벗'이 등장하였는데 2연에는 '벗'이, 3연에는 '사람'이 등장함으로써 2연과 3연이 1연과 연장선상에서 노래하고 있음을 알 수 있다. 2연은 벗에 대한 화자의 기대를 담고 있다. 잡초 무성한 들판, 소나무 사이에 앉아 있으면서도 술통은 '녹준'이다. 녹준은 좋은 술통의 일컬음이니 거기에 담긴 술도 좋은 술일 것이며, 이를 잔질할 때도 여느 잔이 아닐 것이다. 이렇듯 좋은 술잔을 놓고 벗을 기다린다는 화자의 행동에서 화자가 기다리는 벗은 환우(宦友)나 문우(文友)가 아니라 도우(道友)[94]임을 알 수 있다. 화자가 도우를 기다리는 것은 그와 함께 고산의 아름다운 절경을 감상하며 도에 대한 생각을 나누고자 함이다.

고산의 절경을 타인과 함께 나누고자 하는 마음은 3연에서도 나타난다. 그런데 여기서는 벗이라고 하지 않고 '사람'이라고 하였다. 벗이 마음을 나눌 수 있는 대상으로서 그 범위가 제한적이라면 사람은 불특정 다수를 대상으로 한다. 그만큼 범위가 확대되고 겸선 의지 또한 좀더 강하게 묘사된다. 더욱이 2연에서는 단지 좋은 술통을 마련하고 벗이 오기를 기다리고 있지만 3연에서는 훨씬 더 적극적으로 행동한다. 즉 흐르는 물에 꽃을 띄워 야외로 보내는 것이다. 이는 화자가 머물러 있는 고산 구곡담의 절경을 세상 사람들에게 널리 알리고자 하는 것으로서 겸선의 의지를 뜻한다.

사람에 대한 관심은 9연과 10연에서도 볼 수 있다. 9연에서 노래한 8곡의 지명은 '금탄'이다. 여울에서 화자가 타는 거문고 소리는 여울소리와 함께 조화를 이룬다.[95] 이때 화자가 타는 음률은 옛 음률[古調]이다. 옛 가락은 시속의

---

94) 道友에 대해서는 각주 92) 참조.
95) 실제로도 율곡은 거문고를 좋아했다고 한다. 기록에 보면 "날씨가 좋은 좋은 절기에는 술을 두고 거문고를 타면서 어린아이로 하여금 長歌로 화답케 하였다 佳辰令節 置酒彈琴 使少長歌

음률과는 구분된다. 화자가 군이 고조를 타는 것은 이것이 바로 도이기 때문이다. 즉 앞서의 학과 같은 개념이다. 화자는 이러한 고조를 세상 사람과 함께 하기를 원한다. 즉 겸선을 원한다. 그러나 화자의 고조를, 도를 세상 사람은 알지 못하니 혼자 즐기는 수밖에 없다. 겸선이 아닌 독선을 하는 것이다.

9연에서 보이는 화자의 이러한 행동은 독선과 겸선에 대한 그의 생각을 단적으로 나타낸다. 화자는 고조를 지향한다. 거기에는 도가 담겨 있기 때문이다. 이것은 화자가 생각하는 올바름의 모습이다. 하지만 세상은 그것을 알지 못하고 외면한다. 그러나 화자는 그것을 함께 즐기기 위한 인위적이거나 물리적인 어떤 행동도 하지 않고 혼자서 고조를 즐긴다. 즉 화자는 때를 만나지 못했다고 생각하며 때를 기다리고 있는 것이다.

이러한 독선의 지향은 10연에서도 볼 수 있다. 1곡에서 8곡까지의 지명이 화자가 임의로 명명한 데 반해서 9곡의 문산은 본래부터 있던 이름이다. <고산구곡가>에서 일년 사시를 노래한 경우, 등장하는 지명만으로도 그 계절을 알 수 있었다. 하지만 문산은 이름만으로는 겨울의 이미지를 찾아낼 수가 없다. 이러한 이유는 '문산'이란 이름에 율곡의 작의가 담기지 않은 탓도 있겠으나 그보다는 문(文)을 도(道)와의 관계 속에서 파악한 때문으로 볼 수 있다. 율곡에 의하면 '도가 드러난 것이 문이고, 도는 문의 근본이요 문은 도의 말단'이라고 보고 있다.[96] 문에 대한 율곡의 생각을 파악하기 위해 다음 글을 보기로 한다.

> 그 本(道)을 얻어서 末(文)이 그 가운데 있는 것이 성현지문이다. 그 末을 섬기면서 그 本에 힘쓰지 않는 것이 속유지문이다. 옛날의 배우는 사람은 반드시 먼저 도를 밝혔다. 능히 도를 밝혀서 마음에 얻은 바가 있으면, 威儀에 드러나는 바나 言辭에 나타나는 바가, 도가 밝혀진 것이 아닐 수 없다. 그러므로 文이 이루어지되, 말은 간략해도 이치에 합당하고, 가까운

而和之"(『栗谷全書』권36, <墓地銘幷序>)라고 되어 있다. 이에 대한 자세한 사항은 이민홍, 앞의 책, 250-251쪽 참조.
96) 『栗曲全書』拾遺 권6, <文策> : 道之顯者 謂之文 道者文之本也 文者道之末.

것을 말하면서도 먼 것을 지칭하며 마침내 仁義道德을 윤택하게 해서 빛낸다. 이것이 바로 성현지문이다. 후세의 배우는 사람들은 실리를 구하지 않고 다만 浮藻만 숭상해서, 마음에는 얻은 바가 없으면서 밖으로 말만 교묘하게 한다. 사람들을 즐겁게 하는 것만 취하고, 재주를 세상에서 판다. 그러므로 문이 이루어지되 撰術에만 공을 들이고 도의는 외면하며, 辭言은 번잡하면서도 이치가 막혀 있으며, 말은 둥글면서도 뜻이 막혀 있다. 이것이 바로 속유지문이다. 진실로 능히 本末을 궁리하고, 先後를 알아야만 斯文을 함께 의논할 수 있다.97)

이처럼 율곡은 문을 성현지문(聖賢之文)과 속유지문(俗儒之文)으로 나누고 성현지문이란 '도를 얻어 문이 그 가운에 있는 것'이라고 하여 도의 중요성을 설파했다.98)

10연의 문산은 '세모-눈 속'과 연결되며 세상과는 단절된 고립의 양상을 보인다. 이것은 종장에서 '유인'이 오지 않는 원인이 될 수 있다. 유인이란 앞의 '사름'이나 '벗'과는 또 다른 대상이다. '벗'은 함께 도를 말할 수 있는 도우였다. 하지만 유인은 도를 논할 수 있는 대상은 아니다. 그것은 유인이 오지 않는 이유가 '볼 것 업다'는 것으로도 알 수 있다. 그의 행위로 미루어 봤을 때 유인은 상자연(賞自然)을 하기 위한 존재 정도로 파악할 수 있다. 볼 것이 없다고 유인은 오지 않지만 그러나 그것은 문산의 진면목을 알지 못함이다. 기암괴석, 즉 문산의 본체[道體]는 눈 속에 묻혀 있는 까닭이다. 겉으로 드러난 모습만을 보고 유인은 볼 것이 없다고 오지 않으니 겸선의 의지를 펼 수 없는 화자는 안타깝기만 하다.

---

97) 『栗谷全書』拾遺 권6, <文策> : 得其本而末在其中者 聖賢之文也 事其末而不業乎本者 俗儒之文也 古之學者 必先明道 苟能明道 而有得於心 則見乎威儀 發乎言辭者 莫非道之著者也 是故其爲文也 辭約而理當 言近而指遠 卒澤於道德仁義炳如也 此則聖賢之文也 後之學者 不求實理而徒尙浮藻 心無所得 而外爲巧言 取悅於人 而衒玉於世 是故 其爲文也 工於撰術 而外於道義 辭繁而理碍 語圓而意滯 此則俗儒之文 苟能窮其本末知所先後 則可以與議於斯文矣.

98) 이러한 道와 文의 관계를 보면 도가 근본이 되고 문은 말단이 되며, 말단이 된다함은 陰의 요소를 지녀 겨울의 하강의 이미지와 연결된다.

비록 겸선의 의지는 좌절되었지만 화자에게서 안타까움 이상의 감정은 보이지 않는다. 이는 화자가 겸선을 하려는 이유가 권력 획득의 야망이나 욕망에 있는 것이 아니기 때문이다. 화자가 겸선을 하려는 것은 그것이 옳고 좋은 것이기에 함께 나누고자 하는 타인 지향적인 마음에서이다. 그렇지만 타인에게 강제할 수 있는 것은 아니다. 아쉽고 안타깝지만 수기(修己)하며 조용히 때를 기다릴 뿐이다.

4. <고산구곡가>의 의미

<고산구곡가>는 율곡이 강호에 머물며 제작한 노래이다. 그러나 율곡은 처음부터 강호를 지향하는 방외인적 인사이거나 처사지향적인 인물은 아니다. 그가 강호에 머무는 것은 '궁즉독선기신 달즉겸선천하' 하던 당시 사대부의 보편적인 이념에 근거한다. 그래서 강호에 머물며 독선기신 하되 현실을 향한 마음을 접은 것은 아니며 때가 주어진다면 다시 세상에 나아가 겸선천하 해야 한다는 마음도 동시에 지니고 있다. <고산구곡가>는 이러한 율곡의 생각을 사시의 순환질서에 따라 읊은 노래이다.

제 1연을 서사로 고산 구곡담을 하나씩 차례로 노래하고 있는데, 이미 살펴본 바와 같이 여기에는 춘하추동과 단주모야란 두 단위의 사시가 교차적으로 등장하지만 하나의 시간 단위로 꿰뚫을 수 있었다. 그랬을 때 구곡담을 노래한 작품 가운데 시간이 등장하지 않는 6연을 전후하여 상승구조와 하강구조로 구분할 수 있음도 알 수 있었다. 또한 <고산구곡가>는 사시의 순환 질서를 노래하는 가운데 그 안에는 율곡의 성리학적 이념이 담기게 된다. 즉 사시란 성리학에 기초하는 것으로 천명과 심성을 표상하는 요체가 되고 있다.

이러한 성리학의 이념이 <고산구곡가>에서는 타인을 향한 겸선의 의지로 표명된다. 고산 구곡담의 아름다운 절경을 보면서 화자는 끊임없이 그 광경을 다른 사람과 함께 하고자 한다. 그런데 여기서 중요한 것은 타인의 정체이다. 화자는 타인을 일컫는 명칭으로 2연과 3연에서는 '벗'과 '사람'이라고 하고, 9연에서는 '알 이[사람]', 10연에서는 유인(遊人)이라고 하여 각기 다른 표현을 하였다. 하지만 이런 표현의 차이가 서로 간에 다른 그 무엇을 의미하지는 않는 듯하다. 화자의 궁극적인 이상은 도우(道友)와 함께 도를 나누는 데 있는 것인 만큼 화자가 함께하고픈 사람은 바로 도우이기 때문이다.

'벗'에 비해 '사람'이 좀더 포괄적인 개념이긴 하다. 또 그렇게 봤을 때, 불특정 다수의 사람들에게 고산의 승지를 감상케 하려는 마음 또한 백성들을 생각하는 사대부의 선민의식으로, 이 역시 겸선의 지향이다. 특히 봄빛이 가득한 화암(2곡)의 소식을 사람들에게 전해 승지를 알게 하려는 3연에서는 선민의식이 강하게 표출되기도 한다. 그런데 화자가 그리는 타인의 주체가 도우에 있든지 일반 백성에 있든지를 떠나 보다 중요한 것은 화자의 겸선의 의지가 어떻게 변화하느냐의 문제이다.

작품을 보면 화자가 겸선을 하려는 마음 또한 사시의 순환 구조와 맞물리며 진행됨을 알 수 있다. <고산구곡가>에서 타인의 존재가 거론되는 작품은 서사인 제 1연과 함께 2연, 3연, 9연, 10연의 다섯 수이다. 제 1연은 이 경우에도 서사적인 기능을 함으로써 타인에 대해 어떤 가치 판단을 유보한 채 객관적인 정황만을 언급하고 있다. 그 후 2연에서부터 화자가 타인을 지향하는 면모를 보인다. 먼저 2연과 3연을 보면, 이 두 작품에서 화자는 겸선의 의지를 강하게 드러낸다. 그래서 벗을 맞으려는 준비부터가 다르다. 술잔도 보통 술잔이 아닌 녹준을 준비하고 벗을 기다린다. 무계획적으로 그냥 오는 사람을 맞이하는 게 아니라 미리부터 채비를 차려 예우를 다해 벗을 맞으려는 모습이다.

3연의 화자는 좀더 적극적이다. 3연의 정황으로 봐서 녹준을 마련하고 벗오기를 기다렸지만 벗은 아직 오지 않은 것으로 짐작된다. 화자는 벗이 오지 않는 이유를 고산의 아름다움을 알지 못하기 때문이라고 생각한다. 그래서

3연에 이르러서는 고산의 아름다움을 알리기 위해 꽃을 띄워 그곳 소식을 전한다. 자신이 직접 나서서 고산의 소식을 세상에 알리려는 것이다. 이러한 화자의 모습은 매우 적극적인데, 이것은 겸선에의 포부가 그만큼 간절하기 때문이다.

그러나 9연과 10연에 이르러서는 조금 다른 모습이다. 화자는 이제 더 이상 타인의 방문을 기대하지 않는다. 그래서 9연의 화자는 차가운 바위에 앉아 혼자 고조(古調)를 즐긴다. 겸선의 마음을 접고 독선의 의지를 드러내고 있다. 독선을 향한 마음은 10연으로 이어진다. 문산의 겨울을 노래한 10연의 화자도 오지 않는 유인을 더 이상 기다리지 않는다. 겸선을 할 수 없음이 못내 아쉽기는 하지만 화자는 있는 그대로의 현실에 수긍한다. 오지 않는 유인을 기다리기 보다는 홀로 독선하며 조용히 때를 기다린다.

이처럼 겸선과 독선을 향한 마음은 시간의 상승 및 하강 구조와 함께 진행한다. 즉 상승 구조에 해당하는 2연과 3연에서는 겸선의 욕구가 강하게 나타남으로써 화자의 지향이 외부를 향하게 된다. 그러나 하강구조인 9연과 10연에 이르러서는 겸선의 의지를 접어두고 독선의 즐거움에 빠지게 되니 화자의 지향은 내부로 함축된다. 즉 화자의 지향 또한 겸선의 의지로 상승되다가 독선을 택하며 하강의 국면을 맞게 된다.

앞서 사시의 개념은 성리학에 기초한 것으로, 사시는 천명과 심성을 표상하는 요체라고 하였다.[99] 그런 만큼 <고산구곡가>가 일차적으로는 사시의 순환에 따라 고산 구곡담의 아름다움을 노래하고 있지만 실제적으로는 성리학의 이념을 뜻하고 있다. 화자는 또한 성리학적 인식 체계에 근거하여 사대부적 포부를 펴고자 겸선을 지향하지만 상황이 여의치 않자 이내 독선 쪽으로 마음을 바꾼다. 그리고 이러한 겸선과 독선의 지향 또한 사시의 순환 질서와 그 방향을 함께 함으로써 사시에는 천명과 심성의 뜻이 담겨 있음을 은연중에 노래한다.

---

99) 본 장의 제 3절 참조.

제 5장 <훈민가>의 전달체계와 구성 방식

1. 송강과 <훈민가>

송강(松江) 정철(鄭澈, 536-1593)은 우리나라 시가문학의 대표적인 작가이
다. '송강은 비록 정치적인 면에서는 실패하였으나 문학인으로서는 길이 청사
(靑史)에 빛날 거대한 존재'[100]라고 한 기왕의 평가를 통해서도 알 수 있듯이
송강은 동시대 대부분의 사대부들이 심성의 고양을 위해 그들의 신분적 질서
이념에 부합하는 시조를 지었던 것과는 달리 '문학의 감흥'을 위해서도 시조
작품을 짓곤 하였다. 그러나 시조를 비롯한 송강의 시가 작품이 당대의 사대부
적 사유에서 전혀 일탈된 것은 아니다. 비록 정치면에선 실패했다는 후학의
질정을 듣기는 하지만 그 또한 정객(政客)으로서의 면모를 여전히 지니고 있다.

송강의 관직 생활은 그가 27세(명종 17, 1562년) 되던 해에 문과 별과에
장원 급제를 하면서부터 시작된다. 말년에 이르기까지 여러 관직을 돌며 그가
받은 평가는 '충자청백(忠者淸白)' '청직(淸直)' '강개정직(剛介正直)' 등으로
요약된다.[101] 실제로도 관에 들어서 충직한 신하였다면 외직에 나가 지방 관직
을 맡고 있을 때는 목민관의 직분에 충실하고자 하였다. <훈민가(訓民歌)>의
제작 또한 그 일환으로 생각할 수 있다.

<훈민가>는 훈민시조 가운데 한 작품이다. <훈민가>의 창작 시기는 대략
선조 13년(1580) 경으로 송강의 나이 45세 전후로 잡는다. 이는 송강이 강원도

---

100) 김사엽, 『국문학사』, 정음사, 1956, 376쪽.
101) 박요순, 「정철과 그의 시」, 『송강문학연구』(앞의 책), 544쪽.

감찰사로 부임하던 때로, 국가적으로는 사화와 당쟁으로 점철되던 시기이기도 하다. 송강은 이수옥사(李銖獄事) 사건으로 헌부로부터 사당(邪黨)으로 몰려 탄핵을 입고 체임되었다가 강원도 감찰사로 보외(補外)되었다. 시대적으로 어수선한 분위기인데다가 강원도는 산간지방이라 지리적으로도 불편하였다. 따라서 그 지역 사람들은 자연 문화의 혜택을 받기가 어려웠다. 이에 송강은 그곳 백성들을 교화하고 깨우쳐서 유학의 가르침을 생활화하려는 목적으로 <훈민가> 16수를 창작하기에 이른다.

일반적으로 <훈민가>는 송강이 치민(治民)의 규범으로 삼았던 인물 가운데 한 사람인 송대(宋代)의 서산(西山) 진덕수(眞德秀)가 선거(仙居) 고을의 재상으로 있을 당시 지었던 <선거권유문(仙居勸諭文)>을 바탕으로 제작된 것으로 알려져 있다. <선거권유문>의 내용과 <훈민가>가 전적으로 일치하는 것은 아니지만 많은 부분에서 유사함을 보이고 있다.[102] 이렇듯 <훈민가>가 <선거권유문>의 내용을 수용하여 이루어졌다는 것은 그것의 목적이 '정서적 감흥'에 있는 것이 아니라 '교훈적 효용'에 있음을 시사하는 바가 된다.

<훈민가>가 지니고 있는 이러한 정황은 연구의 초점이 작품의 구조적 특질보다는 훈민시조로서 작품이 지니는 의미나 내용의 특성에 놓이는 결과로 이어졌다. 물론 <훈민가>가 지니고 있는 자체의 특성에 주목하여 화자의 발화양상에 초점을 맞춘 논의가 이루어지기도 했으나, 이 경우에도 <훈민가>가 지니고 있는 연시조로서의 의의에 대해서는 여전히 간과하였다. 하지만 당대에 지어진 어느 연시조와 마찬가지로 <훈민가> 또한 16수의 연시조로 이루어졌다고 하는 점은 <훈민가>의 성격을 규명하는 데 유용한 근거가 되고 있다.

오륜을 주된 내용으로 하는 훈민시조의 성격을 고려할 때, <훈민가>가 연시조로 이루어졌다는 것이 새삼스러운 일은 아니다. 백성을 훈도할 내용을 시조의 짤막한 형식에 모두 담아낼 수 없기 때문이다.[103] 하지만 송강이 연시조의 양식

---

102) 이에 대해서는 박성의, 「경민편과 <훈민가> 소고」, 『송강문학연구』(위의 책), 103-105쪽 참조.

을 택했다는 점은 주목할 만하다. 송강을 문학사에 빛나게 하는 것은 시조보다는 가사이다. 따라서 단지 길게 노래할 수 있는 양식만을 추구한다면 가사로 노래할 수도 있었기 때문이다. 그럼에도 굳이 연시조로 노래했다는 것은 연시조가 지니는 장르적 특성에 기인한다.[104) 또 그것을 연시조로 노래했을 때 과연 16수를 어떻게 배열했는지도 주목해야 한다. 송강은 타고난 문사이다. 그런 송강이 <훈민가> 16수를 무심히 배열하지는 않았을 것이다. 여기에는 무엇보다도 전달의 효과를 배가시키기 위한 효과적인 장치가 있을 것으로 보인다. 또한 그 장치는 <선거권유문>을 바탕으로 한 내용에 의거하기보다는 전달 방식과 관련이 있을 것으로 추측된다. 따라서 <훈민가>의 전달체계를 면밀하게 검토한 후, 이를 토대로 <훈민가>의 구성 방식에 대하여 고찰하기로 한다.

2. 전달체계 - 화자의 세 모습

문학은 작가가 언어 수단을 통하여 자신의 생각을 독자에게 전달하는 것이다. 즉 화자가 청자에게 메시지를 전달하는 행위이다. 그렇다면 <훈민가>는 작가인 송강 정철이 독자인 강원도 백성들을 향해 훈민을 하고자 하는 목적으로 지은 노래라고 할 수 있다. 따라서 <훈민가>에서는 문학의 여러 기능 가운데 효용성이 가장 두드러지게 나타나고, 화자가 그 메시지를 청자에게 어떻게 전달하느냐 하는 것이 중요한 문제로 등장하게 된다. 이를 위해 일차적으로 화자가 청자에게 발화하는 양상에 따라 작품을 분류하기로 한다. 일반적인 사대부 시조에서는 작자와 화자가 일치하게 된다. 그렇다보니 훈민시조의 화자는 대부분 청자보다 높은 층위에서 발화하게 되는 것이 보편적인 양상이다.[105) 하지만 <훈민가>는 훈민시조의 보편적 양상과 함께 거기에서 벗어나

---

103) 오륜을 주제로 한 훈민시조 가운데 연시조가 아닌 것은 강복중의 시조 한 수뿐이다.
104) 연시조의 장르적 특성에 대해서는 이 책의 제1부 '사대부와 연시조' 제 2장 참조.
105) 현전하는 훈민시조의 작가는 모두 그들이 목민관으로 있을 당시 백성들을 훈민하기 위하여

그 관계가 역전되거나 동등한 경우, 혹은 청자가 상정되지 않은 채 화자의 독백으로 이루어진 경우도 나타나게 된다. 이들을 각각 화자하위형, 화자상위형, 화자·청자동등형으로 구분하여 검토하기로 한다.

1) 화자하위형

화자하위형은 화자와 청자의 관계에서 화자가 청자보다 낮은 층위에서 발화하는 경우이다. <훈민가>에서 화자하위형에 해당하는 작품은 1, 2, 9, 10, 16연의 다섯 수이다. 이들은 각각 부의모자(父義母慈), 군신(君臣), 장유유서(長幼有序), 붕우유신(朋友有信), 반백자불부대(斑白者不負戴)를 노래함으로써 오륜의 질서를 그 중심 내용으로 한다. 이들 가운데 청자가 명확하게 드러난 것은 '반백자불부대'를 노래한 16연 뿐이며, 다른 네 작품에서는 청자가 상정되지 않은 채 화자의 독백으로 노래하고 있다. 따라서 이러한 작품에서는 그 대상과 화자와의 관계를 따져볼 수 있다.

> 아바님 날 나ᄒᆞ시고 어마님 날 가르시니
> 두 분곳 아니시면 이 몸이 사라실가
> 하늘 ᄀᆞᄐᆞᆫ ᄀᆞ 업슨 은덕을 어디 다혀 갑소오리 (제 1연, 父義母慈)
> 님금과 빅셩과 ᄉᆞ이 하늘과 싸히로디
> 내의 셜운 일을 다 아로려 ᄒᆞ시거든
> 우린돌 술진 미나리롤 혼자 엇디 머그리. (제 2연, 君臣)

제 1연은 부모의 은덕을, 2연은 군신의 관계를 노래했다. 이 두 작품에 등장하는 화자와 대상은 모두 5종의 관계[106]에 포함될 수 있는데, 노래에 등장하는

제작하였다. 이에 대해서는 김상진, 『조선중기 연시조의 연구』, 민속원, 1997, 118-121쪽 참조.

106) 5종(五種)은 인간관계에 있어서 부자·주종(主從)·부부·형제·장유의 다섯 관계를 일컫는다.

화자는 모두 낮은 계층의 신분으로 설정되어 있다. 두 작품 모두 청자는 설정되지 않은 채 화자의 독백과 다짐으로 작품이 이루어져 있다. 그럼에도 이들이 화자하위형이 되는 것은 작중 화자가 5종의 관계에서 낮은 계층의 신분이라는 것과 함께, 내용 또한 낮은 계층의 행위에 대해서만 언급하고 있기 때문이다.

'부의모자'를 노래한 1연은 낳으시고 길러주신 부모의 은덕을 기리는 자식의 노래이다. 1연은 종장의 '은덕'에 모든 시상이 집결된다. 화자는 그 은덕을 하늘에 비유하는데 이는 '끝이 없다'는 하늘의 속성 때문이다. 끝없는 하늘은 곧 '끝없는 은덕'이 될 것이며, 끝이 없는 은덕이니 그것의 보답 또한 끝이 있을 수 없다. 노래에서는 단지 평생을 두고 갚아도 부족하기만 한 하늘같은 부모의 은덕을 찬양하고 있을 뿐이다. 하지만 노래의 이면적 진술은 여기서 그치는 것이 아니다. 여기서 보다 중요한 것은 자식된 도리이다. 따라서 1연에서 화자가 실제로 말하고 있는 것은 부모님의 은혜에 보답하겠다는 다짐이다.

2연은 군신의 관계를 노래한다. 여기서의 화자 또한 낮은 계층인 신하, 즉 백성을 지향한다. 임금과 백성의 차이는 하늘과 땅만큼이나 엄청난 격차를 두고 있다. 하늘과 땅의 비유가 관습화된 표현이긴 하지만 이들의 함의는 높고 낮음의 관계보다 훨씬 포용적이다. 하늘과 땅은 함께 우주를 구성한다는 점에서 공통되지만 크나큰 차이를 지닌다. 하늘은 땅의 모든 것을 헤아릴 수 있지만 땅은 하늘의 모든 것에 대해 그럴 수가 없다. 하늘이 무한하여 측정이 불가능한 것과는 달리 땅은 유한하며 측정할 수 있다는 것 또한 하늘과 땅의 차이이다. 따라서 하늘과 땅 차이라고 하는 것은 일차적으로 그들의 거리상의 차이를 말하겠지만, 이러한 속성의 차이를 동시에 아우른다. 임금과 하늘을 동격에 두었으니, 임금은 전지전능한 존재와도 같다. 전지전능하여 화자의 모든 일을 헤아리는 까닭에 보잘것없는 미나리라도 살져 있는 것은 임금에게 진상하고픈 마음을 담아냈다. 이 또한 화자의 진술이 단순히 살진 미나리를 혼자 먹지 않겠다는 상황을 언급하는 것만은 아니다. 작고 보잘것없는 상황에서조차 임금에게 충성을 다하려는 신하의 마음을 노래한 것이다.

1연과 2연에서 보이는 이러한 양상은 9연과 10연에서도 동일하게 나타난다. '장유유서'를 노래한 9연은 정성을 다해 웃어른을 모시겠다는 각오를 그 내용으로 한다. "풀목 쥐시거든 두 손으로 바티리라 / 나갈 딕 겨시거든 막대 들고 조츠리라 / 향음주 다 파훈 후에 뫼셔 가려 호노라"라고 하여 젊은 사람들이 어른을 공경하는 자세를 겸양의 목소리로 노래한다. 화자가 웃어른을 모시는 자세는 책임이나 의무가 아닌 마음이다. 따라서 어떤 행위에 단순하게 반응하는 것이 아니라 그 마음을 헤아려 마음으로 받들고자 하는 극진한 마음을 공손스레 노래한다.

9연이 장유를 노래함으로써 대상과 화자의 지위의 상하가 극명하게 드러나는 것과는 달리 10연은 벗과의 관계[붕우유신]를 노래하고 있어 상하의 관계가 드러나지 않는다. 하지만 화자는 10연을 통하여 벗 또한 존경의 대상으로 삼는다. "늠으로 삼긴 둥의 벗 フ티 유신호랴 / 내의 왼 이룰 다 닐오려 호노매라 / 이 모미 벗님곳 아니면 사룸 되미 쉬올가"라는 화자의 진술은 벗을 단순한 친구의 단계를 벗어나 자신의 삶의 지침을 마련해 주는 보다 높은 존재로 격상하고 있다. 따라서 붕우를 노래하되 대상과 화자의 관계는 상하의 격차가 존재하게 되고, 화자는 낮은 계층에서 벗에 대한 존숭의 감정을 노래한다. 아울러 이들 작품에서도 화자는 웃어른이나 벗을 향한 공경의 마음을 다짐하게 된다.

이상의 작품과는 달리 16연에서는 구체적인 청자가 등장한다.

이고 진 뎌 늘그니 짐 프러 나룰 주오
나는 졈엇써니 돌히라 므거올가
늘기도 설웨라커든 지믈 조차 지실가 (제 16연, 班白者不負戴)

제 16연의 청자는 '짐을 지고 가는 노인'이다. 뿐만 아니라 노래의 내용 또한 매우 구체적이다. '반백자불부대', 즉 노인이 무거운 짐을 지는 행위를 금지하는 것이다. 그래서 화자는 노인을 향해 '짐을 풀어 달라'로 발화한다. 노인은 그 자체로도 쇠약한 상태이다. 그런데 거기에다가 짐을 이고 졌으니 상황은 더욱 열악해진다. 늙음이야 화자가 어찌할 수 있는 것이 아니지만 이고 진 짐을 덜어주는 행위는 화자가 충분히 해결할 수 있는 부분이다. 돌을 짊어져도 무겁지 않을 젊음을 지닌 화자는 노인을 향해 짊어진 짐을 자신에게 달라고 하여 구체적이고 적극적인 목소리로 발화한다.

이렇듯 화자하위형에 해당하는 다섯 작품은 인간의 5종 관계를 중심 내용으로 삼아 그 가운데 낮은 계층에 속하는 부류를 화자로 삼아 어떻게 웃어른께 행동해야 하는가를 겸양의 목소리로 노래하였다.

2) 화자상위형

화자상위형은 훈민시조에서는 가장 일반적인 형태가 될 수 있다. 훈민시조의 목적이라든지 그것의 작자 계층을 생각할 때, 이는 보다 타당성을 지닐 수 있다. 송강의 <훈민가>는 여타의 훈민시조에 비해 훨씬 친근한 목소리로 노래하고 있지만 그렇다고 해서 훈민시조의 범주에서 일탈된 것은 아니다. <훈민가> 또한 여기에 속하는 작품들이 가장 많아 3연에서 6연까지와 제 11연, 12연과 14연, 15연 등 모두 여덟 작품이 여기에 해당된다. 화자상위형에 속하는 작품의 화자는 청자에 대해 절대 우위에 있다.[107] 또한 화자와 작자의 관계를 보더라도 화자하위형의 작품은 작중 화자를 따로 내세워 화자와 작자가 일치하지 않았으나, 화자상위형은 화자와 작자가 일치함으로써 훈민시조의 전형을 보이고 있다. 즉 작자뿐만 아니라 화자 또한 목민관의 신분에서 강원도 백성을 향하여 발화하고 있는 것이다.

한편 <훈민가>의 주제는 크게 오륜에 관한 것과 향촌자치질서에 관한 것으로 나눌 수 있다. 화자상위형에 해당되는 여덟 작품을 보면 3연에서 6연까지는

---

107) 화자가 청자보다 우위에서 발화하였다고 해도 그것이 강제적이지는 않다.

각각 형우제공(兄友弟恭), 자효(子孝), 부부유은(夫婦有恩), 남녀유별(男女有別)을 노래하여 오륜을 지향하고 나머지 네 작품은 빈궁우환친척상구(貧窮憂患親戚相救), 혼인사상인리상조(婚姻死喪隣里相助), 무작도적(無作盜賊), 무학도박무호쟁송(無學賭博無好爭訟)의 향촌자치질서에 대해 노래하게 된다.

> 형아 아이야 네 술홀 만져 보아
> 뉘손떠 타나관더 양즈조차 ᄀᆞᆮ 투ᄉᆞᆫ다
> 흔졋먹고 길러 나이셔 닷ᄆᆞ 음을 먹디 마라 (제 3연, 兄友弟恭)

형제간의 화목을 노래한 3연에서 화자가 강조하는 것은 '혈육'이라는 점이다. 같은 부모 밑에서 자라나 모습이 비슷한 것처럼, 같은 젖을 먹고 자랐으니 마음이 달라서는 안 된다는 것이다. 여기서 화자는 형과 아우, 모두가 지켜야 할 도리를 이야기한다. 이는 화자하위형의 작품들이 양자 가운데 낮은 신분이 지켜야 할 의무만을 제시했던 것과는 다른 양상이다. 이렇듯 대상에 차이를 보이는 이유는 화자의 위치가 달라졌기 때문이다. 이러한 차이는 발화양상에도 영향을 미쳐 화자는 형제를 향하여 명령법으로 발화하게 된다.

화자의 이러한 태도는 '부부유은'을 노래한 5연과 '남녀유별'을 노래한 6연에서도 동일하게 나타난다. "흔 몸 둘헤 ᄂᆞ화 부부를 삼기실샤 / 이신 제 흠씌 늘고 주그면 흔 ᄃᆡ 간다 / 어듸셔 망녕의 ᄢᅥ시 눈 흘긔려 ᄒᆞ뇨"라고 한 5연에서 화자는, 부부는 '한 몸'이라고 하여 서로 공경해야 할 대상임을 암시한다. 이것은 '둘이 만나 하나'가 된다는 부부에 대한 일반적인 개념과는 굉장한 차이를 지닌다. 둘이 만나 하나가 된다는 것은 언제라도 각각의 개체로 분리될 수 있겠지만, 둘로 나뉜 한 몸이 '부부'라는 이름으로 다시 합일되었다는 것은 그들이 결코 유리될 수 없는 관계임을 강조하는 것이다. 그래서 부부는 삶도 죽음도 함께 한다. 따라서 서로의 반목(反目)은 있을 수 없는 일이니 서로 공경하고 존중해야 한다.

6연은 '남녀칠세부동석'이라는 유교적 관념을 드러낸다. "간나히 가는 길흘 스나히 에도 드시 / 스나히 네는 길흘 계집이 최도 드시 / 제 남진 제 계집 아니어든 일홈 뭇디 마오려"라고 하여 남녀 모두 서로 간에 분별이 있을 것을 이야기한다. 특히 5연의 종장과 더불어 6연의 종장에서 서로간의 불화를 꾸짖 거나 남녀 모두에게 서로 이름을 묻지 말라고 훈계하는 모습은 다분히 목민관 의 입장에 충실한 것이라 하겠다.

하지만 '자효'를 노래한 4연은 이들 세 작품과는 조금 다른 양상이다.

> 어버이 사라신 졔 셤길 일란 다 ㅎ여라
> 디나간 後 ㅣ면 애둛다 엇디ㅎ리
> 평싱애 고텨 못홀 이리 이뿐인가 ㅎ노라 (제 4연, 子孝)

'자효'라는 제목을 통해서도 알 수 있듯이 4연에서 화자가 가장 강조하는 것은 효이다. 기왕의 세 작품이 5종의 관계에서 양자 모두를 향하여 발화하였다 면 4연은 자식의 도리에 대해서만 언급한다. 즉 화자는 목민관의 신분으로 세상의 모든 자식들을 향해 발화하고 있는 것이다. 효를 행함에 화자가 중요하 게 생각하는 것은 효의 '현재성'이다. 이는 유교의 실천적 면모가 부각되는 것이라 할 수 있는데, 어버이가 살아계실 때 할 수 있는 일이 섬김이라면 돌아가 셨을 때 할 수 있는 일은 후회뿐이다. 특히 4연에서는 상징이나 비유가 등장하 지 않고 있는 그대로를 서술하고 있을 뿐이다. 이처럼 어떠한 수식이나 기교를 배제한 것 또한 유교의 실천적인 면모를 강조하여 그것의 현재성을 부각하려는 장치로 볼 수 있다.

향촌자치질서를 노래한 일련의 작품에서는 목민관으로서 화자의 모습이 더 욱 강하게 드러난다.

> 어와 뎌 족해야 밥 업시 엇디홀꼬

어와 뎌 아자바 옷 업시 엇디 홀꼬
머흔 일 다 닐러스라 돌보고져 ᄒ노라

(제 11연 : 貧窮憂患親戚相救)

상뉵 장긔 ᄒ디 마라 숑스 글월 ᄒ디 마라
집 배야 므슴ᄒ며 ᄂ미 원슈 될 줄 엇디
나라히 법을 셰우샤 죄 읻ᄂ 줄 모로ᄂ다

(제 15연 : 無學賭博無好爭訟)

향촌자치질서를 노래한 것은 모두 네 작품인데 11·12연이 백성들을 돌보려는 포용의 정신을 노래한 반면, 14·15연에서는 금지하고 규제하는 내용을 담음으로써 다시 구분된다. 11연에서 화자는 구체적인 청자로 '족해'와 '아자비'로 통칭되는 숙질(叔姪)을 상정한다. 숙질은 일차적 가족관계인 부자지간보다 확대된 가족의 개념이다. 따라서 숙질은 부자보다는 훨씬 포괄적이며 또 동족을 바탕으로 부락이 형성되는 당대의 시대 상황을 고려한다면 숙질이란 결국에는 마을 사람들을 의미하는 것이기도 하다. 숙질이 숙질의 관계를 넘어 마을 사람들을 일컫듯이, 밥과 옷 또한 단순한 밥과 옷의 개념을 넘어선다. 밥과 옷이 인간의 삶에 가장 기본이 되는 것인 만큼 이것이 없다고 하는 것은 기본적인 생활조차도 제대로 영위할 수 없는 궁핍한 생활을 의미한다. 즉 11연은 숙질로 통칭되는 강원도 백성들을 향해 밥과 옷의 결핍으로 상징되는 삶의 어려움을 돌보고자 하는 목민관의 마음을 노래한다.

화자의 이러한 마음은 "네 집 상사(喪事)들흔 어도록 출호ᄂ다 / 네 쏠 셔방은 언제나 마치ᄂ슨다 / 내게도 업다커니와 돌보고져 ᄒ노라"고 한 12연에서도 동일하게 표현된다. '너'와 '나'로 표현된 백성들과 화자의 관계를 통해 화자는 백성들이 생활 속에서 겪는 모든 일을 함께 나누려는 포부를 보인다. 11연에서 밥과 옷이 삶을 영위하는 기초 단위로 등장했다면 12연에의 상사와 혼인은 일상에서 맞을 수 있는 어려움과 즐거움을 대표하는 것으로서, 궁극적으로는 살아가면서 맞이하게 되는 크고 작은 일상들을 모두 지칭하게 된다. 궂은 일도 마다않고 모두 말하면 돌보겠다는 11연의 종장이나, 자신 또한 비록 가진 것은 없지만 돌보겠다는 12연의 종장은 목민관으로서의 포폄을 여실히 드러낸다.

14연은 15연과 함께 백성들이 금지해야 할 일에 대한 경계이다. "비록 못 니버도 ㄴ민 오슬 앗디 마라 / 비록 못 머거도 ㄴ민 밥을 비디 마라 / 한 적곳 ㄸ디 시른 휘면 고텨 싯기 어려우리"라고 한 14연은 어려운 상황에서도 다른 사람의 의식(衣食)을 탐하는 일은 옳지 못함을 이야기 한다. 남의 것을 탐하는 일은 그 자체로도 마땅히 옳지 못하겠지만 그것이 더욱 나쁜 것은 일회적으로 그치지 않고 습관이 된다는 데 있다. 화자는 이 점을 들어 경계한다.

15연에서는 도박과 송사를 금지한다. '상뉵장긔'와 '송ᄉ글월'은 내용으로 볼 때는 전혀 그 성격을 달리한다. 뿐만 아니라 <훈민가>의 전거가 된 진고령의 <선거권유문>에도 이 둘은 별개의 항목으로 되어 있다.[108] 그럼에도 이들이 초장에 나란히 놓일 수 있는 것은 'ᄒ디마라'란 서술어를 공유하기 때문이다. 서술어를 공유할 수 있다는 것은 이들이 어떤 공통의 성격을 지닌다는 해석이 가능하다. 실제로 이 둘은 사회에서의 금기사항이란 공통점을 지닌다. 내기 장기나 송사는 그 자체만으로도 금기해야 할 일들이지만 그보다는 환유로서 의미를 지닌다. 즉 전자는 모든 도박 행위, 후자는 다툼을 대표하는 것이다. 중장은 초장에 대한 부연 설명으로 도박이란 결국에는 가산을 탕진하게 되니 집안을 허물어뜨리는 일[집배야]의 원인이 되며, 송사란 인간관계에서 서로 간에 원한과 미움을 사게 되는 불씨가 되기 때문이다.

---

108) <선거권유문>에서 <훈민가>와 관련있는 부분을 보면 "爲吾民者는 (1) 父義母慈ᄒ며 (2) 兄友弟恭ᄒ며 (3) 子孝ᄒ며 (4) 夫婦有恩ᄒ며 (5) 男女ㅣ 有別ᄒ며 (6) 子弟ㅣ有學ᄒ며 (7) 鄕閭ㅣ有禮ᄒ며 (8) 貧窮患亂에 親戚이 相救ᄒ며 (9)婚姻死喪에 隣里ㅣ 相救ᄒ며 (10) 無惰農桑ᄒ며 (11) 無作盜賊ᄒ며 (12) 無學賭博ᄒ며 (13) 無好爭訟ᄒ며 (14) 無以惡凌善ᄒ며 (15) 無以富呑貧ᄒ며 (16) 行者讓路ᄒ며 (17) 耕者讓畔ᄒ며 (18) 斑白者不負戴於道路ᄒ며 則爲禮義之俗矣리라"의 18조목이다.

14연과 15연에서는 11·12연과 같은 자상하고 포용적인 목민관의 모습은 드러나지 않는다. 여기서는 보다 엄격하고 규제적이다. 왜냐하면 이들은 규율에 관한 문제이기 때문이다. 그렇기 때문에 이들은 마땅히 해야 할 의무이고, 화자는 발화양상에 있어서도 초장에서 명령법으로 발화하게 된다. 또한 14연에서는 초장과 중장이 동일한 역할을 하며 초·중장을 모두 명령법으로 발화하는가 하면, 15연에서는 초장에 두 가지의 금기사항을 두어 명령한다. 이러한 변화는 명령의 효과를 강화하기 위한 화자의 의도로 파악된다.

3) 화자·청자동등형

<훈민가>의 화자가 여느 훈민시조의 화자와 가장 큰 차이를 보이는 것은 화자가 백성들 가운데 한 사람이 되어 동참한다는 점이다. 이는 어떤 점에서는 화자하위형보다 훨씬 친근하게 강원도 백성들에게 다가설 수 있다는 장점을 지닌다. 예컨대 화자하위형은 화자가 5종의 관계 가운데 낮은 신분으로 등장하여 자신이 해야 할 윤리 도덕에 대하여 노래하게 된다. 따라서 비록 겸양의 목소리를 취하고 있지만 그 내용의 무게는 여전할 수 있다. 하지만 화자·청자동등형에서는 어떤 일에 대해 화자가 전면에 나서 적극적으로 행동한 후에 이웃들에게 권유하고 있어서 그 부담은 그만큼 격감된다. 여기에 해당되는 작품은 7연, 8연과 13연의 세 작품으로 자제유학(子弟有學), 향려유례(鄕閭有禮), 무타농상(無惰農桑)을 노래한다.

　　　　ᄆᆞ올 사ᄅᆞᆷ들하 올ᄒᆞᆫ 일 ᄒᆞ쟈스라
　　　　사ᄅᆞᆷ이 되여 나셔 올티곳 못ᄒᆞ면
　　　　ᄆᆞ쇼를 갓곳갈 싀워 밥 머기나 다ᄅᆞ랴 (제 8연, 鄕閭有禮)

　　　　오늘도 다 새거다 호ᄆᆡ 메고 가쟈스라
　　　　내 논 다 ᄆᆡ여든 네 논 졈 ᄆᆡ어주마

올길헤 뽕 따다가 누에 머겨 보쟈스라 (제 13연, 無惰農桑)

위의 두 작품은 훈민시조로서는 드물게 청유형 어미를 사용하고 있다. 옳은 일을 권면하는 8연이나, 상부상조하며 농사에 게으름이 없어야 함을 강조하는 13연에서 화자는 명령하고 규제하지 않고, 또 스스로의 각오를 다짐하지도 않고 스스로 행동하며 이웃들에게 동참할 것을 권유한다. 둘 가운데 더욱 개방적이며 친근한 것은 13연이다. 8연에서는 동참을 유도하기는 하지만 '옳은 일'이란 주제를 전면에 내세운다. 뿐만 아니라 그렇게 해야 하는 당위성을 설명하고 만약 그렇지 않다면 마소와 다름없다고 하여 은근한 압박을 하게 된다. 하지만 13연에서는 그런 모습이 전혀 없다. 이는 특별한 주제의 장이 없다는 것과도 유관하다.[109] 초·중·종장을 통하여 농촌에서 하루 동안의 삶을 경쾌하게 노래하고 있을 뿐이다. 이러한 13연의 화자가 궁극적으로 지향하는 것은 근면함이다. 이는 '무타농상'이라 제목으로도 짐작할 수 있는 상황이지만, 초장과 종장에서 유추할 수 있는 시간을 통해 아침부터 저녁까지 농사일에 부지런해야 할 것을 노래하고 중장에서는 자신의 일 뿐만 아니라 이웃의 일도 함께하는 협동의 정신까지도 아우를 것을 이야기함으로써 더욱 확연해진다. 즉 종적으로는 아침부터 저녁시간까지, 횡적으로는 자신의 일은 물론 다른 사람의 일에까지 근면할 것을 유도한다.

3. 연시조로서의 구성

<훈민가>는 16수로 이루어진 연시조이다. 그러나 일차적으로 작품을 대했을 때, 계기적 구조물이란 연시조의 정의에는 그리 적합하지 않은 것처럼 보인다. <훈민가>가 노래하고 있는 두 가지의 주제, 즉 오륜의 질서와 향촌자치질

---

109) 김상진, 앞의 책, 128-130쪽 참조.

서가 순차적으로 등장하고 있는 것도 아니며 또 앞서 화자의 발화양상에 따라 분류했던 세 가지의 발화가 질서정연하게 나타나는 것도 아니기 때문이다. 더욱이 <훈민가>는 진고령의 <선거권유문>의 내용을 차용하며 노래의 순서 또한 대부분 거기에 의존하고 있어 연시조로서의 의미는 그만큼 퇴색된 듯 보이기도 한다.

비록 표면적으로 확연히 드러나고 있지는 않지만 그것의 구조를 면밀히 분석해 보면, <훈민가> 또한 계기적 구조물로서의 연시조에 부합됨을 알 수 있다. <훈민가>의 연작성을 살피기 위해서는 작품을 유형화하는 작업이 선행되어야 할 것이다. 이에 앞서의 화자하위형과 화자상위형, 화자·청자동등형을 각각 ㉮·㉯·㉰군으로 명명하고, 이에 따라 작품을 새롭게 배열해 보기로 한다. 그랬을 때, ㉮군에 해당하는 1·2·9·10·16연은 작품 [1]~[5]에 해당된다. ㉯군인 3~6연과 11·12연, 14·15연은 작품 [6]~[13], ㉰군인 7·8·13연은 작품 [14]~[16]이 된다.

먼저 각 군에 속하는 작품의 관계를 보면 ㉮군의 작품은 모두 오륜이란 공통점을 지니는데 [1]에서는 효를, [2]에서는 충을 노래한다. 이렇듯 효를 가장 앞세움으로써 효가 백행의 근본이 된다는 당대의 유교관을 엿볼 수 있게 한다. 또한 유교사회에서는 효와 함께 충을 중요시했다. 따라서 효에 이어 충의 주제가 등장한 것은 자연스러운 연결이다. 이어지는 [3]의 장유유서가 가정의 윤리이자 사회의 윤리에 해당된다면, [4]의 붕우는 이미 가족관계를 벗어난 사회적 관계이고, '이고 진 저 늙은이'라고 시작한 [5]는 사회적 윤리에 보다 근접하다. 이처럼 ㉮군 작품의 공통 주제가 되는 오륜은 무질서하게 등장한 것이 아니라 '가정 → 국가 → 사회'의 순서로 질서 있게 범위를 확대해 나아가고 있음을 알 수 있다.

㉯군의 작품들은 화자상위형으로 <훈민가> 16수 가운데 절반인 8수가 여기에 해당된다. 이들의 주제는 오륜과 향촌자치질서의 두 가지로 구분된다.

작품 수도 각각 4수씩 안배되어 있으며 그 배열도 앞의 네 작품은 오륜의 주제를, 뒤의 네 작품은 향촌자치질서를 등장시켜 질서를 이루고 있다. 오륜 주제를 노래한 작품 [6]~[9]에서 다룬 대상을 보면 '형제 → 부자 → 부부 → 남녀'의 관계로 진행된다. 이 가운데 [6][7][8]은 가족윤리에 해당되며 [9]는 사회윤리이다. 그런데 [8]과 [9]는 또 남녀관계를 노래한다는 공통점을 지닌다. 요컨대 [8]의 부부도 가족을 이루기 전에는 일반적인 남녀관계에 해당된다. 그렇다면 [8]은 가족윤리에서 사회윤리로 넘어가는 과정으로 볼 수 있으며, [6][7] 및 [9]의 사이에 위치하여 양쪽의 속성을 모두 공유함으로써 그 흐름을 자연스럽게 유도한다.

향촌자치질서의 주제는 다시 포덕(布德)과 금지라는 두 가지로 구분된다. [10]과 [11]은 작자 자신이 화자로 등장하여 목민관 신분에 충실하여 백성들의 빈궁우환과 혼인 및 상사(喪事) 일을 돌보려는 의지를 펴고 있다. 다음 [12]와 [13]에서는 사회의 질서 유지를 위해 삼가야 할 것들을 이야기 한다. 즉 남의 물건을 탐하지 말 것과, 도박 및 송사가 그것이다. 이들은 모두 질서와 규율을 파괴하는 행동으로 마땅히 금해야 할 일들이다.

㉲군은 화자와 청자, 혹은 대상이 동등한 화자·청자동등형이다. 여기에 해당되는 작품은 모두 세 수로, 이들의 주제는 모두 다르다. 즉 [14]는 오륜, [15]와 [16]은 향촌자치질서인데 [15]는 화자 자신을 포함하며 마을 사람들에게 옳은 일을 권면한다. [16]은 '무타농상'을 노래함으로써 농사일에서의 게으름을 금하고 있다. 이는 ㉮군 오륜, ㉯군에서는 오륜과 향촌자치질서를 포덕과 금지로 나누어 노래한 것을 혼합한 것과도 같다. ㉲군이 보이는 이러한 속성은 삼원구조에서 등장하는 매개항과 같은 것으로, ㉲군이 ㉮군과 ㉯군의 매개항 역할을 하고 있음을 의미한다.[110]

---

110) 매개항이란 두 요소들이 의사 소통의 전달 수단, 혹은 매체로서 작용하는 세 번째 요소의 중재(intervention)에 의해서, 혹은 중재를 통해서 분절(articulation)하게 되는 어떤 과정을 의미한다(Parmentier. J. Richard. 「Semiotic Mediation」, 『Signs place in Medias Res : Pierc's

이렇듯 <훈민가>는 화자의 목소리에 따라 세 개의 군으로 분류될 수 있고, 발화 양상이나 주제가 긴밀하게 연결되어 각 군에 배열되어 있음을 알 수 있다. 그렇다면 본격적으로 이들이 <훈민가> 16수에 어떻게 배열되었는가의 문제를 규명하는 것이 연시조로서 <훈민가>의 의미를 찾아내는 것이라 하겠다. <훈민가>의 연결을 그림으로 나타내면 다음과 같다.

	1연	2연	3연	4연	5연	6연	7연	8연	9연	10연	11연	12연	13연	14연	15연	16연
㉯군			■	■	■	■					■	■		■	■	
㉰군							■	■					■			
㉮군	■	■							■	■						■

위의 그림을 보면 세 군의 작품이 1연에서 16연에 걸쳐 매우 질서 있게 배열되고 있음을 알 수 있다. 우선 전반적인 흐름을 보면 낮은 곳에서 시작하여 상승과 하강을 두 차례 반복하며 처음의 위치에서 끝을 맺게 된다. 이렇듯 제 1연에서 낮은 층위에 있었던 화자는 16연에서도 1연과 같은 위치에 자리함으로써 순환구조를 이루게 된다. 이들은 다시 여덟 수씩 분절하여 나눌 수 있는데, 1~8연까지의 전절과 9~16연까지의 후절은 대체적으로 유사하지만 전적으로 일치하지는 않고 통일과 변화를 동시에 추구한다.

우선 전절과 후절의 출발은 모두 화자하위형으로 시작한다. 즉 낮은 층위로 발화하의 양절 모두 겸손의 목소리를 강조하게 된다. 하지만 다음의 상황에는 조금의 차이가 있다. 전절에서는 3연~6연이 모두 화자상위형으로 되어 있는 데 반해, 후절에서는 화자상위형인 11·12연과 14·15연 사이에 화자·청자 동등형의 작품이 삽입되어 있다. 양 절의 이러한 차이는 작품의 주제와 긴밀한 관계가 있다. 전절의 네 작품은 주된 메시지가 모두 오륜이다. 하지만 후절의

concept of Semiotics Mediation』, Orlando, Florida : Academid Press Ind, 이사라, 「삼원구조에 있어서의 매개 기능」, 『시의 기호론적 연구』, 중앙경제사, 1987, 24쪽에서 재인용).

네 작품은 이와는 다른 양상이다. 물론 대략은 향촌자치질서에 포용될 수 있지만 11·12연은 권장 사항을, 14·15연은 금지 사항을 노래함으로써 주제에 다다르는 방식은 오히려 반대가 되는 것이다. 따라서 후절에서 화자상위형을 배열함에는 권면과 금지 사이에 일시적인 하강을 두어 전환점으로 삼게 되는 것이다.

양절의 마지막에 해당되는 8연과 16연의 위치 또한 주목할 만하다. 여기서 8연은 화자·청자동등형으로, 16연은 화자하위형으로 발화하고 있다. 두 작품의 이러한 차이는 <훈민가>가 8연의 중첩이 아니라 16연까지가 하나의 흐름으로 이루어졌음을 암시하는 것이기도 하다. 더욱이 전절의 마지막 연이 낮은 곳에 위치하지 않고 중간단계에 있는 것은 이것이 다음 작품과 연속선상에 있음을 의미하게 된다.

이렇듯 <훈민가> 16수는 화자의 발화 양상에 따른 전달 체계 방식에 따라 구조적으로 긴밀하게 구성되었다. 이는 강호를 지향하는 연시조가 내용의 계기성에 따라 구성된 것과는 다른 모습이다. 이 또한 훈민시조가 지니는 한 특성으로 파악할 수 있다. <훈민가>가 제작되던 조선 중기 사대부의 시조는 강호시조와 훈민시조로 대별할 수 있다. 그리고 이들은 한 가지로 문학의 효용적 가치를 중시한다. 그 가운데 강호시조가 도(道)의 구현에 그 목적을 두고 있는 것과는 달리 훈민시조는 실제 생활에서 지침이 될 수 있는 생활 실천 덕목을 그 내용으로 하게 된다. 또한 훈민시조는 백성들을 훈도한다는 실제적이고 구체적인 목표를 두고 있다. 그러기 위해서는 백성들에게 어떻게 전달하느냐의 문제가 중요 관심사로 부각되게 된다. 강호시조와 훈민시조의 이러한 차이는 구성 방식의 차이로 나타난다. 즉 강호지향의 연시조가 성리학의 이념을 노래에 담으며 그 자체의 내용 전개에 따라 연(聯)을 구성해 가는 것과는 달리, 훈민시조는 내용 전개에 따른 진행방식보다는 '효과적인 전달'의 측면에 더 많은 비중을 두게 된다. 수용자의 반응이 보다 중요한 탓이다.

효과적인 전달을 위해 <훈민가>가 선택한 것은 일차적으로 다양한 목소리로 발화한다는 것이고, 다음으로는 이것들의 적절한 배치이다. 작품을 배치함에 있어서 생각할 수 있는 첫째 방법은 발화의 양상에 따라, 즉 화자하위형, 화자상위형, 화자·청자동등형을 차례대로 나열하는 것이다. 그러나 이러한 배열법은 각 유형간의 단절을 야기할 수 있고, 청각적인 효과의 측면에서도 지루할 수 있다는 단점을 지닌다. 그렇다면 보다 효과적일 수 있는 방법은 이 세 가지 유형을 적절하게 혼합하여 안배하는 것이다. 즉 앞선 그림에서와 같은 순서로 배열하는 것이다. 그림을 통해서 알 수 있듯이 <훈민가> 16수는 일정한 리듬을 형성하며 조화롭게 연결되어 있다. 그리고 이러한 변화의 조화는 청자에게 청각적 인상을 강하게 하고 기억을 용이하게 함으로써 전달의 효과를 극대화할 수 있다는 장점을 지니게 된다.

4. <훈민가>의 새로운 발견

이상 <훈민가>가 연시조임에 주목하여 논의를 전개하였다. 연시조로서 <훈민가>를 바라보려는 시도에는 두 가지의 장애 요소가 있었다. 하나는 이것이 훈민시조라는 큰 틀에 수용된다는 점이고 다른 하나는 <선거권유문>의 내용을 바탕으로 이루어졌다는 점이다. 이러한 두 가지 요소는 <훈민가>의 연작성 뿐만이 아니라 그것의 문학적 접근 자체를 어렵게 만들고 있는 것이 사실이다. 이와 유사한 현상을 균여의 <보현십원가>에서도 발견할 수 있다. <보현십원가>는 『화엄경』의 <보현십행원품>을 향가로 엮은 것으로 내용의 새로움이 없이 교시적인 면이 강한 탓에 종종 문학의 관심 영역에서 제외되곤 하였다. 하지만 비록 『화엄경』의 내용을 바탕으로 노래를 만들었다 하더라도 <보현십원가>가 향가 작품으로서의 위상을 뚜렷이 하는 것과 마찬가지로, <훈민가> 또한 그 자체로서 지니는 문학적 가치가 분명히 존재하고, 이를 연시조로 노래했을 때는 그 나름이 당위성이 있으리라고 본다. 왜냐하면 송강 정철은 대부분의 사대부 문인들이 '문인'이 아닌 '정치인'으로 평가 받는 것과는 달리, 문인으로서의 위치를 공고히 하고 있는 인물이기도 하다.

본 논의는 이러한 생각으로부터 출발하였다. 그러나 송강의 <훈민가> 또한 그 내용에 있어서 여느 훈민시조와 별반 차이를 지니는 것은 아니었다. 물론 오륜의 내용을 언급하는 데서 한 걸음 더 나아가 사회적인 규약에 대해서 노래하였다지만 이 또한 진고령의 <선거권유문>을 토대로 한 것이기에 <훈민가> 16수에서 노래한 내용들의 순서 또한 크나큰 의미를 지니지 못한다. 그렇다면 송강의 작품이 여느 작품과 지닐 수 있는 변별성은 과연 무엇인가? 그것은 '무엇'의 문제가 아니라 '어떻게'의 문제라고 본다. 즉 무엇을 노래했느냐가 중요한 것이 아니라 '어떻게' 노래했느냐가 중요한 가치가 되는 것이다.

'어떻게'의 문제는 곧 화자의 발화 양상과 긴밀한 관계를 지니게 되는데, 이를 핵심으로 작품을 살펴본 결과 <훈민가>의 화자는 경우에 따라 그 위치를 바꿔가며 발화하는 것으로 나타났다. 화자하위형과 화자상위형, 화자·청자동등형이 그것이다. 이는 상당수의 훈민시조가 화자와 작자가 일치하며 화자상위형으로 발화하는 것과는 많은 차이를 지닌다. 이러한 차이는 여느 교훈적인 시가와 달리 <훈민가>에서는 작중 화자인 시적 화자가 등장하기 때문이다. 그래서 때론 겸양의 목소리로, 또 때로는 친근한 목소리로 발화하며 청자인 강원도 백성들에게 좀더 다가설 수 있도록 한다. 이러한 화자의 모습은 목민관의 입장으로 발화한 화자상위형의 작품에서도 발견된다. 여기서 화자는 백성들을 강제하고 규제하는 모습을 보이지만 동시에 포용적이고 헌신적인 모습을 보임으로써 늘 백성들의 곁에서 백성들을 보살피고자 하는 자상한 목민관의 모습을 연출한다.

그러나 이러한 화자의 발화 양상의 다양성이 곧 <훈민가>의 연작성으로 이어지는 것은 아니다. <훈민가>가 16수의 연시조로서의 의미를 획득하기 위해서는 16수 간의 계기성이 입증되어야 한다. 이를 위해서 앞선 세 가지 유형이 어떻게 배열되었는지를 살펴보는 일이 필요하다. 그 결과, 이 세 유형이 하나의 흐름을 만들며 조화롭게 배열되어 있음을 발견할 수 있었다. 이것은 작품이 내포하고 있는 또 하나의 중요한 질서이고, 이를 통해 <훈민가>는 오륜이나 사회 규범의 내용을 노래한 시조들의 집합체가 아닌 <훈민가>란 제목으로 엮어진 16수의 연시조임이 밝혀진 셈이다.

이미 언급했듯이 <훈민가>는 <선거권유문>을 토대로 한 만큼 이렇다할 내용의 신선함은 발견되지 않는다. 다만 기왕의 내용을 어떻게 발화했느냐 하는 것에서 송강 작품이 지니는 특성을 발견할 수 있었고, 또 그것을 배열하는 과정에서 연시조로서의 의미를 획득할 수 있었다. 일견 무심하게 나열된 듯한 <훈민가>에서 이러한 질서가 발견될 수 있다는 것은 그것이 지니고 있는 작품의 가치로 연결될 수 있다. 더욱이 이러한 가치는 표면적으로 드러나지 않는다. 의도된 듯 보이지 않으면서 그 안에 흐르고 있는 작품의 내적 구조는 역시 청자의 내면과 맞닿을 수 있다. 의식적이고 도식적이지 않은 이러한 내적 흐름은 수용자, 즉 청자가 특별히 의도하거나 노력하지 않아도 자연스레 그의 내면에 스며들 수 있기 때문이다.

제 6장 <한거십팔곡>의 은거와 강호인식

1. 송암과 그의 문학

송암(松巖) 권호문(權好文, 1532-1587)은 조선 중기의 대표적인 사림과 문인 가운데 하나이다. 송암은 어떠한 좌절의 경험도 없이 스스로 자연을 택했을 뿐 아니라 현실로의 복귀를 전혀 꿈꾸지 않음으로써 전형적인 은구지사(隱求之 士)를 표방하게 된다. 그는 퇴계의 문하에서 수학하여 퇴계에게 영향 받은 바 크다. 따라서 그의 문집에 실려 있는 한시 가운데는 퇴계와 차운하거나 그를 흠모한 시가 다수 있는가 하면 퇴계의 <도산십이곡>의 영향으로 연시조인 <한거십팔곡(閑居十八曲)>을 제작하기도 하였다.

송암은 평생을 처사(處士)로 머물고자 하였던 전형적인 처사 문인으로 강호를 노래하였다. 하지만 시작법에 있어서 한자 숙어를 즐겨 쓴 탓에 조선 시가로서의 향취를 잃어버렸다고 하여 강호 문학으로서의 위상마저도 흔들리는 결과를 낳았다.111) 비록 그렇다고는 하더라도 한자 숙어의 사용만이 작품의 문학성을 결정짓는 절대적인 가치척도는 아닌 만큼 그의 <한거십팔곡> 또한 16 · 17세기 사대부 연시조로서 일정 부분을 담당한다.

<한거십팔곡>은 송암이 강호를 지향하는 마음과 함께 강호에서의 구경(究 竟)적 소망을 담음으로써 육가계 연시조의 맥을 잇고 있다. 육가계 연시조는 강호에 은거하며 그곳에서 느끼는 삶의 감회 등을 노래한 것으로 강호문학의

---

111) 조윤제, 『조선시가사강』, 을유문화사, 1937, 128쪽.

일단을 형성하게 된다.[112] <한거십팔곡>은 총 19수로 이루어진 연시조로, 제 1연을 서사로 하고 2연 이하 19연까지의 작품을 내용의 전개에 따라 여섯 곡씩 세 단계로 구분할 수 있다.[113] 따라서 연시조로서 <한거십팔곡>을 이해 하는 데는 세 단계로 나눈 각각의 작품들이 어떤 내용을 어떻게 노래하는가를 파악하는 일이 유효하다.

아울러 다른 시 문학과의 관계도 주목할 만하다. 송암은 <한거십팔곡> 이외에도 경기체가인 <독락팔곡>과 약 1,700여 수의 한시를 제작하였다. 그 가운데 한시는 연대기별로 기록되어 있어 감정변이의 추적이 용이하며, 이를 통해서 그의 삶의 궤적을 살펴볼 수 있다. 또한 이것은 <한거십팔곡>에 등장 하는 화자의 심경과도 유사한 일면을 지니고 있어 <한거십팔곡>에 앞서 송암 의 한시에 주목하기로 한다.[114]

2. 한시 속에 나타난 삶의 궤적

송암은 어려서부터 시작(詩作)에 능하여 아홉 살에 지은 <방도원(訪桃源)> 이란 작품에 이미 선취(仙趣)를 꿈꾸며 무릉도원을 동경하는 마음을 나타내기

---

112) 강호 문학은 조윤제가 처음으로 제기하였고, 이어 최진원이 "강호가도는 당쟁하의 明哲保身 과 致仕客의 閑適에서 형성되었다. 강호가도에 나타난 자연의 양상은 일반미이고, 그것은 '조화·영원·절로절로'를 내용으로 한다"는 말로 조윤제의 견해를 요약하며 구체화되었다 (최진원, 「자연과 인간존재」, 『한국사상대계』I, 성균관대 대동문화연구원, 1973, 214쪽).

113) <한거십팔곡>에 대한 필자의 기왕의 논의에서는 1연이 서사가 아닌 19연이 결사라고 본 바 있다(「송암 권호문 시가의 구조적 이해」, 『한국학논집』18집, 한양대 한국학연구소, 1990). 작품의 내용으로 볼 때는 1연은 서사의 기능을, 19연은 결사의 기능을 하게 된다. 그러나 육가계 연시조로서의 <한거십팔곡>을 면밀히 살펴보았을 때, 1연을 서사로 봄이 오히려 타당하다는 쪽으로 생각을 전환하게 되었다.

114) <독락팔곡>은 처사문학으로서의 모습을 보임으로써 <한거십팔곡>의 정서와 많은 부분 에서 일치하는가 하면 동일한 어휘가 등장하기도 한다. 이에 대해서는 김상진, 위의 논문, 54-48쪽 참조.

도 하였다. 열두 살 때 백운암(白雲庵)에서 독서에 몰두하였으며 열다섯에 퇴계의 문하에 들어가 수학하게 되는데, 퇴계도 그의 학문에 대해서는 칭송을 아끼지 않았다. 다음은 그의 나이 열일곱에 지은 시이다.

[1] 차김생원성산암제(次金生員城山庵題)

閑來閑往似非閑 한가로이 왔다갔다 분주하기만 한데
蠟屐淸遊效謝安 나막신 신고 노닐며 謝安[115)을 본 뜨네
江鳥欲眠蘆月淡 강가 새는 갈 숲 으스름 달빛 아래서 졸려고 하고
山僧舒嘯竹風寒 산속 중은 대나무 바람 찬 곳에서 휘파람 부네
眼隨歸雁穿雲際 눈 들어 구름 뚫고 날아가는 기러기 보고
身學飛猿掛樹間 몸은 나무사이 재주 부리는 원숭이를 흉내 내네
石逕蕭然塵夢斷 돌길에서 소연히 티끌 세상 꿈 끊으니
慣性仙骨也非難 신선의 풍취에 젖음, 어렵지 않네

'노월담(蘆月淡)' '죽풍한(竹風寒)' '귀안(歸雁)' 등을 통해 계절은 가을임을 알 수 있다. 1 · 2구에서는 자연 속에서 노니는 자신의 모습을 담고 있다. 사안을 본뜨겠다는 것은 벼슬하지 않고 은처에 머물겠다는 화자의 다짐이다. 3 · 4구는 강/산, 5 · 6구는 안/신으로 대구를 이룬다. 3 · 4구가 정경의 묘사로 그 대상이 자연이라면 5 · 6구는 다시 자신을 노래고 있으나 그 대상이 '나 → 자연 → 나'로 다시 돌아오게 된다. 원숭이는 은사의 상징이니 '신학비원'한다는 것은 '효사안'과 한 가지 의미이다. 7구에서 화자는 공명을 '진몽'이라 일축한다. 뿐만 아니라 '선골'을 표방하고자 한다. 과명(科名)에 뜻 두기보다는 처사로 머물고자 하는 심경을 드러냈다.

---

115) 謝安:東晉 중기의 名臣으로 벼슬하지 않고 은거하다가 사십에 이르러 처음 관계에 나아간 인물이다. 여기서는 오래도록 벼슬하지 않고 은거하였던 그의 삶을 표방하려는 뜻에서 인용되었다.

[2] 차운자탄(次韻自歎)

粗粕爲文求寸名　거친 글을 지어 알량한 명예 구하느라
十年勤苦不能成　십년을 애써 봐도 이루지 못하였네
虛生天地人堪笑　천지에 허황한 인생을, 남들은 비웃고
浪度光陰我自驚　괜시리 보낸 세월에 나도 스스로 놀라네
有用魏飄何獲落　쓸만한 魏飄를 어찌 떨굴 것이며
無疵荊玉更專精　흠 없는 荊玉이니 더욱 티 없음을 구하리라

[3] 답고인(答故人)

江湖誰所樂　강호를 누구와 즐길까
魚鳥我同居　물고기와 새는 나와 함께 사네
風俗懷淳古　풍속은 순박한 옛날을 그리고
光陰慕太初　세월은 태초를 사모하였네
樊籠知已矣　공명 세움이 부질없음을 알아
乘馬幾班如　말을 타도 거의 나가질 않네
世事無心久　세상일엔 마음이 없은 지 오래
偏宜臥草廬　초당에 누워 있음이 마땅하리라

위 두 작품은 송암이 과문(科門)에 뜻 두던 시기의 작품들이다. 모친의 권유로 벼슬길에 나아가고자 했던 송암은 스물셋의 나이에 향시에 합격하여 이듬해 회시(會試)에 응시하였으나 결과는 좌절이었다. [2]는 스물넷에 지은 작품으로 회시에 오르지 못한 한스러움이 서려 있다. '십년'이란 구체적인 기간을 의미하기보다는 관습적인 표현으로 오래도록 학문에 정진해 왔음을 뜻한다. 그러나 '불능성(不能成)'이다. 1구의 '구촌명(九寸名)'을 3구에서는 '허생천지(虛生天地)'란 말로 자조한다. 1~4구를 통하여 좌절과 낙담의 기운이 나타나고 있으며 5구는 회복의 기미가 보인다. 그러나 화자는 자신을 위표(魏飄)와 형옥(荊玉)116)에 비유함으로써 대궐을 향한 '장심(壯心)'을 북돋우지만 역시 사방은 캄캄한 어둠뿐이다. 한 점 변방 봉화만 자신의 처지를 확인시켜 준다. 공명의

부질없음을 깨닫기는 하지만 완전히 청산하지 못하고 다시 갈등으로 접어든다.[117]

[3] 또한 같은 해에 지은 작품이다. 1~4구에서 강호에 머물고 싶어 하는 자신의 마음을 노래한다. 강호를 누구와 즐길 것이냐는 스스로의 물음에 어조(魚鳥)와 화자가 함께 산다고 자답한다. 여기서 강호는 '출'에 대한 '처'의 공간으로 상정되었다. 풍속은 옛날의 순박함을 그대로 간직하고 있고 세월 또한 태초의 혼돈의 상태를 지니고 있다. 풍속이나 세월이 옛 모습을 간직하고 있다는 것은 강호의 순후한 모습, 즉 강호에 머무는 자신의 순박하고도 두터운 모습을, 그래서 세상에 나아가고 싶은 마음이 없음을 뜻한다. 5구와 6구에 등장하는 '번룡'이나 '승마'는 과업에 대한 긍정의 표현이다. 번룡이란 용의 비늘을 끌어 잡음이니 영주를 섬겨 공명을 얻음을, 승마는 벼슬길에 오름을 의미한다. 그러나 이들은 '지이(知已)'와 '반여(班如)'라는 말로 부정된다. 공명은 부질없다는 것을 이미 알고, 그래서 벼슬길에 올랐으나 거의 나아가지를 않았다. 반여의 주체는 말이 아닌 '나'이다. 이렇듯 영달에는 뜻이 없으니 초당에 누워 지냄이 오히려 마땅하다. [2]와 같은 해의 작품이면서도 지향은 반대이다. 작품에 나타난 이러한 모습은 송암이 비록 한 때 거업을 꿈 꿨으나 기실 그가 하고자 하였던 바가 무엇인가를 암시한다. 처사로 머물고 싶은 그의 마음은 이듬해에 지은 다음 작품에서 좀더 강하게 표현된다.

[4] 야기(夜記)

野服黃冠避世紛　야복 황관으로 세상 어지러움 피하며
猿爲知己鹿爲群　원숭이로 지기를 삼고 사슴으로 벗을 삼네
樵客話時山欲雨　나무꾼과 이야기할 제 산에선 비 오려하고
茶僧垂處榻生雲　차 끓이던 중 졸고 있는 곳에선 구름이 이네

116) 위나라에서 나오는 표주박과 초나라의 보옥을 이르는 것으로 자신의 장쾌함을 일컫는 말이다.
117) 여기서 보이는 정서는 <한거십팔곡>의 5연 및 7연과도 유사하다.

蒼崖遺躅幾人訪　푸른 산에 숨어 사는 나, 찾아줄 이 몇일까
紫陌喧聲無處聞　벼슬길의 떠들썩한 소리는 어디서도 들리잖네
啼鳥隔林若解意　저편 숲 우는 새는 내 뜻을 아는 듯
兩三幽響轉慇懃　그윽한 지저귐이 외려 은근하도다

[4]는 송암의 국문 시가와도 유사성을 지닌다. 1구의 '야복', '황관'은 <독락팔곡>의 4장에도 등장하며, 2구의 '원위지기록위군'은 <한거십팔곡>의 10연에서 '원학(猿鶴)이 내 벗'이라는 것으로 표현된다. 3구와 4구는 배경의 서술이다. 여기까지는 화자의 감정이 드러나지 않는다. 즉 1·2구는 은거하는 화자의 모습을, 3·4구는 은처를 객관자적 입장에서 묘사만 하고 있을 뿐이다. 화자의 마음이 드러나는 것은 제 5구에 이르러서이다. '창애' 또한 은처를 뜻함인데 찾아주는 사람이 아무도 없음을 의문형으로 강조하면서 감정이 나타난다. 5구와 6구는 '창애'와 '자맥'으로 대구를 이루며 이어진다. 화자가 머무는 곳은 떠들썩한 벼슬길의 소리가 들리지 않는 곳, 바로 '창애'인 것이다. 비록 찾아주는 이도 없는 깊고 깊은 산 속이지만 숲에서 지저귀는 새만은 그 뜻을 알아주니 마음은 오히려 뿌듯하다. 앞선 두 작품과 시기적으로는 불과 일 년 후의 작품이지만 정서에는 많은 차이가 있다. 여기서는 처사로서의 모습이 드러난다. 유자로서의 명분 때문에, 혹은 어머니를 향한 효성 때문에 비록 과업에 힘쓰고 있지만 은거의 생활을 동경하는 마음이 그만큼 강한 탓이다.

처사로 머물고 싶은 자신과는 달리 과거에 나서기를 바라는 어머니의 바람 사이에서 방황하던 송암은 그의 나이 서른셋에 어머니가 세상을 떠나자, 그가 과거에 나간 것은 어머니가 살아계셨기 때문이었으며 이제 어머니가 돌아가시매 은거하여 도학(道學)에 힘쓰겠다는 뜻을 밝혔다. 서른 살에 진사회시에 합격하기도 하였으나 어머니의 상을 당하자 그것도 부질없게만 느껴졌다. 이러한 그의 사상은 <연어헌기(鳶魚軒記)>에도 잘 나타나 있다.[118]

---

118) 『松巖原集』권1, 346쪽(『李朝名賢集』3, 성균관대 대동문화연구원).

다음은 그가 갈등을 청산하고 은거하던 시기의 작품이다.

[5] 죽천대좌음(竹泉臺坐吟)

淸風明月此生涯　맑은 바람 밝은 달, 나의 생애이나
綠水靑山未定家　푸른 물, 푸른 산에 집을 여태 못 정했네
如今決卜嵌巖下　이제부턴 깊은 골짝 아래 집을 정하고
漁牧相尋一巡斜　어부와 목동 만나며 날을 보내리

서른아홉에 지은 작품인데, 이 때는 스승 퇴계가 세상을 떠나던 해이기도
하다. 청풍명월이 자신의 생애라 함은 바로 자연을 벗하여 살겠다는 뜻이다.
하지만 아직 자연에 거처할 곳도 마련하지 못하였다. 그래서 먼저 '결복'하고자
한다. 그 이후는 '어목'과 함께 노닐고자 한다. 어부나 목동의 삶은 벼슬의
욕망과는 상반된다. 그러니 이들과 날을 보내겠다는 것은 은둔의 뜻을 나타내
고자 함이다. 작품 전체를 통하여 은처에서 유유자적하는 화자의 마음이 잘
묘사되어 있다.

이 작품은 표현에서는 '청풍명월' '녹수청산' 등, 한시에서 흔히 등장하는
일상적인 소재를 택하고 있지만 전체적인 구조로 볼 때는 하강구조를 지니고
있다는 점에서 흥미롭다. 제 1구는 바람과 달을 노래함으로써 천체의 공간을
이야기 한다면 2구는 산과 물로 대표되는 공간 속의 한 일부를 이야기 한다.
3구는 산과 물 가운데서도 '감암(嵌巖)'이라는 구체적인 장소가 제시되고 4구에
서는 그 장소에서의 행위를 그리고 있다. 공간의 범위가 넓은 곳에서부터 점점
축소되고 있다는 것은 그가 세상에 나아가지 않고 처사로 머물고 싶어 하는
마음과도 일치한다.

[6] 기회이수(記會二首)

自謙鄕里識余顔　鄕里서 내 얼굴 아는 것 싫어
往卜重重萬樹間　깊고 깊은 숲 속에 살 곳 정했네
怪底世人聞姓字　괴상해라 세상사람, 내 이름 듣고
薦草煩使達天關　자꾸만 천거하여 대궐까지 이르렀네

藏名何料反沽名　이름을 숨김이 도리어 이름을 팔게 될 줄이야
屢薦朝端立衆英　거듭된 천거에 조정의 모퉁이에서 뭇 영재와
　　　　　　　　나란히 섰네
縱荷聖恩身已老　성은을 입은 들 몸이 이미 늙었으니
白頭何補綴簪纓　흰 머리로 잠영 꽂은 들 무슨 보탬 있으리

　　작품 [5]와는 10년의 거리가 있다. 퇴계 사후에 도산 서원을 중심으로 이루어
졌던 영남 사림파들이 해체되며 각기 서원을 건립하여 후진양성에 힘썼다.
송암 또한 42세에 청성정사(靑城精舍)를 완성하여 후진을 교육하였다. 이 시기
는 당쟁이 난무하던 시기로 송암과 교분이 있던 구봉령(具鳳齡), 정탁(鄭琢),
김극일(金克一), 유성룡(柳成龍) 등은 동인의 중심인물이 되었다. 송암은 이들
에게 집현전참봉(47세), 내시교관(50세), 현풍현감(56세) 등의 벼슬을 천거 받았
지만 모두 사양하였다. 공명에 대한 마음을 떨쳐버린 지 이미 오래였기 때문이
다. [6]은 이러한 마음이 생생하게 그려진다. 세상에 나아가는 것이 싫어 은처를
택하였으나 그것이 도리어 세상에 알려지는 이유가 되니 괴이하기만 하다.
'장명(藏名)'이 오히려 '고명(沽名)'이 되었다. 하지만 화자는 이것을 반가워하
지 않는다. 몸이 이미 늙었다[身已老]는 이유로 천거를 사양한다. 흰 머리에
잠영 꽂은 들 무엇 하겠냐는 게 화자의 생각이다. 어조는 차분하지만 처사로
머물고 싶은 마음만큼은 강렬하게 표현되고 있다. 이러한 모습은 비슷한 시기
의 작품으로 만물의 이치를 스스로 깨달음을 노래한 <자득(自得)>, 자신이
거처하던 곳의 암자 이름을 따서 제목으로 삼은 <제송암(題松巖)> 등을 비롯

하여 많은 작품에 발견된다.

이상 송암의 한시를 창작 시기에 따라 살펴보았다. 작품을 통해서 알 수 있듯이 그는 어린 시절부터 환로에 나아가기보다는 처사로 머물고자 하는 마음이 강하였다. 그가 벼슬길을 꿈꾸던 시기, 작품 [2]에서와 같이 잠시 출처에 대한 갈등의 기운이 보이기도 했으나 이 시기에 있어서 마저도 그는 공명을 향한 마음보다는 처사로 머물고자 함이 더욱 강했다. 이는 작품 [3]과 [4]를 비롯한 같은 시기의 <자영(自詠)>, <암당서회차운(巖當書懷次韻)> 등 여러 작품을 통해서도 입증된다. 서른셋의 나이에 어머니가 세상을 떠나매 그는 벼슬길에 대한 꿈을 버리고 은거지사의 삶을 택하였고, 후에 벼슬에 나아가기를 권유받기도 하였으나 끝내 거절하고 말았다.

결국 그는 어린 시절부터 노년에 이르기까지 강호에 머물고자 한 전형적인 처사의 모습을 지니고 있다. 비록 잠시 동안 출처의 기로에서 방황하기도 하였으나 그 시기에서 조차도 공명에의 야망보다는 자연 속에 은거하고픈 마음이 더욱 지배적이며 본연의 마음이었다고 할 수 있다.

3. <한거십팔곡>의 구조적 특성

<한거십팔곡>은 모두 19수로 이루어져 있다. 제 1연과 19연에 각각 '십재 황황'과 '십년 전 진세일념'을 등장시켜 수미쌍관의 구조를 이루고 있다. 따라서 작품 전체가 하나의 일관된 이야기를 지니며 작가의 사상에 따라 전개된 연시조이다. 이러한 <한거십팔곡>은 제 1연을 서사로 하고 2연 이하부터 내용의 전개에 따라 3단계로 구분된다.

> 生平에 願ᄒᄂ니 다믄 忠孝 뿐이로다
> 이 두일 말면 禽獸ㅣ나 다라리야

무움에 ᄒᆞ고져ᄒᆞ야 十載遑遑 ᄒᆞ노라 (제 1연)

제 1연은 서사로서 충효를 다짐하는 화자의 심경을 노래한다. <한거십팔
곡>은 출처를 두고서 갈등의 시기를 거쳐 은거하게 되는 과정을 노래한 작품
이다. 그런데 서연에서 화자가 평생을 두고 하고픈 일은 오직 '충효'라고 한다.
이러한 1연의 다짐은 작자인 송암의 생애와 연관지을 때 보다 쉽게 설명된다.
한시에 나타난 삶의 궤적을 통해 보았듯이 송암은 벼슬에는 뜻이 없는 전형적
인 처사문인이다. 하지만 유가적 도리인 충효를 위해서는 벼슬길에 나가는
것이 마땅한 일이다. 화자의 갈등은 여기서부터 비롯된다. 그러나 1연에서는
아직 갈등의 모습은 보이지 않는다. 다만 충효를 이루기 위한 스스로의 다짐과
함께 '십재황황'이란 표현을 통해 결과도 없이 마음만 분주했음을 이야기하고
있다. 이로써 1연은 작품 첫머리에 등장하면서도 동시에 10년 동안의 생활을
요약한다.

1) 출처(出處)의 갈등

<한거십팔곡>의 19수 가운데 제 2연에서부터 7연까지의 작품이 여기에 해당된다.
이들 작품에서 화자는 출처의 사이에서 갈등하는 심경을 노래하였다.

計較 이르터니 功名이 느껴세라
負及東南ᄒᆞ야 如恐不及 ᄒᆞᄂᆞᆫ 뜯을
歲月이 믈 흐르ᄋᆞ듯ᄒᆞ니 못 이룰가 ᄒᆞ야라 (제 2연)

비록 못일워두 林泉이 됴ᄒᆞ니라
無心漁鳥ᄂᆞᆫ 自閒閒 하얏ᄂᆞ니
早晚에 世事닛고 너를 조ᄎᆞ려 ᄒᆞ노라 (제 3연)

작품의 서사인 1연에서는 충효를 하겠다고만 했을 뿐 거기에 다다르는 구체

적인 방법은 제시하지 않았다. '출처의 갈등'을 노래한 제 2연에서는 그 구체적인 방법이 제시되고 이것은 곧 갈등으로 이어지게 된다. 2연의 주체는 바로 '공명'이다. 그러나 화자는 공명에 큰 뜻을 두지 않은 탓에 갈등이 야기된다. 그래서 화자의 마음은 언제나 불안하고 초조하기만 하다. 여기저기 타향에 공부하러 다닌다는 '부급동남(負及東南)'이나, 제대로 이루지 못할까 두려워 '여공불급(如恐不及)'한다는 것은 공명을 기꺼워하지 않는 화자의 마음을 우회적으로 표현한 것으로 '부급동남'에서는 외로움의 정서가, '여공불급'에서는 두려움과 불안한 마음이 느껴진다. 이러한 중장의 마음이 종장에 이르러서는 빠른 세월에 뜻을 이루지 못할까 하는 초조함으로 구체화된다.

2연의 종장은 3연의 초장으로 이어진다. '못 이룰가' 하던 2연의 초조한 마음을 3연에서 '비록 못 일워두'라고 하여 스스로 위안한다. 뜻을 이루지는 못했지만 차선으로 임천을 택하고자 한다. 아무런 공명심도 없이 한가롭게 노니는 물고기와 새를 보고 자신도 이를 따르고자 한다. 하지만 이는 자연에 동화된 마음이라고는 아직 볼 수 없는데 초장 첫 구절의 '비록'이 이를 증명한다. 요컨대 임천을 지향하는 것은 공명에 뜻을 두지만 그것이 뜻대로 되지 않으면 임천도 좋다는 그런 의미인 셈이다. 중장과 종장에서는 임천에서의 생활을 노래한다. 강가에 노니는 물고기나 새는 홀로 즐거우니 한가롭기만 하다. 출처의 사이에서 방황하다 자연을 택한 화자의 심경과는 비교가 안 된다. '조만(早晚)에 세사(世事)닛고'란 아직은 진세(塵世)의 일을 잊지 못했음을 의미한다. 세상의 일, 즉 공명에 대한 마음을 아직 정리하지 못했으니 임천에 머물러도 물고기나 새처럼 한가한 마음일 수 없다. 그러니 이를 바라보는 마음은 부러울 뿐이다. 세상사의 복잡다단함을 잊고 자연과 함께 노닐고자 하는 심사를 중장과 종장을 통하여 서술하고 있다.

  江湖애 노쟈ᄒ니 聖主를 ᄇ리례고

聖主를 셤기쟈ᄒ니 所樂애 어긔예라
호온자 岐路에 셔셔 갈더몰라 ᄒ노라 (제 4연)

　'강호'란 자연을 뜻하는 임천의 또 다른 언어 표현으로 3연에서는 임천이,
4연에서는 강호가 선택되었다.[119] 3연에서 임천을 떠올리며 갈등은 잠시 누그
러지는 듯하지만, 제 4연에 와서는 그 갈등이 오히려 증폭된다. '강호/성주'
'성주/소락'의 대립은 갈등하는 화자의 모습을 첨예하게 드러낸다. 초장이 강호
의 입장에서 성주를 바라보는 것이라면, 중장은 성주의 측면에서 강호를 바라
보게 된다. 화자가 출처의 사이에서 갈등하고 있음은 무엇보다도 종장의 '기로'
를 통해서 입증된다. 즉 현재 화자가 위치한 공간은 바로 '기로'인 것이다.
이것은 '노쟈ᄒ니/ᄇ리례고' '셤기쟈ᄒ니/어긔예라'란 서술어를 통해서 한번
더 강조된다. 또한 '성주'는 그 어휘만으로 볼 때는 군주를 지칭하는 것이지만
실제로는 '성주에게 도달하는 것'이란 의미를 지님으로써 출(出), 다시 말해
현실의 공간을 나타내는 것이다. 화자는 임천[강호]을 택하자니 성주를 버려야
하고, 성주를 섬기려면 임천[강호]을 포기해야 하는 기로에 있는 것이다. 현재
화자는 이렇듯 강호와 현실의 중간에 서서 어느 쪽도 쉽게 선택하지 못하고
있다.

　　흐려흐려ᄒ더 이 ᄠᆮ 못 ᄒ여라
　　이 ᄠᆮᄒ면 至樂이 잇ᄂ니라
　　우읍다 엊그제 아니턴 일을 뉘 올타ᄒ던고 (제 6연)

　　말리말리ᄒ더 이 일 어렵다
　　이 일 말면 一身이 閑暇ᄒ다
　　어지게 엊그제 ᄒ던 일을 다 왼줄 알과라 (제 7연)

---

119) 강호나 임천은 모두 자연의 같은 계열체에 해당한다. 따라서 여기서 임천이라든지, 강호는
　　모두 處를 상징한다.

제 6연과 7연은 공통점과 상반성을 동시에 지닌다는 데서 흥미롭다. 구조적인 면에서 이들은 정확하게 동일선상에 놓이면서 관점의 측면에서는 완전히 반대의 입장에 놓이게 된다.

초장 : ᄒ려ᄒ려ᄒ디 / 이뜯 못ᄒ려라 (제 6연)
　　　　말러말러ᄒ디 / 이일 어렵다 (제 7연)
중장 : 이뜯ᄒ면 / 至樂이 잇ᄂ니라 (제 6연)
　　　　이일말면 / 一身이 閑暇ᄒ다 (제 7연)
종장 : 우읍다 / 엊그제 아니턴일을 / 뉘올타ᄒ던고 (제 6연)
　　　　어지게 / 엊그제 ᄒ던 일을 / 다왼줄알과라 (제 7연)

위에서 보듯이 6연과 7연은 완벽하게 같은 구조를 지닌다. 뿐만 아니라 표현의 측면에서도 초장 첫 구에서 'ᄒ려ᄒ려 / 말리말리'란 첩어를 사용하는 것 또한 양자의 공통된 모습이다. 그러나 표현의 유사성과는 달리 대상에 접근하는 방법은 오히려 반대이다. 즉 6장과 7장의 초장 첫구는 첩어를 사용했다는 점에선 동일하지만 그 의미는 '하다/말다'로 전혀 반대의 의미이다. 즉 어려움의 주체가 6연은 '하고자 함'이고 7연은 '하지 말고자 함'이다. 'ᄒ려ᄒ려'의 대상은 임천이요, '말리말리'의 대상은 공명이다. 이러한 화자의 마음은 이미 초장에서 드러난다. 중장은 초장에 대한 행위의 설명이다. '이 뜻', 즉 임천을 택하면 즐거움이 있을 테고 '이 일', 즉 공명을 그만 두면 일신이 편안할 것이다. 그러나 하고 마는 것이 마음처럼 쉽지 않으니 여전히 괴로움뿐이다. 중장에와서는 화자의 한숨을 엿볼 수 있다. '뉘 올타 ᄒ던고'란 '아무도 없다'란 대답까지 이미 포함하는 설의법에 의한 강조적 표현이다. 옳다고 할 이 아무도 없을뿐더러 자신마저도 그른 일인 줄 알고 있으니 마음은 착잡하기만 하다. 결국 6연이 임천에 머물고자 하나 머물 수 없는 현실에서 오는 한탄이라면, 7연은 공명을 그만두고 싶어도 쉽게 그만두지 못하는 자신을 탄식함이다.

한편 이 둘은 구조적으로는 동일하지만 정확한 시간성이 개입된다. 시간성의 문제는 종장에서 더욱 극명하게 드러난다. 6연에도 7연에도 '엊그제'란 시간이 등장하지만 현재의 시점에서 바라볼 때 이들은 같은 것이 아니다. 7연이 과거라면 6연은 대과거가 된다. 즉 6연이 지금까지 생각하지 않던 공명을 이루고자 하지만 여의치 않는 데서 오는 괴로움을 토로했다면 7연은 6연에서 야기된 감정의 연장선상에서 공명의 추구를 그만두고자 하나 그것마저도 쉽사리 할 수 없는 데서 오는 괴로움인 것이다. 또한 임천을 지향하는 것은 '뜻'이라고 한 반면 공명을 추구함은 '일'이라고 하여 화자가 하고자 하는 것이 무엇인가가 어휘를 통해서도 나타난다.

이상 2연에서부터 7연까지에 이르는 작품을 통하여 화자는 출처의 사이에서 방황하는 심경을 노래하였다. 그런데 동일하게 갈등을 노래했지만 처음에 노래한 작품들은 공명 쪽에 더 많은 비중을 두거나 공명과 임천이 동등한 비중을 차지한 데 반해 6연과 7연에 이르러서는 임천에 머물려는 마음이 훨씬 강해지고 있음을 알 수 있다. 이는 이어지는 작품들에 대한 좋은 시사가 된다.

2) 은거(隱居)의 선택

<한거십팔곡>의 둘째 단계는 갈등에서 벗어나 은거를 선택하며 즐거워하는 과정을 노래하는 단계이다. 여기에는 8연 이하 13연까지의 노래가 포함된다.

出ᄒᆞ면 致君澤民 處ᄒᆞ면 釣月耕雲
明哲君子는 이룰사 즐기ᄂᆞ니
ᄒᆞ믈며 富貴危機ㅣ라 貧賤居를 ᄒᆞ오리라 (제 8연)

제 8연의 초장은 출처를 두고 갈등함으로써 첫 단계의 상황을 되풀이하는 것처럼 보이기도 한다. 세상에 나아가 치군택민 하고픈 마음과 은처(隱處)에서 한가로이 고기를 낚으며 생활하고 싶다는 초장의 진술과 함께 명석한 군자는 그럴수록 더욱 즐긴다는 중장의 모습은 갈등의 반복으로 볼 수도 있다. 그러나 초·중장에서 보이는 출처의 갈등은 작품의 중심이 아닌 단순한 상황의 설명이다. 8연에서 화자의 주지는 종장에 놓이게 된다. 즉 '빈천거'를 하겠다는 것이다. 화자는 이제 부귀는 위험한 일임을 알았다. 그래서 'ᄒ리ᄒ리/말리말리'하던 첫 단계의 심경에서 벗어나 빈천을 택하겠다는 의지를 표명한다. 하지만 아직은 의사의 표명일 뿐이다. 따라서 제 8연은 구체적인 자연에서의 삶이 드러났다고 하기보다는 '출처의 갈등'에서 '은거의 선택'으로 넘어가는 분수령 같은 역할을 한다.

> 靑山이 碧溪臨ᄒ고 溪上애 烟村이라
> 草堂 心事를 白鷗ㅣᄂ들 제 알랴
> 竹窓靜夜 月明ᄒᄃᆡ 一長琴이 잇ᄂ니라 (제 9연)

제 9연은 공명을 버리고 자연 속에서 유유자적하는 생활을 노래한다. 자연의 생활에서 가장 먼저 선택된 것이 '청산'이다. 초장은 청산, 벽계, 연촌 등을 연결하며 화자의 감정 개입 없이 자연의 정경을 묘사함으로써 한 폭의 풍경화와도 같은 모습을 연출한다. 진세의 일념에서 벗어나 초당에 머무는 여유로운 마음을 백구도 알 수 없다. 제 3연에서 '무심어조'를 부러워하며 이를 좇고자 하던 마음과는 달리 오히려 자신의 심사를 백구도 따르지 못한다고 하였으니 그 여유로움의 경지를 짐작할 수 있다. 종장 또한 초장과 마찬가지로 장면묘사이다. 고요한 밤, 대나무 그림자가 창에 지니 달은 밝고 달밤에 울리는 거문고소리는 더욱 정취가 있다. 장면의 묘사와 술회로 뚜렷한 주제의 장이 없이 화자의 생활을 읊고 있다. 대립구조가 전혀 나타나지 않는 안빈낙도의 전형이다. 제 9연에서 화자는 자신이 행동하는 공간을 매우 구체적으로 제시한다. 9연의 공간은 '청산·벽계>연촌>초당>죽창'의 관계를 형성한다. 즉 화자가 거처하는 공간은 넓은 곳에서부터 점점 작은 공간을 향하게 되는데 그만큼 화자의 마음 또한 평정을 얻게 된다.

제 10연에서 13연에 걸쳐 출의 공간을 뜻하는 언어가 등장한다. 세사(世事, 10연), 일점진(一點塵, 11연), 구름(12연), 티끌(13연) 등이 그것이다. 그러나 이들은 더 이상 갈등의 대상이 아닌 부정의 대상이다. 이로써 갈등을 벗어나 강호에 은거하려는 화자의 심경을 한층 강조한다.

> ㅂ람은 졀노 묽고 돌은 졀노 볼짜
> 竹庭松巖에 一點塵도 업스니
> 一張琴 萬軸書 더욱 瀟瀟ᄒ다 (제 11연)

> 霽月이 구름 뜰고 솔긋테 눌아 올라
> 十分淸光이 碧溪中에 빗쪄거늘
> 어딘 인는 믈일흔 골며기는 나를 조차 오는다 (제 12연)

제 11연에는 바람, 달, 대나무, 솔, 거문고, 만축서가 등장하여 은거시(隱居詩)의 표본이 되고 있다. 초장은 바람과 달, 두 개의 소재가 동일한 구조에 놓여 있다. 이들은 각기 '졀노'를 사이에 두고 '묽고' '볼짜'라는 특성에 따라 나뉘어져 적절히 반복됨으로써 국문시가의 흥취를 자아내게 한다. 뜰엔 대나무가 있고 소나무로 난간을 삼았다. 사대부 시조에서 이들은 종종 지절의 상징으로 등장하지만 여기서는 지절이 아닌 자연의 상징으로 등장한다. 여기에 한 점의 티끌도 없다는 것은 바로 공명에 대한 아무런 미련 없이 은처에 머물고 있음을 나타낸 것이다. 일장금, 만축서는 처사의 필수품으로 자연에서 수신하는 삶을 우회적으로 의미하게 된다. 바람도 맑고 달도 밝은데 공명을 향한 티끌만큼의 마음도 없으니 그 마음은 맑고 깨끗하다.

12연에도 달이 등장한다. 11연의 달은 단지 자연 풍광으로서의 달을 의미한다. 그러나 여기서의 달은 그 기능이 보다 심화되었다. 구름은 달과는 대립되는 개념으로, 달이 구름을 헤치고 솔 끝에 날아올랐다는 초장은 공명을 향한 마음에서 벗어나 자연에 머묾을 의미한다. 중장 이하에서는 공명을 떨친 후 자연에서 자족하는 생활을 노래하게 된다. 맑은 빛이 푸른 시내 가운데 빛난다는 것은 상황의 묘사를 통해 화자의 청정한 마음을 동시에 표현한다. '갈매기'의 등장 또한 주목된다. <한거십팔곡>에 새가 등장하는 것은 모두 세 작품이다. 3연의 '새'[魚鳥], 9연의 '백구'에 이어 12연에 '갈매기'가 등장하게 되는데, 이들을 통한 화자의 감정 변화를 추적할 수 있다. 갈등 시기에 등장한 '새'는 화자에게 부러움의 대상이 되고 있지만 은거의 즐거움을 노래한 9연의 '백구'는 더 이상 부러움의 대상이 아니다. 화자가 이미 백구보다 더 여유로운 마음이기 때문이다. 12연의 '갈매기'에 이르러서는 3연에서 보이던 화자와 새의 관계가 오히려 역전된다. 화자가 갈매기를 부러워하는 것이 아니라 갈매기가 화자를 따르려 한다고 하여 화자가 자연에 심취한 정도가 어느 만큼인지를 가늠케 한다.

> 날이 져물거눌 느외야 홀닐 업서
> 松關을 닫고 月下에 누어시니
> 世上에 뜻글 무움이 一毫末도 업다 (제 13연)

제 13연은 앞선 화자의 마음을 재차 확인한다. 날이 저물며 다시 할 일 없다는 초장은 세상에 대한 미련을 떨쳤기에 한가로이 자연에서 소일하며 유유자적하는 화자의 마음을 표현한 것이다. 소나무 가지로 엮은 문을 닫고 달 아래 누었다는 중장 또한 부귀와 공명은 뒤로 한 채 강호의 삶에 만족하는 마음을 나타낸다. 그래서 화자는 세상을 향한 티끌만큼의 마음도 없다며 차분한 어조로 은거하는 안락함을 노래한다. 13연에서는 무미건조할 정도로 아무런 감정을 드러내지 않고 다만 전체가 조화를 이루어 강호의 삶을 기꺼워하는 화자의 모습을 그려내게 된다.

　이상의 작품에서는 출처를 두고 갈등하던 시기의 작품들과는 확실히 변별되는 면모를 보인다. 먼저 화자의 심리 상황에서 볼 때, 갈등의 양상을 벗어나 자연과 친화하여 마음의 평화를 얻었다는 점을 지적할 수 있다. 따라서 동일한 소재라 하더라도 앞선 시기의 작품들에서는 갈등의 상징으로 등장하던 것이 여기에 이르러서는 안빈낙도하는 유자(儒者)로서의 삶을 보다 적극적으로 나타내는 역할을 하게 된다. 이는 또 작품의 구조에도 영향을 미쳐, 첫 단계에 해당되는 작품에서는 시조의 3장 가운데 어느 한 장에 의미의 중심이 놓이는 장이 있다면 은거의 선택을 노래한 일군의 작품들에서는 제 10연을 제외하고는 거의 서술의 묘사에 그치고 만다.[120] 이는 또 이어지는 작품들과도 변별되는데, 은거를 선택한 일련의 작품들이 강호에서의 담박한 즐거움을 그려내고 있다는 것과 유관하다.

3) 은거의 구경(究竟)적 즐거움

<한거십팔곡>의 셋째 단계는 은거의 삶에 깊이 경도된 지경을 노래한다. 이들 또한 강호에서 은거하는 삶을 노래한다는 점에서는 앞선 작품들과 유사하다. 그럼에도 앞의 작품들과 동일 범주에서 논의할 수 없는 것은 이들은 단순한 즐거움을 표현하는 데서 머물지 않고 어떤 지향을 보이기 때문이다. 이는 특히 구조의 측면에서 앞선 작품들과 차이를 보이게 되는데, 앞선 작품들이 특별히 의미의 중심이 놓이는 장이 없었던 것과는 달리 셋째 단계의 작품에서는 주제의 장이나 핵심적인 어휘가 등장한다.[121]

> 月色溪聲 어섯계 虛亭의 오나눌
> 月色을 眼屬ᄒ고 溪聲을 耳屬히
> 드르며 보며 ᄒ니 一體淸明 ᄒ야라 (제 14연)

---

120) 김상진, 앞의 논문, 42-50쪽.
121) 작품의 구조에 대해서는 김상진, 위의 논문, 50-52쪽 참조.

酒色 좃쟈ᄒ니 騷人의 일 아니고
富貴 求챠ᄒ니 뜻이 아니 가닉
두어라 漁牧이 되오야 寂寞濱애 놀자 (제 15연)

셋째 단계의 첫 수인 14연에서 주목되는 것은 초 · 중 · 종장이 서로 연계를
갖고 이어지며 시각적 이미지와 청각적 이미지를 동시에 나타낸다는 점이다.
즉 초장의 '월색계성'이 중장에서는 '안속(眼屬)'과 '이속(耳屬)'으로 표현되고,
이들이 종장에서는 다시 '일체청명'이라는 말로 집약된다. 요컨대 화자의 지향
이 곧 '일체청명'인 것이다. 달빛과 계곡을 흐르는 물소리가 뒤섞여 있다는
것은 계곡에 달이 비친 모습을 뜻한다. 이러한 광경으로써 유추할 수 있는
상황은 맑은 하늘과 밝은 달의 모습이다. 달빛 어우러진 계곡의 옆에는 텅
빈 정자가 있다. 그 정자에 올라 눈으로 달빛을 바라보고 귀로는 흐르는 물소리
를 들으니 마음 또한 맑고 밝다. '자연과 나'의 합일상태를 보임으로써 물아일
체의 경치를 그려낸다.

일체청명 하고자 하는 화자의 지향이 15연에서는 더욱 구체화된다. 자연과
대립되는 주색과 부귀는 철저하게 부정되고 어목(漁牧)은 화자가 지향하는 바
로 긍정된다. 초 · 중장은 하나의 문장으로 이루어졌으나 동일한 구조를 이룬
두 개 문장으로 나뉠 수 있다. '주색/부귀'로 함축되는 초장과 중장에서 주색을
좃고자 함은 소인(騷人)의 마땅한 바가 아니며 부귀를 구하는 것 또한 뜻한
바가 아니기 때문에 모두 부정된다. 당연히 이들은 화자가 추구하는 삶이 될
수 없다. 화자가 표방하는 삶은 종장에서 나타난다. 종장 첫 구에 등장하는
'두어라'는 보다 나은 길을 제시하는 첨가적 전환 기능을 하는 것으로서,[122]
이를 통하여 초장과 중장의 생활은 더욱 강하게 부정된다. 대신에 화자가 선택
하는 삶은 바로 '어목'이다. 어목이 되어 적막한 물가에서 한가로이 노닐고자
함이다.

---

122) 김대행, 『시조유형론』, 이대출판부, 1986, 125쪽.

聖賢이 가신 길히 萬古에 혼가지라
隱커나 見커나 道ㅣ 얻디 다르리
一道ㅣ오 다르디 아니커니 아무된들 엇더리 (제 17연)

17연은 16연과 함께 처사로서 살아갈 자신의 삶의 방향에 대하여 노래한다.[123] 옛 성현이 가신 길은 모두 한 가지로 은현이 다를 수 없으며 성현이 뜻을 두는 것은 오직 도의 실현이다. 초장에서는 성현의 길은 고금을 막론하고 모두 한 가지라는 진술만을 한다. 그 한 가지는 다름 아닌 도(道)인데, 중장과 종장을 통해 제시하고 있다. 도를 얻음에 은현이 다르지 않다는 중장의 언급은 '궁즉독선기신, 달즉겸선천하' 하는 사대부적 가치관을 담고 있다. 종장은 도를 이루는 데 은현이 다를 수 없다는 중장의 시상을 이어 강호에 머물며 수신하는 것 또한 도에 이르는 길임을 이야기 한다. 강호에 머물며 성현이 이르고자 했던 도를 궁구히 하고자 하는 마음을 표현한다.

漁磯예 비 개거늘 綠苔로 독글사마
고기롤 혜이고 낙글 뜯을 어이ᄒ리
纖月이 銀鉤ㅣ 되어 碧溪心에 ᄌ졋다 (제 18연)

제 18연은 가어옹의 모습을 연상케 한다. 15연에서 어목이 되고자 하고, 16·17연에서 처사로서의 삶의 지향을 이야기 했다면 이러한 결심 후의 생활을 읊은 것이라 하겠다. 낚시터[漁磯]에 비가 개었다는 초장의 진술은 화자의 맑은 마음이기도 하다. 푸른 이끼로 돌을 삼아 자리하여 앉아 고기를 헤아리니 고기를 낚고자 하는 마음이 드는 것을 화자도 어쩌지 못한다. 가는 달이 낚싯대가 되어 푸른 계곡이 잠겼다고 하는 것은 가어옹의 삶을 동경하는 화자의 내적 가치의

---

123) 16연은 "行藏有道ᄒ니 ᄇ리면 구테 구ᄒ랴 / 山之南 水之北 병들고 늘근 날를 /뉘라서 懷寶迷邦 ᄒ니 오라 말라 ᄒᄂᆞ뇨"고 하여 은현(隱現)에도 도가 있으며, 세상의 어지러움에서 벗어나 향리에서 도덕을 간직하고 살겠다는 마음을 다짐한다.

표현이라 하겠다. 18연에서 주목되는 것은 어부의 이미지, 즉 가어옹의 이미지가 등장한다는 것이다. 화자가 머물고자 하는 공간 또한 '적막빈'·'어기'로 어부의 이미지와 연결된다. 동양에서 어부는 은일지사의 일컬음이 된다. 굴원의 『초사 (楚辭)』에 있는 <어부사>에서 어부가 은일지사로 등장한 이후, 우리나라 시가 에서도 어부는 은일의 상징적 의미로 사용되었다. 이렇듯 18연에서 어부 이미지 가 등장한 것은 그만큼 강호의 삶에 깊이 침잠해 있음을 의미한다.

> 江干에 누어서 江水 보는 뜨든
> 逝者如斯ᄒ니 百歲ᄂ둘 몃근이료
> 十年前 塵世一念이 어름 녹둣 혼다 (제 19연)

19연의 어조는 다분히 회고적이다. 또한 제 1연의 '십재황황'에 이어 '십년 전'이 등장하여 수미쌍관을 이룸으로써 작품 전체가 하나의 흐름을 갖고 엮여 있음을 암시한다. 19연은 셋째 단계의 마지막 작품이면서 <한거십팔곡> 전체 의 결사와도 같은 역할을 한다. 출처의 갈등에 이어 은거를 선택하여 생활하는 모습, 그리고 그곳에서 구경적 삶의 즐거움을 노래하고 19연에 이르러서는 이 모든 감정을 마무리한다. 강가에 누어 강물을 바라보니 지나가는 것이 모두 흐르는 물과 같아 백년의 세월도 결코 긴 시간이 아닌 듯하다. '몃근이료'는 '얼마 안 됨'을 설의법으로 강조한 것으로 2연의 종장에서 '세월이 물 흐르듯 하다'고 한 표현과도 흡사하다. 흐르는 물과 같은 세월을 생각하니 어느덧 삶이라는 것도 부질없게 느껴진다. 더욱이 종장에서는 지난 10년 세월 동안 출처를 두고 갈등하던 일이 얼음 녹듯 하다고 함으로써 세상에 대한 갈등에서 완전히 벗어나 강호의 삶에 깊이 침잠하는 모습을 보인다. 세상에 대한 일체의 미련도 없는 초탈의 경지를 보이며 숙연함마저 자아낸다.

4. 강호 문학으로서의 <한거십팔곡>

송암은 평생 처사로 머물기를 원하였던 전형적인 강호 문인이라 할 만하다. <한거십팔곡>에는 처사지향적인 송암의 면모가 여실히 드러나 있다. 하지만 <한거십팔곡>과 함께 <독락팔곡>에서도 한자 숙어가 자주 등장하는 탓에 조선 시가로서의 향취를 잃어버렸다고 하여 작품의 가치가 폄하되기도 하였다. 또 그 때문에 강호 문학으로서의 위상마저도 흔들리는 결과를 낳았다.[124] 실제로도 그런 점이 없지는 않지만 표기문자가 작품의 문학성을 결정짓는 절대적인 가치척도는 아니다. 더욱이 <한거십팔곡>은 퇴계의 <도산십이곡>으로부터 본격화된 육가계 연시조의 맥을 잇는 것으로서 시가사적 의미 또한 무시할 수 없다. 살펴보았듯이 <한거십팔곡>은 19수가 유기적으로 연결됨으로써 연시조로서의 의미를 확고히 하고 있을 뿐만 아니라, 각 작품도 시조로서 성공을 거두고 있어 강호 문학으로서의 의미를 동시에 지니고 있다. 본 절에서는 <한거십팔곡>을 중심으로 송암의 시가가 강호 문학으로서 지니는 의미를 짚어보기로 한다.

조선 시가에서 강호 문학은 농암 이현보(1462-1555)로부터 비롯된다. 그후, 면앙정 송순(1493-1583)과 퇴계 이황(1501-1570), 송암 권호문으로 이어져 고산 윤선도(1587-1671)에게까지 이른다. 우리 문학에서 강호문학에 대한 관심은 조윤제가 '강호가도(江湖歌道)'를 주창하면서부터 시작되었고, 이어 최진원에 의하여 구체화되었다. 최진원은 강호가도에 대한 조윤제의 견해를 "강호가도는 당쟁하의 명철보신과 치사객의 한적에서 형성되었다. 강호가도에 나타난 자연의 양상은 일반미이고, 그것은 '조화·영원·절로절로'를 내용으로 한다"는 말로 요약한다.[125] 강호문학의 배경을 오직 정치적인 것에만 둔다면 <한거십팔곡>은 여기서 벗어날 수 있다. 송암의 은거는 사실 정치적인 것과는 무관

---

124) 조윤제, 앞의 책, 128쪽.
125) 최진원, 앞의 논문, 214쪽.

한 개인적인 성향에서 비롯되기 때문이다. 그러나 이것은 형성과정을 달리한다는 것뿐이며, 정치적 배경 없이 스스로 은거하여 치사한적(致仕閑寂)의 감회를 노래한 <한거십팔곡>은 오히려 강호 문학의 진정성을 더할 수 있다.

송암은 실패나 좌절의 경험 없이 스스로 자연을 택하였다는 데서 그의 위치를 더욱 확고히 해준다. 그에게 있어서 자연은 현실에 대한 상대적인 개념이나 일시적인 도피처가 아니다. 언제나 자신과 함께 하고픈 물아일체의 공간이다. 이는 강호 문학을 완성하였다고 일컬어지는 고산의 경우를 생각할 때 한층 더 명확해질 수 있다. 예컨대, 강호 문학의 대명사로 불리는 <어부사시사>는 고산이 65세 되던 해에 지어진 것으로, 은거지인 부용동에 세 번째 들었던 때이다. 그는 조정에 들어서는 직언으로 밀려나고 유배생활을 할 때도 기회가 있을 때마다 상소를 올렸으나 그때마다 훼방이 뒤따랐다. 따라서 그의 환로는 평탄할 수 없었고 좌절과 갈등의 연속이었다.[126] 이러한 현실 속에서 그가 택한 곳이 바로 강호이다. 곧 그에게 있어서 강호는 완상의 공간임과 동시에 비방과 훼책에 대한 도피처이며 명철보신을 꾀하기 위한 일시적인 피난처였던 것이다. 이러한 상황으로 미루어 추찰컨대 그는 강호에 머물면서도 현실에 대한 미련을 근절하지 못한 채 호시탐탐 그 기회를 엿보았을 것이다.

<어부사시사>는 자연을 동경하면서도 현실복귀를 꿈꾸는 고산의 양면적인 모습이 투영되어 있다. 여기서 강촌은 절대 긍정의 세계로 그려지고 인간(세상)은 절대 부정의 모습을 나타낸다. 하지만 절대 부정의 세계로 나타나던 현실이지만 복귀의 기회가 마련되면 언제라도 강호를 떠날 채비가 되어 있다. 따라서 <어부사시사>에서 그려지는 세계는 강호와 현실과의 사이에서 오는 끊임없는 갈등의 공간이 된다.[127]

---

126) 『孤山遺稿』권4, (『李朝名賢集』3, 성균관대 대동문화연구원)의 <答人書> <鄭判書世規書> 및 부록의 <諡狀> 참조.

127) 고산의 이러한 모습은 '머도록'과 '먼빗치'가 빚어내는 갈등 층위로 파악할 수 있다. 여기에 대해서는 정민, 「'어부사시사'의 갈등상」(『고전문학연구』4집, 한국고전문학연구회, 1988) 참조.

<한거십팔곡>에도 갈등은 있다. 하지만 여기서의 갈등은 가고 싶어도 갈 수 없는 현실에 대한 욕망이기보다는 은거하고 싶은 자신의 뜻과 과업을 이루기 원하는 어머니의 바람 사이에서 생기는 갈등이다. <어부사시사>의 갈등이 강호에 머물면서도 현실에 대한 마음을 청산하지 못해 야기되는 것이라면 <한거십팔곡>의 갈등은 과업을 위해 정진할 때도 강호를 향한 그리움을 접지 못한 괴로움으로 비롯된 것이다. 하지만 끝내는 이러한 갈등마저도 해소되고 강호에 머물면서는 현실로 돌아가기를 전혀 생각지 않고 물외한적(物外閑寂)하였다. 임형택은 조선 전기 한문학을 관료문학·처사문학·방외인문학의 셋으로 나누었고,[128] 김문기는 처사문인의 문학을 참여문학·귀거래문학·은구문학으로 나누었다.[129] 그의 분류에 의하면 고산의 작품은 귀거래 문학에 속하며 송암의 것은 은구문학이 된다. 귀거래 문인들에게 있어서 자연은 현실, 특히 당쟁의 도피처였다.[130] 그들은 정치생활을 경험해 본 후 그 좌절 내지는 환멸로 인하여 자연에 머물고 있지만 때를 기다리며 복귀를 꿈꾸었다. 하지만 송암은 처음부터 정치를 통한 도의 실현이 불가능함을 깨닫고 강호에서의 삶을 통해 자신의 이념을 펼치고자 했던 것이다.

요컨대 송암은 평생 자연에 머물며 자신의 유자적 이상을 펼치고자 했던 전형적인 처사의 모습을 지니고 있다. 이러한 그의 모습은 처사문인으로서의 모범을 보여주는 한편 이현보로부터 윤선도에 이르는 강호 문학에서 그의 위치를 굳건히 해주는 한 증좌이기도 하며 강호 문학으로서 <한거십팔곡>의 가치를 부여하는 것이기도 하다.

---

128) 임형택, 「조선전기의 한문학」, 『한국사』11, 국사편찬위원회, 1981, 249-253쪽.
129) 김문기, 「권호문의 시가 연구」, 『한국의 철학』14, 경북대 퇴계학연구소, 1986, 64쪽.
130) 최진원, 『국문학과 자연』, 성대출판부, 1986, 11-23쪽.

제 7장 <산중잡곡>의 미학과 연작성

1. 갈봉과 <산중잡곡>

갈봉(葛峰) 김득연(金得研, 1555-1637)은 16·17세기에 생활한 조선 중기의 재지 사족이다. 그의 본관은 광주이나 증조부 때 안동지방에 안착한 이후 그곳에서 생활함에 따라 영남 사림의 영향권에 속하게 된다. 특히 부친 김언기는 퇴계의 문도에 있으면서 안동 문학 융성의 창도자란 칭송을 받을 만큼[131] 사족으로서의 기반을 확고히 했으며 어느 정도의 경제적 토대도 마련한 것으로 보인다. 그가 생활했던 시기는 붕당 정치가 심화되던 시기였다. 동인과 서인이 대립하고, 동인은 다시 남인과 북인으로 나뉘어 당파간의 정쟁이 치열했다. 이로써 재지 사림들은 시세에 따라 출처를 거듭하곤 하였다. 이런 와중에 정치에는 아예 관심이 없이 향리에 은거하려는 방외인적 성향의 인물도 등장하게 되는데, 김득연 또한 이 같은 인물의 범주에 포함된다.[132]

김득연은 74수의 시조를 남겼다. 그런데 이들은 모두 연시조의 형태를 띠고 있으니 6편의 연시조를 남기고 있는 셈이다. 김득연의 시조가 모두 연시조로 이루어진 것은 당대의 풍조와도 유관할 듯하다. 그가 생활하던 16·17세기는

---

131) 송정헌, 「갈봉시조고」, 『조선전기의 언어와 문학』(한국어문학회편), 형설출판사, 1976, 312쪽.
132) 李光庭이 撰한 그의 「行狀」을 보면, "공은 글 배움을 일찍이 이루어 세상의 우러름을 깊이 얻었으나 이름 날리기를 원치 않았다. 나이 오십 팔세에 비로소 생진 양시에 합격했으나, 당시에 북인이 환로에 나아가 있으므로 공은 다시 천거되기를 구하지 않았다 公文學夙就興 望甚藉 而抹殺名揚. 年五十八始俱中生進兩試 時北人當路 公不復求擧"고 적고 있다. (『葛峯先生文集』坤, 卷之四)

연시조의 전성기로 현전하는 상당수의 연시조가 이 시기에 지어졌을 뿐 아니라, 이 시기에 지어진 시조 가운데 다수가 연시조로 이루어졌다.[133] 그러나 김득연이 지은 일련의 시조들은 계기적 구조물이란 연시조의 정의와는 다소 거리가 있어 보인다.[134] <산중잡곡(山中雜曲)>을 비롯하여 <영회잡곡(咏懷雜曲)> <산정독영곡(山亭獨咏曲)> 등의 작품 모두 동일한 제목 아래 몇 수의 시조들을 묶어놓았다는 인상만 강할 뿐, 각 작품들 간의 계기성은 별로 발견되는 것이 없다. 사정이 이렇다보니 김득연은 70여 수에 달하는 많은 시조 작품을 남겼음에도 불구하고, 그의 작품들은 별반 주목을 받지 못했다. 기존의 연구 또한 작품의 문학적 의미보다는 문학사, 혹은 역사적 의미에 더욱 중요한 가치를 두었다.[135]

---

133) 15세기 말, 맹사성의 <강호사시가>로부터 시작된 연시조는 18세기에 이르기까지 103수가 제작되었는데, 그 중 16-17세기의 작품은 약 60여 수에 달한다(작품 수는 박을수(편), 『한국시조대사전』(앞의 책)에 의함).

134) 연시조를 어떻게 규정할 것인지에 대한 최초의 언급은 고정옥이 「국문학의 형태」(『국문학개론』(우리어문학회편), 일성당서점, 1949, 17쪽)에서 정의한 것으로, "몇 개의 시조가 일군이 되어 다소의 연결성을 지니고 있는 분장식 장가와 비슷한 형태의 시가군"이라는 것이다. 그 후의 논의에서도 연시조는 대략 '하나의 주제 아래 시상에 따라 여러 수의 평시조를 계속해서 짓는 것'이라는 견해를 보였다. 그 후 연시조를 유기적인 구조를 강조하느냐, 시조의 연결체임을 강조하느냐에 따라 '聯時調'(박규홍, 「조선전기 연시조 연구」(앞의 논문), 조성래, 「연시조의 구조에 관한 연구」(앞의 논문)) '連時調'(이시연, 「連時調의 특성에 관한 고찰」, 『국어학의 사적 조명·Ⅰ』, 계명문화사, 1994) 혹은 '연시조'(임주탁, 「연시조의 발생과 특성에 관한 연구」, 앞의 논문)로 쓸 것을 주장하는 논의가 있어 왔다. 요컨대 계기적 결합체일 때 연시조로서의 의미를 지닌다고 할 수 있다.

135) 김득연에 관한 연구로는 먼저 그의 시가 작품을 발굴하여 발표한 것으로, 김용직의 「갈봉 김득연의 작품과 생애」(『창작과 비평』23호, 창작과비평사, 1972. 봄) 및 송정헌의 「갈봉선생유묵고」(『충북대 논문집』10, 충북대학교, 1976)와 「갈봉시조고」(『조선전기의 언어와 문학』, 형설출판사, 1976)를 들 수 있다. 이어 이상원, 「16세기 말-17세기 초 사회 동향과 김득연의 시조」(『어문논집』31, 고려대 국어국문학회, 1992), 이주연, 「김득연 시조 연구」(한양대학교 석사논문, 1995), 신영명, 「보수적 이상주의의 계승과 파탄-김득연의 강호시가 연구」(『논문집』18집, 상지대학교, 1997), 김창원, 「김득연의 국문시가 연구 : 17세기 한 재지사족의 역사적 초상」(『어문논집』41, 안암어문학회, 2000) 등이 있다. 이상원과 신영명의 연구는 김득연의 시가에 대하여 '16세기 사족이 지녔던 이념적 긴장의 완화, 혹은 보수적

]하지만 그의 일련의 시조들이 계기적 구조물로서 완벽하진 않다 하더라도 하나의 제목으로 묶으면서 어떠한 필연성도 없이 무작정 작품들을 나열하지는 않았을 것이다. 더욱이 이 시기의 연시조는 대부분 성리학의 이념을 바탕으로 제작되며 형식적으로도 완벽하였다. 이러한 궁금증을 시작으로 김득연의 시조들을 꼼꼼히 살펴본 결과, 그것이 연작 시조로서의 가능성을 지니고 있음을 발견할 수 있었다. 따라서 본고에서는 <산중잡곡>을 대상으로 거기에 나타난 연작성을 파악하여 연작 시조로서의 가능성을 파악해 보기로 한다.

2. 작품 수의 확정과 기존 시가의 수용

1) 작품수의 확정

<산중잡곡>은 산만한 주제와 세련되지 못한 표현으로 말미암아 작품성에 대한 기존의 평가는 다소 부정적이다. 연시조의 형태를 취하고 있으나 작품간의 계기성이 결여되어 연시조로서의 의미는 지니지 못한 것으로 지적된다.[136] 작품성을 인정받지 못하는 탓에 <산중잡곡>에 대한 연구는 매우 미미한 정도이며,

---

이상주의의 파란을 예고하는 하나의 성과' 라는 결론에 도달했다는 것으로 요약할 수 있다. 김창원의 연구는 앞선 두 논의와는 달리, 김득연이 그의 시가를 통해 17세기라는 역사적 장소에 서서 어떻게 자신을 드러내고 있는가를 파악하였다. 한편 이주연은 보다 작품론에 근접하여 김득연 시조의 주제와 그 발화 양상에 주목하였다.

136) <산중잡곡>에 대하여 이시연은 각 장의 '집합적 성격'이 희박하여 분리될 가능성이 있는 작품으로, 단형시조들을 모아 하나의 제목을 붙인 것으로 추정하였고(「연시조의 특성에 관한 고찰」(앞의 책), 853쪽), 송정헌도 '연시조형을 취하고 있으나 연시조라고 보지는 않는다'고 하며 오랜 시일에 걸쳐 얻어진 생활 속의 단상을 무계획적으로 나열한 작품이라고 하였다(「갈봉시조고」, 앞의 책, 325쪽). 한편 성기옥은 연시조로 보기도 어렵고 각각을 독립된 개별작품으로 간주하는 단시조로 보기도 어렵다고 하면서, '연시조와는 또다른 형태의 연작시조'로 보았다(「한국 고전시 해석의 과제와 전망」, 『진단학보』85집, 진단학회, 1998, 114쪽).

더욱이 그것의 연작성에 대해서는 별다른 관심을 보이지 않고 있다. 실제로 작품을 보아도 49수에 달하는 많은 작품이 '산중잡곡'이란 제목으로 묶여 잡연하게 나열되어 있다는 인상을 주고 있을 뿐이다.

그런데 <산중잡곡>이 몇 수의 시조로 이루어진 작품인지에 대하여 회의를 품어볼 만하다. <산중잡곡>이 세상에 알려진 것은 1972년에『갈봉유고』(이하 『유고』)가 신발굴 자료로 소개되면서부터이다.[137] 여기에 실려 있는 김득연의 시조 64수(실제로는 63수[138]) 가운데 <산중잡곡> 49수도 포함되어 있었다. 그 후, 1976년에『갈봉선생유묵』(이하『유묵』)이 발굴되었는데, 여기서는 <산중잡곡>이 49수가 아닌 53수로 이루어져 있었다.[139] 다만 여기서도 해독할 수 있는 것은 역시 49수였는데, 12번째의 시조는 지면의 마모가 심하고 45~47번째에 이르는 세 수는 난필로 인해 해독이 어렵기 때문이다. 따라서 이를 처음 소개한 송정헌은『유고』의 선례를 들어 49수의 시조만을 소개했고, 이러한 경위로 <산중잡곡>의 작품 수는 49수로 굳어지게 되었다.

하지만『유묵』의 가치를 인정한다면 <산중잡곡>의 편수를 49수로 확정하는 것은 섣부른 판단일 수 있다. 그나마 <산중잡곡>의 시조 작품을 의미 없는 결합체로 본다면 수록하고 있는 작품의 숫자에 대한 문제 정도로 끝날 수 있지만, 연작 시조로서의 가능성 여부를 짐작하는 데는 49수와 53수는 많은 차이를 지닌다. 따라서 두 책에 수록된 작품 수의 편차의 원인을 규명하여 정확한 작품 수를 밝혀내는 일이 우선적으로 필요하다.

먼저『유고』와『유묵』의 선후 관계, 혹은 원본 여부를 놓고 송정헌은 '유고(遺稿)'와 '유묵(遺墨)'의 차이, 양 책에 수록된 시가 작품의 한글 표기법을 근거로 『유묵』이 원본이거나 원본에 가까우며, 시기적으로도 앞선다고 주장한다.[140]

---

137) 1972년『창작과 비평』봄호(통권 23호)에 김용직의 「갈봉 김득연의 작품과 생애」를 통하여 『葛峰遺稿』가 처음 소개되었다.
138) <산중잡곡>에 수록되어 있는 작품 가운데 하나가 <영회잡곡>에도 중복 포함되어 있다.
139) 1976년에 송정헌은 「葛峰先生遺墨考」(『충북대 논문집』10, 충북대, 1976)에서, 앞서 김용직이 발표한『葛峯遺稿』보다 11수의 작품이 더 수록된『葛峰先生遺墨』을 소개하였다.

유고와 유묵의 차이는 잠시 접어둔다 하더라도,『유묵』의 한글 표기법이 김득연이 생활하던 당대의 표기법을 반영한다고 보는 견해는 설득력이 있다. 이러한 제반 사항을 고려할 때『유묵』이 김득연이 직접 쓴 원본이거나 적어도 원본에 가까운 것이라면,『유고』는 보다 늦은 시기에『유묵』을 다시 전사했거나 재편찬했을 것으로 추측할 수 있다. 또한 <산중잡곡> 소재 작품을 볼 때,『유고』와『유묵』의 순서가 서로 동일하며,『유고』의 49수는『유묵』에서 판독이 불가능하다고 지적된 네 작품을 제외한 나머지 작품으로 이루어져 있다. 따라서『유고』의 편찬자가『유묵』에서 제대로 판독할 수 없는 작품을 배제한 채 49수만을 기록하였을 가능성은 얼마든지 있다. 그렇다면 <산중잡곡>은 총 53수로 이루어졌으며, 현재 전하는 것이 49수라고 보는 것이 더욱 적절할 것이다.

<산중잡곡>은 김득연이 노년에 지은 작품이다. 다만 처음부터 '산중잡곡'이란 제목을 염두에 두고 일관되게 창작했다기보다는 향리에 머물며 느끼는 감회를 작품으로 옮기고, 후에 이들을 연시조의 형태를 취해 <산중잡곡>이란 제목으로 묶었다고 보는 것이 바람직할 것이다. 다음의 예는 이러한 추론의 단서가 된다.

육십년을 다 디낸 후에 쏘 두희롤 디내엿더니 (제 27연, 초장)
칠십년을 다 디낸 후에 또 팔년에 다듯니 (제 40연, 초장)

위의 두 시조에 등장하는 연령은 작자가 실제로 시조를 제작했던 시기일 것으로 추정된다. 그런데 여기에 등장하는 연령은 무려 16년이란 차이가 있다. 따라서 그토록 긴 기간을 두고 <산중잡곡>을 제작하였다거나, 혹은 말년에 지난 일들을 회상하며 지었다기보다는 단편적으로 지었던 작품을 <산중잡곡>이란 하나의 제목으로 묶으며 새롭게 배열하고, 보충하는 형식을 취하여 53수의 <산중잡곡>이 이루어졌을 것으로 추측된다.[141]

---

140) 송정헌, 위의 논문, 31-32쪽.

2) 기존 시가의 수용 양상과 〈산중잡곡〉

〈산중잡곡〉을 연작시조로 파악할 때 관건이 되는 것은 그것의 연작성이 과연 무엇에 근거하느냐의 문제이다. 앞서 언급했듯이 그가 연시조의 형태를 취해 〈산중잡곡〉으로 묶은 것은 당시의 시대적 분위기에 편승한 결과로 볼 수 있다. 이 시기는 성리학이 풍미하던 때이다. 성리학은 도학(道學)의 여러 영역 가운데 하나로 16세기에 크게 성행하였다. 이전의 것이 실천적이고 윤리 적인 면에 치중하였다면 성리학은 기존의 것에 철학적인 성격을 더한 것으로 효용의 가치를 극대화하였다. 연시조는 성리학의 이러한 효용적 가치를 노래하 는 것에 주력한다. 연시조 작품을 성리학적 사유를 바탕으로 할 때, 내용과 형식에 따라 사시가계, 오륜가계, 육가계 작품으로 유형화할 수 있다.[142] 그랬 을 때 발견되는 가능성은 〈산중잡곡〉이 부분적으로 육가계 연시조의 정신을 본받고, 또 그것의 형식을 차용하고 있다는 점이다.

육가계 연시조의 연원은 이별(李鼈)의 〈장육당육가〉로부터 비롯된 것으 로[143] '육가'의 정신을 계승하여 풍자적 은둔의 내용을 지닌다.[144] 또한 퇴계는 이별의 〈장육당육가〉를 비판적으로 수용하여 〈도산십이곡〉을 제작하는데, 이는 이후 작품들에게 하나의 전범이 되어 〈도산십이곡〉을 효방한 다양한 목소리의 육가계 연시조가 등장한다.[145] 요컨대 이들은 형식적으로는 6의 배수

---

141) 동일한 작품이 두 개의 제목에 포함되었다는 사실은 이러한 추론을 가능케 한다.
142) 김상진, 「조선중기 연시조의 연구-사시가계, 오륜가계, 육가계 작품을 중심으로」(앞의 논문) 참조. 한편 정병욱은 사림파 시조에서 연시조가 발달한 이유를 '민족시의 전통을 도입함으 로써 과거에 단연으로 그쳤던 시조문학이 연시조로 변형을 해간 것'이라고 보았다(정병욱, 「사림문학의 국문시가」, 『대동문화연구』13집, 성균관대 대동문화연구원, 1979, 121쪽).
143) 최재남, 「장육당육가와 육가계시조」, 『어문교육논집』7집, 부산대사범대학, 1983, 119-130쪽.
144) 육가의 연원 및 수용에 대해서는 최재남의 「'육가'의 수용과 전승에 대한 고찰」(『관악어문연 구』12집, 서울대 국어국문학과, 1987) 참조.
145) 최재남에 따르면 육가의 실제 수용 양상은 〈도산십이곡〉을 바탕으로 드러나게 되며, 수용 양상은 현실지향의 위장된 자연, 자연에서의 삶과 실천의 문제, 현실 비판의 목소리, 도산 지향의 확산 등으로 나뉜다(「'육가'의 수용과 전승에 관한 고찰」(위의 책, 339-345쪽). 〈산 중잡곡〉 또한 〈도산십이곡〉을 수용한 것으로 현실을 지향하며 자연에서의 삶과 실천의

로 진행되며 내용으로는 '물러난 시기'의 노래란 공통점을 지니게 된다.

김득연의 가계를 살펴보면, 증조부 때부터 안동에 머물렀으며 부친인 김언기는 퇴계의 문도에서 명성을 날렸다. 따라서 그의 사상과 학문 또한 영남 사림파의 영향권 내에 들게 된다.[146] 이러한 사상적, 학문적 분위기는 <산중잡곡>의 제작에 영향을 미쳐 육가계 연시조의 틀에 귀속시키려는 무의식이 작용했을 것으로 보인다. 그랬을 때 생기는 한 가지 의문점은 53수라는 작품 수이다. 작품의 처음이나 끝에 서연(序聯)이나 결연(結聯)을 두어 한 수가 늘어난 형태는 종종 있지만 53이란 숫자는 육가계 연시조와는 무관해 보이기 때문이다. 하지만 <산중잡곡>은 53수로 이루어짐으로써 육가계 작품의 형식을 따르게 된다.

<산중잡곡>의 연작성을 파악함에 있어서 선행되어야 할 중요한 과제는 그것의 내적 구조를 파악해 내는 일이다. 주지하다시피 <산중잡곡>은 상당히 많은 수의 시조 작품들로 이루어져 있다. 따라서 그 안에는 하위의 질서가 내재하게 된다. 즉 제 1연이 작품의 서연으로 기능하며, 나머지 52수의 작품들은 시간 순서 및 내용의 발전에 따라 네 개의 단위로 구분할 수 있다. 육가계 연시조가 '물러난 시기의 노래'로 처(處)의 공간이 중요한 배경으로 작용하고 있듯이 <산중잡곡> 또한 처의 공간을 확정하는 것으로부터 작품을 전개한다.

> 臥龍山 느린 아래 半畝塘을 새로 여니
> 띄 업슨 거울에 山影이 줌겼ᄂ다
> 이 내의 경영ᄒᄂ 뜨든 그룰 보려 ᄒ노라(산중잡곡 1연, 序聯)

와룡산 기슭 아래에 작은 연못[반무당]을 새로 연다고 함으로써 처의 공간에

문제를 담고 있는 것으로 파악할 수 있다.

146) 신영명 또한 김득연을 '이현보→이황→권호문'으로 이어지는 영남 사림 강호시가의 바로 다음의 맥락을 잇는 작가'라고 하였다(신영명, 앞의 논문, 1/1/1).

머물고 있음을 전제한다.[147] '티끌[띄] 없는 거울'이란 중장의 표현은 매우 함축적이다. 일차적으로는 맑고 깨끗한 연못의 정경을 그리고 있지만 그 안에는 세속의 티끌을 모두 털어 내고 산중에 은거하는 화자의 마음이 담겨 있다. 이처럼 제 1연은 처하는 공간의 확정과 그곳의 묘사, 그리고 앞으로의 포부를 밝힘으로써 앞으로 전개될 작품의 서사적 기능을 담당한다.

이하의 작품은 내용에 따라 네 개의 항목(이하 [가]~[라]로 표현함)으로 분절된다. [가]는 2연에서 14연까지, [나]는 15연에서 27연, [다]는 28연에서 40연, 그리고 [라]는 41연에서 53연까지로 나뉘어 구성된다. 또한 [가]에서 [라]에 이르는 각 항의 구성을 보면 각각 12수의 작품을 통해 순차적으로 내용을 전개하고, 마지막에는 결사를 두는 형식을 취하고 있다. 이를 도표화하면 다음과 같이 나타낼 수 있다.

1연 : <산중잡곡>의 전체 서연							
가 (2-14연)		나 (15-27연)		다 (28-40연)		라 (41-53연)	
2~13연	[가]의 내용 전개	15~26연	[나]의 내용 전개	28~39연	[다]의 내용 전개	41~52연	[라]의 내용 전개
14연	[가]의 결연	27연	[나]의 결연	40연	[다]의 결연	53연	[라]의 결연

이처럼 일견 무질서해 보이는 <산중잡곡> 53수는 그 내용 따라 네 개의 항목으로 분절이 가능하다. 아울러 이들은 육가계 시조와 형태적으로 닮아 있음을 발견하게 되는데, 이는 아마도 작가가 <산중잡곡>을 엮는 과정에서 육가계 시조에 근거하여 작품을 배열하거나 부분적으로 창작한 때문으로 보인다.

---

147) 臥龍山(龍山)은 김득연이 실제로 기거하던 곳으로 그의 가사 작품인 <지수정가> 또한 "臥龍山이 臥龍形을 지에ㅎ로 남역크로 머리드러"라는 구절로 시작한다.

3. <산중잡곡>의 내용 전개

앞서 <산중잡곡>을 [가]에서 [라]에 이르는 네 개의 항목으로 범주화하였다. 그렇다면 네 개의 항목에 포함된 열세 수의 시조는 숫자적 의미 외에 어떤 의미를 지니는지, 어떻게 내용이 전개되고 있는지 살피기로 한다.

1) 산중(山中)의 사시가흥(四時佳興)

<산중잡곡>의 네 개의 항목 가운데 첫째에 해당하는 2연에서 14연까지는 산중 생활에의 즐거움을 노래하는 데 초점이 놓인다. 산중은 다름 아닌 화자가 거처하는 곳이다. 따라서 그곳의 공간 묘사와 함께 그 속에서 즐거워하는 화자의 삶을 노래한다.

> 池塘에 活水이 드니 노는 고기 다 헬로다
> 松陰에 淸籟이 나니 琴瑟이 여긔 잇다
> 안자셔 보고 듣거든 도라갈 주롤 모라로다 (제 2연, 가-1)

> 솔 아래 길롤 내고 못 우히 디롤 뿟니
> 風月 煙霞은 左右로 오ᄂ괴야
> 이 ᄉ예 한가히 안자 날는 주롤 모르리라 (제 3연, 가-2)

위의 두 작품은 화자가 머물고 있는 주변의 환경 묘사가 내용의 중심을 이룬다. [가-1]은 그 주변의 맑고 청량함을 '지당'과 '송음'을 두어 표현한다. 연못에서 노는 고기를 헤아릴 만하다든지, 바람소리를 거문고와 비파에 비유함은 서정적 미감을 자아냄과 동시에 맑은 물과 청량한 바람의 느낌을 짐작하게 한다.

[가-1]이 이미 마련되어 있는 산중의 모습이라면 [가-2]는 화자가 자신의 생활을 위하여 스스로 만들어내는 환경이다. 소나무 아래 길을 내고, 그 아래에

대를 쌓는다. 새로이 길을 내고 대를 쌓는다는 초장의 진술이나, 풍월 연하가
좌우에서 불어온다는 중장 진술 또한 세상과는 거리가 있는 단절된 삶의 모습
을 느끼게 한다. 하지만 화자는 오히려 그 속에서 여유롭게 자연의 풍광을
즐기고 있다. [가-1]과 [가-2]는 구조적으로도 유사하여 초·중장은 주변 환경
에 대한 묘사이고, 종장은 그 속에 머물며 즐거워하는 화자의 상황을 노래한다.

위의 두 노래가 산중의 환경에 초점을 두었다면 다음의 두 작품은 그 속에서
안분지족하는 화자의 삶이 중심이 된다.

> 집 두혜 즈차리[148] 뜯고 문 알픠 몰ᄀᆫ 심 기러
> 기장밥 닉게 짓고 山菜羹 므로 술마
> 朝夕게 風味이 足홈도 내 분인가 ᄒᆞ노라 (제 5연, 가-4)

> 빅 고프거든 버구렛 밥 먹고 목 ᄆᆞᄅᆞ거든 바갯 믈 마시니
> 이리ᄒᆞᄂᆞᆫ 가운데 즐거오미 ᄯᅩ 잇ᄂᆞ다
> 늠의 浮雲 ᄀᆞ튼 부귀이사 ᄇᆞ롤 주리 이시랴 (제 6연, 가-5)

[가-4]는 소박하지만 거기서 만족해하는 삶을 노래한다. 집 뒤에서는 고사리
를 뜯고, 문 앞에서는 맑은 샘물을 긷는다. 고사리, 샘물, 기장밥, 산채갱의
등장으로 화자가 은거하여 소박한 가운데도 안빈낙도하는 현실의 모습을 엿볼
수 있다. 산속 그늘진 곳에서 나는 고사리, 사람이 인공으로 만든 우물이 아닌
산 속에서 절로 솟아나는 샘물은 은자의 상징이며 소박함의 상징이다. 기장밥
과 산채국 또한 부와 명예와는 거리가 먼, 단사표음하는 생활이다. 그렇지만
화자는 그것을 자신의 분수로 여기고 기꺼이 만족한다.

단사표음의 생활은 [가-5]에서 직접적으로 묘사된다. '버구렛밥'과 '바갯물'
이 그것이다. 즉 대바구니에 담긴 밥과 표주박에 담긴 물이니, 단사표음하는

---

148) 자츠리의 어석이 정확하지는 않으나 대략 고사리일 것으로 추정한다(박을수,『한국시조대사
전』하권, 1047쪽의 어석 참조).

생활의 직접적인 제시이다. 이렇듯 소박한 삶을 영위하지만, 화자는 오히려 그 속에 즐거움이 있다고 말한다. 단사표음의 생활을 즐거움으로 표현한 것과 달리, 부귀한 생활은 부운에 비유함으로써 산중에 은거하는 자신의 삶에 만족한다. 이는 실제로도 세상에 나아가기를 꺼려하며, 평생 처사로 살기를 원하던 작가의 바람과도 일치하는 모습이다.

이렇듯 산중에서의 소박한 삶에 화자는 더없이 만족하며 그 속에서 풍류를 찾고자 한다.

> 山中에는 白雲이 잇고 山外예는 綠水이 잇다
> 구롬 츠자 ᄂ물 ᄶ고 믈ᄌ 조차 고기 낫가
> 一身이 한가히 ᄃ니니 萬事이 無心ᄒ야라 (제 7연, 가-6)

> 生涯는 數莖 白髮 心事는 一片 靑山
> 雪月 風花애 四時 佳興 다 ᄀ졋다
> 이 외에 즐거온 이리 ᄯ 업슬가 ᄒ노라 (제 9연, 가-8)

[가-6]은 무심(無心), [가-8]은 흥(興)을 노래함으로써 모두 풍류를 즐기는 삶의 모습을 담아낸다. 무심과 흥은 모두 풍류의 미적 구현체[149]로, 두 작품 모두 산중에서 풍류를 즐기는 삶을 노래하고 있다. [가-6]에서 화자는 자신이 머무는 공간을, 시각을 중심으로 산중과 산 외로 구분한다. 그래서 눈을 들어 볼 수 있는 구름은 산중에 있고, 눈에 보이지 않는 녹수는 산 밖에 있다고 말한다. 그러나 산중에 있는 구름이나 산 밖에 있는 녹수나, 유유자적하는 화자의 산중 생활에 벗과 같은 대상이다. 그 속에서 나물을 캐고 고기를 잡으며 한가하니 티끌 같은 세상의 일에는 무심할 따름이다.

[가-6]이 산중에서의 하루하루 생활을 노래하는 데 중심이 놓인다면, [가-8]

---

149) 신은경은 풍류의 개념과 본질을 설명하고 풍류심의 미적 구현으로 흥, 恨, 無心을 들었다 (『풍류』, 보고사, 1999, 87-92쪽).

은 흐르는 시간 속에서의 즐거움에 초점이 놓인다. 초장은 생애와 심사, 백발과 청산이 각각 대조를 이루며 세월이 흘러 한 해 한 해 늙어가지만 언제나 젊음을 지향하는 인간의 보편적인 심리를 이야기한다. 설월풍화(雪月風花)란 '설월지공청(雪月之空淸)'과 '풍화지소쇄(風花之瀟灑)'[150]를 뜻하는 것으로 일차적으로는 자연의 아름다움을 표현하고 있으며, 궁극적으로는 그 속에서 즐거운 자신의 심경을 나타낸다.[151] 이는 곧 '사시가흥(四時佳興)'으로 집약되어 산중에서의 변함없는 즐거움을 노래하기에 이른다.

2) 상산사호(商山四晧)의 표방

산중에 거처를 마련하고 그 곳에서의 현실적인 즐거움을 노래하던 [가]와는 달리 [나]는 상산사호를 표방하며 명예를 버리고 산 속에 은거하는 즐거움을 노래한다.[152] 이러한 마음은 무릉도원을 노래하며 이상적인 세계를 꿈꾸는 것으로부터 시작된다.

> 桃源이 잇다 ᄒᆞ야도 녜 듣고 못 봣더니
> 紅霞이 滿洞ᄒᆞ니 이 진짓 거긔로다
> 이 몸이 ᄯᅩ 엇더ᄒᆞ뇨 武陵人인가 ᄒᆞ노라 (제 15연[153], 나-1)

150) 『채근담』: 風花之瀟灑 雪月之空淸 唯靜者爲之主, 水木之榮枯 竹石之消長 獨閑者操其權(바람과 꽃이 깨끗하고 눈과 달빛이 맑은 것은 오로지 고요한 마음 지닌 이의 것이고 물과 나무가 무성하고 마르는 것과 대나무와 돌이 자라고 사라지는 것은 오로지 한가로운 사람만의 것이다)에서 유래한다.

151) [가]에 포함되는 나머지 작품에서도 이러한 면모를 발견할 수 있다. 즉 [가-7, 9, 10, 12]에서는 桃李花, 松菊, 봄비, 松風, 白雲 등을 등장시켜 자연의 즐거움에, [가-3]에서는 늙어도 병들어도 못 위에 앉아 쉬겠다고 하여 자신의 심경에 중심을 둔다. [가-13]에는 이것이 종합되고 있다.

152) 은거를 지향하는 김득연의 성향은 그의 <止水亭記>에도 적혀 있다. 여기서 그는 "아! 신비가 이 세상에 나서 치군택민은 진실로 원하는 바이지만, 나아가 그 뜻을 얻지 못하면 물러나 산림에 처함이 마땅하다. 산림은 선비가 의당 멈추어 궁리와 양생하는 바의 장소이다 嗚呼士君子生斯世也, 致君擇民固所願也, 而進不獲其志願 則退宜處於山林. 山林者 士之所當止而 窮養之地也"라고 하였다(『葛峯先生文集』卷之四).

[나-1]은 무릉도원을 꿈꾼다. 화자는 자신이 머무는 곳이 바로 무릉도원이며, 스스로를 무릉인이라고 칭한다. 일반적으로 무릉도원은 이향(異鄕)이나 이계(異界)로 인식되어 현실이 아닌 곳, 즉 이곳이 아닌 '저곳'에 존재하는 공간이다.154) 하지만 [나-1]의 화자가 생각하는 무릉도원은 저곳이 아닌 '이곳'에 존재한다. 붉은 노을이 골짜기에 가득한 그곳이 바로 무릉도원이다. 비록 이상향을 꿈꾸지만 그가 꿈꾸는 이상향은 현실을 뒤로한 공허한 세상이 아닌 자신이 생활하는 그곳, 그 산중이 바로 이상향이며 도원인 것이다. 어디에도 없는 이상향은 다른 한 편으론 어느 곳이든 자신의 마음 한 곳이라면 모두 이상향이 될 수 있다.155)

商山 늘근 하라비 採芝歌을 브르더니
千載 芝谷에 나는 늘거 브르노라
녯 사롬의 즐기던 마술 이 내 ᄆᆞ옴에 알리로다 (제 16연, 나-2)

商山동 ᄂᆞ려 와셔 芝谷 구위 도라드니
松月池臺에 셴 하라비 안자 잇다
잇다감 白雲을 조차 採芝ᄒᆞ려 가노라 (제 17연, 나-3)

[나-2]와 [나-3]에 이르러서는 동원공(東園公)·기리계(綺里季)·각리선생

---

153) 일반적으로 이 작품은 <산중잡곡> 가운데 14번째 작품으로 알려져 있으나, 이는 지면이 마모되어 해독할 수 없는 12번째 작품을 제외한 것이므로 실제로는 15번째의 작품에 해당한다. 이후로도 본고에서는 작품 수를 53수로 확정하여 논의를 진행하기 때문에 기존의 작품번호와는 차이가 있게 된다.
154) 우리 문학에 등장하는 이상향은 비현실적 열린 공간이란 특색을 지닌다. 이에 대해서는 소재영의 「한국문학에 나타난 이상향 연구」(『동양학』23집, 단국대 동양학 연구소, 1993) 참조.
155) 김창원은 김득연의 국문시가에서 가장 뚜렷하게 부각되는 점을 지금, 여기의 현존성으로 파악하고 이는 주어진 삶을 충실하게 채워나가는 일종의 성실성과도 결부되어 있다고 보았다(김창원, 앞의 논문). 이상향을 현실에서 찾으려는 그의 노력 또한 이러한 범주에서 파악이 가능하다.

(角里先生)·하황공(夏黃公)의 상산사호를 노래한다. 이들은 진시황의 난을 피하여 심산유곡에 들어가 은둔생활을 했던 인물들이다. 깊은 산속에서 약초를 캐며 살았는데, 그때 부른 노래가 <채지가(採芝歌)>이다. 화자는 오랜 세월이 흘러 자신도 늙어서 그 노래를 부르고, 또 <채지가>를 불렀을 그들의 마음을 알겠다고 하여 자신과 상산사호를 일치시킨다. 물론 화자가 산중에 처한 이유가 폭정의 결과로 말미암은 것은 아니다. 하지만 그 또한 현실정치의 비판[156]에 의한 것이므로 정도의 차이는 있으나 그 기저에는 정치적 이념이 작용한다는 공통점을 지닌다. 자신을 '하라비'라고 지칭하면서도 여유로운 모습에서 늙음조차도 긍정적으로 인식하는 화자의 면모를 발견할 수 있다.

> 百年이 三萬 六千日이라 이 압픠 얼메나 ᄒ니
> 이리 쏘 언제 고텨 놀리 (二句缺)
> 우리ᄂᆞᆫ 오ᄂᆞᆯ ᄂᆡ일 모ᄅᆡ 놀고 미일 미일 노ᄅᆞ리라 (제 24연, 나-10)

앞선 작품들에서 늙음을 긍정적으로 받아들이며 초연한 모습을 보였다면 [나-10]에서는 그 속에서 삶을 즐기고자 하여 더욱 적극적인 모습을 띤다. 화자는 자신의 남은 삶에 놀기를 청한다. 그것도 남은 삶을 매일 매일 놀자고 하니, 이는 일견 자포자기나 퇴락적으로 비쳐질 가능성도 있다. 하지만 매일 놀기를 주청함에도 부정적이란 느낌을 주지는 않는다. 이는 [나]항에 들어 있는 다른 작품들과의 관계에서 가능한데, 화자의 연령은 이미 노년에 접어들었을 뿐 아니라, 화자의 놀이라는 개념 자체가 처사로서의 유유자적함을 의미하기 때문이다.[157]

---

156) 신영명, 앞의 논문, 1/4/4.

157) [나]항에 있는 여타의 작품에서도 비록 나이 들어 산중에 은거하지만 출과 처 사이에서 처를 지향한 자신의 삶을 긍정한다. 즉 [나-4]에서 '山下泉으로 귀를 씻고 人間事를 듣지 않겠다'고 하고, [나-5]에서 세상 사람들의 어리석음을 경계하고, [나-6]에서 기한도 아랑곳 하지 않고, [나-7]과 [나-8]에 이르러 빈천을 즐기며 부귀공명을 멀리하려는 자신의 포부를,

육십년을 다 디낸 후에 쏘 두 히를 지내엿더니
오늘날 봄을 보니 쏘 흔 히 쏘 오도다
밋일에 쏘 흔 히 쏘 흔 히 호면 千百年에 니르리로다 (제 27연, 나-13)

회고적인 분위기를 노래하는 [나-13]은 [나]의 결사로, 시상을 마무리한다. 상산사호를 표방하는 [나]는 노년에 산속에 은거하며 출과 처의 사이에서 처를 지향한 자신의 삶을 긍정하는 것에 초점이 놓인다. [나-13]는 이러한 노년의 삶을 회상한다. 초장에서 화자는 육십이 지나고 또 두 해가 지났다고 진술한다. 이것은 단순하게 62, 혹은 63세란 나이를 말하기보다는 환갑이 지나고 새로운 갑자(甲子)에 들어갔다는 언외의 의미를 지닌다. 당시로서 환갑을 지냈음은 장수의 상징일 것이며, 한 번의 인생은 모두 체험한 것이다. 그러니 종장의 오늘날 또 만나는 봄은 단순한 계절의 의미이기보다는 새로운 인생의 봄에 초점이 놓인다.[158]

3) 수역(壽域)의 즐거움

[나]의 시조가 산속에서 은거하는 삶의 즐거움을 노래했다면 [다]에서는 그 속에서 늙어가며 세상의 일에서 좀더 멀어져 심화된 즐거움을 노래하게 된다. <산중잡곡>이 노년의 작품인 만큼 늙음의 문제가 지속적으로 노래되지만 이러한 모습이 [다]에 이르러서는 더욱 두드러지게 된다.

네 노던 벗님네롤 손 곱펴 혜여 보니
數十年來예 바니나마 업노괴야

[나-9]에서는 세상일에 무관심한 자신의 모습을 노래한다. 이어 [나-11], [나-12]에서는 인간사의 어려움을 상제에게 맡기면서 스스로는 낙관적인 태도를 취한다.

158) 27연은 [나]의 결사이면서 [다]가 시작될 수 있는 단초를 동시에 제공하게 되는데, 이러한 모습은 [다]의 결사인 40연에서도 발견된다. 이처럼 여느 작품의 결사와 다른 모습을 취하게 되는 것은 이들이 작품 전체의 결사가 아니고 하위 범주에 해당하는 항목의 결사이며 또 다른 항목으로 이어지기 때문으로 파악된다.

우리는 사라인는 제 미일 이리 노르리라 (제 28연, 다-1)

[다-1]에서 초·중장의 상황은 회고적이면서 쓸쓸하고 허무하기까지 하다. 옛적에 함께 놀던 벗들을 헤아리니 수십 년 이래로 반 수 이상이 없다는 진술은 삶의 무상함을 느끼기에 충분하다. 허탈할 수도 있을 상황이지만 화자의 대응 양상은 매우 긍정적이다. 회의적이거나 염세적인 방향으로 가는 대신, 살아있을 때 즐겁게 놀기를 청함으로써 상황을 역전시킨다. 늙음에 대한 감회와 함께 그 속에서의 즐거움을 찾으려는 화자의 의지를 '미일 이리 노르리라'라는 말로써 요약한다.

어린 제는 즈라고졋더니 즈라니는 늘기 셜빠
늘근 줄 아던돌 즈라디나 마롤 거슬
아마도 몯 졀믈 인생이 아니 놀고 엇뎨리 (제 29연, 다-2)

어려서는 자라기를 원하지만 자란 후에는 늙기 싫다는 초장은, 표면적으로는 인간의 보편적인 심경을 이야기한다. 하지만 그 안에는 자라고 늙는 것이 어쩔 수 없는 세상의 이치라는 사실을 동시에 담고 있다. 더 이상 젊지 않은, 돌이킬 수 없는 상황 앞에서 화자가 할 수 있는 유일한 선택은 남은 인생을 즐겁게 노는 일이다. 이런 화자의 마음가짐 때문인지 늙은 자신을 한탄하고 비관하기 보다는 상황을 받아들이며, 그 안에서 자신만의 위안을 찾는다.[159]

내 흐마 늘건느냐 늘는 주롤 내 몰래라
므슴은 져머 이셔 벗돌과 놀려 흐니
엇다엇다 져믄 벗들은 나롤 늘다 흐는다 (제 37연, 다-10)

---

159) 한편 이어지는 [다-3]에서 [다-9]에 이르는 작품들에서는 그러한 위안과 이를 즐기는 구체적인 행위가 제시된다. 즉 劉伶, 陶淵明, 李太白을 등장시키며 醉鄕을 이야기한다든지([다-3,4]), 詩와 문장, 古文書 및 책과 붓, 벼루와 함께 草屋에서의 유여한 삶([다-5,6,7,8]), 그리고 스스로를 仙翁이라 칭하며 꽃과 함께 하는 풍류적인 삶([다-9])을 노래한다.

져믄 벗님네야 늘그니 웃디 마라
졈기는 져근 더디오 늘기사 더 쉬오니
너희도 날 ᄀᆞᆺ트면 ᄯᅩ 우스 리 이스리라 (제 39연, 다-12)

위의 두 시조 또한 늙음의 문제를 노래한다. 여기서는 젊음과 대비시킴으로
써 늙음을 더욱 극명하게 드러낸다. [다-10]에서 화자는 [다-3]~[다-9]까지의
노래에서와 같이 즐거운 삶의 흥취로 자신이 늙음을 인식하지 못한 채 젊은
마음에 젊은 벗들과 어울리려 한다. 그러나 늙은 줄을 모르는 것은 화자의
생각일 뿐이다. 그가 어울리고 싶어 하는 젊은 벗들은 늙음을 이유로 화자와
함께하기를 기꺼워하지 않는다. 이는 곧 젊음을 향한 가치의 지향을 드러낸다.
자칫 의기소침해질 수 있는 [다-10]의 이미지는 뒤따른 작품으로 이어지는데,
화자는 현실을 인정하며 앞선 상황을 극복한다.[160]

[다-12]의 초장에서 화자는 늙음을 조소하는 젊은이에게 웃지 말 것을 명령
한다. 비록 명령법으로 발화하지만 그리 위력적이지는 않다. 그것은 그만큼
화자가 자신의 늙음을 비관적으로 생각하지 않고 그 가운데서도 즐길 줄 아는
여유가 있기 때문이다[161]. 대신에 젊음은 잠깐이고 늙기는 쉽다는 중장의 진술
을 통하여 세월의 무상함과 젊음의 유한함을 경계한다. 중장의 이러한 시상은
종장으로 이어져, 젊은 벗들도 세월이 지나면 어느덧 늙게 되고, 그러면 또
다른 젊은이가 그들을 웃으리라는 삶의 이치를 일깨운다. 이러한 모습은 격정
보다는 평담(平淡)의 감성을 느끼게 하는데, 이는 [다-13]에서 보이는 화자의
태도에도 영향을 미치게 된다.

七十年을 다 디낸 후에 ᄯᅩ 八年에 다ᄃᆞ니
한가흔 이 모미 壽域中에 늘거 간다

---

160) [다-11] 또한 쉽게 늙어버린 자신의 모습을 보며 거기에 개의치 않은 모습을 노래하였다.
161) 김득연 시조에 고민과 갈등이 없음에 대하여 경제적인 여유를 한 원인으로 들 수 있다. 그는
     재지사족으로 비교적 넉넉한 살림이었다(이상원, 앞의 논문, 160쪽).

오늘날 또 봄을 만나 擊壤歌을 ㅎ노라 (제 40연, 다-13)

[다]의 마지막 작품이다. 일흔여덟의 나이가 된 화자는 노년의 봄을 한껏 즐기며 여유로운 마음이다. [나]에서 환갑이 지나고 새로운 갑자를 맞으면서 지난 한 평생을 회상하며 시상을 마무리했다면 [다]에서는 70년을 지내고, 7년 이 더 지나 78세 봄을 맞이하며 지난날을 회상한다. 예로부터 70은 너무 많이 살았다는 의미로 '고희(古稀)'란 명칭을 썼다. 그런데 화자는 고희를 팔년이나 더 넘겨 살고 있으니 더 이상 바랄 것도 원할 것도 없이 수역춘대에 늙어갈 뿐이다. 이제 화자는 더 이상 늙음에 얽매이지 않고 강구가무(康衢歌舞)인 <격 양가>를 부르며 또다시 맞은 봄을 만끽할 뿐이다. 이따금씩 보이던 늙음의 회한을 보이지 않음으로써 내면적 성숙을 꾀한다.

4) 낙이망우(樂而忘憂)하는 노년

[다]의 마지막 연에서 보이던 내면적 성숙은 [라]에 이르러서는 그 깊이를 더한다. [라]는 <산중잡곡>의 마지막에 해당하는 항목인 만큼 앞선 작품에서 보다 훨씬 더 깊이 있는 내면의 가치를 드러낸다. 즉 있는 그대로의 삶을 받아들 이면서 그 자체의 즐거움을 찾고자 한다. 화자의 즐거움은 더욱 고조되지만 결코 격앙되지는 않는다.

> 히히히히 또 히히히히
> 이러도 히히 히히 더러도 히히히히
> 민일에 히히 히히ㅎ니 일일마다 히히 히히로다 (제 41연, 라-1)

[라-1]은 표현에서부터 매우 파격적이다. 작품이 거의 웃음소리로 이루어졌 다고 해도 과언이 아닐 정도로 '히히' 하는 웃음소리로 초장을 시작하여 중장, 종장에도 반복적으로 등장하고 있다. 웃음소리의 묘사 외에는 어떤 의미조차

없는 것처럼 보이지만 이로써 세속에서 초탈한 지극한 즐거움의 경지에 이른 화자의 상황을 연상할 수 있다.[162] 이래도 웃고 저래도 웃을 수 있다는 것은 세상의 어떤 일에도 노여워하지 않는 것으로, 하늘의 이치를 깨달은 연후에야 가능할 일이다. 이렇듯 모든 것을 초월한 상황에서 늙음은 더 이상 문젯거리가 될 수 없다.

> 어리고 쏘 어리니 ᄒᆞ는 이리 다 어리다
> 이리홈도 어리고 뎌리홈도 어리도다
> 아마도 어린 거시니 어린 대로 ᄒᆞ리라 (제 42연, 라-2)

[라-2]에서 화자는 늙음이 아닌 젊음(어림)을 노래한다. 역설적으로 보이는 위의 시조는 [라]의 서사적 역할을 하는 [라-1]과 같은 맥락에서 파악할 수 있다. [라-1]에서 화자는 세상의 모든 일을 웃음으로 대하는 여유를 보였다. 이는 그만큼 내면적 성숙이 이루어졌을 때 가능한 일이다. 내적 성숙이 이루어져 세상에 너그러울 수 있다면 자신의 모습을 객관적으로 바라볼 수 있는 안목 또한 생길 텐데, 무한한 자연 앞에서 유한한 인간의 존재는 한갓 미물에 불과하고 나이와 상관없이 어린 아이와도 같다. '어린것이 어린 대로' 한다고 하였으나 이미 세상의 이치를 깨달은 다음이므로 법도에서 어긋나지는 않을 것이다.[163]

---

162) 최규수는 '웃음의 문학적 형상화는 자의식과 현실인식을 보다 역동적으로 표출하는 지점'이라고 파악하였다(「권섭 시조에 나타난 웃음의 문학적 형상화와 그 의미」, 『한국시가연구』 15집, 한국시가학회, 2004). 김득연의 시조는 단순하게 '히히'라는 웃음소리만을 반복함으로써 문학적 형상화라는 측면에서는 다소 불명확하지만, 이 또한 웃음을 통하여 화자의 의식을 드러내고 있다.

163) [라-2]의 어린 것은 [라-3]으로 이어진다. 여기서 화자는 스스로를 졸하다고 하면서 이를 본성의 문제로 받아들인다. 한편 [라-4]에서 늙음이 서럽다고 하였으나 이 또한 세월의 변화에 따른 자연스런 변화라고 하여 있는 그대로의 삶을 받아들이는 낙이망우의 자세를 보인다.

늘기 다 셜거니와 오래 살귀 어려오니
진실로 오래 살면 늘글소록 더 놀리라
두어라 樂而忘憂ᄒ야 늘는 줄을 모ᄅ리라 (제 45연, 라-8)

늘그면 죽귀 쉽고 죽그면 법 업ᄂ니
늘거도 사나는 졔 벋과 노미 그 올ᄒ리
우리는 그런 줄 아라 벋과 미일 놀리라 (제 50연, 라-10)

두 작품 또한 <산중잡곡>의 주된 테마 중의 하나인 늙음을 두고 노래하는
데, 여기서 주목되는 것은 그 늙음이 죽음과 연결된다는 점이다. [라-8]에는
늙어가는 설움과 삶에 대한 애착이 동시에 나타난다. 화자는 이미 80에 즈음한
고령이다. 동년배는 물론, 자신보다 연소한 이웃들조차도 대부분 곁을 떠나는
현실을 맞고 있는 화자의 심경은 무척 복잡했을 것이다. 하지만 화자는 그런
현실을 부정하거나 극복하기보다는 현실생활을 긍정하고 있는 그대로를 받아
들이며 즐거워하는 여유를 보인다.[164] 더욱이 '진실로'란 표현으로 자신의 심
경을 강조한다. 요컨대 그가 선택한 삶은 때와 장소와 상황에 구애됨이 없이
'낙이망우(樂而忘憂)'하는 삶이다. 그 속에서 근심도 늙음도 잊고 현실의 삶을
즐거워할 뿐이다.

낙이망우의 자세는 [라-10]에서도 발견된다. [라-10]은 죽음의 문제가 직접
제시됨으로써 지금까지와는 조금 다른 모습이다. 늙으면 죽기 쉽다는 초장의
진술은 얼핏 죽음으로부터 자유롭지 않은 심경을 토로한 듯하지만 실제로는
그것조차도 넘어서는 평온함을 구가한다. 화자는 다가오는 죽음을 거역하기보
다는 이 또한 자연스런 삶의 이치로 받아들인다. 그래서 초장에서는 늙음에서
죽음을 연상하였지만 중장 이하에서는 늙음은 아직 죽음이 아님을 인식하고

---

164) 이상원은 그가 <菊月望洛契會話山亭次李近甫韻>에서 낙계회 회원들과 함께 술을 마시며
    풍류를 즐기는 행위를 신선의 삶에 비기고 있음을 근거로, 김득연이 늙음을 여유롭게 받아
    들이는 것이 신선사상에서 말미암는다고 본다(이상원, 앞의 논문, 160-161쪽).

다시금 삶의 의미를 얻는다. 다가올 죽음을 염려하기보다는 벗과 함께할 수 있는 날들의 가치를 생각하여 더욱 삶의 즐거움은 배가된다.[165]

늘그니 늘그니를 만나니 반가고 즐겁고야
반가고 즐거우니 늘근 줄 모롤로다
진실노 늘근 줄 모르거니 미일 만나 즐기리라 (제 53연, 라-13)

앞선 작품을 통해 벗들과 더불어 노는 일에 삶의 가치를 두었던 화자가 [라-13]에서는 그 즐거움의 깊이에 경도된 모습을 보인다. 더욱이 [다]의 노래에서 젊은 벗과의 사귐을 동경하면서 젊음에 대한 일말의 미련을 보였다면 [라-13]에 이르러서는 더 이상 그와 같은 미련을 보이지 않는다. 늙은 사람이 늙은 사람을 만나는 것은 어쩌면 당연한 삶의 이치이다. 화자는 이러한 삶의 이치를 받아들임으로써 있는 그대로의 삶, 즉 자연을 받아들이고 그 속에서 즐거움을 찾고자 한다. 삶의 이치, 자연의 이치를 터득했기에 늙음의 아쉬움은 뒤로 가고 생활에서의 즐거움만 있을 뿐이다.

4. 연작 시조로서의 의미와 한계

<산중잡곡>은 작가가 노년에 산중에 머물며, 그 곳에서 일어나는 감회를 노래한 것으로 총 53수로 이루어졌다. 기왕의 논의에서 <산중잡곡>을 '잡곡 (雜曲)'이란 제목이 시사하듯 산중에서의 감회를 잡연하게 나열한 것으로 보았던 것과는 달리 본고에서는 <산중잡곡>을 내용의 전개에 따라 어떤 질서를 갖고 구성된 연작 시조로 인식하였다.

---

165) 한편 [라-9]에서는 늙음의 시간을 벗과 함께 즐기겠다는 마음을 노래하고 [라-11]과 [라-12] 에서도 벗들과 모두 함께 어울려 산속에서 늙은이의 하루하루를 즐기겠다고 함으로써 이 또한 낙이망우의 노년을 지향한다.

<산중잡곡>의 연작 시조로서의 가능성은 대략 [가]~[라]의 관계에 관한 것과, 각 항목이 포함하고 있는 작품간의 질서로 범주화할 수 있다. 먼저 [가]~[라]의 관계를 보면 우선 이 네 항목은 모두 산중에서의 노년의 삶과 함께 그 속에서 느끼는 즐거움을 노래한다는 공통의 주제를 지니게 된다. 이러한 공통의 주제는 시간의 경과 및 그에 따라 변하는 화자의 심경에 따라 [가] 산중의 사시가흥, [나] 상산사호의 표방, [다] 수역의 즐거움, [라] 낙이망우하는 노년으로 분절된다. 이들의 분절에는 시간성과 함께 화자의 심경 변화가 주요인으로 작용한다. 즉 [가]에서 [라]로 진행될수록 시간도 경과되고, 화자의 심경은 세상을 떠나 스스로의 삶에 보다 심취되는 양상을 보인다. 이들의 진행 과정을 좀더 구체적으로 보면 [가]에서는 노년에 산중에 거처를 마련하고 그곳에서 있는 그대로의 자연을 느끼며 얻어지는 담백한 즐거움을 노래한다. [나]와 [다]는 그 속에서 늙어가며 출사의 명예보다는 산속에 처하여 느끼는 삶의 즐거움을 노래한다. [나]가 노년의 삶을 상산사호에 견주며 은거하는 자신의 삶을 긍정적으로 인식하는 것에 중심을 두었다면 [다]는 노년에 대한 인식이 더욱 강해지며 그런 만큼 취향(醉鄕)과 풍류를 즐기려는 욕구가 더해진다. 이러한 면모는 즐거움을 구체적인 묘사로 형상화하게 된다. 초낙관적인 삶의 자세를 보이는 [라]는 산중의 삶에 경도되어 만족해하는 화자의 삶을 느낄 수 있다. [라]에 이르는 동안 세상의 모든 희비를 겪고 난 터이기에 삶 그 자체를 즐거움으로 받아들이고자 하여 담담한 즐거움을 노래한다.

이처럼 [가]에서 담백한 즐거움으로부터 시작하여 [나]·[다]에서의 긍정적 인식과 농밀하고 구체화된 즐거움의 경지를 거쳐 [라]에 이르러서는 초낙관적 자세로 모든 것을 아우르며 담담하게 즐거움을 구가하게 된다. 여기서 [가]와 [라]는 일견 유사한 면모를 지니지만 [가]가 처음 산중 생활을 하며 자연의 아름다움과 함께 생활에서 얻어지는 즐거움 및 기대감을 소박하게 노래했다면 [라]는 이미 많은 것을 경험하고 삶에 대한 이치를 궁구한 결과로 얻어지는

초낙관적 자세이다. 즉 [가]가 경험하지 않은 데서 오는 담백함이라면 [라]는 모든 것을 평정하게 다스린 후에 느낄 수 있는 담담함이라 할 수 있다.166)

다음은 각 항목에 포함된 작품간의 문제로 [가]~[라]의 네 항목은 모두 13수로 이루어져 있으며 구조적으로도 동일하다. 즉 각각의 제 1연은 앞으로 전개될 내용의 전초를 마련하거나 시간 순서에서 가장 앞서게 되고167), 13연은 결사로 작용하게 된다. 즉 12연까지를 통하여 감상을 노래한 후, 13연은 지금까지의 내용을 관조적인 태도로 바라보며 시상(詩想)을 마무리한다.

> 허여셴 늘근 하라비 솔 아래 비겨시니
> 희롱ᄒ는 松子는 안존 알퓌 ᄂ려딘다
> 寂莫히 말ᄒ 리 업스니 웃고 주어 보노라 (제 14연, 가-13)

위의 작품은 [가]의 결사이다. [가]는 산중에서 화자가 머무는 공간을 중점적으로 묘사하여 산중에서의 사시가흥을 노래하게 된다. [가-13]에서는 송음(松陰), 솔 아래 길, 송풍(松風) 등이 등장함으로써 화자의 주변에는 소나무, 혹은 소나무 숲이 그늘져 있음을 알 수 있다. 이러한 묘사와 함께 그 광경을 보고 고요히 웃는 화자의 모습을 통하여 산중의 풍광과 거기서 얻는 즐거움을 우회적으로 드러낸다. <산중잡곡>은 노년의 작품으로 늙음의 문제가 지속적으로 등장하게 되는데, [가]에서는 [가-3], [가-9]의 두 작품에서만 간략하게 언급되었다. 그런데 [가-13]에서 자신을 허여셴 늘근 하라비라고 하여 관조적인 모습을 취하며 시상을 마무리함으로써 앞선 작품들에서 노래한 사시가흥을 즐김에서 느낌으로 전환시키며 뒷 항목과의 연계를 지니게 된다.

이러한 모습은 [나], [다]에서도 공통적으로 발견된다. [가-13]이 늙은 하리비

---

166) 이러한 [가]와 [라]의 관계 및 차이는 [가-9]에서 '樂而忘憂 ᄒ리라'고 하여 자신의 포부를 밝힌 것이, [라-8]에서 실천행위 '樂而忘憂 ᄒ야'란 실천행위로 표현된 것으로도 알 수 있다.

167) [나], [다], [라]가 전자에 속한다면 [가]는 후자에 속한다.

가 되어 지난 시간을 돌이켜 보듯 [나-13]과 [다-13]에서는 나이 육십, 칠십을 넘기고서 지나간 일들을 회고한다. [나]에서는 상산사호를 자처하며 노년의 삶이 구체적으로 등장하고 [다]는 여기서 더 나아가 수역의 즐거움을 노래하게 된다. 따라서 [나-13]에서는 천 백년의 삶을 내다보고, [다-13]은 <격앙가>를 부르게 된다. 이들이 결사이면서도 앞날을 지향하며 또 새로운 봄을 기다리는 것은 작품 전반을 통해서 보인 긍정적인 인식과 함께, 앞서 언급했듯이 이어지는 항목과의 연계와 유관하다.

낙이망우하는 노년을 노래한 [라]는 작품 전체가 관조적이라고 할 만큼 초낙관적인데 특히 [라-13]에 이르러서는 그 어떤 것에도 구애됨이 없는 초탈한 모습을 지니게 된다. [라]의 결사이자 <산중잡곡>의 결사로도 작용하는 [라-13]은 있는 그대로의 노년의 삶을 받아들인다. [라-13]은 전 작품의 결사로 이어지는 작품이 없는데도 앞날에 대한 기대감 및 가능성을 여전히 열어둔다. 이는 낙이망우의 지극한 경지를 묘사하는 일면을 지님과 동시에 삶에 긍정적인 화자의 한 모습이라 할 수 있다.

<산중잡곡>의 이상과 같은 면모는 그것이 연작 시조로서의 의미를 지닐 수 있는 가능성을 시사한다. <산중잡곡>은 연시조 가운데 작품 수가 최다임에도 불구하고 작품간의 계기성이 결여된다는 지적으로 인해 작품을 논의하는 자리에서조차도 낱낱의 작품에 대해서만 연구가 이루어졌을 뿐이다. 필자 또한 <산중잡곡>을 처음 연구의 대상으로 삼았을 때는 기존의 시각과 동일한 입장에서 출발하였다. 하지만 작품을 고찰하는 과정에서 <산중잡곡>이 지니고 있는 특성에 주목하게 되었다. 육가계 연시조와 부분적으로 닮아 있는 연작 시조라는 점이 바로 그것이다. 작품 수가 49수가 아닌 53수라는 점과 김득연의 가계가 영남의 재지 사족이며, 그가 이현보, 이황, 권호문으로 이어지는 영남사림의 강호시조 작가의 계보를 이어 등장한 작가라는 점은 이러한 가능성에 무게를 더한다.

하지만 그럼에도 <산중잡곡>이 작품으로 크게 성공을 거두고 있다고는 말할 수 없다. 그것은 기존의 연구에서도 지적하고 있듯 세련되지 못한 표현과 함께 비록 전체적인 연결을 유념하였다고는 하지만, 하나의 구조물로서 뚜렷한 의미를 지니지는 못하기 때문이다. 네 개의 범주로 구분한 [가]~[라]에 이르는 각 항의 작품을 보더라도, 열세 수의 연결이 모두 체계를 갖고 완벽하게 연결된 것은 아니며 일견 산만하거나 주제 인식이 다소 미약한 작품들도 존재한다. 또한 여타의 작품에서 서사나 결사를 두었을 때는 그 기능이 뚜렷한 데 반해 <산중잡곡>의 결사는 미약하다는 느낌을 준다.[168] 이러한 점들은 53수란 많은 수의 시조를 하나의 제목으로 묶는 데서 오는 결과일 수도 있고 <산중잡곡>이 지니는 작품의 한계일 수도 있다.

---

168) 예컨대 율곡 이이의 <고산구곡가>의 서사나 권호문의 <한거십팔곡>에서의 서사 등은 그 의미가 뚜렷하다(이에 대해서는 필자의 「고산고국가의 구조와 의미고찰」(『한양어문연구』 8집, 한양어문연구회, 1990)와 이 책의 제 1부 6장 <한거십팔곡>의 은거와 강호인식' 참조). <산중잡곡>의 각 항목의 결사가 이와 같지 않은 것은 삶을 긍정적으로 인식하려는 화자의 태도에도 기인하며, 또 이들은 작품의 결사가 아니라 작품의 다음 항목으로 연결되기 때문이기도 하다. 따라서 이는 결함이라기보다는 <산중잡곡>이 지니는 하나의 특성으로 볼 수도 있다.

제 8장 <전원사시가>의 사시와 '제석'의 의미

1. 선석과 <전원사시가>

하나의 작품을 평가하는 기준은 대략 작품 자체에 의한 것과, 혹은 그것을 당대 사회와의 관계에서 파악하거나 장르사적 역할을 두고 평가하는 경우가 있게 된다. <전원사시가(田園四時歌)>에 대한 기존 연구는 주로 후자에 해당하는 것으로서 17세기의 시가 구도 속에서 <전원사시가>의 위치를 파악하려는 연구가 대부분이다. 신계영의 시가가 처음 알려진 것은 1960년대 초이다.[169] 하지만 그 후 이렇다할 연구는 거의 이루어지지 않다가 최근에 들어 강호시조와 16·17세기 시가에 대한 관심이 높아지면서 <전원사시가>도 조금씩 연구자의 주목을 받게 되었다.[170]

---

169) 이상보, 「선석의 시가」(『국어국문학』2집, 서울문리사범대학 국어국문학회, 1961)에서 신계영의 시가를 처음 소개하였고, 그 후 박노춘, 「신계영과 그의 <선석가사>」(『현대문학』88호, 현대문학사, 1962)에서 『선석유고』의 오류를 지적하고 다시 발표하였다. 최근에는 윤덕진, 『선석 신계영 연구』(국학자료원, 2002)에서 신계영의 연보와 시가를 종합적으로 소개하고 있다.

170) 이 방면에 대한 연구로는 김흥규, 「16·17세기 강호시조의 변모와 전가시조의 형상」(『욕망과 형식의 시학』, 태학사, 1999), 권순회, 「전가시조의 미적 특질과 사적 전개 양상」(고려대 박사논문, 2000), 이상원, 『17세기 시가사의 구도』(월인, 2000), 신영명, 「17세기 강호시조에 나타난 '전원'과 '전가'의 형상」(『한국시가연구』6집, 한국시가학회, 2000) 등이 있다. 이 가운데 <전원사시가>에 대한 보다 구체적인 논의가 전개된 것으로는 이상원과 신영명의 연구를 들 수 있는데 이상원은 나위소의 <강호구곡>과, 신영명은 이휘일의 <전가팔곡>과 비교하며 <전원사시가>를 고찰하였다.

선석(仙石) 신계영(辛啓榮, 1577-1669)은 선조 11년에 태어나 현종 19년에 향년 93세로 생을 마감할 때까지 다섯 왕조에 거쳐 생활하였다. 고조인 신후담(辛厚聃) 때부터 예산 오리지에 복거하여 신계영 또한 출사 이전과 노년의 삶을 이곳에서 보냈다. 25세에 사마시에 합격하였지만 출사하지 않고, 처음 출사했다는 기록이 보이는 때는 43세로 알성시 문과에 급제하여 승문원에 입사하면서 부터이다. 그 후 79세에 고향인 예산에 내려올 때까지 36년간 벼슬살이를 했다.[171] 벼슬길에서는 몇 번의 굴곡이 있었으나 왕의 신임이 두터워 오랜 기간 동안 관직에 있을 수 있었다. 관료 출신의 문인이지만 그의 시가 작품은 정치적 좌절이나 패배로 인한 것이 아니라 치사환향 후 말년에 고향에 머물며 지은 것들이다. 가사 작품인 <월선헌십육경가(月仙軒十六景歌)>[172]와 함께 연시조로 <전원사시가>(10수) <연군가(戀君歌)>(3수) <탄로가(嘆老歌)>(3수)를 남기고 있다.

<전원사시가>는 그가 치사(致仕)한 후의 작품으로 전원에서의 생활을 일년 사시의 순환에 따라 노래한 것이다. 그런데 여기서 주목되는 것은 '제석(除夕)'이란 시간의 등장이다. 제석이란 섣달 그믐날 밤을 뜻하는 것인 만큼 춘하추동의 일년 사시와는 구분되는 특정한 시간을 지칭하는 개념이다. 넓게는 겨울에 포함될 수 있는 시간이기도 한데, 작자는 왜 굳이 제석이란 시간을 따로 설정하였을까? 그런 만큼 제석이 작품에서 지니는 의미는 그냥 스쳐 보낼 수는 없는 것이라 여겨진다. 따라서 본 논의에서는 <전원사시가>에서 제석이 지니는 의미를 중심으로 <전원사시가> 10수를 천착하고자 한다. 이를 위해서 춘하추동을 노래한 <전원사시가> 제 1연에서 8연까지를 먼저 살피도록 한다.

---

171) 신계영의 연보에 대한 것은 윤덕진, 『선석 신계영 연구』(위의 책)에서 참조함.

172) <월선헌십육경가>는 내용이나 표현에서 <전원사시가>와 유사점이 다수 발견된다. <월선헌십육경가>에 대해서는 김명준, 「<월선헌십육경가>에 나타난 의식 지향」(『조선중기 시가와 자연』, 태학사, 2002)에서 구체적인 논의를 하고 있다.

2. <전원사시가>의 춘하추동

<전원사시가>는 그 제목을 통해서도 알 수 있듯이 전원의 일년 사시를 노래한 작품이다. 일반적으로 사시가계 연시조에 나타나는 사시(四時)는 춘하추동을 노래하는 일년 사시와, 단주모야를 노래한 하루 사시로 구분될 수 있다. 예컨대 맹사성의 <강호사시사>에서는 4수의 작품을 통해 봄, 여름, 가을, 겨울을 차례로 노래함으로써 일년 사시를 노래하고 있다면 <고산구곡가>에서는 고산의 1곡에서 9곡까지를 통해 일년 사시와 하루 사시를 번갈아 노래함으로써 이 둘이 교차하는 모습을 보였다. 총 10수로 이루어진 <전원사시가>는 1연에서 8연에 걸쳐 춘하추동을 각각 두 수씩 노래하고 또 각 작품마다 계절을 명시해 놓음으로써 사시가로서의 면모를 뚜렷이 나타내고 있다.[173]

봄날이 졈졈 기니 殘雪이 다 녹거다
梅花ᄂᆞᆫ 볼셔 디고 버들가지 누르럿다
아ᄒᆡ야 울 잘 고티고 茱田 갈게 ᄒᆞ야라 (춘)

陽坡의 플이 기니 봄 빗치 느저 잇다
小園 梅花ᄂᆞᆫ 밤 비예 다 픠거다
아ᄒᆡ야 쇼 됴히 머겨 논밧 갈게 ᄒᆞ야라 (춘)

殘花 다 딘 後의 綠陰이 기퍼 간다
白日 孤村에 낫둙의 소ᄅᆡ로다
아ᄒᆡ야 계면됴 불러라 길 조롬 ᄭᅵ오쟈 (하)

園林 寂寞ᄒᆞᆫ디 北窓을 빗겨시니
거문고 노라라 낫줌을 ᄭᅵ와괴야
(종장결) (하)

---

173) 김신중은 「한국 사시가의 연구」(전남대 박사논문, 1992, 55쪽)에서 <전원사시가>가 각 계절을 분명하게 구분지어 나타내고 있기 때문에 <고산구곡가>보다 時相의 구분이 뚜렷하다고 설명한다.

흰 이슬 서리 되니 ᄀ올이 느저 잇다
긴 들 黃雲이 ᄒ 빗치 피거고야
아희야 비즌 술 걸러라 秋興 계워 ᄒ노라 (추)

東籬예 菊花 픠니 重陽이 거에로다
自蔡로 비즌 술이 ᄒ마 아니 니것ᄂ냐
아희야 紫蟹 黃鷄로 안酒 쟝만 ᄒ야라 (추)

北風이 노피 부니 앞 뫼히 눈이 딘다
茅簷 츤 빗치 夕陽이 거에로다
아희야 豆粥 니것ᄂ냐 먹고 자랴 ᄒ로라 (동)

어제 쇼 친 구둘 오ᄂᆞ이야 채 덥거니
긴 줌 계우 ᄭᅵ니 아젹 날이 놉파 잇다
아희야 서리 녹앗ᄂ냐 닐고 쟈고 ᄒ노라 (동)

　이상은 <전원사시가> 1연에서 8연에 이르는 작품이다. 작품은 한 눈에
보아도 전원의 사시를 노래했음을 금세 알 수 있다. 봄을 노래한 두 작품에서는
겨울이 지나 봄이 오며 분주해지는 전원의 모습을 노래한다. 분주한 생활상은
<춘-1>과 <춘-2> 종장의 발화로써 알 수 있다. 여기서 화자는 아희를 시켜
울타리를 잘 고치고 채전을 갈며 소를 잘 먹이고, 논밭을 갈게 할 것을 명령한
다. 이러한 일들은 이제 새 봄을 맞이하여 농사를 앞두고 그 채비를 하는 것이
다. 여름의 모습은 봄의 분주함과는 자못 다른 양상이다. 전원의 여름을 노래한
두 작품은 농가로서의 모습은 보이지 않은 채, 한가한 전원의 풍경만을 묘사하
고 있다.[174] 녹음이 깊어가는 여름, 화자는 햇볕이 내리쬐는 여름 낮에 일 없이
낮잠을 자고 있는 광경을 묘사한다. 가을에서는 추수거지가 한창인 농촌의

---

174) 이에 대해 신영명의 「17세기 강호시조에 나타난 '전원'과 '전가'의 영상」(『한국시가연구』6
　집, 한국시가학회, 2000))에서는 <전원사시가>는 田家 지향이 아닌 田園을 지향한다고
　보고 있다.

풍경이다. 하지만 농사일로 바쁜 노동의 현장을 묘사하기보다는 그것이 끝나고 난 후의 여흥을 준비하는 흥겨움의 현장을 노래한다. 겨울의 두 작품에서는 한가함을 넘어 무료하기조차 한 길고 긴 농촌의 겨울밤을 느끼게 한다.

이처럼 <전원사시가>의 1연에서 8연까지는 전원에서의 실제적인 삶의 모습을 노래한다. 하지만 화자가 노동에 가담한 모습은 보이지 않는다. 이는 특히 종장을 통해서 분명하게 알 수 있다. 종장은 화자가 아희를 시켜 어떤 일을 명령하거나 질문하는 것으로 이루어진다. 물론 여기서의 '아희야'는 실제로 특정한 누군가를 지칭해서 부르는 것은 아니다. 하지만 자신이 아닌 다른 사람에게 말을 건넨다는 점에서[175], 화자가 아닌 다른 대상을 일컫는다는 것은 확인할 수 있다. 종장의 이러한 모습으로써 화자는 직접 노동에 참여하지 않은 채, 전원에서의 흥취를 만끽하는 삶을 영위하는 것임을 알 수 있다.

한편 <전원사시가>는 사시가계 연시조 중의 한 작품으로, 춘하추동의 사시가 순차적으로 등장함으로써 '계기적 결합체'란 연시조의 정의에 부합된다. 그런데 <전원사시가>의 순차성은 단지 춘하추동이란 네 단계의 순서에만 적용되는 것이 아니라 같은 계절을 노래한 두 수 간에도 선후 관계가 성립됨으로써 춘하추동을 노래한 여덟 수의 작품이 순차적으로 연결되고 있다.

같은 계절을 노래한 두 작품 간의 시간적 차서가 뚜렷이 드러난 것은 봄과 겨울이다. 먼저 봄을 노래한 두 작품에서 시간을 가늠할 수 있는 것은 초장의 표현이다. <춘-1>의 초장에서는 '잔설이 다 녹거다'라고 표현한 반면, <춘-2>의 초장에서는 '봄빗치 느저잇다'고 함으로써 이들 간의 차서를 쉽게 짐작할 수 있다. '잔설'의 등장으로 <춘-1>은 아직 겨울의 흔적이 남아 있는 봄, 즉 겨울에서 봄으로 접어드는 계절로 맹춘(孟春)에 해당함을 알 수 있다. 그에 비해 <춘-2>에서는 봄이 많이 기울어 그 빛이 늦어 있다고 하였으니 이것은

---

175) 김대행의 『시조유형론』(앞의 책, 122-123쪽)에서는 시조 종장 투어로 등장하는 '아희야'에 대해 '우리도'와 유사한 기능이 있다고 보면서, '태도나 의사의 공식화를 위한 장치'라고 하였다.

봄이 농익어 여름을 향하는 만춘(晚春)에 가깝다. 이처럼 <춘-1>과 <춘-2>는 각각 맹춘과 만춘을 노래함으로써 양자 간에 선후가 존재하게 된다.

이러한 시간의 차서는 겨울을 노래한 두 작품에서도 알 수 있다. 북풍이 높이 불고 앞 산에 눈이 내린다는 <동-1>의 초장으로 계절이 겨울로 접어들었음을 알 수 있다. 춥고 길고 무료한 농촌의 겨울 저녁, 화자는 아이를 시켜 콩죽을 먹고 자겠노라 이야기 한다. <동-2>에서는 초·중·종장이 모두 전반적으로 겨울임을 짐작할 수 있게 하지만, 가장 구체적으로 계절을 드러낸 것은 종장이다. 화자는 아희를 시켜 서리가 녹았는지를 묻고 있다. 서리가 녹기를 기다린다는 것은 그만큼 봄이 다가오고 있음을 우회적으로 나타내는 것이니 <동-1>보다는 시간이 좀더 봄을 향해 있음을 알 수 있다.

겨울을 노래한 두 작품은 일년 사시에서 뿐만 아니라 하루 사시의 관점에서도 두 작품 간에 차서가 존재한다. 즉 <동-1>의 시간은 석양이 저무는 저녁 즈음에서부터 밤으로 접어드는 때이다. 그래서 화자는 콩죽을 먹고 잠자리에 들고자 한다. <동-2>의 시간은 앞서보다 좀더 경과되었다. <동-1>이 잠자리에 들기 전의 시간을 노래하고 있다면 <동-2>는 이미 한차례 오랜 잠을 자고 난 다음이다. 긴 잠에서 깨어났지만 아직 날이 새지 않았다는 것은 그만큼 겨울밤이 길고 깊음을 이야기 한 것이다. 이처럼 <동-1>에서 <동-2>로 내용이 전개됨에 따라 시간 또한 진행하게 된다.

봄·겨울과는 달리 여름·가을을 노래한 작품들에서는 시간의 차서가 뚜렷하게 나타나지 않는다. 여름의 두 작품에서 계절을 가장 분명하게 짐작할 수 있는 것은 <하-1>의 초장이다. 봄 동안 화사했던 꽃이 지고 녹음이 깊어간다는 초장의 표현으로 봄이 지나 여름으로 접어드는 초여름의 이미지를 상정한다. <하-1>은 햇볕이 뜨거운 농촌의 여름 낮, 무료하게 졸고 있는 화자의 모습을 묘사한다. 그런 가운데서 화자가 하는 일은 아희를 시켜 풍류를 즐기는 것이다. <하-2>는 종장이 유실되어 정확한 면모는 파악하기 어렵다. 전체적인 흐름으로 봤을 때 종장 첫 구가 '아히야'로 시작했으리란 것은 쉽게 짐작할 수 있지만, 과연 아희를 시켜 무엇을 했을지는 의문이다. 종장의 면모를 파악할 수 없기 때문에 <하-1>과 <하-2>의 전개양상을 있는 그대로 알 수는 없다. 다만 <하-1>의 종장에서 아희에게 계면조를 불러 잠을 깨고자 하고, <하-2>에서는 중장에서 거문고를 놀라고 한 것으로 미루어 종장에서는 그 이후의 일을 시켰을 것으로 생각해 볼 수 있다.

<하-2>의 종장이 유실되어 시간성으로 작품의 차서를 논의하는 데는 한계가 따른다.[176] 그런데 <하-2>는 시간성의 여부를 떠나서 그 공간의 구체화를 통해 <하-1>에서 <하-2>로 진행하는 양상을 지니게 된다. 여름이란 계절 안에서 <하-1>이 고촌의 한가로운 낮 풍경을 묘사했다면 <하-2>는 역시 여름날 적막한 원림의 한 낮을 그려내고 있다. 즉 <하-1>은 고촌을, <하-2>는 원림을 노래한 것인데 고촌이 광범위한 마을의 의미인 촌락을 뜻한다면 원림은 전원의 이미지인 정원쯤에 해당된다.[177] 즉 <하-1>에서 <하-2>로 진행되며 그 공간이 구체화된 것이다.

가을을 노래한 두 작품에서는 계절을 의미하는 어휘가 자주 등장한다. '가을, 추흥'에서와 같이 가을이란 어휘를 직접 제시하는가 하면 서리, 들판의 누른

---

176) 한편, <하-2>는 종장이 유실되었다고 적고 있지만 <하-1>에서의 내용 전개와 여타 작품에서 보이는 진행 방식으로 미루어 볼 때, '거문고 노라라 낫줌을 씌와괴야'는 중장이 아닌 종장일 가능성이 다분하다. 그렇다면 이것은 '아히야 거문고 노라라 낫줌을 씌와괴야'가 될 것이고 유실된 것은 중장과 종장 첫 구가 될 수 있다. <전원사시가> 10수를 통하여 중장에서 명령법이 등장했다거나, 두 개의 문장이 이루어진 경우가 오직 <하-2>뿐이라는 점은 이러한 추론을 가능케 한다.

177) <전원사시가>에 등장하는 園林에 대해 이상원(앞의 책, 88쪽)은 16세기 사림의 미학적 공간과 구별되는 경제적 생활이 이루어지는 현실적 공간으로, 권순회(앞의 논문, 94쪽)는 강호적 흥취를 즐기며 소일하는 전형적인 치사한객의 삶의 공간으로 보고 있다. 한편 원림은 1990년 이후 문학 연구자들의 주목을 받게 된 것으로, 강호시조가 배출되는 구체적인 미적 공간이 되고 있다. 원림에 대한 구체적인 연구로는 손오규의 「산수문학에서 원림의 미적 위상」(『도남학보』18집, 도남학회, 2000)과 박연호의 「원림문학의 공간의 위상과 문화교육적 의미」(『한국시가연구』17집, 한국시가학회, 2005) 등이 있다.

벼이삭을 뜻하는 '황운'과 '국화, 중양' 등의 단어로도 가을의 정취를 느낄 수 있다. 하지만 <추-1>과 <추-2> 사이에 시간적 편차는 거의 찾아볼 수 없다. <추-1>에서는 흰 이슬이 서리가 된다고 하였고, <추-2>에서는 중양절이 거의 지나가고 있다고 하였는데, 이슬이 서리가 되는 것을 절기로 표현하면 첫 서리가 내리는 '상강'으로 10월 말(양력 10월 26일 전후) 쯤이며 중양절은 음력 9월 9일로 보통은 중양절이 상강에 앞서게 된다. 다만 '거의 지나가고 있다[거에로다]'는 서술어와 결합시켜서 중양을 특정일이 아니라 그것이 들어 있는 달(음력 9월이나 양력 10월)이나 가을 정도로 광범위하게 해석했을 때 상강보다 조금 늦은 때로 볼 수 있는 해석의 여지는 다소나마 지닌다. 하지만 이는 역시 가능성일 뿐 이상의 것들로 <추-1>과 <추-2>에서 정확한 시간을 추론하는 데는 부족한 면이 있다.

이렇듯 <추-1>과 <추-2> 사이에서 시간성이 나타나지 않는 듯하지만 그 속에서 이루어지는 행동으로 일의 전후 상황을 짐작할 수 있다. 여기서 화자가 아희들에게 시키는 일의 순서를 유념할 필요가 있다. <추-1>에서는 술을 거르는 일을 시키고 <추-2>에서는 '자해'와 '황계'로 안주를 장만하라고 시킨다.[178] 술을 거르는 것과 안주를 장만하는 것에 필연적인 시간 순서가 존재하는 것은 아니지만 일상적인 관습에서 볼 때, 술을 거르는 것은 술을 제조하는 오랜 과정을 거친 후의 작업인 만큼 보다 오랜 시간을 필요로 하는 것으로서 안주를 장만하는 것보다 우선하게 된다. 행동의 양상으로 시간의 전후를 추론하는 데도 불명료한 점은 여전히 남는다. <추-2> 중장의 내용이 그것이다. 여기서 화자는 올벼[自稽]로 빚은 술이 익었는지의 여부를 묻는데, 이것은 <추-1>에서 빚은 술을 거르라고 하는 것보다 시간적으로 우선하게 된다. 다만 <추-1>과 <추-2>의 전반적인 정황으로 미루어 볼 때, 초·중장에서는 추흥

---

178) 윤덕진, 앞의 책, 93쪽에서는 자해와 황계에 대해 좋은 술안주를 일컫는 관용어일 수도 있지만 신계영이 기거하던 예산 지역이 바다와 연접하여 그곳의 실상을 반영하는 것으로 볼 수 있다고 하였다.

을 즐기려는 농가의 가을 정경을 묘사한 것이어서 특별히 시간성에 의미를 둔 것은 아닌 것으로 볼 수 있으며, 아희에게 직접적으로 일을 명령하는 종장으로 상황의 전후를 따져볼 수 있게 된다.

이상과 같이 부분적으로 다소 불안정하거나 불명료한 경우가 있지만 <전원사시가>에서 춘하추동을 노래한 여덟 수의 작품들은 춘-하-추-동이란 네 단계의 순서뿐만 아니라 동일한 계절을 노래한 작품들 사이에서도 시간적 추이에 따라 작품을 순차적으로 배열하고 있음을 알 수 있었다. <전원사시가>의 이러한 모습은 17세기 연시조의 위상을 살펴보는 데도 한 몫을 차지한다. 성리학의 성행과 함께 발전해 온 연시조는 16세기에 가장 안정된 모습을 보인다. 즉 '계기적 구조물'로서 연시조의 정의에 부합된 일련의 작품들이 등장하게 된다. 이러한 연시조는 17세기에 접어들며 양적으로 확대된다. 하지만 이미 17세기부터 연시조는 변모된 양상을 지닌다. 즉, 형식은 연시조의 형식을 취하고 있지만 '계기적 구조물'이란 연시조의 정의에는 미흡한 작품들이 등장하게 되고 이후에는 오직 형식적으로만 연시조의 모습을 취하게 되는 연시조가 나타나게 된 것이다.[179) <전원사시가>에서 보이는 이러한 모습은 <전원사시가>에서는 아직 연시조로서의 면모를 유지하고 있으나, 이후의 작품들에서는 변모될 수 있는 여지를 동시에 나타내는 것이라 할 수 있다. 이는 또 17세기적 연시조의 모습이라고도 할 수 있는데, 후설하게 될 <전원사시가>에서 '전원'이 지니는 의미와도 상관된다.

3. '제석'의 의미와 기능

한편 <전원사시가>는 춘하추동의 계절 이외에 제석이란 시간적 공간이 등장하는 점이 이채롭다. 제석이란 섣달 그믐 밤, 즉 한 해의 마지막 밤을

---

179) 이에 대해서는 김상진, 앞의 책, 207-213쪽 참조.

지칭하는 말이다. 일년 사시를 노래하면서 화자가 특정한 날인 제석을 그것과 동일한 비중으로 다루고 있다는 것은 곧, 제석을 노래한 두 작품이 <전원시사가>에서 춘하추동과 마찬가지의 역할을 하고 있음을 의미하는 것이라 할 수 있다. 다음은 제석을 노래한 두 수 이다.

> 이바 아히돌아 새 히 온다 즐겨 마라
> 헌서흔 세월이 少年 아사 가느니라
> 우리도 새 히 즐겨ᄒ다가 이 白髮이 되얏노라 (除夕)

> 이바 아히돌아 날 신다 깃거 마라
> 자고 새고 자고 새니 歲月이 몃츳 가리
> 百年이 하 草草ᄒ니 나는 굿버ᄒ노라 (除夕)

이상의 두 노래는 사시가계 시조에서 발견되는 계절의 순환 질서라는 개념은 찾아볼 수 없는 듯하다. 이것은 오히려 탄로가로도 느껴질 만큼 늙음에 대한 안타까움의 정서가 중심을 이룬다. 다음은 신계영이 지은 또 다른 연시조인 <탄로가> 중의 두 수이다.

> 아히 제 늘그니 보고 白髮을 비웃더니
> 그 더디 아해들이 날 우술 줄 어이 알리
> 아히야 하 웃지마라 나도 웃던 아히로다 (1)

> 늙고 병이 드니 白髮을 어이 ᄒ리
> 少年 行樂이 어제론 둣하다마는
> 어디가 이 얼굴 가지고 녯 내로라 ᄒ리오 (3)

<탄로가> 세 수 가운데 제 1연과 3연이다. 제 1연에서는 평생 늙지 않을 것 같던 어린 시절의 패기와 자신만만함은 어느새 사라지고 이제 백발의 노인

이 되어버린 자신의 모습을 탄식하는 한편, 젊은 시절의 자신처럼 늙음을 보고 웃는 젊은 세대들에게 젊음의 유한함을 경계한다. 늙음의 탄식은 3연에서 좀더 강화된다. 늙음에 병까지 더하고 이로써 얻은 것은 백발뿐이다. 그럼에도 화자는 아직도 젊음을 향한 미련을 완벽하게 떨쳐내지는 못한다. 소년 시절의 행락이 어제처럼 느껴진다는 중장은 그러한 화자의 마음을 표현한다. 하지만 어쩔 수 없는 현실을 화자는 모르지 않는다. 이러한 현실을 일깨워주는 것은 변해버린 화자의 얼굴이다. 어쩔 수 없는 현실 앞에서 자신의 늙음을 인정해야 하는 화자의 모습은 그래서 더욱 애처롭다.

그런데 <전원사시가>의 9연과 10연인 제석의 두 수에서도 <탄로가>와 유사한 정서를 느끼게 된다. 1연에서부터 8연에 걸쳐 노래한 것은 전원 지향적인 삶의 모습이다. 하지만, 제석이 노래한 것을 전원 지향적인 것으로 볼 수는 없다. 제석이 앞선 노래와 차별성을 지니는 것은 종장의 표현으로도 알 수 있다. <전원사시가>의 1연에서 8연까지의 종장은 일관되게 '아히야'란 첫 구로 시작된다. 그러던 것이 <제석-1>에서는 '우리도'라는 것으로, 또 <제석-2>에서는 '백년이'라고 함으로써 앞선 노래들과는 전혀 다른 모습을 보이고 있다. 대신 두 노래는 초장을 '이바 아히들아'라고 하여 그들에 대한 경계로 시작한다. 즉 앞선 여덟 수의 노래에서는 초·중장에서 전원의 삶을 노래하고 이어 종장에서는 그러한 삶의 연장으로 아희들에게 일을 명령하는 등의 방식을 취하였다면, 제석의 두 작품에서는 전원의 삶과는 별 상관없이 지나가는 세월, 즉 늙음에 대한 탄식을 아희들에게 경계의 형식으로 노래하는 것이다.

<제석-1>에서 화자는 설레는 마음으로 새해를 맞는 아이들을 보며 세월의 무상함을 느낀다. 어린 시절에는 새해가 되면 명절 분위기로 언제나 들뜨고 신난다. 하지만 그런 가운데 인생은 조금씩 기울어가고 어느 틈에 백발노인이 되어버리고, 그것은 결코 돌이킬 수 없는 일이다. <제석-2>도 표현은 다르지만 의미는 크게 다르지 않다. 세월의 흐름을 인식하지 않은 채 하루하루를

지내다 보니 백년 세월도 어느 틈에 지나가 버리고 허전하고 심란[굿버]할[180)
따름이다.

　이처럼 제석의 두 작품에서는 전원생활과는 무관한 듯한 늙음의 문제를 노래
하고 있다. 그렇다면 이 두 작품을 왜 <전원사시가>란 제목으로 한데 묶어서
노래했는가란 의심을 품을 만하다. 이것은 또 제석의 두 노래가 <전원사시가>
에서 어떠한 기능을 하게 되는지와 유관하다.

1) 일년 사시와 하루 사시의 조화

　<전원사시가>에서 제석의 첫째 기능은 두 가지 단위의 사시가 공존할 수
있는 단서를 제공한다는 점이다. <전원사시가>에 등장하는 시간의 구조에
대하여 좀더 천착해 보면 여기에는 일년 사시와 하루 사시가 동시에 등장함을
알 수 있다. 사시는 세 가지의 하위 범주를 포함한다. 춘하추동의 일년 사시와
삭현망회의 한달 사시, 단주모야의 하루 사시가 그것이다.[181) 이 가운데 사시가
계 시가에 등장하는 사시는 일년 사시가 대부분이며 부분적으로 하루 사시가
등장한다. 하루 사시가 등장하는 경우는 율곡 이이의 <고산구곡가>와 이휘일

---

180) '굿버'의 어석에 대해 박을수,『시조대사전』(앞의 책)에서는 '기뻐'로 보고 있으나 내용상
　　맞지 않는다. 이상원(앞의 책, 87쪽)은 따라서 오히려 그 반대로 해석함이 옳다고 보아
　　'슬퍼하노라'의 정도로 보는 것이 타당하다는 견해를 제시했고, 윤덕진(앞의 책, 94쪽)은
　　'싫어하노라, 꺼려하노라'라고 풀이하였다. '굿버'가 대략 이러한 의미를 지녔을 것이란
　　견해에는 동의하면서 좀더 정확한 의미를 찾던 중, 조선조 언간에서 '굿브다'란 표현을
　　찾을 수 있었다. 왕실의 언간에 대하여 고찰한 황문환의 「조선시대 언간과 국어생활」(『새국
　　어생활』12권 2호, 국립국어연구원, 2002.여름)에 보면, 仁宣王后가 딸 淑明公主에게 보낸
　　언간에 '슉경이는 나가니 그 거슬사 두고 쇼일도 ᄒᆞ고 걱정도 ᄒᆞ며 날을 디내더니 ᄆᆞ자
　　내여 보내니 경소로 나가건마는 섭〃호　굿브기룰 어이 다　으리 이리 섭〃고 굿브나
　　ᄆᆞ음을 모디리 머거 웃고 내여 보내엿노라'라는 대목이 있어 '굿브다'는 표현이 나온다
　　(1660년대 자료). 여기서 논자는 '굿브다'의 의미를 '허전하고 심란하다'라고 하였다. '굿버'
　　의 기본형 또한 '굿브다'로 추론할 수가 있어 이 또한 허전하고 심란함의 의미로 볼 수
　　있다.
181) 이러한 사시가의 時相에 대해서는 김신중의 「사시가의 시상 전개 유형 연구」(『국어국문학』
　　106호, 국어국문학회, 1991) 참조.

의 <전가팔곡>이 그것이다. <고산구곡가>에서는 작가가 계절을 명시하지는 않았지만 내용으로써 춘하추동과 단주모야를 노래한 작품이 교차되어 등장함을 알 수 있다.[182] 총 여덟 수로 이루어진 <전가팔곡>은 제 1연에서 풍년을 기원하며 작품의 지향을 제시하는 '원풍(願豊)'을 두고, 이하 2연에서 8연을 통해 춘하추동에 이어 신(晨), 오(午), 석(夕)으로 이어지는 하루 사시가 등장함으로써 일년 사시와 하루 사시를 순차적으로 노래하였다. 그리고 윤선도의 <어부사시사>에서는 주지하다시피 춘, 하, 추, 동을 각각 10수씩 노래함으로써 일년 사시를 노래하는 가운데 각 계절을 노래한 10수에서, 1연에서 10연으로 진행해 가는 과정에서 하루 사시의 변화를 추론해낼 수 있다.[183]

<전원사시가>에서는 표면적으로는 일년 사시인 춘하추동을 노래하고 있는데 이들이 각각의 하루 사시인 단주모야에 대응되는 구조를 띠고 있어 흥미롭다. 즉 '춘-단, 하-주, 추-모, 동-야'로 대응되는 것이다. 이러한 사시의 대응이 특히 잘 드러난 것은 '여름-낮'과 '겨울-밤'의 시간이다. <하-1>의 중장에 등장하는 '낮 닭'의 존재라든지, <하-2>에서 화자가 '낮잠'을 깨려 한다고 함으로써 그것의 시간적 배경이 낮임을 분명하게 명시하고 있다. 이로써 여름을 노래한 두 작품에서는 모두 낮 시간을 노래하게 된다. 겨울을 노래한 두 작품에서도 그 시간이 저녁 이후가 됨을 알 수 있다. <동-1>은 중장에 '석양'이 등장한다든지, 종장에서 콩죽이 익기를 기다려 '먹고 자겠다'고 한 표현으로써 그 시간이 저녁을 지나 깊은 밤으로 접어들고 있음을 알 수 있다. <동-2>에서는 보다 깊은 밤에서 새벽으로 이어지는 시간을 노래한다. 기나긴 잠을 잤지만 겨울의 밤이 깊은 탓에 날은 아직 밝지 않았고 봄도 오지 않았다. 그래서 화자는 하루하루를 소일하면서 봄이 오기를, 또 날이 밝기를 기다리고 있는 것이다.

---

182) 김상진, 「고산구곡가의 구조와 의미고찰」(앞의 논문), 62-74쪽.
183) 김신중, 「<어부사시사>의 공간과 시간」, 『한국고전문학연구입문』, 집문당, 1996, 139-142쪽.

여름과 겨울을 노래한 작품에서 낮과 밤의 시간이 명확하게 등장한 것과는 달리 봄과 가을의 경우는 그 내용으로 미루어 아침과 저녁 시간을 추론할 수 있다. <춘-1>과 <춘-2>를 통하여 화자는 아희에게 울타리를 고치고 소를 잘 먹여 논밭 갈기를 명한다. 물론 이런 것은 일상적으로도 할 수 있는 것이지만, 농가에서 하루를 시작하는 아침에 새로운 다짐과 함께 그날의 훈시를 하는 것으로 볼 수 있다. 특히 <춘-2> 중장에서 정원의 매화가 '밤비에 다 피었다'고 한 것은 이것의 시간적 배경이 아침임을 알 수 있는 가장 명확한 단서가 된다. 이는 시간성을 배제한 채, 일상적으로 피어 있는 정원의 매화를 일컫는 것일 수도 있지만 그보다는 엊저녁까지도 꽃망울을 틔우지 않았던 매화가 아침에 일어나보니 꽃이 핀 것으로 보는 것이 더욱 자연스럽다.

가을-저녁의 시간적 대응은 네 가지의 연결 단위 가운데 가장 소극적이다. 여기서는 하루의 시간을 짐작할 수 있는 직접적인 표현은 등장하지 않는다. 다만 작품에서 주는 이미지와 거기서 펼쳐지는 행동들의 일반적인 정황으로 미루어 추론이 가능하다. 농촌에서 가을걷이의 즐거움을 노래하는 두 작품에서 시간적 배경을 추론할 수 있는 것은 <추-1>의 종장 및 <추-2>의 종장이다. 여기서 화자는 아희들을 시켜 술과 안주를 장만하여 추흥을 즐기고자 한다. 그렇다면, 취흥을 즐기기에 적절한 시간이 과연 언제인가 하는 것이다. 이것은 일상적인 관습과 연관지어 생각할 수 있다. 가을을 노래한 두 작품의 공간적 배경은 가을철, 한 해의 농사를 거두고 나서 한바탕 잔치가 열리는 마을이다. 술과 안주를 장만하여 흥겨운 잔치를 열게 되는데 아침부터 취흥을 즐기지는 않는다. 이것은 대략 해가 조금씩 기울기 시작할 때부터 일몰을 전후한 시간에 펼쳐짐이 일반적이다.[184] 그래야 시기적으로나 시간적으로나 쾌적한 상태를 이루어 추흥을 즐기기엔 더없이 적절한 때가 된다.

---

184) 김신중, 「한국 사시가의 연구」(앞의 논문, 56쪽)에서는 <추-1> 종장과 <추-2> 종장을 들어 저녁 시간을 노래한다고 확정적으로 보기도 하였다.

이렇듯 춘하추동의 일년 사시의 시간 속에서 단주모야의 하루 사시의 시간을 찾아낼 수 있는 근거를 제공하는 것이 바로 제석이다. 제석은 앞서 말했듯이 섣달 그믐의 밤으로, 이것은 춘하추동에 포함되는 시간이기보다는 단주모야의 시간에서 함께 논할 수 있는 시간이 된다. 즉 일년 사시를 노래한 데 이어 하루 사시를 노래했다는 것인데, 이처럼 서로 다른 두 단위의 사시가 서로 연결될 수 있는 것은 이들이 서로 연관체계에 있음을 우회적으로 나타내는 것이라고 할 수 있다.

그런데 제석은 일반적인 저녁이 아니라 섣달 그믐의 저녁이라는 점에 유의할 필요가 있다. 즉 제석의 시간을 '밤'이라는 데 의미의 초점을 맞추면 하루 사시의 개념에서 파악할 수 있지만, 섣달 그믐이라는 날짜에 유념하게 되면 이는 겨울 가운데 하루를 의미하게 된다. 겨울 중에서도 가장 깊은 겨울날이 된다. 이는 사시가계 연시조의 특성을 생각할 때는 더욱 타당성을 지닌다. 사시가계 연시조의 특성 가운데 하나는 그것이 지니고 있는 순환성이다.[185] 그랬을 때 제석은 겨울 가운데도 가장 깊은 겨울에 해당될 수 있고, 겨울이 가장 깊다는 것은 머지않아 봄이 다가오리라는 짐작을 가능케 한다.

이처럼 제석은 하루 사시에 포함되는 시간이면서도 춘하추동의 시간으로도 파악이 가능한 일면을 동시에 지니고 있다. 따라서 앞서 여덟 수의 노래를 일년 사시로도 하루 사시로도 볼 수 있는 근거를 제공한다.

2) '전원'의 성격 규정

제석의 두 노래가 작품에서 하는 또 다른 역할은 <전원사시가>에 나타난 전원의 성격을 규정하는 것이다. 조선조 문학사를 전·후기로 양분하여 바라보던 과거와는 달리, 16세기와 17세기가 본질적으로 다르지 않다고 보아 이 시기를 조선 중기로 설정하는 견해가 이제는 보편화되었다. 이 두 시기를 조선

---

185) 김상진, 앞의 책, 65-70쪽 참조.

중기로 묶을 수 있는 가장 큰 이유는 이념적 상동성이다. 즉 사림과 문인이 득세하며 성리학적 사고가 시대의 이념으로 자리하던 때라는 것이다. 그러나 16세기와 17세기가 전적으로 동일한 것은 아니다. 사림과 문인들에게 있어서 16세기가 정치적 도전기였다면 17세기는 사림 내부의 분파인 붕당 정치기였던 데서 알 수 있듯이 16세기는 양반 지배 체제가 형성되어 가던 시기로, 17세기는 양반 지배체제가 완전히 확립된 시기로 볼 수 있다.[186]

16세기와 17세기에서 보이는 이러한 차이는 강호를 어떻게 인식하느냐의 문제로 귀결될 수 있다. 16·17세기 강호시조의 연구 가운데 <전원사시가>의 면모를 파악하는 데 선편을 잡은 것으로 김흥규의 「16·17세기 강호시조의 변모와 전기시조의 형성」을 들 수 있다. 그는 여기서 양 시기의 강호시조를 거시적으로 조망하고, 이 시기에 활동한 작가를 대상으로 세 단계의 구별이 가능하다고 하였다. 그 첫째 단계는 16세기 강호시조의 이념형처럼 거론되어온 주요 인물이 주축을 이루던 시기이며, 둘째 단계는 16세기 후반과 17세기 전반에 걸치는 중간과정으로 성격면에서 양자가 뒤섞인 전이적 양상을 띠는 시기이다. 셋째 단계는 첫째 단계와 대조적인 성향이 집중되는 단계로 17세기가 그 활동기이다.[187] 이러한 구별법에 근거한다면 신계영의 <전원사시가>는 셋째 단계에 포함되는 것으로, 도학적 근본주의에 철저했던 16세기 강호시조와는 정 반대의 성향을 띠며 전가생활, 혹은 전원생활을 노래하고 있다고 하겠다. 김흥규는 여기에 속하는 일련의 작품적 특징을 '농가의 생활상과 야인적 흥취, 질박한 삶의 자족함이 두드러진 양상으로 떠오르고 있다'고 요약하였다.

그런데, <전원사시가>는 16세기 강호시조와 구분되면서 전원생활을 노래한다는 점에서는 같은 시기의 전가시조(田家時調)와 동일하겠지만 구체적인

---

186) 이상원은 17세기 시조의 창작 배경을 16세기와의 관계 속에서 설명하고 있다. 그랬을 때 16세기와 변별되는 17세기의 변화로 붕당정치의 전개, 사족층의 내부 분화 등의 요소를 들고 있다(앞의 책, 19-33쪽).
187) 김흥규, 앞의 논문, 177-199쪽.

상황에서는 어긋나는 일면을 포함한다. 특히 신영명은 이휘일의 <전가팔곡>과 <전원사시가>를 비교 고찰하면서, <전가팔곡>이 전가적인데 반해 <전원사시가>는 전원적이라고 설명한다. 즉 <전가팔곡>이 농경 현장의 내음이 묻어나는 데 반해서 <전원사시가>에는 목가적인 흥취가 나타난다는 것이다.[188] 실제로 <전원사시가>를 살펴보았을 때 이러한 점을 확인할 수 있는데, 그 근거가 1연에서 8연까지의 작품에서 보이는 종장의 발화이다. 화자는 춘하추동을 노래한 작품의 종장 첫 구에 예외 없이 '아희야'를 등장시킨다. 특히 여기서의 종장은 초·중장의 내용과 서로 구분되는 면모를 지니는데, 초·중장을 통해서 봄날의 정경이나 정황을 묘사하고 있다면 종장에서는 아희들에게 전원생활을 영위하기 위한 다양한 일들을 지시한다.

아희들에게 일을 지시하는 이유가 봄에는 한 해 농사를 짓기 위해서라면 가을에는 한 해 농사를 거두고 잔치를 벌이기 위함이다. 이들은 결국에는 농사와 관련하여 아희들에게 그 채비를 마련하도록 하는 것이다. 거기에 반해 여름과 겨울에는 개인적인 일상에 대해 아희들에게 발화한다. 즉, 여름에는 나른한 한낮의 졸음을 깨기 위해 노래를 부르게 하고 겨울에는 긴긴 겨울밤의 허기를 달래려 콩죽을 만들게 하거나 바깥의 날씨를 살피도록 하고 있다.

아희들에게 지시하는 일들이 농사와 유관한 일이든 혹은 개인적인 차원의 일이든, 여기서 주목되는 것은 화자는 노동 현장에 직접 참여하지 않는다는 점이다. 이러한 모습이 보다 잘 드러난 것은 여름과 가을을 노래한 작품에서이다. 봄에서 가을까지, 한 해의 농사를 마무리 짓기 전까지 농가의 모습은 분주하기 이를 데 없다. 한창 농사일로 바쁠 여름 낮의 농촌을 화자는 '고촌', 혹은 적막한 원림이라고 표현했는가 하면 일없이 낮잠을 즐기고 아희들을 시켜 풍악을 즐기고자 한다. 가을도 마찬가지이다. 가을은 수확기로 농가에서는 일 년 가운데 가장 풍요로운 계절이지만, 그만큼 일 또한 많은 계절이다. 하지만 화자

---

188) 신영명, 앞의 논문, 151-157쪽.

에게 땀과 노동의 모습은 보이지 않는다. 대신 추흥을 즐기려는 흥거운 마음만이 지배적으로 나타나고 있을 뿐이다. 이러한 모습은 화자가 전원을 어떻게 인식하는가를 드러내는 결정적인 근거가 될 수 있다.

물론 화자가 노동에 직접 가담하지 않고 아희들에게 농사일을 지시했다는 것만으로 화자의 전원인식을 파악할 수는 없다. 왜냐하면 작중 화자인 작가가 <전원사시가>를 제작한 시기는 1655년으로 그의 나이 이미 팔십에 달한 때다. 따라서 직접 참여하지 않고 아희들을 시켜 농사를 지시한 것만으로 그에 대한 전원인식을 논할 수는 없다. 그랬을 때 제석의 두 노래는 화자가 전원을 어떻게 인식하였는가를 보다 분명하게 나타내는 데 일조한다.

앞서 보았듯이 제석을 노래한 두 작품은 일견 전원과는 무관하게 보이며 오히려 <탄로가>와 유사한 모습을 지닌다. 하지만 그는 이것을 <탄로가>에서 노래하지 않고 <전원사시가>의 마지막에서 노래하였다. 그런데 <전원사시가>는 10수로 이루어진 연시조이고, 그랬을 때 제석의 두 노래는 <전원사시가>의 시상을 마무리하는 역할을 하게 된다고 할 수 있다. 그렇다면 제석이 의미하는 것이 단지 늙음을 한탄하는 것만은 아니리란 짐작이 가능하다. 이는 늙음 그 자체가 아닌 늙음의 '아쉬움'에 대한 노래라고 볼 수 있다.[189] 그러면 화자가 아쉬워하는 것은 무엇인가. 화자가 늙음을 탄식하는 것은 더 이상의 전원생활을 즐길 수 없기 때문이다. 즉 화자에게 전원은 수고로움의 공간이 아닌 즐거움의 공간으로 인식된다는 것이다. 결국 제석의 두 작품은 <전원사시가>에 등장하는 전원이 노동의 현장이 아닌 목가적 흥취를 즐기는 전원임을 보다 분명하게 나타내는 역할을 하고 있다고 하겠다.

---

189) 이상원, 앞의 책, 87쪽에서는 제석의 두 작품에서 화자가 한탄하는 것은 단순히 늙었기 때문이 아닌, 늙어서 더 이상 전원의 삶을 연장할 수 없기 때문인 것으로 파악한다.

4. <전원사시가>의 작품적 의미

　지금까지 신계영의 <전원사시가>에 대하여 살펴보았다. <전원사시가>는 사시가계 연시조 가운데 하나로 17세기 중반의 전원 인식과 17세기 연시조의 성격을 탐색할 수 있는 시가사적 의미를 지닌 작품이다. <전원사시가>는 16·17세기 강호와 전원을 논의함에 있어 주요 작품으로 거론되었다. 즉 작품 자체에 관심의 초점을 맞추기보다는 그것이 처해 있는 상황을 이해하기 위해 작품이 등장한 것이라고 할 수 있다. 이에 본고에서는 무엇보다도 <전원사시가>의 작품에 중점을 두어 고찰하고자 하였다. <전원사시가>가 지니는 특성 가운데 하나는 춘하추동의 일년 사시를 노래하면서 제석이란 특정한 시간을 등장시켰다는 점이다. 무심하게 본다면 그냥 스쳐갈 수도 있지만 이러한 작품의 구조, 즉 춘하추동에 이어 제석을 노래했다는 것은 이것이 사시가계 연시조로 한몫하는데 중요한 의미를 지닌다. 따라서 본고에서는 제석을 중심으로 작품에 대한 구체적인 논의를 전개하였다.

　표면적으로 보았을 때 <전원사시가>는 춘하추동과 제석을 각기 두 수씩 노래함으로써 일년 사시에 이어 하루 사시를 노래한 것으로 볼 수 있다. 그랬을 때, 춘하추동에 이어 제석이란 특정시간이 등장한 것이 시간의 순환 질서를 노래하는 사시가계 연시조로서의 위치를 불안정하게 하는 것처럼 보이기도 한다. 더욱이 제석의 두 노래를 보면 전원과는 거리가 먼 듯한 늙음을 테마로 한 노래를 하고 있어 이전의 노래들과 더욱 단절된 느낌을 주게 된다. 그러나 제석은 사시가계 연시조로서 <전원사시가>의 위치를 오히려 확실하게 하는 역할을 하게 된다.

　제석은 특정 시간을 일컫는 것인 만큼 그것이 위치하는 하루 중의 시간이나 계절을 정확하게 알 수 있다. 즉 하루의 시간으로 따지면 밤이 되고, 계절로는 겨울의 절정에 해당하게 됨으로써 일년 사시와 하루 사시 모두에 포함될 수 있다. 제석의 이러한 성격은 <전원사시가>의 춘하추동이 일차적으로는 일년 사시를 나타내고 있지만, 그 안에는 단주모야의 하루 사시를 동시에 나타낼 수 있는 근거를 마련하게 된다. 요컨대 제석이 일년 사시와 하루 사시를 모두 나타내는 것은 앞서 등장한 작품의 시간 또한 두 가지 유형의 사시로 볼 수 있음을 의미하게 되는 것이다. 실제로 <전원사시가>의 춘하추동은 일차적으로는 일 년의 순환 질서를 노래하고 있지만, 이것은 각각 단주모야와 짝을 이루면서 다른 한편으로는 하루의 순환질서도 아울러 표현하게 된다. 그리고 9, 10연의 제석은 이러한 두 가지 유형의 사시와 모두 연결됨으로써 춘하추동의 일년 사시와 단주모야의 하루 사시의 순환을 더욱 조화롭게 한다.

또한 제석은 <전원사시가>에서 전원의 성격을 규정하는 데 한몫을 한다. 강호 자연에 대한 인식은 시기에 따라 변모 과정을 겪게 된다. 16세기의 강호 시조가 도학적인 면에 치중했던 것과는 달리 17세기에 와서는 전원에서의 삶을 노래하는 데 치중하게 된다. 그런데 전원의 삶을 노래함에 있어서도 전원생활에서 얻어지는 흥취를 노래하는 경우와 농가에서의 노동과 땀의 현장을 노래하는 경우로 나뉘게 된다. <전원사시가>는 그 가운데 전자를 지향하게 되는데, 제석을 통해서도 이 점 확인할 수 있다. 제석에서 화자는 시종일관 늙음에 대한 아쉬움을 이야기 하고 있는데, 이는 그 동안의 전원생활이 화자에겐 즐거움의 시간이었음을 동시에 표현한다. 곧 화자에게 있어서 전원은 농경 생활을 하는 곳이 아니라 흥취를 즐기기 위한 공간이었음을 의미하게 되는 것이다.

한편 이에 앞서 춘하추동을 노래한 1연에서 8연까지의 작품을 대상으로 거기에 나타난 사시의 모습과 함께, 이것이 1연에서 8연까지 어떠한 필연성에 의해 나열되어 있는지에 주목하였다. 이로써 춘하추동이란 네 가지의 차서 외에도 같은 계절을 노래한 작품들에서도 나열한 순서에 따라 차서가 존재하고 있음을 알 수 있었다. 그리고 이들은 이어지는 제석으로 연결되어 계기적 구조물로서의 의미도 동시에 지니고 있음을 파악하였다. 또한 <전원사시가>의 이러한 모습은 17세기 연시조의 위상을 단적으로 나타내고 있는 것이라 하겠다.

제 9장 결 론

임병양란을 기점으로 조선 시대의 문학을 전후기로 나누던 과거와는 달리 16·17세기의 특성에 주목하여 이 시기를 조선 중기로 설정하는 개념이 이제는 보편화되었다. 전후시기와 비교해서 16·17세기가 어떻게 구분되는지는 작품을 논의하는 과정에서 이미 설명되었으므로 여기서 또다시 부언하는 일은 생략하기로 한다.

시조사에서 볼 때, 16·17세기의 두드러진 특성 가운데 하나가 사대부 문인들에 의한 연시조의 성행이다. 연시조는 성정의 문학이라고 할 수 있다. 노래에는 도가 실려야 하고, 노래를 부름으로써 심성을 고양해야 한다. 그래서 궁극적으로 연시조는 성리학을 사상의 바탕으로 하게 되고 조선조에서 성리학이 가장 성행했던 16·17세기 문학의 주류 장르가 되고 있다. 이로써 16·17세기 시조의 동향과 경향을 파악함에 사대부의 연시조를 그 대상으로 삼았다.

논의를 전개함에 있어서는 대상이 되는 작품들이 '연시조'라는 사실에 가장 큰 비중을 두었다. 즉 이들 작품이 계기적 구조물로서 어떤 의미를 지니며 어느 만큼의 성공을 거두고 있는가 하는 점이다. 이것은 궁극적으로 연시조의 구조적 특질을 규명하는 일과 동등의 작업이 될 수 있다. 즉 여러 수의 시조 작품들이 어떤 필연성에 의거하여 하나의 제목으로 묶여 순차적으로 나열되었는가 하는 것을 밝혀내는 것이다. 연시조를 연시조로 인식한다는 것은 작품의 본질에 접근하는 일이라고 본다. 시조의 일반적인 형태는 단형시조이다. 그럼에도 '연시조'로 노래했다는 것은 그 자체만으로도 충분히 의미를 지니고 있다.

그것이 계기적 구조물로서의 연시조일 때는 더욱 그렇거니와, 연속된 작품들 간에 아무런 계기성이 발견됨이 없이 단지 하나의 제목 아래 잡연하게 묶여 있는 작품들이라 하더라도 하나의 제목으로 묶일 수 있는 어떤 공통적 성향은 공유하게 된다.

이 책에서 구체적인 논의의 대상이 되었던 여섯 작품은 이 시기의 연시조를 대표하는 작품이라 할 만하다. 그런 만큼 이들 작품에 관한 기왕의 연구도 다수 이루어졌고 많은 성과를 거두기도 하였다. 그럼에도 굳이 퇴·율 등의 여섯 작품을 대상으로 삼은 것은 각각의 작품들이 연시조로서 지니는 의미를 파악하고, 그로써 작품의 본질에 들어가려는 생각에서 비롯된 것이다. 이는 다시 각 작가들이 이들을 노래한 이유가 무엇이며, 또 무엇을 노래했느냐의 문제로 귀결될 수 있다. 여기에 대해서는 창작자의 측면과 수용자의 측면으로 구분하여 생각할 수 있다.

먼저 창작자의 입장에서 볼 때 이들 여섯 작가의 작품은 각 작가들의 성리학 적 이념의 실천으로, 도의 실현 과정을 노래로 표현한 것이다. 물론 이들이 도를 실현하기 위해서는 수기를 지향할 수도, 치인을 지향할 수도 있다. 예컨대, <도산십이곡>을 비롯한 <한거십팔곡>이나 <산중잡곡>에서는 수기의 지 향이 강하게 드러나는 한편 <훈민가>는 치인을 지향한다. 그런가 하면 <고산 구곡가>와 <전원사시가>에서는 기본적으로는 수기를 지향하게 되지만 부분 적으로 치인을 향한 감정의 일단을 보이기도 한다. 하지만 이들이 수기를 지향 하든 치인을 지향하든, 도의 실현이라는 최종의 목적을 공유하게 된다.

수용자의 측면에서 볼 때 연시조가 갖는 가장 큰 미덕은 효용의 극대화이다. 특히, 단순한 시조의 집합체가 아니라 '계기적 구조물'로서의 연시조일 때 그 효과는 더욱 증폭된다. 예컨대, 퇴계의 <도산십이곡>은 전육곡과 후육곡으로 나뉘어 언지와 언학을 노래하게 된다. 곧 뜻[志]을 통하여 학(學)에 이르게 되는 것이다. 물론 전육곡과 후육곡에 있는 각각의 여섯 작품 또한 1연에서 6연으로 진행되어 감에 따라 순차적으로 감정의 변이가 나타나게 된다. 출처의 갈등을 노래하며 총 19수로 이루어진 송암 권호문의 <한거십팔곡>은 내용의 전개에 따라 삼 단계로 나눌 수 있었다. 출처를 두고 갈등을 하던 마음에서 출발하여 강호를 선택하고 그곳에서 은거의 구경적 즐거움에 침잠하기까지의 과정을 연시조에 담아 순차적으로 노래하였다.

연시조 가운데 가장 많은 작품 수로 이루어진 갈봉 김득연의 <산중잡곡>은 그 제목을 통해서도 알 수 있듯이 산중 생활을 하며 느껴지는 단편적인 감회를 적어 잡연하게 흩어진 시조들을 나중에 하나의 제목으로 엮은 것이다. 더욱이 작품 수가 53수나 되다 보니 아무래도 작품들 간의 계기성은 떨어지고 잡연하단 느낌만이 부각되기도 한다. 그러나 여러 수의 작품을 단지 하나의 제목으로 묶어놓은 것에 지나지 않는다 하더라도 전혀 무의미하게 작품을 나열하지 않았을 것이란 기대 하에 작품을 면밀히 읽어본 결과 이들 간의 규칙을 발견할 수 있었다. 즉 작품의 서사 구실을 하는 제 1연 이하, 나머지 작품들을 각각 13수씩 네 단위로 분절이 가능했다. 그랬을 때 각각은 육가의 전통에 따라 12수를 노래하고 13번째 연을 결연으로 하고 있었다. 이로써 <산중잡곡>이 연시조로 완벽하게 성공을 거두고 있는 것은 아니지만 연작시조의 가능성을 보이며 육가계 연시조의 범주 속에서 파악할 수 있는 토대를 형성하고 있음을 알 수 있었다. 이러한 가능성은 육가계 연시조에서 얻을 수 있는 효용적 가치를 <산중잡곡>에서도 기대할 수 있음을 시사하게 된다.

율곡의 <고산구곡가>와 <전원사시가>는 사시의 순환 질서를 노래하고 있어서 단순한 감상만으로도 작품이 지니고 있는 순차적이고 조화로운 정서를 전달받는다. 특히 이 두 작품은 모두 일년 사시와 하루 사시란 두 단위의 사시를 등장시키고 있다. 그런데 이러한 두 단위의 사시는 서로 유리된 것이 아니라 긴밀하게 연결이 되고 있으며, 또 경우에 따라서는 두 단위의 사시를 하나의 사시로 꿰뚫을 수도 있어서 연시조로서의 구조를 단단하게 결속하고 있다.

이 두 작품을 포함한 사시가계 연시조는 일차적으로 사시의 아름다움을 질서정연하게 전달한다는 효용적 가치를 지닌다. 하지만 <고산구곡가>와 <전원사시가>의 효용이 사시의 아름다움을 전달하는 데만 있는 것은 아니다. 수기와 겸선, 혹은 전원생활의 즐거움 등을 통해 도를 실현하려는 작가, 혹은 화자의 마음을 담게 되는데 이러한 지향 또한 사시의 순환과 병치됨으로써 질서감을 견지하게 된다.

강호 자연을 대상으로 삼은 작품들에 비해 목적성이 강한 송강의 <훈민가> 16수는 작품들 간의 계기성이 없거나 결여된 듯하다. 어느 장르를 막론하고 문학에서 목적성이 두드러지면 이념과 사상이 전경이 되고 정서적 미감은 배경으로만 자리하게 돼 문학적 감흥은 그만큼 떨어지게 마련이다. 송강의 <훈민가> 역시 백성을 훈도하려는 목적이 강한 작품인 만큼 강호 시조와 같은 미의식은 별로 발견되지 않는다. 그리고 이것은 송강의 <훈민가>만의 현상이 아니라 훈민시조 계열 작품들에서 공통적으로 발견되는 훈민시조의 보편적 특성이라고 하는 것이 더욱 타당하다.

주지하다시피 강호를 지향하는 시조들이 주로 수기를 지향하는 데 반해 훈민시조는 치인을 지향하게 된다. 따라서 수용자의 존재를 좀더 염두에 두어야 하고 '전달의 효과'라는 측면이 더욱 강조되어야 하는 것이다. 바로 여기서 <훈민가>의 가치를 발견할 수 있는데, 그것은 곧 <훈민가>에 나타난 화자의 발화 양식이다. 즉 여타의 훈민시조에서 보이는 상명하달(上命下達) 식의 일방적 발화법에서 벗어나 다양한 목소리로 발화하는 것이다. 그리고 이 발화법은 세 가지로 유형화된다. 그런데 송강의 <훈민가>에서 전달의 효과를 높이기 위한 장치가 다양한 목소리의 발화로만 그치는 것은 아니다. 연시조로서 <훈민가>의 성공은 이것을 어떻게 배열하느냐에 있다. 살펴보았듯이 화자의 발화 양식에 따라 구분한 세 유형의 작품군은 일관한 흐름에 따라 배열되고 있었다. 그럼으로써 계기적 구조물로서 연시조의 정의에 부합되는가 하면 전달의 효과도 배가시키는 측면을 동시에 지니고 있었다.

시조가 현대에까지 이어질 수 있었던 결정적인 이유로 최남선, 이광수 등이 국민문학운동의 일환으로 주도한 시조부흥운동을 빼놓을 수 없다. 이는 국문문학파가 민족주의적 문학 운동의 일환으로 전개한 것으로 이후 이은상, 이병기 등으로 이어지며 계속되었다. 이들이 특별히 시조 부흥운동을 전개한 것은 시조가 우리 민족의 정서에 가장 맞닿아 있고, 민족혼을 불어 넣기에 가장 적합한 고전 장르라고 생각했기 때문이다. 이것은 바꾸어 말하면 시조의 효용적 가치가 그만큼 크기 때문이라는 것으로 설명할 수 있고 그 '효용성'이 극대화된 것이 사대부 문인에 의한 연시조가 아닐까 한다. 또 사대부 연시조가 주류 장르였던 시기가 바로 16·17세기이다. 따라서 사대부의 연시조를 대상으로 16·17세기 시조의 동향과 경향을 탐색한 작업이 좁게는 16·17세기 사대부 연시조에 대한 가치의 발견이겠지만, 궁극적으로는 시조 속에 담겨진 의미를 파악하여 시조가 왜 우리의 대표적인 문학 양식이 되고 우리 민족의 정서와 가장 맞닿은 장르인지를 생각할 수 있는 기회의 장이 되었으리라고 본다. 이로써 향후 보다 넓은 영역으로 확대될 수 있기를 기대한다.

제 2부
작품론 - 시조 엮어 읽기

제 1장 16 · 17세기 산수화와 산수시조

1. 시작하는 말

문학과 예술은 시대를 반영하고 시대는 이들에게 영향을 미친다. 이것이
문학과 예술에만 국한된 일은 아니겠지만 이러한 문학과 시대, 혹은 예술과
시대의 관계에서 또 하나 추론할 수 있는 것이 있다면 그것은 문학과 예술과의
관계일 것이다. 즉 문학과 예술은 시대라는 공간을 토대로 서로 간에 영향을
주고받으며 상동성을 지닌다.

동양에서 문학과 예술의 상동성은 시화일치(詩畵一致) 사상으로 구체화되었
다. '시는 형상 없는 그림이고, 그림은 형상 있는 시'라는 선인의 말을 스승으로
삼던 곽희(郭熙, 북송시대)[1]나, 당나라 시인이자 화가인 왕유(王維)의 예술을
'화중유시 시중유화(畵中有詩 詩中有畵)'라 하여 양자의 관계를 설명하던 소동
파(蘇東坡) 역시 시화일치 사상을 강조한 것이다. 이 같은 시화일치 사상은
우리나라에서도 예외가 아니어서 고려시대에 본격적으로 전개되기 시작한 후,
조선 초에 접어들며 고무되었다. 이영서(李永瑞, ?-1450)는 <팔경시권발(八景
詩卷跋)>에서 '그림은 마음의 흥취를 의탁해서 나타냄이요, 시는 그 마음의
뜻을 보는 것이니 멀리 산수(山水)의 경치를 몇 폭 그림에 의탁해서 마음 속
깊은 곳에서 즐기는 것이라. 이것은 진실로 전대 귀개공자(貴介公子)가 일찍이
하지 못한 것이다'라고 하였으며 강희안(姜希顔, 1417-1454)도 '시화는 모두

---

1) 郭熙, 『林泉高致』<畵意> : 更如前人言 詩是無形畵 畵是有形詩 哲人多理之談此言 吾之所師.

일법(一法)'이라고 하여 시화일치 사상을 피력하였다.[2]

단편적인 예지만 위의 기록을 통해서도 시화의 관련양상은 어느 정도 확인된 셈이다. 본고에서 살피게 될 16·17세기 산수화와 산수시조는 이러한 시화일치 사상을 근거로 한다.[3] 서양의 산수가 단순하게 산과 물의 자연물을 의미하는 것과는 달리 동양의 산수는 포괄적이면서도 심오한 뜻을 지니고 있다.[4] 즉 거기에는 하나의 정신이 담겨 있는 것이다. 산수에 대한 관심이나 산수애호사상은 도가 사상을 바탕으로 처음 시작된 것이지만 조선조에는 유가 사상의 그늘 아래서 성장하게 되었다. 특히 16·17세기는 성리학적 사상의 난숙으로 이념적으로는 성숙해 갔으나 정치적으로는 당쟁과 사화(士禍) 및 임진왜란, 병자호란 등의 전쟁으로 말미암아 혼란했던 시기였다. 정치적 혼란으로 갈등을 겪던 사대부들이 자의로, 혹은 타의로 현실을 피해 찾은 곳은 다름 아닌 산수이다. 산수에 머물며, 이념적 성숙과 정치적 불안 속에서 느껴야 했던 사대부들의 감정은 예술로 승화되어 산수화와 산수시조을 창출하게 된다.

이처럼 산수화와 산수시조는 회화(繪畵)와 시라는 이질적인 장르임에도 불구하고 시대와 사상과 대상을 공유한다는 공통점을 지닌다. 따라서 16·17세기 산수화와 산수시조의 관련에 주목하여 이들이 어떤 이념과 미의식을 추구하며 발전하였는지 살펴보기로 한다.

---

2) 정양모, 「李朝前期의 화론」(『한국사상대계Ⅰ』, 성대 대동문화연구원, 1973, 760-768쪽)과 허균의 「시와 그림」(『전통미술의 소재와 상징』, 교보문고, 1992, 189-200쪽)에서는 조선조에 논의된 시화일치 사상에 대하여 구체적으로 언급해 놓았다.

3) 물론 위에서 언급한 시가 한시를 뜻하는 것이긴 하겠지만 퇴계가 <陶山十二曲跋>에서 우리 시가(시조)와 한시와의 차별성을 언급했듯이, 한시로 우리의 정서를 담아내는 데는 나름대로의 한계가 있었을 것이다. 이 점 논의를 전개하는 과정에서 구체화될 것이다.

4) 서양은 창조주에 의한 피조물로 보는 반면 동양은 본래부터 있는 것(예컨대 '절로절로')이다. 그래서 서양의 자연이 분석의 대상이라면 동양의 자연은 수양의 대상이 된다. (이정호, 『포스트모던 문화읽기』, 서울대출판부, 1995, 67-95쪽)

2. 시 · 화(畵)에 나타난 산수

동양의 산수는 오래 전부터 심미적 대상물이 되었다. 산과 물이 결합하여 이루어진 산수 자연에는 인간의 문화와 예술, 혹은 학문이 심화될 수 있는 요소가 있다. 자연은 그 자체로 불변의 이치이기 때문이다. 자연은 말이 없으나 사시(四時)의 변화가 있어 만물이 생성되며, 태어나고, 자라고, 성숙하여 거두고, 또 사멸한다. 이 같은 자연의 이치는 삶의 과정과도 같은 것이어서 사람들은 예로부터 자연을 통해 삶의 이치를 깨닫고 거기서 도(道)를 발견하였다. 그래서 공자는 '지자요수 인자요산(知者樂水 仁者樂山)'이라 하였고, 또 지혜로운 자와 어진 자는 즐거움과 장수를 누린다고 하였다. 뿐만 아니라 '도법자연(道法自然)'의 사상으로 자연을 도와 동일 개념으로 받아들여, 산수는 곧 자연의 도를 상징하게 되고 자연의 도를 깨달은 자는 다름 아닌 성현이 된다. 그래서 동양에서의 자연은 인간과 마주서서 거리를 두고 감상하는 존재가 아니라 인간과 합일을 이루며, 도의 근원을 이루는 존재로 인식되었다.

우리나라에서 산수에 대한 관심이 고조된 것은 주로 사림파 문인들에 의해서이다. 역성혁명을 통해 나라를 건국한 조선은 고려조와는 다른 이념을 표방하며 나섰다. 억불숭유 정책을 펴서 고려의 국교였던 불교를 억압하는 대신에 유학을 국가의 이념으로 받아들이게 된 것이다. 사림파 문인의 학문은 성리학이 근간이 되는데, 성(性)의 대상이 인간이라면 리(理)의 대상은 자연이 된다. 곧 성리학은 인간과 천지 자연의 관계를 새롭게 발전시켜, 산수 은거를 가치 실현과 자아 성찰, 실천 궁행을 통한 수양의 생활로 인식하였다.[5] 그래서 이들은 천명(天命)과 인성(人性)의 관계에 주력하고, 환로에 나가 출세하는 것보다 초야에 묻혀 내면의 실력, 학문을 닦는 것이 보다 중요하다는 인식을 지녔다. 이때 이들의 심성을 고양하는 데 보다 적절한 곳은 바로 산수이다. 산수는 인간과 우주의 근원을 궁리하는 철학이나 인격과 도덕성을 연마하는 수양론이 관심의 초점이

---

5) 손오규, 『산수미학탐구』, 부산대출판부, 1998, 7-27쪽.

되기 때문이다. 또한 이들은 산수에서 심성을 수양하지만 언제나 세상을 내다보고 그 세상에 유용한 도리를 닦아감으로써 비록 세속과 떨어져 있으나 떨어질 수 없다는, 구별은 되지만 분리는 되지 않는다는 불잡불리(不雜不離)의 정신을 지닌다.[6] 이로써 이 시기에 산수가 사람과 문인의 관심의 대상이 되었음을 알 수 있다.

산수 자연과 인간은 '예술'을 매개로 합일될 수 있는 까닭에 산수를 통하여 얻어지는 미감은 산수화나 산수 문학으로 나타나게 된다. 조선조의 산수화는 사대부를 중심으로 한 문인화로 발전하게 되고, 성리학 사상을 중시하는 문인화는 이기(理氣)의 내포를 가장 중요한 요소로 삼는다.[7] 산수화의 정신에는 또한 성현이 산수를 가까이 하는 까닭, 군자가 산수를 좋아하는 까닭 등을 밝혀 놓음으로써 산수화의 위상을 높이고, 인간과 자연과의 관계를 한층 긴밀하게 한 곽희의 영향 또한 적지 않다.[8] 그는 『임천고치』에서 다음과 같이 말한다.

> 군자가 무릇 산수를 사랑하는 까닭은 그 뜻이 어디에 있는가. 전원은 인간의 바탕을 키우니 항상 거처하는 바이며, 泉石은 노래하고 倨傲하니 항상 즐기는 바이다. 고기 잡고 나무 하며 은일함은 항상 즐기는 바이며, 원숭이와 두루미가 날고 우는 것은 항상 관망하는 바이다. 속세의 시끄러움과 속박은 사람들이 항상 싫어하는 바이며, 煙霞의 신선과 성인은 사람들이 항상 원하지만 능히 볼 수 없는 바이다.[9]

---

6) 이는 성리학의 理氣 관계의 개념과 통한다(금장태, 『유학사상과 유교문화』, 전통문화연구회, 1995, 260-263쪽). 성리학에 대한 구체적인 설명은 先學의 연구 및, 김상진, 『조선중기 연시조의 연구』, 민속원, 1997, 18-25쪽 참조.

7) 김종태, 『한국화론』, 일지사, 1989, 133-134쪽.

8) 곽희가 활동하던 때는 성리학의 이념이 성립되던 시기로 이에 영향 받게 된다. 조선조 산수화는 안견에 의해 크게 고무되었는데 안견 또한 곽희에게 많은 영향을 받아, 결국 조선의 산수화는 곽희의 정신을 수용하게 된다. 한편 조선조 산수화는 士人 계층이 중심이 됨으로써 성리학 사상의 표현이 주가 되며, 그러므로 곽희의 산수화를 수용함에 있어서도 유가적인 면모에 더욱 치중하는 성향을 보인다.

9) 『林泉高致』<山水訓> : 君子之所以愛夫山水者 其旨安在. 丘園養素 所常處也. 泉石嘯傲 所常樂也. 漁樵隱逸 所常的也. 猿鶴飛鳴 所常觀也. 塵囂韁鎖 此人情所常厭也. 煙霞仙聖 此人情所

즉 군자가 산수를 사랑하는 것은 자연을 통해 인간의 본성을 키우고 즐거움을 맛보기 위함이다. 군자가 산수를 취하려는 것 또한 화려함이나 신성함을 얻기 위함이 아니라 소박함을 위해서이다. 곧 산수를 인격 수양의 장소로 인식한다는 것인데 이는 우주를 논하는 이기론(理氣論)과 인생을 논한 심성론(心性論)과의 관계에서 이해할 수 있다. 즉 인간은 우주 내에 있는 존재이기 때문에 이기론과 심성론은 상호 관련을 갖게 되는 것이다. 그래서 산수화는 종종 인격 수양의 도구가 되고 있다.

산수에 대한 관심은 또 한편으로 산수문학을 형성하였다.[10] '국문학의 산수문학은 시조와 가사에서 형성되었다'[11]는 최진원의 지적으로도 알 수 있듯이 산림에 처하던 사림과 문인들을 중심으로 시조와 가사가 다수 창작되었고, 그 가운데서도 시조는 이 시기 문학의 주 장르가 되었다. 이들에게는 한시가 익숙했을 텐데도 불구하고 은거하며 지낼 때 느끼는 정회를 시조에 담아 노래했던 것은 그만큼 시조의 형식과 율격이 그들의 정서를 노래하는 데 더 적합했기 때문일 것이다.

시조는 출발에서부터 유가의 이념을 담고 형성된 장르이다. 성리학의 발전시기와 시조의 발전시기가 일치한다는 것은 이들의 관계를 더욱 설득력 있게 한다. 사화와 당쟁으로 얼룩진 이 시기에, 사림과 문인들은 당시의 사회가 조화

常願而不得見也.

10) 손오규는 「산수문학의 형성과 그 개념」(『고전시가의 이념과 형상』(임하 최진원박사 정년기념 논총, 1991)에서 산수문학의 개념을 江湖歌道와 관련 지어 설명하였다. 즉 강호가도가 역사·사회적 배경을 중시한 것이라면 산수문학은 보다 포괄적인 개념으로 사상적 배경과 미학적 측면을 중시한다고 하며 강호가도는 산수문학 속에 포함된다고 하였다. 산수 문학에 대한 필자의 견해 역시 이에 동의한다.

11) 최진원, 「국문학에 나타난 자연」, 『도남학보』10집, 도남학회, 1987, 28쪽. 한편 山水文學은 중국의 謝靈雲에 창시된 문학유파로 山水美를 형상화한 것인데, 우리나라의 경우, 시조와 가사에서 형성되었다고 하면 결국 우리나라에서 산수문학이 형성된 것은 대략 16세기로 볼 수 있다. 그것은 시조에서 山水 자연을 노래하게 된 것이 16세기 무렵으로, '黨爭下의 明哲保身과 致仕客의 閑寂'으로 '江湖歌道'가 형성된 것과 때를 같이 한다.

의 이상 실현이 현실적으로 불가능함을 인식하고 조화의 실천이 가능한 자연에 들어가 자아의 이상을 노래하였다.[12] 이로써 산수화와 마찬가지로 산수시조도 사대부 문인들의 인성과 사상을 담게 된다.

3. 산수화와 산수시조의 관련 양상

산수화가 그림으로 산수를 나타낸다면 산수시조는 언어(문자)로 산수의 아름다움을 표현한다.[13] 산수화나 산수시가 여느 그림이나 시와 다른 것은 이들은 단순하게 어떤 대상을 통하여 얻어지는 미적 심미감만을 표현한 것이 아니라는 점이다.[14] 이는 곧 도의 발현으로, 미감 또한 천인합일의 사상에 의해 규정된다. 본 장에서는 이러한 산수화와 산수시조에 나타난 이념적 특질과 함께 그들이 추구하는 미의식이 무엇인지에 대하여 논의하기로 한다.

1) 자연합일과 천리지정(天理之正)

인간의 본성과 천리(天理)에 대한 문제가 주된 과제인 성리학은 16세기에 접어들며 실천적 문제의 이론적 근거, 즉 인간의 본성과 우주의 원리를 밝히는 것으로 발전하여 융성하게 된다. 그래서 조선조 성리학은 내면적 성실성을 추구하는 인성론의 측면과 인간 행위의 준칙과 규범을 실행에 옮기는 실천적 측면을 동시에 발휘한다.[15] 이는 곧 자연과 인간과의 조화를 모색하고, 천리를

---

12) 성기옥, 「고산시가에 나타난 자연인식의 기본 틀」, 『고산연구』창간호, 고산연구회, 1987, 38쪽.
13) 박희병의 「한국산수기 연구」(『고전문학연구』제 8집, 한국고전문학연구회, 1993, 217쪽)에서는 산수기와 산수화의 차별성을 언급하며 산수화는 線, 形態, 濃淡으로 산수미를 표현한다고 하였다.
14) 이에 대해 조동일은 '중세 상층 지식인은 그들의 정신세계를 산수를 통해서 나타내는데, 이것이 산수시와 산수화인 것이다'고 설명한다(조동일, 「산수시의 경치, 홍취, 이치」, 『한국 시가의 역사 의식』, 문예출판사, 1993, 148쪽).

따르고 실천하려는 정신으로 이어져 산수화나 산수시조에도 나타나게 된다. 먼저 산수화는 인물의 비중이 큰 '소경인물(小景人物) 산수화'와 '대경인물(大景人物) 산수화'가 주로 그려졌다는 사실을 들 수 있고, 조선조 산수화풍에 강력한 영향을 미친 곽희의 『임천고치』에서 구체적인 면모를 검토할 수 있다.

[1] 石者天地之骨也, 水者天地之血也.
[2] 山以水爲血脈 以草木爲毛髮 以煙雲爲神彩.
[3] 水以山爲面 以亭榭爲眉目 以魚釣爲精神.
[4] 李成子孫昌盛, 其山脚地面 皆渾厚闊大 上秀而下豐, 人之有後之相也.

[1]에서 곽희는 돌과 물을 각각 천지의 '뼈'와 '피'라고 하며 그것이 천지간의 기본이 됨을 강조하였다. 인간에게 있어서 뼈와 피가 근본을 이루는 것과 같은 이치다. [2]와 [3]은 산과 물이 이루어지는 형상을 설명하였는데 '산은 물로써 혈맥을 삼고, 초목으로써 머리카락을 삼고, 안개와 구름으로써 정신과 안색을 삼는다'고 하고 이어 '물은 산으로써 얼굴로 삼고 정자로써 눈썹과 눈을 삼고, 고기를 낚는 것으로써 정신을 삼는다'고 설명하고, 산을 이루는 가장 핵심이 되는 것, 물가를 형성하는 가장 긴요한 것을 혈맥과 얼굴에 비유함으로써 인간과 화합됨을 나타내었다. 특히 [4]에서는 '이성(李成)은 자손이 창성하였는데, 그(그가 그린 그림의) 산기슭과 지면이 모두 크고 두텁고 넓어서 위로는 빼어나고 아래로는 풍부하여, 그의 후손의 모습이(그림에) 있었다'고 하여 인간과 산수의 친연함에서 더 나아가 양자를 영향수수 관계로까지 파악한다.

실제로 산수화는 자연물을 묘사함에도 천리의 이치를 따르고자 하였다. 하늘은 높고 땅은 얕다는 것이 자연의 질서이며 법칙인데 이는 부자(父子)나 부부, 혹은 군신, 주종(主從)의 관계로 구체화된다. 즉 주산(主山)과 객산(客山)과의 관계, 큰 나무와 작은 나무의 관계를 주종의 관계로 파악한 것이다. '큰 산의

---

15) 최영성, 『한국유학사상사Ⅱ』, 아세아문화사, 1995, 216-224쪽.

당당함이 여러 산들의 주가 된다'[16]고 한 것이나, '산수는 먼저 일명 주봉(主峰)으로 삼을 대산(大山)의 이치를 생각하고, 주봉의 뜻이 정해졌으면 가까운 것, 먼 것, 큰 것, 작은 것의 순서로 그려야 한다'[17]고 하여 자연을 묘사함에 있어서도 주종, 상하의 질서를 중히 여겼다. 16·17세기의 산수화에서 주산과 객산의 개념은 '화유빈주(畵有賓主)' 혹은 '화유군신(畵有君臣)'이란 말로 구체화된다.

이는 곧 군신유의(君臣有義)의 정신과 부합되는 것으로 천리지정을 나타내는 것이라 하겠다.[18] 구도에 있어서도 산수와 인물의 조화를 꾀하였을 뿐 아니라 전경, 중경, 후경의 삼단 구성에 의한 화면 배치, 먹[墨]의 사용에 의한 원근법 등으로 안정된 구도를 추구하며 산수화가 정착되는 모습을 보였다.[19]

[그림 1] 金禔, <寒林霽雪圖>, 1584년. 絹本淡彩, 53×67.2cm, 日本個人藏

작품으로는 양송당(養松堂) 김제(金禔, 1509 이후-1584 이후)의 <한림제설원(寒林霽雪圖)>과 심영(心永) 이정근(李正根, 1531-?)의 <설경산수도(雪景山水圖)> 등이 있다. 김제는 조선 중기 산수화의 대표적인 인물로 후대 화가들에게도 많은 영향을 미쳤다. <한림제설도>는 전(傳) 안견(安堅)의 <사시팔경도(四時八景圖)>의 <초동(初冬)>과 유사하지만[20] 수평적으로 좀더 확산되어 전체적인 균형감을 꾀하고 있어 차이를 보인다. 세부적인 묘사에 있어서도

---

16) 『林泉高致』<山水訓> : 大山堂堂爲衆山之主.

17) 『林泉高致』<畵訣> : 山水先理會大山名爲主峰 主峰意定 方作以次 近者遠者小者大者.

18) 이 시기 繪畵와 성리학과의 관계는 이 시기에 등장한 畵論이 거의 性情論과 天機論이었다는 사실과도 유관하다(유홍준, 『조선시대 화론 연구』, 학고재, 1988, 81-88쪽).

19) 조선 중기 산수화의 구도에 관한 것은 윤연원의 「조선왕조 중기 산수화의 구도적 특색」(홍익대 교육대학원 석사논문, 1988) 참조.

20) 안휘준, 「조선초기 및 중기의 산수도」, 『산수화(상)』, 중앙일보, 1980, 172-173쪽.

주산과 마을, 정자 등이 전경-중경-원경으로 조화롭게 배치되어 있다. 안견파
화풍의 영향을 받아 편파구도를 이루고 있으면서도 그림 전체의 조화를 잃지
않아 균형감을 유지한다. 이정근 또한 안견파 화풍과 함께 미법산수화풍을
수용하였다. <설경산수도>는 중심축에 무게가 실려 있는 중앙중심적 구도로

[그림 2] 李正根, <雪景山水圖>,
16세기후반, 絹本淡彩, 19.6×15.8cm,
國立中央博物館藏

안정감을 획득하고, 좌우가 균형을 이루는
가운데 주산은 두드러지게, 먼 산은 윤곽만
으로 처리하여 조화를 꾀하였다. 단선점준
(短線點皴)과 연두색의 설채(設彩)로 이루어
진 <설경산수도>는 16세기 산수화의 전형
이라 할만하다. 그 밖에 함윤덕(咸允德, 16세
기)의 <기려도(騎驢圖)>는 소경산수인물화
의 전형을 보이는 작품으로 그림의 중앙에서
말을 타고 가는 인물이 주변의 경물과 함께
조화를 이루고 있다.

산수 시조 또한 사림파 문인들에 의해 주
로 이루어짐으로써 그들의 이념이 담기게 된
다. 사림의 정신은 '성리학적 교화에 의한 실천적 유학정신'[21]이라는 말로 요약
된다. 그래서 기(氣)의 현상인 산수를 통해 본질의 리를 파악하고 이를 인성(人
性)과의 관계에서 노래하였다.

> 靑山은 엇뎨호야 萬古에 프르르며
> 流水는 엇뎨호야 晝夜에 긋디 아니는고
> 우리도 그치지 마라 萬古常靑 호리라. (李滉)
>
> 靑山도 절로절로 綠水도 절로절로

21) 윤사순, 『한국유학논구』, 현암사, 1980, 38쪽.

山절로 水절로 山水間에 나도절로
그中에 절로 ᄌᆞ란 몸이니 늙기도 절로 ᄒᆞ리라. (宋時烈)

　'山'과 '水'를 직접 거론하여 시의 대상으로 삼은 것 가운데 16세기와 17세기
작품을 한 수씩 고른 것이다. 첫째 시조는 퇴계의 <도산십이곡> 중 제 11수이
다.[22] 주지의 사실로 <도산십이곡>은 시조 작품이기에 앞서 퇴계의 사상이
농축된 도의 발현으로 더욱 많은 가치를 지니고 있다. 퇴계는 청산과 유수의
함축을 통하여 그가 머물고 있는 도산의 산수 전체를 이야기한다. 여기에 등장
하는 청산과 유수는 자연물 가운데 하나이다. 청산과 유수의 관계를 보면 이들
은 전혀 상반된 것을 지향하는 듯하나 한편으로는 공통점을 지니게 된다. 즉
이 둘은 항상 그들의 모습을 간직하고 있다는 것이다. 청산이 늘 그 자리에서
고정불변하는 정(靜)의 상태를 유지하고 있고, 유수가 끊임없이 움직임으로써
동(動)의 모습을 지닌다는 점에서는 서로 반대되지만 각각 정의 상태와 동의
상태를 '유지'한다는 점에서 일치하는 것이다. 청산이 만고에 고정된 상태라면
유수는 주야에 쉼 없이 흘러가는 것이다.

　퇴계는 이러한 청산과 유수의 모습을 감상하는 데 머무는 것이 아니라, 이를
인간의 삶의 영역으로 끌어 들인다. 종장 첫 구의 '우리도'는 시의 공간을 산수
에서 인간으로 전환시키는 역할을 한다. 그런데 퇴계에게 청산과 유수가 가치
있는 것은 그들이 각각 항상성(恒常性)을 지니고 있다는 것이다. 그래서 유수와
같이 '그치지 말 것'과 청산과 같이 '만고상청'할 것을 다짐하고 있다. 이는
곧 산수 자연의 질서를 인간의 질서로 치환함으로써 인간과 자연의 합일을
꾀하는 것이라 하겠다.

　둘째 시조는 우암(尤菴) 송시열(宋時烈, 1607-1689)의 작품이다.[23] 우암은

---

22) <陶山十二曲>에 대하여 손오규는 조윤제·최진원의 견해를 종합하여 '<도산십이곡>은
　　조선조 산수문학 중에서 秀出한 작품'이라고 하였다(손오규, 『산수문학연구』, 제주대학교
　　출판부, 2000, 53쪽).
23) 河西 金麟厚(1510-1560)의 작품으로 기록된 경우도 있다.

노론의 영수로 문학의 천리지정을 강조하며, 문학은 도의 규제를 받아야 한다는 생각을 지녔다. 그런 만큼 그의 문학 작품은 곳곳에 도의 정신이 들어 있다. 퇴계의 산수가 정·동의 개념이라면 우암에게 있어서 산수는 푸르름의 대상이며 '절로절로'하는 친자연의 대상이 된다.[24] 퇴계가 산과 수의 차별성을 인식하며 받아들인 것과는 다르게 우암은 이들을 자연의 구조물이란 동질성의 개념으로만 파악하였다. 우암이 거듭 강조하는 '절로절로'란 곧 무위자연(無爲自然)을 뜻함이다.[25] 어떤 조작 없이 저절로 이루어지는 것으로써 자연의 질서이자 하늘의 이치인 것이다. 청산과 녹수가 절로절로라는 것은 하늘의 이치를 그대로 품수 받은 것으로써 우암이 말하는 천리지정에 해당한다.

'절로절로'는 산수에만 국한되지는 않는다. '청산도' '녹수도'라는 표현에서 알 수 있듯이 청산과 녹수뿐만이 아니라 모든 자연물이 절로절로인 것이다. 그런데 더욱 중요한 것은 바로 인간인 '나' 또한 '절로절로'라는 사실이다. '나'가 절로절로 할 수 있는 까닭은 '나'가 위치한 공간이 '산수간'이기 때문이다. 즉 청산과 녹수가 절로절로 하기 때문에 그 사이에 있는 나 또한 절로절로 할 수 있는 것이다. 더욱이 종장에서 '늙기도 절로절로'라고 하여 인간의 늙어가는 모습조차도 한탄의 대상이라기보다는 하늘의 당연한 이치로 받아들임으로써 자연의 질서에 순응하는 모습을 보인다.[26]

---

24) 최진원님은 陶南의 '절로절로 된 영원한 自然 그대로를 즐기면서 자연간에서 절로절로 자라난 몸을 그 자연 가운데 먼저 자연과 더불어 절로절로 늙어가리라 하는 것이 우리 민족의 자연관이오, 동시에 자연을 이해하는 방식이 되었다'는 것을 인용하며 절로절로에 대하여 상세히 논하였다(최진원, 『국문학과 자연』, 성대출판부, 1986, 102-115쪽).

25) 원래 無爲란 老莊의 개념이나, 이는 또 '존재의 직접적인 긍정'이므로 이는 전체적 세계의 용인이 되고 조화적 세계관이 된다(최진원, 『한국고전시가의 형상성』, 성균관대 대동문화연구원, 1988, 119쪽).

26) 이러한 산수 인식은 다음 시기의 작품에서 그대로 답습하는 양상을 보인다. 예컨대 반구옹 신지(1706-1780)는 <영언십이장>에서 "靑山은 萬古靑이오 流水난 晝夜流라 / 山靑靑 水流流 그지도 읍슬시고 / 우리도 긋치지마라 山水갓치 하오리라"(제11수)고 노래하여 퇴계의 산수 인식과 일치를 보이고 있다. 이것이 18세기의 모습으로 그렇게 일반화된 것은 아니지만 이로써 16·17세기인의 산수에 대한 확고한 이념이 후대에까지 영향을 미쳤음을 추론할

산수 시조에 등장하는 산수를 퇴계의 개념으로 파악하면 소이연(所以然)의 리가 된다. 리란 사물 이전에 형성된 것으로 기의 작용에 의해 형체를 지니는 일체를 초월한 절대적인 존재이다. 그런데 리에는 체용이 있어 그것의 작용으로 리가 스스로 능발능생(能發能生)하여 우주 만물을 주재하고 생화(生化)한다. 즉 정의(情意) 조작 없는 본연의 체와 능발능생하는 지묘(至妙)의 용(用)이 있게 된다. 사림파 문인들은 산수를 체용의 합일체로 보는 한편 인간의 본성에도 역시 체용이 작용한다고 보았다.[27] 결국 산수와 함께 인간이 서로 친연하여 천인합일의 정신을 담는 한편 천리지정을 따라 질서 정연하게 움직임으로써 조화 일치를 추구한다.

2) 수기와 치인의 이중적 지향

산수화나 산수시조가 배태되는 이유 가운데 하나로 갈등의 양상을 꼽을 수 있다. 여기에는 특히 사림파 문인들의 출처의 갈등이 주가 된다. 출과 처는 상대적인 것으로 양자를 동시에 만족시킬 수 있는 방법이 현실로는 불가능하게 된다. 요컨대 출하면 치군택민(致君澤民), 처하면 조월경운(釣月耕雲)하는 것이다. 출하여 나라와 어버이에게 충효하는 것이 치인을 지향하는 것이라면, 처하여 임천에 머물며 연하를 벗 삼으려는 것은 수기를 향한 욕망이다. 이렇듯 상반된 양자를 지향하는 데서 빚어지는 갈등은 크게 두 가지가 있을 수 있다. 우선은 어느 공간을 택해야 할지 미정의 상태에서 겪는 것과, 둘 중 하나를 택했을 때 선택하지 않은 것을 그리워하는 데서 생기는 갈등이 그것이다. 후자의 경우는 상상 속에서 즐김으로써 해소할 수 있겠으나, 이 또한 갈등의 연장선으로서의 파악이 가능하며 이들은 모두 산수화나 산수시조를 형성하는 동인이된다.

수 있다.
27) 김상진, 앞의 책, 186쪽.

조선 중기의 산수화는 직업 화가가 아닌 문인(사대부) 계층에 의해서 주로 향유되었는데, 이들이 산수화를 그리게 되는 동기 또한 출처로 인한 모순된 갈망을 해결하기 위함일 수 있다.[28] 그러므로 자연합일과 천리지정의 정신이 산수화에 나타난 형상을 뜻한다면, 수기와 치인을 동시에 지향하는 모순에서 빚어지는 갈등은 산수화를 그리게 하는 정신적 배경으로 작용하게 된다. 그런 만큼 작품에서 직접적인 갈등의 모습을 찾기란 그리 쉬운 일이 아니다. 다만

붓의 사용이나 채색의 정도, 전체적인 구도로 갈등의 모습을 암묵적으로 느낄 수 있을 뿐이다. 그림의 예로는 김제의 <동자견려도(童子牽驢圖)>나 낙파(駱坡) 이경윤(李慶胤, 1545-?)의 <산수인물도(山水人物圖)>, 이흥효(李興孝, 1537-1593)의 <산수도(山水圖)> 등이 있다. 이들의 공통점으로는 거친 묵법(墨法)과 색채의 강한 대비 등을 꼽을 수 있겠는데, 이런 강렬함은 내면적인 갈등의 표출로 볼 수 있을 듯하다.

[그림 3] 金禔, <童子牽驢圖>, 16세기후반, 絹本淡彩, 111×46cm, 서울 個人藏

김제는 문신인 김안로(金安老, 1481-1537)의 자제로 사인화가(士人畵家)이다.[29] 그러므로 그는 앞서 언급한 사대부 화가로서 느껴야 했을 갈등이 있었을 것이며, 이는 그림으로도 나타났을 것이다. <동자견려도>는 전체적인 구도에서 왼쪽 하단부에 무게가 치우친 편파구도로 흑백의 강한 대비, 바

---

28) 곽희가 산수화를 그리는 것은 '임금과 어버이에 대한 충성과 효성심'과 '임천을 그리워하고 연기와 노을을 벗 삼으려는 갈망'의 두 가지 모순을 해소하기 위한 것이라 할 수 있다(지순임, 『산수화의 이해』(3쇄), 일지사, 1999, 137-138쪽).

29) 김제의 畵는 崔岦의 文, 韓濩의 書와 함께 三絶로 불리워졌으며, 그는 圖畵署의 벼슬까지 지낸 인물이다(이동주, 『한국회화소사』, 서문당, 1982, 138-139쪽).

[그림 4] 李興孝, <山水圖>, 1593년, 絹本水墨, 29.3×24.9cm, 서울 個人藏

위를 표현함에 나타난 거친 묵법, 주봉까지 솟아오른 소나무의 뒤틀린 모습 등에서 뭔가 울울한 마음을 느낄 수 있다. 이경윤 또한 조선 중기 화단의 중요한 인물이다. 그의 증조가 성종(成宗)의 열 한 번째 아들이니 그 또한 사인화가라 하겠다. <산수인물도>는 <동자견려도>의 맥을 잇는 작품으로 산과 언덕들의 흑백의 대조가 매우 극명하게 이루어져 있고, 비스듬히 솟아오른 산들의 모습은 요동을 치듯 격렬하면

서 다소 불안하게도 보인다. 이러한 모습에서 갈등의 흔적을 짐작할 수 있다. 이흥효는 화가 집안에서 태어난 인물로 역시 주목받는 화가이다. <산수도>는 임진왜란을 피하여 홍양(洪陽)에 머물며 그린 작품으로, 나라의 정세가 어려운 데다가 개인적으로는 병까지 앓고 있었다.[30] 이런 심적 고통이 느껴지듯 그림은 좌우가 완전히 구분되어 마치 이쪽 세상에서 저쪽 세상을 그리워하는 듯한 느낌이 드는 것으로, 갈등의 양상이 가장 적극적으로 묘사된 작품이라 하겠다. 수기와 치인을 동시에 지향함으로써 초래되는 갈등은 시조 작품에서 보다 적극적으로 표현된다. 퇴계를 중심으로 하여 수기를 지향하는 사림파 문인들의 시조에서 찾아볼 수 있는 것으로 송암 권호문의 <한거십팔곡>은 대표격이라 할 만하다. 그는 여기서 자식이 벼슬길에 나아가길 바라는 모부인에 대한 효와

---

30) 그림의 왼쪽에 "萬曆癸巳避亂洪陽病中作"이란 글씨가 적혀 있다.

산수 자연에 머물며 수기에 힘쓰고 싶은 자신의 바람 속에서 갈등하는 모습을 시조에 담아내고 있다.[31]

> 江湖애 노쟈ᄒ니 聖主를 ᄇ리레고
> 聖主를 셤기쟈ᄒ니 所樂애 어긔예라
> 호온쟈 岐路에 셔셔 갈더 몰라 ᄒ노라 (權好文)

<한거십팔곡>의 제 4곡이다. 송암은 약관의 나이부터 과명(科名)에는 뜻이 없고 처사로 머물기를 바랐던 방외인적 인물로 강호에 대한 열망이 그 누구보다 강렬했다. 그랬기 때문에 그의 한시와 시조에는 효와 자신의 소망 사이에서 갈등하는 모습이 자주 등장한다. 위의 시조 또한 자신의 바람과 충효 사이에서의 갈등을 담아내고 있다. 강호와 성주(聖主)는 각각의 공간을 대표한다. 강호와 성주는 서로 대척점에 있어서 공존의 여지가 없다. 강호에 머물려면 성주를 버려야 하고 성주를 택하자니 강호를 포기해야 한다. 강호의 선택은 방외인으로 살고픈 자신의 욕망을 채울 수는 있지만 모부인에게는 불효를 저지르는 셈이다. 성주를 택한다는 것은 환로에 나아가 벼슬길에 오르는 것이니 효를 행할 수는 있지만 자신이 즐겨 하는 바는 아니다. 송암의 이러한 갈등은 종장에 이르러서도 해결의 기미가 보이지 않는다. 어느 누구의 도움도 받을 수 없이 '혼자' 기로에 서서 방황만 하고 있을 뿐이다. 이러한 갈등의 모습은 다음 신계영의 시조에서도 찾을 수 있다.

> 늘고 병이 드러 江湖에 누워신들
> 님 向ᄒ 丹心이 좀 드다 니줄소냐
> 千里의 一片魂夢이 오락 가락 ᄒᄂ다 (辛啓榮)

31) <閑居十八曲>에 나타난 出處의 갈등에 대해서는 이 책의 제 6장 참조.

위의 시조는 신계영의 <연군가> 3수 가운데 마지막 작품이다. 신계영은 광해군에서 효종 6년까지 관직 생활을 한 후, 향리인 충남 예산에 내려가 소당 (小堂)을 짓고 그곳에서 전원생활을 하였다. <연군가>는 향리에 머물면서도 여전히 군주를 그리워하는 마음을 노래한 것이다. 화자의 현재 상황은 초장의 진술 그대로이다. 젊은 시절에는 일본과 청나라를 오가며 임무 수행을 다 하여 충직함을 보였지만, 이제는 나이가 들어 향리에 머물러 산수 자연을 벗삼아 소일하고 있을 뿐이다. 그러나 몸은 비록 님을 떠나 왔지만 마음은 아직 님의 곁을 벗어나지 못하여 잠이 들어서도 오직 님의 생각뿐이다. 현실이 마음을 따라 주지 않을 때, 생각과 현실이 일치하지 못할 때 인간은 또다시 갈등에 빠질 수밖에 없다. 이러한 갈등의 마음이 종장에서 '일편혼몽이 오락가락'한다 는 것으로 요약되는데, 이는 처해 있으면서 출의 공간을 그리워하는 데서 빚어 지는 갈등이라 하겠다.

조선시대의 사대부들은 맹자의 '궁즉독선기신, 달즉겸선천하'를 정치의 이 상으로 여겨 비록 때가 아니어서 독선을 하더라도 이는 어디까지나 겸선을 하기 위한 준비 과정이었다. 그럼에도 한 편으로는 '인자요산 지자요수'의 사상 을 아울러 지니고 있어서 산수를 통하여 덕을 쌓고자 하였다. 산수에서 덕성을 쌓아 인격을 수양하려는 수기의 지향과 세상에 나아가 겸선을 하려는 치인적 지향이 모순을 일으키며 이러한 갈등이 작품으로 형상화되었다.

3) 평담(平淡)의 미의식

중용의 도를 추구하는 사대부들은 산수를 택함에 있어서도 얕고 부드러운 산자락과 그윽한 계곡에 맑고 잔잔한 냇물이 흐르는 곳을 취했고, 너무 높은 산이나 너무 깊은 물은 피했다.[32] 이는 그들의 미의식에도 작용하여 눈에 두드 러진 현란함보다는 평담의 미를 추구하게끔 하였다. 평담이란 평원(平遠)과

---

32) 금장태, 앞의 책 참조.

담박(淡泊)을 뜻하는 것으로, 일격(逸格)의 지향하는 바이며 기교의 극치로 인격의 심원함에서 나오게 된다. 퇴계는 자신의 시에 대하여 '나의 시는 고담(枯淡)하여 사람들이 기뻐하지 않음이 많다'라고 하였다. 그러나 '슬쩍 볼 때는 냉담한 듯하나 오랫동안 자세히 보면 의미가 없지도 않다'[33]고 적은 후세인의 기록으로도 알 수 있듯이 일견 아무 의미 없이 묘사한 듯한 자연의 모습이지만 여기에는 또한 도가 담겨져 있다. 퇴계에게 있어서 자연이란 단순히 완상의 대상만은 아니다. 그에게 자연은 도의를 키우고 심성을 기를 수 있는 하나의 매개물인 것이다.[34]

[그림 5] 梁彭孫, <山水圖>, 16세기전반, 紙本水墨, 88.2×46.5cm, 國立中央博物館藏

이러한 평담의 미는 산수화에서는 어쩌면 상식적인 미감이다. 곽희는 당시 문인 정신인 평담 사상을 회화의 문학화로 받아들여 평원으로 자각하여 그것을 산수화로 표현하기에 이르렀다. 우리나라 또한 사대부들의 호연지기와의 관계 속에서 조선조에 진일보하였다.[35] 평원이란 삼원(三遠) 가운데 하나로 가까운 산에서부터 먼 산을 바라보는 것으로,[36] 이렇게 바라보는 산수는 충융(沖融)하고 표묘(縹緲)하다.[37] 곽희는

---

33) 『退溪集』, <言行錄> : 先生喜爲詩 平生用功甚多 嘗言吾詩枯淡人多不喜 然於詩用力頗深 故初看雖似冷淡 久看則不無意味.

34) 이는 곧 '성리학을 사상의 근거로 하고 산수를 노래한 시는 '도체'의 구현이라고 할 이치를 제시하는 공통점'이 있다는 것과도 상통한다(조동일, 「산수시의 경치, 흥취, 이치」, 앞의 책, 139쪽).

35) 지순임, 앞의 책, 27-28쪽.

36) 곽희의 三遠은 高遠, 深遠, 平遠으로, 고원은 산 아래에서 산 위를 올려다 보는 것이고, 심원은 산 앞에서 산 속을 둘러 보는 것이며, 평원은 가까운 산에서 먼 산을 수평적으로 바라보는 것을 의미한다(『林泉高致』<山水訓> : 自山下而仰山顚謂之高遠, 自山前而窺山後

또한 평원산수는 산수를 그리워하는 마음을 잘 승화시킬 수 있는 요인이 있다고 하며 그런 이유로 군자는 평원 산수를 가장 애호했다고 하였다. 그래서 문인 산수화는 평원화법을 기본구도로 하여 근경에는 수목과 폭포, 중경에는 연운(煙雲), 원경은 산이 안개와 구름에 덮여 있는 것을 묘사하였는데 근경은 농묵(濃墨), 중경은 농담(濃淡), 원경은 담묵(淡墨)으로 표현하였다.

조선 중기는 평원 산수화가 가장 많이 그려진 시기로[38], 이 시기의 산수화는 대다수가 평담을 기본적인 미감으로 삼고 있다. 그중 양팽손(梁彭孫, 1488-1545)의 <산수도(山水圖)>, 이경윤의 <고사탁족도(高士濯足圖)>와 <주계단안도(舟

[그림 6] 李不害, <曳杖逍遙圖>, 16세기후반, 紙本水墨, 18.6×13.5cm, 國立中央博物館藏

繫團岸圖)>, 이불해(李不害, 1529-?)의 <예장소요도(曳杖逍遙圖)>, 이정(李楨, 1578-1607)의 <산수도(山水圖)>, <노옹탁족도(老翁濯足圖)>, 윤의립(尹毅立, 1568-1643)의 <하경산수도(夏景山水圖)> 등이 대표적이다. 이 가운데 양팽손은 문과에 급제한 여기화가(餘技畵家)로, 그의 <산수도>는 전안견의 <사시팔경도>의 계통을 이으며 평원화법의 구도를 이룬다. 이불해의 <예장소요도>는 당시의 화단을 짐작케 할 만큼 전형을 띠고 있는 그림으로, 농묵과 담묵의 변화를 통한 원근법, 원산의 안개 처리 등으로 담박함을 느끼

謂之深遠, 自近山而至遠山謂之平遠).
37) 『林泉高致』 <山水訓> : 平遠之意沖融而縹緲.
38) 김종태, 앞의 책, 279-282쪽.

게 한다.

이처럼 조선 중기의 산수화에서 평원화법이 기본 구도로 사용된 것은 역시 시대적 이념이 반영된 것으로, 성리학적 사상에 익숙한 사대부들에게는 가장 공감할 수 있는 미감을 제공한 것이라 하겠다.[39] 이들에게 있어서 아름다움은 조회수조(彫繪繡藻)의 화려함이 아니다. 조선시대의 백자를 통해서 느낄 수 있는 것과 같이 일체의 화려함을 배제한 건조하리만큼 담백한 아름다움, 그것이 이 시대 사대부들이 추구하는 아름다움이었다. 이 같은 미의식은 이 시기의 산수화가 거의 수묵담채화로 이루어지며 여백의 미를 추구하였다는 것으로도 확인된다.[40]

공자는 '회사후소(繪事後素)'를 강조했다.[41] 회화에 있어서 채색의 호화찬란함과 내용의 조화를 강조하는 이 말은 중용의 도와 연결되는 것으로 유교에서는 희로애락을 함부로 나타내지 않고 속에서 충만하여 밖으로 나타나지 않는 중(中)의 정신을 겸양으로 여겼다.[42] 이러한 중의 개념이 산수화에서는 평담의 미로 구체화되고 조선 중기의 산수화는 가장 뚜렷한 흔적을 보였다. 요컨대 시대적 이념과 맞물려 이 시기의 회화는 중용의 정신을 표방하게 되었으며 이는 특히 인격의 수양과 청빈한 마음가짐을 중시하는 산수화에 많은 영향을

---

39) 사대부와 平遠畵法과 平淡의 관계는 <산수훈>에서 군자가 산수화를 귀하게 여기는 이유를 "평원산수가 가장 사대부의 지지를 얻었던 듯하다. 왜냐하면 평원산수가 관직에 나아가 벼슬을 하던 입장에서 臥遊라고 하는 가치밖에는 구할 수 없었던 사대부에게 지극히 사람의 눈을 넓고 멀리 바라보게 한다"고 한 것이나, "인물을 삼원에 표현할 때에도, 高遠者는 명료하고 深遠者는 細碎하며 平遠者는 沖澹하다"고 한 것을 통해서도 알 수 있다(지순임, 앞의 책, 111-115쪽 참조).

40) 餘白 또한 形似抑制함으로써 이는 淡泊과 유사개념으로 파악할 수 있다(최진원,『한국고전시가의 형상성』(앞의 책, 75-102쪽).

41)『論語』<八佾> : 子夏問曰 巧笑倩兮 美目盼兮 素以爲絢兮 何謂也 子曰 繪事後素. 이에 대해 朱子는 '素란 회화의 質이고, 絢이란 회화의 장식이라 [素粉地 畵之質也. 絢采色 畵之飾也]' 하였다.

42) 中이란 喜怒哀樂이 아직 발동하지 않은 상태이며 아직 形을 취하지 않은 形으로, 없는 것은 아니며 形을 취할 가능성을 지닌 상태를 뜻한다.

미쳐, 조회수조보다는 담박한 평담의 아름다움을 지향하게 된다.

시조작품에서 평담의 미를 가장 잘 묘사한 것으로 <고산구곡가>를 들 수 있다. 최진원은 <고산구곡가>에 대하여 '담박에 시의 본질을 두어 조회수조와 이정탕심(移情蕩心)을 단호히 배격하였다'고 하며 <고산구곡가>의 미를 '담박'이라고 규정하였다.[43] 실로 <고산구곡가>는 10수 모두 '묘사도 별로 없이' 고산 구곡을 차례로 나열하며 노래하고 있을 뿐이다.

> 三曲은 어드미요 翠屛에 닙 퍼졌다
> 綠樹에 山鳥는 下上其音 흐는 적에
> 盤松에 바롬을 바드니 녀름 景이 업시라 (李珥)

> 四曲은 어드ᄆ오 松崖에 히 넘거다
> 潭心岩影은 온갓 빗치 줌겨셰라
> 林泉이 깁도록 됴흐니 興을 계워ᄒ노라 (李珥)

고산 구곡의 여름을 노래한 위의 시조에서 율곡은 3곡은 취병, · 녹수 · 산조, 4곡은 송애 · 못과 바위 · 임천 등의 소재를 단순하게 나열함으로써 여름의 경치를 드러내고 있다. 여기에 등장하는 광경은 여름 산에서 흔히 볼 수 있는 모습이다. 이런 소박한 담박의 미는 은근한 미감을 자아냄으로써 오히려 그 정취를 더한다. 주기론적 사상을 지닌 율곡의 자연관은 <송애기>의 기록을 통해서 알 수 있다. 여기서 율곡은 외물(外物)을 보고 즐거워하는 것은 진락(眞樂)이 아니라고 한다. 그럼에도 군자가 이를 즐기는 것은 내외[我와 物]를 하나로 하고 피차(彼此)에 사이를 없애기 때문이며, 이로써 진락을 알게 되고 천리의 현묘함을 볼 수 있게 되는 것이다. 곧 자연을 보고 즐거워함은 그 외물이 아름답

---

43) 이에 대해 최진원은 '고산구곡가를 읽으면 너무도 덤덤하다. 주제도 분명치 않고 묘사도 별로 없이, 무미건조하다 하리만큼 그저 淡泊하기만 하다'고 하였다(최진원, 『한국고전시가의 형상성』(앞의 책, 43쪽).

기 때문이기보다는 거기서 도를 발견하기 때문이라는 것이다.[44] 위의 시조에서
도 초목지락(草木之樂)과 금조지락(禽鳥之樂), 그리고 반송지락(盤松之樂)[45]을
나타냄으로써 자연의 즐거움을 말하지만 그것을 즐기는 것은 인간으로, 자연의
즐거움을 그대로 인간의 즐거움으로 삼아 즐기는 것이다. 송애에 대하여 남다
른 애착을 갖고 있던 율곡[46]은 4곡에서 송애를 노래한다. 해가 넘어가는 이곳
의 광경 또한 일체의 수식이 없이 담박하게 그려내고 있다. 특히 중장에서
'담심암영은 온갖 빗치 즘겨셰라'라는 표현은 소나무 언덕의 모든 풍경이 못
가운데서 맑게 비치고 있음을 나타내는 것으로, 자신의 마음이 자연 속에 몰입
되었음을 나타내고 있다. 이러한 물아일체의 자연관은 곧 진락을 이르는 것으
로 흥(興)으로까지 이어지게 된다. 이는 또 고산의 시조에서도 확인된다.

        압 닉예 안기 것고 뒷 뫼에 히 비췬다
        밤물은 거의 지고 낫물이 미러 온다
        江村에 온갖 곳이 먼 빗치 더옥 조해라 (尹善道)

   고산(孤山) 윤선도(尹善道, 1587-1671)는 병자호란을 계기로 자연에 머물게
되었으며, 유학의 정신에서 조금도 일탈됨이 없던 전형적인 유자였다. 따라서
자연을 바라보는 그의 인식 또한 유자적 사유에서 벗어나지 않았다. 위의 시조
는 고산이 생을 마친 보길도의 부용동에 머물며 그곳 생활에서 느끼는 감흥을
노래한 <어부사시사(漁父四時詞)> '춘사'의 첫 수이다. 2차 유배 후 금쇄동에

---

44) 『栗谷全書』<松崖記> : 嗚呼 外物之可樂者 皆非眞樂也 君子之所樂 在內而不在外則 彼之峙
     且流者 無與於我 以古之聖賢 尙有樂之者 其故何耶 蓋分內外而二之者 非之眞樂者也 必也一
     內外無彼此者 其知眞樂乎 天理本無內外之間 彼有內有外 必有人欲間之也 苟無人欲之間 則浩
     然自得 焉往而不樂哉 (中略) 雖然天理之妙 非學者所可易言也 欲見天理之妙 當自愼獨 始愼乎
     獨則 吾心無間 吾心無間則 天理流行矣 不愼乎獨則 吾心有間 吾心有間則 天理阻閡矣 吾黨之
     士 其勉乎此(김상진, 앞의 책, 81쪽 참조).
45) 이민홍, 『조선조 시가의 이념과 미의식』(개정판), 성균관대 출판부, 2000, 243쪽.
46) 김병국, 「'고산구곡가'의 연구」, 성균관대 박사학위논문, 1991, 89쪽.

서 생활할 때 지은 <산중신곡(山中新曲)> 등에서는 교훈적인 모습이 다소 나타나기도 하지만, <어부사시사>에 이르러서는 그조차도 자유로워진 모습을 보였다.[47] 당시의 보길도는 지형상 인적이 전무하여 거기서 고산이 접할 수 있는 것은 산, 바다, 구름, 시냇물과 같은 자연 외에는 없었다.[48] '어부가'는 오랜 전통을 가지고 있는 것이지만 여타 사대부의 작품이 어옹(漁翁)의 생활을 관념적으로 나타내는 데 그쳤다면 고산의 경우는 완전히 그 삶 속에 들어가 거기서 느껴지는 흥을 담고 있다는 점이 높이 평가된다. 이는 <어부사시사>의 첫 노래에서부터 알 수 있는데, 여기서 고산은 '압니' '뒷뫼', '강촌' '곳(꽃)'의 모습을 눈에 보이는 대로 담담하게 그려내고 있다. 일체의 수식이 배제된 채 어촌에 봄이 오는, 혹은 아침이 오는 모습을 담담하게 그려가고 있을 뿐이다. 더욱이 화자는 자신의 감정을 나타내지 않고 종장 끝구에서 봄이 찾아드는 강촌의 아침을 '조홰라'라고만 진술하고 있을 뿐이다. 이는 자연의 경물에 동화 되는 자신을 나타낸 것으로 이 또한 진락에 이르는 감흥일 것이다. 요컨대 이들 작품에서 보이는 평담의 미는 궁극적으로 도의 실현으로 이어진다.

4. 맺음말

16 · 17세기는 성리학의 발전과 함께 산수에 대한 관심이 고조되던 시기이다. 이에, 본 논문에서는 산수를 예술로 형상화한 산수화와 산수시조를 대상으로 고찰하였다. 산수시조의 주 담당층인 사림파 문인들은 산수를 도의를 키우고 심성을 기를 수 있는 하나의 매개물로 파악하였다. 그들에게 산수는 도를 함양하는 공간이 되는 것이고, 산수를 바라보는 그들의 인식은 고스란히 작품으로 전이되었다.

---

47) 조동일, 『한국문학통사 3』, 지식산업사, 1984, 274-275쪽.
48) 문영오, 「어부사시사연구」, 『고산윤선도연구』, 태학사, 1983, 171-218쪽.

퇴계가 <도산십이곡발>을 통하여 적극적으로 옹호하여 사대부 문인들이 즐겨 지었던 시조와는 달리 회화는 그들의 곱지 않은 시선을 받아야만 했다. 조선시대의 회화정신은 지절을 강조하는 군자 사상과 화가 천시사상의 두 가지로 요약할 수 있다. 군자 사상이 문인화로의 발전으로 이어졌다면 화가 천시사상은 회화를 소기(小技), 혹은 말기(末技)로 보게끔 하였다. 그런데 한 가지 주목되는 것은 여기서의 화가 천시사상은 그림을 전문적으로 그리는 직업 화원들에 대한 천시를 뜻하는 것이며, 그림 자체의 천대로 이어지지는 않았다는 것이다. '한 가지 기술로써 이름을 얻는 것은 군자에겐 부끄러운 일이나 국가에서는 없어서는 안 된다'고 한 『고려사(高麗史)』의 기록도 그러하거니와[49], 세종대왕을 비롯한 조선의 여러 왕들이 실제로 그림을 그리거나 그에 대한 관심을 표명하였다는 것이 이를 입증한다.[50] 결국 조선시대의 회화정신은 오히려 산수화가 발달할 수 있는 하나의 단서가 된다. 즉 그림에 대한 관심도 만족시키면서 그들의 지절 또한 지킬 수 있는 타협점이 바로 문인화를 중심으로 한 산수화인 것이다. 산수화가 조선시대에 접어들며 인기 있는 화목(畵目)의 하나가 되어 괄목할 만한 발전을 보였다는 것은 주지의 사실로, 도화서에서 화원(畵員)을 뽑는 시험을 치를 때 대나무[竹], 산, 인물·금수, 화훼의 순서로 선발했다는 『경국대전(經國大典)』의 기록을 통해서도 알 수 있다.

본 논의에서는 16·17세기 산수화와 산수시조를 이어주는 연결의 고리로 성리학을 택했다. 산수의 개념이 성리학을 만나며 보다 구체화되었기 때문이다. 이로써 산수화와 산수시조는 같은 시대의 동일한 대상을 동일한 사상으로 표현하게 된다. 비록 이러한 공통점을 지니지만 장르가 다른 탓에 산수에서 느끼는 감흥을 표현하는 방식에서도 차이점이 노출된다. 이는 문자와 그림이 지니는 특성의 차이가 되기도 하겠는데, 산수시조가 산수를 보고 느끼는 감흥

---

49) 『高麗史』列傳, <方技編> : 盖以一藝名 君子所恥 然亦有國者 不可無也.
50) 『朝鮮王朝實錄』을 보면 世宗을 비롯하여 文宗, 成宗, 宣祖, 肅宗 및 英·正祖 등이 그림을 좋아하거나 직접 그렸다는 기록이 보인다.

을 표현하는 데 보다 직접적이라면, 산수의 형상을 묘사하는 데는 산수화가 더욱 적합한 장르가 된다. 그러나 이것은 표현 방식의 차이일 뿐, 이념의 차이를 의미하지는 않는다.

산수시조가 16·17세기에 뚜렷한 흔적을 보이며 융성하였던 것과는 달리, 산수화의 발달사를 놓고 볼 때 이 시기의 산수화가 시조만큼 영향력이 크지 못한 것이 사실이다. 회화로서의 산수화는 안견(1418-?)이 활동하던 조선 전기나 '진경산수화풍'을 정립한 겸재(謙齋) 정선(鄭敾, 1676-1859)으로 대표되는 후기의 산수화가 오히려 빛을 발하고 있다. 그럼에도 중기의 산수화가 가치를 지니는 것은 한국적인 화풍을 굳혀가며 전기에서 미숙했던 부분을 체계화하여 '조화와 안정'을 꾀하였다는 것이다. 이는 당대의 이념과 무관하지 않을 것이며, 이로써 산수화를 발전, 유지시켜 후기 산수화가 정립하는 데 기여했다는 보다 큰 의미를 지닌다.

제 2장 생태주의 문학과 <고산구곡가>

1. 시작하는 말

우리 문학에 생태학이란 말이 등장한 지 10여 년이 지났으나 여전히 생소하고 낯설게 느껴진다. 그것은 문학 생태학이란 말이 '사전에도 없고 또 아직은 학자들 사이에서 널리 통용되고 있지도 않다'[1]는 것으로 잘 요약될 수 있다. 생태주의 이념을 표방하는 생태학[2]이 서구에서 발전한 것처럼 문학 생태학 또한 서구에서 먼저 등장하였다.[3] 서구의 자연관은 인간과 자연의 관계를 대립적으로 파악하는 탓에 휴머니즘에 대한 관심이 높아질수록 자연은 날로 훼손될 수밖에 없었고, 훼손된 자연을 회복하기 위해서 자연, 생태 환경에 눈을 돌리게끔 되었다. 현대로 접어들며 우리 또한 생활이 날로 서구화되고 근대화의 미명 하에 자연이 훼손되자 생명체와 주변 환경의 연관성을 규명하려는 생태학적 관심이 생기게 되었다. 아울러 문학에서도 생태에 대한 관심이 높아져 생태문학, 혹은 녹색문학이란 것이 등장하게 되었다.

생태 문학이 환경 운동의 여러 이념을 바탕으로 전개된 것으로써[4] 오염된 자연에 대한 인식을 주로 하여 환경 위기에 대한 경고를 주된 내용으로 하고

---

1) 김성곤, 「문학 생태학을 위하여」, 『외국문학』25호, 열음사, 1990, 겨울호, 79쪽.
2) 생태학이란 용어는 1866년 헤켈(Eaenest Haeckel)에 의해 고안된 어휘로 집이나 거처를 뜻하는 'oikos'와 말, 논의, 학문의 의미인 'logos'의 합성어이다.
3) 문학 생태학이란 용어는 미국의 조셉 미커가 쓴 『생존의 희극』(1974년)을 통하여 처음 소개되었다.
4) 송용구, 「독일의 생태시」, 『시문학』, 1995. 6, 139-140쪽.

있다면, 본고에서 다루게 될 <고산구곡가>는 어쩌면 그것에 대한 답변으로 제시될 수도 있지 않을까 한다. 주지하다시피 <고산구곡가>는 율곡이 주자의 <무이도가>를 효방하여 지은 것으로, 그의 성리학적 사상을 10수의 연시조로 형상화한 것이다.

환경 오염과 자연 훼손은 산업혁명에서 비롯되었다고 할 수 있다. 산업혁명은 인간 중심의 사고에서 시작된 것이고 결국 자연 훼손의 근원적인 출발은 물질을 추구하는 인간의 과욕으로 말미암는 것이다.[5] 율곡은 인간에게 과욕이 생기는 것은 기질이 쇠약해지기 때문이라고 파악한다. 그리고 기질이 쇠약해지는 것은 지도자가 선정(善政)을 베풀지 않기 때문이라고 본다.[6] 요컨대 율곡은 자연을 보호하는 능력으로 지도자의 선치(善治) 능력 정도를 들며, 그들의 도덕적인 삶을 강조한다. 이는 이상적인 인간인 성인(聖人)을 '천지의 덕과 합치하고, 일월의 밝음과 나란히 하고, 사시와 그 질서를 일치시키는'[7] 사람이라고 한 것과도 유관하다.

생태주의의 기본 개념을 우주와의 관계에서 파악하려는 생태학적 관점은 성리학의 이념과 매우 흡사하다. 미국의 생태주의자 배리 코모너는 생태주의의 원칙에 대하여 모든 생물은 다른 모든 생물과 서로 깊이 연결되어 있다든가, 모든 것은 어디론가 자리를 옮길 뿐 이 세계에서 없어지는 것은 아무 것도

---

5) 조남국은 『율곡의 삶과 철학 그리고 경제, 윤리』(교육과학사, 1997)를 통하여 환경오염 문제의 해결책을 율곡 사상에서 찾으려는 시도를 하였다.
6) 율곡은 "상고시대에는 천지의 기운이 매우 성했기 때문에 기운을 순하게 타고난 사람이 많았다. 중고시대 이하로는 천지의 기운이 점차 심히 쇠약해져서 기운을 박하게 타고난 사람이 많다. 이런 까닭에 옛날 사람은 장수한 자가 많고 일찍 죽는 자가 적었으나, 지금의 사람은 일찍 죽는 자가 많고 장수하는 자가 적다…(중략)…임금이 선정을 베풀었기 때문에 상고 시대에는 기운이 성했고, 임금이 선정을 베풀지 않았기 때문에 중고시대에는 기운이 쇠했다"고 본다 (『栗谷全書』拾遺 권5, 雜著 2 <壽天策> : 上古之世 天地氣運甚盛 故得氣之厚者多. 中古以下 天地氣漸甚衰 故得氣之薄者多 是以古之人壽者多 而夭者少, 今之人夭者多 而壽者少…(中略)…上有善治 故上古之氣運以之盛. 上無善治 故中古之氣運以之衰).
7) 『栗谷全書』권14, <易數策> : 夫聖人德合天地. 明竝日月 與四時合其序.

없다는 것 등으로 설명한다.[8] 이러한 코모너의 개념은 인간과 자연의 조화를 근본으로 하는 성리학적 자연관과 유사한데, 특히 율곡의 자연관과 공통분모를 지닌다. 율곡은 그의 사상의 근간이 되는 이기(理氣)의 관계를 이기지묘(理氣之妙), 기발리승(氣發理乘), 이통기국(理通氣局)이란 용어로 설명한다. 이러한 용어의 개념에서 보이는 그의 사상은 조화와 함께 낱낱의 차별성을 인정하게 되는데, 이로써 사시의 분변과 함께 자연과 조화의 일치에 대한 인식이 보다 두드러지게 나타난다. 율곡은 자연계의 생성변화를 기로 설명하며 그 까닭을 리로 보고 있다.[9] <고산구곡가>는 이러한 율곡의 사상이 작품으로 형상화된 것으로, 본고에서는 이를 바탕으로 <고산구곡가>의 성리학적 이념과 생태 인식의 관계를 검토하기로 한다.[10] 이러한 작업을 통하여 <고산구곡가>의 에코토피아로서의 실현 가능성을 제시하는 데도 한몫을 하리라 기대한다.

2. 생활의 터전과 자연

<고산구곡가>는 율곡이 지니고 있는 도문일체(道文一體) 문학관이 작품으로 형상화된 것이라 할 수 있다. <무이도가>가 무이산의 구곡담을 노래한 것과 마찬가지로 <고산구곡가> 또한 고산의 구곡담을 노래하고 있다. 노래의 진술로 볼 때, 고산 구곡을 노래하는 것은 궁극적으로는 주자의 가르침을 배우기 위함이라 할 수 있다. 그런데 여기서 주목되는 것은 '학주자(學朱子)'를 하기 위해 먼저 하는 것이 '복거(卜居)'라는 점이다. 더욱이 이는 <고산구곡가>의

---

8) 김욱동, 『문학생태학의 위하여』, 민음사, 1998, 30쪽.
9) 율곡은 인간과 자연을 일체화시켜 보면서 인간의 근거를 天, 혹은 천지에 두고 있다(황의동, 『율곡 사상의 체계적 이해1-성리학편』, 서광사, 1997, 64-94쪽).
10) 성리학적, 혹은 동양적 자연관이 인간과 자연의 조화를 궁극의 목표로 두는 만큼 조선조 사대부들의 산수 시조에는 대체적으로 생태주의 인식이 담겨 있게 된다. 그러나 자연의 존재 구조를 理와 氣의 묘합으로 보며, '氣發'에 보다 큰 의미를 두는 율곡의 작품에서 생태 인식은 보다 극명하게 드러난다.

창작 동인이라 할 수 있는 <무이도가>와는 다른 모습이라 흥미롭다. 즉 <무이도가>는 무이산의 계곡을 배를 타고 다니는 뱃노래의 형식을 취하고 있다면[11] <고산구곡가>는 복거, 즉 거처를 마련하는 것으로부터 시작된다.[12] 이는 생태학을 인간 거처에 대한 논의로 파악하며, 인간의 거처를 생명의 전체 세계로 보는 생태주의 사상과 일치한다.[13] 또한 생태학의 어원이 집이나 주거를 뜻하는 'oikos'라는 것과도 일맥상통한다.

> 高山九曲潭을 사롬이 모로더니
> 誅茅卜居ᄒ니 벗님ᄂᆞ 다 오신다
> 어즈버 武夷를 想像ᄒ고 學朱子를 ᄒ리라 (제 1연)

> 五曲은 어드미오 銀屛이 보기 죠희
> 水邊 精舍는 瀟灑홈도 ᄀᆞ이 업다
> 이 中에 講學도 ᄒ려니와 咏月吟風 ᄒ리라 (제 6연)

<고산구곡가>는 10 수로 이루어진 연시조로써, 제 1연은 서사의 역할을 하며 2연 이하 10연을 통하여 고산의 구곡담을 노래한다. 일곡에서 구곡까지 차례로 장소를 옮겨가며 일년 사시와 하루 사시를 순차적으로 교차하며 노래하여 전 곡이 연계를 가지며 하나의 구조를 이루고 있다. 그런데 이러한 사시의 순환은 음양의 구분으로 볼 때 상승구조(봄과 여름, 아침과 낮)와 하강구조(가을

---

11) <武夷櫂歌>의 첫 수는 다음과 같다. "무이산 위에는 仙靈이 어리어 있고 / 山下의 寒流는 구비구비 맑다 / 그 중에 絶景을 알고자 하면 / 櫂歌소리 한가롭게 들리는 곳이 바로 거기다 武夷山上有仙靈/山下寒流曲曲淸/欲識箇中奇絶處/櫂歌閑聽兩三聲"(작품의 원문 및 해석은 이민홍의 『증보 사림파문학의 연구』(월인, 2000)에서 인용).

12) 김혜숙은 <무이도가>와 <고산구곡가>의 이러한 차이점에 주목하며, <무이도가>는 무이 구곡을 한 차례 배를 타고 지나가는 유람의 과정으로 시화하였고, <고산구곡가>는 고산구곡을 자리잡고 생활하는 지속적 생활의 터전으로 시화하였다고 설명하였다(「<고산구곡가>와 정신의 높이」, 『한국고전시가작품론 2』, 집문당, 1992).

13) 남경희, 「생태주의의 인문학서설」, 『기호학 연구』9집, 2001, 59-60쪽.

과 겨울, 저녁과 밤)의 두 단위로 구분이 가능하다.[14] 위의 두 작품은 각각 상승구조와 하강구조의 서사적 기능을 담당하게 되는 두 작품이다.

제 1연은 작품의 서사적 기능을 함과 동시에 상승 구조에 해당하는 다섯 수의 서사로 작용하기도 한다. 여기서 율곡이 궁극적으로 말하려는 것은 종장의 '학주자'이다. 하지만 주자를 배우기에 앞서 상정하는 것이 '주모복거'이다. 고산은 황해도 해주에 있는 산으로 율곡은 나이 43세에 이곳에 들어가 은거하며 후학들을 가르쳤다. 그러나 고산 구곡담은 풀만 무성하여 사람들이 거처하기엔 적합하지 못하다. 그래서 풀을 베고 집을 지어 살 곳을 마련한다. 자연이 자연으로서 의미를 지니는 것은 어쩌면 인간과의 조화를 이룸으로써 가능하다. 따라서 '주모복거'[15]를 하는 것은 자연과 인간이 조화를 이루기 위한 과정일 수 있다. 또한 주모복거를 한 후 화자가 하려는 궁극의 일은 '무이를 상상하고 학주자'를 하겠다는 것이다. 이는 좁게는 주자의 학문을 배우는 것이겠고 더 나아가서는 무이산 구곡계에서 자연과 더불어 생활하며 연학(研學)과 강학(講學)을 하던 주자의 삶 자체를 배우겠단 의미로 보는 것이 더욱 적합할 것이다. 여기에는 자연과 합일하여 에코토피아를 지향하려는 의지가 담긴 것으로 파악된다.

이러한 화자의 모습은 6연을 통해서도 다시 확인된다. 1연이 구곡담을 노래하지 않음으로써 서사로서의 기능을 확연히 드러내는 것과는 달리 6연은 고산의 5곡을 노래함으로써 전후의 노래들과 순차적인 구조를 이루고 있다. 하지만 여타의 노래들이 시간성을 드러내는 데 반해 6연에서는 시간성이 드러나지

---

14) 일년 사시와 하루 사시가 적절하게 결합되며 순환구조로 이루어져 있는 <고산구곡가>는 1연에서 5연까지와 6연에서 10연까지의 두 단위로 구분된다. 즉 상승 구조에서는 봄·여름과 아침·낮을, 하강구조에서는 가을·겨울과 저녁·밤의 시간을 노래하게 된다.

15) 여기서 '주모'가 인위적인 조작을 필요로 하는 것으로써, 자연을 훼손하는 행위로 여겨질 수도 있겠으나 이는 오히려 친 자연적인 행동으로 봄 직하다. 화자가 풀(띠)을 베는 것은 제멋대로 자라나 볼품없는 모양을 가다듬는 것이며, 또 그 풀은 잡초와 같은 것이다. 그러므로 그것을 놔두는 자체가 오히려 생태의 파괴가 될 수 있다.

않고 있으며, 종장의 종결 어미에 '호리라'란 미래의지형을 사용함으로써 앞으로 전개될 작품의 서사기능을 한다는 것을 짐작할 수 있다.

6연에서 화자는 물가에 은병정사를 마련한다. 6연은 순서적으로는 여섯째에 등장하지만 화자의 생활 근거지가 된다는 점에서 노래의 중심을 이루기도 한다. 여기서 화자의 생활은 강학과 영월음풍에 초점이 놓이며, 정사는 1연의 주모복거와 동일한 역할을 하게 됨을 알 수 있다. 다음은 은병정사에 관한 기록이다.

> 무인 6년, 선생 43세 때 은병정사를 지었다.···(중략)···이것이 우연히도 무이구곡과 상부한 까닭으로 고산석담구곡이라 했다. 또 제 오곡에 석봉이 있는데 그 앞에서 공읍(두 손을 이마 앞에 둥글게 둠)을 하는 형상이다. 선생은 이에 그 사이에 精舍를 짓고 무이의 大隱屛의 뜻을 취해 隱屛이라 이름하여 考亭之意를 받들어 붙였다. 정사는 聽溪堂의 동쪽에 있다. 선생은 무이도가를 본따서 고산구곡가를 지으니, 이로부터 원근 학자들이 수없이 몰려왔다.[16)]

윗 글에서 율곡은 <고산구곡가>를 제작하게 된 경위와 함께 정사를 짓고 이름을 은병정사라고 한 연유를 밝히고 있다. 은병이라 명명한 것 또한 무이의 대은병의 뜻에서 취한 것인 만큼 표현은 다르지만 내용은 1연과 대동소이하다. '학주자'가 단지 주자의 학문을 배우고자 한 것이 아니라 무이산 구곡계에서 자연을 벗 삼은 주자의 생활까지를 포함하였다면 6연에서는 강학과 영월음풍이라는 것으로 구체화되며 특히 영월음풍에 초점이 놓인다. 따라서 강학은 입신양명을 위한 학문이 아닌 도를 깨우치는 것으로 이해할 수 있다. 이는 '과업을 하려는 자는 반드시 다른 곳에서 익히라'[17)]고 한 율곡의 <은병정사학

---

16) 『栗谷全書』권34, 附錄, <年譜>下 : 戊寅先生四十三歲 作隱屛精舍..(中略)..偶與武夷九曲相符 故舊名九曲而高山石潭 又適在第五曲 且有石峯 拱揖於其前 先生築精舍於其間 取武夷大隱屛 之意 扁之曰殷屛 以寓宗仰考亭之意. 精舍在聽溪堂之東 先生作高山九曲歌 以擬武夷櫂歌 自是 遠近學者益進.

규>를 통해서도 알 수 있다. 강학의 목적이 도에 있는 것과 마찬가지로 영월음
풍 또한 자연을 노래하는 것이며, 인격 도야를 위해서라는 것을 알 수 있다.

이렇듯 율곡은 <고산구곡가>를 노래함에 삶의 터전을 마련하는 것으로부
터 그 출발을 삼는다. 이는 율곡의 자연관으로부터 비롯된다고 할 수 있다.
율곡이 자연에 머무는 것은 초세적인 은둔을 위함은 아니다. 오히려 현실 생활
을 위해 인간과 자연의 조화를 꾀하는 것이며 이는 '궁리(窮理)와 수기(修己)에
의하여 일상적인 가정과 사회 및 국가 생활을 정상적으로 할 것'이 전제된다.[18]
주희의 사상에 많은 영향을 끼친 장횡거(張橫渠)는 『서명(西銘)』에서 인간과
자연의 관계를 다음과 같이 설명한다.

> 하늘은 나의 아버지이며 땅은 나의 어머니이다. 그리고 나와 같이 작은
> 존재도 이들 가운데서 친밀한 위치를 발견한다. 그러므로 우주를 가득
> 채우고 있는 것을 나는 나의 몸으로 여기며, 우주를 이끌고 가는 것을
> 나의 본성으로 여긴다. 모든 사람들은 나의 형제자매이며, 만물은 나의
> 식구이다.[19]

이는 자신을 우주 전체와 연결하여 인식한 결과로 자연과 인간을 불가불리
(不可不離)의 관계로 파악한 것이다. 따라서 천인합일, 자연과 인간의 조화를
통한 도의 실현을 궁극적인 삶의 지향으로 삼는 성리학적 사유에서는 자연을
우리가 살고 있는 집(우주)으로 파악[20]하게 된다. 이러한 사상이 <고산구곡
가>에서는 실제적인 복거 행위로 구체화된다. 더욱이 이는 작품이 전개되는
토대가 되는 것으로서 여타의 작품에 등장하는 주거의 개념과도 차별성을 띠게
되는데, 이는 곧 생태 환경에 대한 율곡의 내면적 인식으로 볼 수 있다.

---

17) 『栗谷全書』권15, 雜著 2, <隱屛精舍學規> : 若欲做科業者 必習于他處.
18) 윤사순, 「율곡 이이의 자연관」, 『율곡사상연구』2, 율곡학회, 1995, 13쪽.
19) 진교훈, 『환경윤리』(대우학술총서 인문사회과학100, 민음사, 1998, 173쪽)에서 재인용.
20) 양근석·이을상, 「동양의 자연관과 생태철학의 이념」, 『국민윤리연구』39호, 한국국민윤리학
   회, 1998, 231쪽.

3. 사시의 순환하는 자연

<고산구곡가>는 사시가계 시조의 범주에서의 파악이 가능한 데서 알 수 있는 것처럼, 고산 구곡담의 일곡에서 구곡까지를 나열하며 각각의 아름다움을 하루 사시와 일년 사시의 시간질서에 의해 순차적으로 노래한다. 사시가 구분되는 것은 기의 조화로 말미암는다. 율곡 철학의 대표적인 화두 가운데 하나가 '이통기국'이다. 이는 율곡이 퇴계의 '이발설(理發說)'의 불합리함을 입증하기 위해 리와 기의 본질과 특성을 설명한 이론이다. 율곡에 의하면 리란 본말이 없고 선후가 없는 것으로 이를 이르러 '이통(理通)'이라 하고, 기는 본말이 있고 선후가 있는 것으로 '기국(氣局)'이라고 한다. '통(通)'이 리가 무형하여 시간과 공간의 제약을 벗어나 두루 통할 수 있음을 뜻한다면, '국(局)'은 기가 유형하여 시간과 공간에 제약되어 국한됨을 말한다.[21] 요컨대 이기의 작용으로 말미암아 자연은 생성과 변화를 하게 되는데, 이로써 사시의 현상 또한 자연스레 설명된다.

[가]
一曲은 어드미오 冠巖에 히 비췬다
平蕪에 닉 거드니 遠山이 그림이로다
松間에 綠樽을 노코 벗오는 양 보노라 (제 2연)

四曲은 어드미오 松崖에 히 넘거다
潭心 巖影은 온갓 빗치 줌겨세라
林泉이 깁도록 됴흐니 興을 계워 ㅎ노라 (제 5연)

六曲은 어드미오 釣峽에 물이 넙다

---

21) 율곡의 理通氣局에 의거한 자연관에 대해서는 윤사순의 「율곡 이이의 자연관」(『율곡사상연구』2집, 율곡학회, 1995)과 김명숙의 「유기적 관점에서 본 율곡의 자연관과 인간관」(『율곡사상연구』4집, 율곡학회, 2001) 참조. 한편 '이통기국'에 관해서는 장숙필의 「율곡 이이의 이통기국설과 인물성론」(『율곡학보』14, 율곡학회, 2000)과 배종호의 「율곡의 이통기국설」(『동방학지』27, 연대 국학연구원, 1981)에서 상론되었다.

나와 고기와 뉘야 더욱 즐기는고
黃昏에 낙디를 메고 帶月歸를 ᄒ노라 (제 7연)

八曲은 어드미오 金灘에 돌이 붉다
玉軫金徽로 數三曲을 노는말이
古調를 알 이 업스니 혼자 즐겨 ᄒ노라 (제 9연)

[나]
二曲은 어드미오 花岩에 春晩커다
碧波에 곳츨 씌워 野外로 보내노라
사람이 勝地를 모로니 알게 흔들 엇더리 (제 3연)

三曲은 어드메오 翠屛에 닙 퍼젓다
綠樹에 山鳥는 下上其音 ᄒ는 적에
盤松이 바롭을 바드니 녀름 景이 업세라 (제 4연)

七曲은 어드미오 楓岩에 秋色 됴타
淸霜이 엷게 치니 絶壁이 錦繡ㅣ로다
寒巖에 혼자 안자셔 집을 잇고 잇노라 (제 8연)

九曲은 어디미오 文山에 歲暮커다
奇巖 怪石이 눈 속에 무쳐셰라
遊人은 오지 아니ᄒ고 볼 것 업다 ᄒ더라 (제 10연)

[가]는 하루 사시를, [나]는 일년 사시를 노래하고 있다. [가]에서는 고산
구곡의 공간이동과 시간의 변화를 병치시키며 진행하고 있다. 1곡 → 4곡 →
6곡 → 8곡으로 공간이 이동함에 따라 '해가 비침' '해가 넘음' '황혼' '달이
밝음'이라는 것을 통하여 하루 동안 변화하는 시간에 주목하여 순차적으로
진행하고 있다. 춘하추동의 일년 사시를 노래한 [나]에서도 2곡 → 3곡 →
7곡 → 9곡으로 공간이 옮겨짐에 따라 '춘풍' '여름' '추색' '세모'라는 용어로

대표되는 계절의 변화를 노래한다. [가]와 [나]는 동일한 방법으로 시간의 경과에 따라 진행하게 되지만, [가]의 노래가 해와 달의 변화에 따라 서술어에 주목한다면 [나]의 경우는 계절의 명칭을 직접 거론하게 된다.

[가]와 [나]의 작품은 한 눈에도 질서정연하고 조화롭단 느낌을 준다. 이는 초장에서 보이는 형식의 통일에 말미암는다. 고산 구곡을 설명하는 아홉 수의 초장이 모두 "○곡은 어드미요, ○○에 ○○하다"란 동일한 문장 형태를 취하고 있는 것이다. 이러한 문장 구조가 형식적인 통일감으로 조화로움을 꾀한다면, 구곡담의 정경을 나타냄에 있어서는 일체의 감정을 배제한 채, 있는 그대로의 광경을 담박하게 묘사하고 있을 뿐이다. 이러한 묘사를 통하여 인위적인 조작이 가해지지 않은, 있는 그대로의 아름다운 자연 환경의 모습을 그려내게 된다.

[가]는 관암, 송애, 조협, 금탄의 네 곳의 광경을 하루 동안의 시간 흐름에 따라 담담하게 그려내고 있다. 아침이 되어 해가 비치자 잡초 우거진 들판에 드리웠던 안개가 걷히고, 먼데 산이 그림처럼 아름다운 자태로 나타난다는 2연의 광경이나, 소나무 언덕으로 해지는 저녁에 모든 빛이 못 속 바위 그림자에 잠겼다는 5연의 묘사는 일체의 수식을 배제함으로써 담담한 기운을 풍긴다.[22] 이렇듯 화자는 그 어떤 기교나 수사를 동원하지 않은 채 눈앞에 펼쳐진 자연의 모습을 그대로 그려내고 있을 뿐이다.[23] 좁은 골짜기 낚시터에 물이 넘치는 7연의 상황이나, 금빛 여울에 달빛이 밝게 비치는 9연 또한 순수 자연의 모습을 지님으로써 맑고 쾌적한 고산 구곡의 하루를 노래한다.

---

22) 이렇듯 무미건조한 묘사에 대하여 최진원은 '淡泊'이라는 말로 표현했고(『한국고전시가의 형상성』, 성균관대 출판부, 1988, 43쪽) 이민홍은 '不事繪飾'이라고 하였다(앞의 책, 245쪽). 한편 신연우는 <고산구곡가>의 이러한 면모가 엄격한 감정의 절제에 기인한다고 본다 (『조선조 사대부 시조문학 연구』, 박이정, 1997, 83-86쪽).

23) 이를 율곡의 『精言妙選』의 용어로 표현하면 '無彫琢之巧'라 할 수 있는 것으로, 즉 '기교의 미보다 기교의 일탈에서 오는 자연스러운 미를 더 높이 평가'한 것이다 (최동국, 「조선조 중엽의 시조와 淡의 美」, 『시조학논총』18집, 한국시조학회, 2002, 15쪽).

[나] 또한 화암, 취병, 풍암, 문산으로 이름한 네 곳이 각각 봄, 여름, 가을, 겨울과 병치되어 계절의 절경을 그려낸다. 화암에 봄이 저물어가는 3연은 푸른 파도에 꽃을 띄어 보내는 중장의 상황으로 인하여 꽃이 흐드러지게 만발한 봄날의 화사한 기운을 느끼게 한다. 취병에 나뭇잎이 우거진 4연 또한 중장의 녹수와 종장의 소나무 가지 사이로 바람이 부는 경치가 어우러져, 무덥고 후텁지근한 여름날이 아니라 소나무 숲 속에서 보내는 시원한 여름 한 때를 연상케 한다. 풍암을 노래한 8연은 중장을 통하여 추색이 좋은 이유를 제시한다. 곱게 물든 단풍이 바위 절벽과 조화를 이루고 그것을 맑은 서리가 에워싸고 있는 모습에서 비단 수를 놓은 듯한 가을 산의 자태를 느낄 수 있다. 8연이 가을 단풍의 묘사로 화려함을 지닌다면 문산의 겨울을 노래한 10연은 차분함과 숙연한 자연의 모습이다. 모든 것은 눈 속에 가리워져 있다. 이는 폭설의 이미지보다는 인적이 드문, 그래서 흐트러지지 않고 훼손되지 않은 자연의 모습을 나타냄이다.

이상 [가]와 [나]에서 묘사된 고산 구곡의 모습을 통해 맑고 투명한 자연 환경을 느끼게 된다. 먼 곳 산이 보인다든지, 모든 것을 다 비칠 수 있는 못, 얇은 서리가 드리워 더욱 아름다운 단풍, 문산의 설경 등은 공해로 오염된 현대에서는 좀체로 보기 어려운 자연 환경이다. 더욱이 여기서 펼쳐지는 자연의 묘사는 화자의 주관으로 이루어진 것이 아니라 그저 눈앞에 펼쳐진 상황을 담담하게 그려내고 있을 뿐이다. 이는 곧 훼손함이 없는 있는 그대로의 자연을 보존하려는 화자의 내면적 표현으로 볼 수 있다.

<고산구곡가>에 보이는 이러한 사시의 개념은 일차적으로는 하루나 계절의 순환을 나타내는 것이겠지만, 인간의 본성을 내포한다는 보다 궁극적인 의미를 지닌다. 당시 사회의 전범이었던, 성리학의 완성자이자 율곡이 본받고자 했던 주희는 『주역본의(周易本義)』를 통하여 『주역』의 원형리정(元亨利貞)이 계절에서는 춘하추동, 사람에게는 인의예지가 된다고 했다. 이로써 계절과 사람의

본성은 그 근본을 함께 한다는 것을 알 수 있다. 그렇다면 사시를 노래한다는 것은 하늘의 운수[天命]와 인간의 심성(心性)을 담고자 하는 의지로 볼 수 있을 것이다. 다음은 천명과 심성, 그리고 사시의 순환에 관한 율곡의 언급이다.

천지가 오래 봄만 될 수 없으므로 사시가 바뀌고, 원기가 홀로 운행할 수 없으므로 음양이 함께 유행하는데, 해가 가면 달이 오고 추위가 가면 더위가 오며, 왕성함이 있으면 쇠퇴함이 있고 시작이 있으면 끝이 있는 것은 천지의 실리가 아님이 없다[24]

한 번 음하고 한 번 양하면서 천도가 유행하고 원형리정이 순환 반복하니, 사시가 바뀌며 유행하는 것이 자연의 이치 아님이 없다[25]

대저 음양의 양단은 끊임없이 순환하여 본래 그 시초라는 것이 없다. 음이 다하면 양이 생기고 양이 다하면 음이 생겨, 한 번은 음이 되었다가 한 번은 양이 되었다가 하지만, 거기에는 태극이 있지 않을 때가 없다. 이것이 태극이 萬化의 樞杻요 만물의 근저가 되는 까닭이다.[26]

이처럼 율곡은 음양의 작용이나 사시의 순환에 대해 설명하고 이는 모두 자연의 이치로 말미암는 것으로 보았다.[27] 요컨대 <고산구곡가>는 이러한 우주 대자연의 법칙인 순환의 원리가 작품으로 형상화된 것이라 할 수 있다. 또한 율곡은 성인(聖人)을 '천지의 덕과 합치하고, 일월의 밝음과 나란히 하고

---

24) 『栗谷全書』拾遺 권4, <神仙策> : 天地不可以長春 故四時代序 元氣不可以獨運 故陰陽竝行 日往則月來 寒往則署來 有盛則有衰 有始則有終 莫非天地之實理也.
25) 『栗谷全書』拾遺 권5, <節序策> : 對一陰一陽天道流行 元亨利貞周而復始 四時之錯行 莫非自然之理也.
26) 『栗谷全書』권9, <答朴和叔> : 大抵陰陽兩端 循環不已 本無其始 陰盡則陽生 陽盡則陰生 一陰一陽而太極無不在言 此太極所以爲萬化之樞杻 萬品之根抵也.
27) 율곡은 氣發理乘을 주창하며 氣에 의해 물상이 만들어지며 거기에 理가 작용한다고 본다. 그러므로 氣의 조화로 계절의 양상이 분화되고 분화된 계절에는 각각 理가 담긴다고 하여 理과 氣의 관계를 설명한다.

사시와 그 질서를 일치시키는 인간'으로 보는『주역』의 사상에 동의한다.[28] 이는 궁극적으로 그의 성리학적 사유인 주기론에 근거한 것일 텐데 자연과 인간의 조화를 꾀하는 것으로 생태주의의 인식과 닮아 있다.

4. 더불어 사는 자연

<고산구곡가>는 자연과 사람, 혹은 사물과의 조화를 꾀함으로써 그 의미를 지닐 수 있다. 묘사되는 자연이 일체의 훼손 없이 순수한 모습을 그대로 간직하고 있다 하더라도 인간을 포함한 사물과 유기적 관계를 맺지 못한다면 에코토피아의 실현은 불가능하다 하겠다. 퇴계가 자연보다는 인간의 삶에 치중했던 것과는 달리 율곡은 인간과 자연 모두에 관심이 있었다.[29] 따라서 <고산구곡가>에 묘사되는 자연은 인간과 사물 등이 모두 어울려 조화를 이루게 된다.

조화로운 자연을 꾀하는 율곡의 인식은 타인(벗)에 대한 관심과 물아일체 자연관으로 구체화된다. 인간이 소외감을 느끼게 되는 것은 자연과의 접촉을 잃은 데서 비롯된다고 할 수 있으며,[30] 자연과의 접촉을 잃는 것은 생태 환경의 파괴로 말미암는다. 그랬을 때, <고산구곡가>에서 보이는 자연은 천연의 조화로운 상태를 유지함으로써 자연과 인간의 관계를 긴밀하게 하고 있을 뿐 아니라 타인에 대한 관심을 통해 인간과 인간의 관계도 긴밀함을 보인다. 현대의 생태주의 시에서 소외 문제가 인간관계의 소원, 자연과의 분리로 비롯됨을 생각할 때 <고산구곡가>에서 자연과 함께 인간과 인간이 모두 더불어 생활할 수 있다는 것은 에코토피아의 모습을 지니는 것이라 하겠다.

<고산구곡가>에 등장하는 타인의 존재는 적어도 단순한 심심파적의 대상

---

28) 윤사순, 「율곡 이이의 자연관」,『율곡사상연구』2, 율곡학회, 1995, 12-13쪽.
29) 황의동, 앞의 책, 64쪽.
30) 장정렬,『생태주의 시학』, 한국문화사, 2000, 70쪽.

은 아니다. 이는 작가인 율곡의 성리학적 사유체계를 드러내는 것이라 할 수 있다. 물러나 자연에 머무는 사람의 품격에 대하여 율곡은 다음과 같이 말한다.

> 물러나 自守하는 사람은 그 품격이 세 가지가 있다. 不世之寶를 품고 濟世之具를 쌓아 자기 분수에 만족하여 道를 즐기며 韞櫝待賈하는 사람 은 天民이다. 學이 부족함을 스스로 헤아려 그 學에 나가기를 구하고 藏修 待時하며, 가볍게 출세하려 하지 않는 사람은 學者이다. 고결하고 淸介하 여 천하의 일을 대수롭지 않게 생각하고 卓然長往하여 세상을 잊는 사람 은 隱者이다. 天民이 때를 만나면 온 천하 사람이 그의 혜택을 입는다. 학자는 비록 밝은 시대를 만날지라도 참으로 그 道가 미심쩍은 바가 있으 면 가볍게 나아가지 않는다. 만약 은자라면 遯世에 치우치므로 시중의 道가 아니다.[31]

여기서 율곡이 지향하는 바는 천민(天民)과 학자(學者)인데, 그 중에서도 천 민을 으뜸으로 생각한다. 천민이 때를 만나면 '온 천하 사람이 그의 혜택을 입는다'는 것으로써 겸선의 의지를 표명했는데, 이는 <고산구곡가>에서 타인 에 대한 관심으로 표현된다.[32]

> 高山 九曲潭을 사룸이 모로더니
> 誅茅卜居ᄒ니 벗님너 다 오신다

---

31) 『栗谷全書』권15, <東湖問答> : 退而自守者 其品有三 懷不世之寶 蘊濟時之具 韞韞樂道 韞 櫝待賈者 天民也 自度學不足而求進其學 自知材不優而求達其材 藏修待時 不經自售者 學者 也 高潔淸介不屑天下之事 卓然長往與世上忘者 隱者也 天民偶時 則天下之民 皆被其澤矣 學 者雖遇明時 苟於斯道 有所未信 則不敢輕進焉 若隱者則偏於遯世 非時中之道也.

32) 실제로 율곡은 현실에 대해 긍정적이었으며 그가 자연에 머무는 것은 때를 못 만났기 때문이 라고 할 수 있다. 이는 "손님이 말했다. '선비가 이 세상에 나서서 경국제민에 뜻하지 않음이 없으니 뜻과 일이 같아야 하거늘, 혹은 나아가 兼善하고 혹은 退하여 自守함은 무슨 까닭인 가?' 주인이 말했다. '선비의 兼善은 진실로 그 뜻이니 自守함이 어찌 본심이겠는가. 때의 만남과 못 만남이 있을 뿐이다'(『栗谷全書』권2, <東湖問答> : 客曰 士生斯世 莫不以經濟爲 心 宜乎心亦皆同 而或進而兼善 或退而自守 何耶主人曰 士之兼善 固其志也 退而自守 夫其本 心歟 時有遇不遇耳)라는 내용을 통해서도 알 수 있다.

어즈버 武夷를 想像ᄒ고 學朱子를 ᄒ리라 (제 1연)

一曲은 어드미오 冠岩에 ᄒᆡ 비췬다
平蕪에 닉거드니 遠山이 그림이로다
松間에 綠樽을 노코 벗 오ᄂᆞᆫ양 보노라 (제 2연)

二曲은 어드미오 花岩에 春晩커다
碧波에 곳츨 씌워 野外로 보내노라
사람이 勝地를 모로니 알게 ᄒᆞᆫ들 엇더리 (제 3연)

　위의 세 작품에는 타인(사람, 벗)이 등장한다.[33] 고산 구곡담의 절경을 대하
며, 화자는 이것을 타인과 함께 더불어 즐기고자 한다. 제 1연의 초장, 중장에서
고산의 아홉 구비를 사람들이 모르더니 풀을 베고 살 곳을 정하니 사람들이
찾아온다고 하였다. 이곳에 인적이 드문 것은 살기에 적합하지 않은 탓이다.
그래서 살기에 적합한 환경을 이룬다. 그런데 화자는 혼자 발견하여 즐기는
것에서 머물지 않고 벗들을 불러 함께 즐기고자 한다.

　타인과 함께 자연을 즐기려는 화자의 의지는 2연과 3연으로 이어진다. 2연에
서 화자는 정성으로 벗을 대한다. 벗을 위해 술통도 '녹준'으로 마련한다. 술통
이 좋으면 그 안에 담기는 술 또한 좋은 술일 것인데, 이렇듯 벗에게 예우를
다하는 것은 그 벗이 도우(道友)이기 때문일 것이다. 3연에서도 화자는 이웃과
함께 봄의 절경을 즐기고자 한다. 또한 '벗'이 아닌 '사람'이라고 함으로써
보다 많은 사람과 더불어 자연의 아름다움을 나누고자 하는 의지를 표명한
다.[34] 공해로 오염되지 않은 청정한 자연 속에서, 혼자만이 아닌 인간과 인간이
자연과 함께 조화를 이루며 더불어 살고자 하는 모습에서 에코토피아로서의
<고산구곡가>의 면모를 느끼게 한다.

---

33) 이민홍, 『조선조 시가의 이념과 미의식』(개정판), 성균관대 출판부, 2000, 243쪽.
34) '벗'이 學朱子를 함께 할 수 있는 대상으로 修己에 가깝다면 '사람'은 兼善의 의미로 볼
　수 있다(김상진, 『조선중기 연시조의 연구』, 민속원, 1997, 75쪽).

한편 <고산구곡가>는 인간뿐만 아니라 천지 만물과 더불어 함께 어울리는, 물아일체를 이루는 생활 공간의 모습을 제시한다.

三曲은 어드메오 翠屛에 닙 퍼졋다
綠樹에 山鳥는 下上其音 ᄒᆞ는 적에
盤松이 바롬을 바드니 녀름 景이 업세라 (제 4연)

六曲은 어드미오 釣峽에 물이 넙다
나와 고기와 뉘야 더욱 즐기는고
黃昏에 낙디를 메고 帶月歸를 ᄒᆞ노라 (제 7연)

4연은 초목지락과 금수지락, 그리고 반송지락을 노래함으로써 천지 자연을 이루는 모든 사물이 조화를 이룬다. 또한 이러한 자연의 樂을 즐기는 것은 궁극적으로 화자(인간)이다.[35] 이로써 천(天)·인(人)·물(物)이 화합을 이루는 자연을 연출한다. 4연이 사물의 즐거움을 통해 인간의 즐거움을 유추할 수 있었다면 7연은 사물과 인간이 어울리며 즐거워하는 모습을 그려낸다. 7연의 화자는 조협에서 낚시를 하지만 고기를 낚음에 목적이 있는 것은 아니다. 낚시를 드리우는 행위 자체가 화자에겐 즐거움이며, 고기 또한 생명을 담보로 하여 낚시의 희생물이 되는 것이 아니라 인간과 더불어 즐겁게 놀이를 하는 것이다. 고기를 낚는 화자뿐만 아니라 고기도 함께 즐긴다는 진술을 통해 화자와 고기는 내외 합일의 경지에 이르렀음을 시사 받을 수 있다.

이렇듯 내외 합일을 통해 얻는 즐거움에 대하여 율곡은 다음과 같이 말한다.

아! 外物 중의 즐거워할 만한 것은 모두 참다운 즐거움의 대상이 아니다. 군자의 즐거워하는 바는 안에 있지 밖에 있지 않으므로 저 솟은 봉우리와 흐르는 물은 다 나에게 관계가 없는 것인데, 옛 성현이 오히려 이를 즐거워

---

35) 이민홍, 앞의 책, 246-247쪽.

한 것은 무슨 까닭일까? 대개 內外를 나누어서 둘로 보는 것은 참다운 즐거움을 아는 것이 아니다. 반드시 내외를 하나로 하여 彼此가 없어야만 참다운 즐거움을 아는 것이 된다. 天理는 본래 내외의 간격이 없는 것인데 저 안이 있고 밖이 있는 것은 반드시 인욕이 개재해 있기 때문이다. 진실로 인욕의 개재가 없다면 바로 호연자득케 된다. 어찌 가서 즐기지 않겠는가?[36]

즉 내외를 하나로 하고 피차의 사이를 없앨 때 진락을 얻을 수 있게 된다는 것이다. 여기서 율곡이 뜻하는 자연과의 합일은 도가(道家)에서 보이는 은둔적인 '자연에의 몰입'이 아닌 궁리와 수기에 의한 '자연과의 조화'를 이루려는 의지이다.[37] 율곡의 이러한 자연관은 현실 생활을 위한 것으로서, 자연 환경 속에서 모든 개체가 더불어 공존하는 생태 환경을 구현하게 된다. <고산구곡가>의 화자가 '자신의 경지를 자신만의 것으로 하지 않고 우리와 연결시킨다'[38]는 지적 또한 더불어 함께 하는 생태 자연의 모습으로 볼 수 있다. 환경의 파괴가 인간의 소외와 연결되어, 자연과의 접촉을 잃은 데서 인간이 소외감을 느낀다는 점을 유념할 때 <고산구곡가>의 더불어 함께 하는 자연의 공간은 생물 공동체와 이를 존속하는 환경의 균형과 조화를 꾀한다.

5. 맺음말

현대의 생태 문학이 인간 소외로 인한 환경오염과 자연의 훼손 등의 각성을 촉구하며 '인간 중심주의에서 벗어나 야생 동식물과 인간이 동등한 레벨의

---

36) 『栗谷全書』권13, <松崖記> : 嗚呼 外物之可樂者 皆非眞樂也 君子之所樂 在內而不在外則 彼之峙且流者 無與於我 以古之聖賢 尙有樂之者 其故何耶 蓋分內外而二之者 非之眞樂者也 必也一內外無彼此者 其知眞樂乎 天理本無內外之間 彼有內有外 必有人欲間之也 苟無人欲之 間 則浩然自得 焉往而不樂哉.
37) 윤사순, 앞의 논문, 13쪽.
38) 신연우, 앞의 책, 87-88쪽.

생명체라는 인식을 요구'[39]하고 있다면, <고산구곡가>는 천·인·물이 조화를 이룸으로써 생태주의의 기본 원리와 일치한다. 본고에서는 율곡이 지니고 있는 성리학적 사유체계와 생태학이, 생명체와 함께 주변 환경과의 연관성에 주목한다는 공통점을 지니는 것에 근거하여 <고산구곡가>를 대상으로 거기에 나타난 생태 인식을 고찰하였다.

<고산구곡가>에 드러난 생태인식 가운데 하나가 삶의 터전을 마련한다는 점이다. 이는 생태학의 어원이 집이나 주거를 의미하는 'oikos'라는 것을 생각할 때 매우 시사적이다. <고산구곡가>는 복거로부터 시작한다. 또한 6연에는 은병정사가 등장한다. 이는 시간 구조로 볼 때는 노래의 중간에 해당되지만 실제적으로는 노래의 출발이 될 수 있다. 이렇듯 복거와 정사의 개념을 통하여 자연을 삶의 터전으로 인식하는 생태 인식의 한 면을 보여준다.

'사시의 순환'이라는 점 또한 생태 인식의 면모를 보인다. 이는 율곡 철학이념의 대표적인 화두 가운데 하나인 이통기국의 사상적 표현이면서 공생성, 연계성, 순환성 등을 기본원리로 하는 생태주의의 정신과도 유사하다. 더욱이 <고산구곡가>의 화자는 이러한 사시의 변화에 일체의 조작을 가하지 않은 채 있는 그대로의 모습을 바라보며 묘사하고 있을 뿐이다. 현대 문명사회에서 겪게 되는 이상 기후의 현상과 그로 인한 재해 현상이 생태계의 자연 법칙이나 순환의 법칙을 깨뜨림으로서 나타난 결과라면 <고산구곡가>에서 보이는 사시의 순환은 생태계의 법칙이 보존되고 있을 뿐만 아니라 유지하려는 의지까지 포함되어 있는 것으로 파악할 수 있다.

율곡은 무엇보다도 인간과 자연의 조화를 추구한다. 이러한 조화 의식은 환경 훼손이 궁극적으로는 인간소외로 말미암는다는 점을 생각할 때 의미를 지닌다. <고산구곡가>에서는 천인(天人)의 조화와 함께 '나'[화자]와 타인, 혹은 '나'와 자연의 사물이 조화를 이루게 되고 또 이 모든 것이 자연이라는

---

39) 문덕수, 「생태시와 에콜로지」, 『시문학』, 현대문학사, 1999. 6, 95쪽

거대한 틀 안에서 조화를 이루게 된다. 사람을 포함한 모든 물상들이 자연을 무대로 조화를 이루며 더불어 살 수 있다는 것은 자연의 훼손함이 없고 생태계가 파괴되지 않았을 때 가능한 일이다. <고산구곡가>에서는 이들의 조화를 통해 훼손됨이 없는 생태의 모습을 드러낸다.

자연을 정복의 대상으로 생각하는 서양의 자연관과는 달리, 동양의 자연관은 조화를 추구한다. 따라서 동양 철학의 근간이 되는 유학사상은 어쩌면 현대의 생태 문제에 하나의 대안이 될 수 있을 듯하다. 조선조 유학의 중심은 성리학이다. 그것의 해석을 두고 오랜 시기에 걸쳐 당대 학자들의 크고 작은 견해 차이가 있어왔다. 율곡은 이기지묘, 이통기국, 기발리승의 견해를 주장하며, 자연의 현상에 기가 작용함을 설명하였다. 나타나는 현상 자체의 중요성을 인식하는 율곡의 사상은 그래서 자연의 현상이나 자연과 인간의 조화를 더욱 중요한 것으로 파악하였다. <고산구곡가>는 이러한 율곡의 철학적 사유가 문학으로 표현된 것이라 할 수 있다. 서구에서는 19세기 낭만주의 시를 생태시의 원조격으로 보기도 한다. 낭만주의 시가 시심의 원천이 되는 동심을 '오염되지 않은 위대한 자연'으로 간주했기 때문이다.[40] 그렇다면 <고산구곡가>에서 드러난 자연의 모습은 파손됨이 없는 생태의 모습을 가장 극명하게 그려냄으로써 생태시로서의 가능성을 보임과 동시에 현대의 생태문학이 회귀하고자 하는 지향점이라 하겠다.

---

40) 송희복, 「푸르른 울음, 생생한 초록의 광휘-에코토피아의 시학」, 『현대시』77, 한국문연, 1996. 5.

제 3장 <청산리 벽계수>와 <텐미니츠>에 나타난 여성 이미지

1. 시작하는 말

우리 민족이 노래를 좋아했던 것은 부족국가 시대부터로 거슬러 올라간다. 『삼국지』<위지 동이전>에는 부여와 고구려를 비롯한 그 밖의 부족국가들이 며칠 동안이나 먹고 마시며 춤추고 노래했다고 기록되어 있다. 이후로도 신라의 향가, 고려시대의 속요 및 경기체가, 조선의 시조·가사 등 각 시대마다 그 시대를 대표하는 노래가 있어왔고 요즘 시대에는 대중가요[1]가 그 바턴을 이어받았다. 이렇듯 노래를 좋아하는 것은 거기에 어떤 효용적 가치가 있기 때문이다. 노래의 제작에 참여하여 정서와 사상을 표현하기도 하고, 또 그것을 감상하며 거기에 담겨 있는 정서와 사상을 공유하기도 한다. 요컨대 노래로써 심리적 안정감을 획득하게 되는 것이다.

정서와 사상에는 시대를 거쳐 공유할 수 있는 보편의 진리가 있는가 하면 시대마다 변화하는 시대의 정신도 있다. 예컨대 <원가>와 <정과정>, <사미인곡>이 연군지정의 동일한 정서를 담아내면서도 향가와 속요, 가사라는 각기 다른 양식으로 표현되는 것은 그것이 그 시대의 정서를 담기에 가장 적합했기 때문이다. 즉 인간의 지니고 있는 보편의 사상이 시대를 막론하고 일관되게

---

1) 대중가요의 정의에 대해서는 "근대 이후 대중매체에 의해 전달되면서 나름의 작품적 관행을 지닌 서민의 노래"(이영미, 『한국대중가요사』, 시공사, 1998)란 것에 대체로 동의한다.

관류하는 하나의 주제나 대상을 지향하게 된다면, 시대에 따라 변용되는 시대 정신은 동일한 대상을 바라보되 그 표현이나 반응을 달리 하게 된다는 것이다. 이에 본고에서는 시조인 <청산리 벽계수>와 대중가요인 <텐미니츠>를 대상으로 그 속에 나타난 여성 이미지가 고전과 현대의 작품에 따라 어떻게 다르게, 혹은 동일하게 나타나는지 그 특성을 살펴보고자 한다.

시조와 대중가요는 별반 공통점이 없어 보인다. 이들은 고전과 현대의 장르라는 시대적인 격차가 아니더라도 시조가 고전시가 가운데 한 장르로 문학의 영역에 포함된다면 대중가요는 노래라는 점이 강조되며 음악의 영역에 속하게 됨으로써 이들은 문학과 음악으로 구분된다. 또한 시조가 조선조의 사대부계층, 즉 상층 지식인의 향유물이었다면 대중가요는 서민계층으로 분류될 수 있는 다수의 일반 대중의 향유물이다. 또한 전자가 성리학의 정신을 지향하며 소박함과 검약함을 주로 한다면 대중가요는 자극적이고 감각적인 정서로 대중의 감수성에 호소하고자 한다.

이렇듯 시조와 대중가요는 시대와 계층, 취향 등을 달리하는 이질적인 문화의 양상을 띤다. 그런데, 일반적으로 가요를 근대적 용어로 파악하며 그것의 출발을 일제 강점기로 보지만 실제로 가요란 용어의 기원은 주자의 『시경집전』으로부터 비롯된다.[2] 주자는 『시경』을 주해하면서 '풍(風)은 이항(里巷)의 가요 작품에서 나온 것이 많다'고 하여 가요란 용어를 처음 사용하였다. 하지만 가요란 명칭을 오래전부터 사용했다는 사실만으로 시조와 가요를 동일 선상에서 취급하기에는 아직 무리가 있다. 이항의 노래와 시조에는 여전히 격차가 있고, 그것은 시조보다는 민요와 더욱 근접하기 때문이다.

그럼에도 이 두 장르는 하나의 맥락으로 파악할 수 있는 어떤 공통의 자질들을 지니고 있다. 우선 이들은 모두 한 시대의 주된 문화 양식이었다는 점이다.[3]

---

2) 박애경, 『가요, 어떻게 읽을 것인가』, 책세상, 2000, 22-23쪽.
3) 이영미는 「대중가요 연구에 있어서 균형 잡기」(『인문과학』31, 성균관대인문과학연구소, 2001, 282-285쪽)에서 예술문화를 지식인예술(고급예술)과 서민예술, 그리고 지배예술과 하위예술

조선 전기의 문화는 사대부 중심의 문화였고 그 중심에 시조가 있었다. 그들은 문학적 행위로서가 아니라 삶 속에서 우러나오는 자신들의 감정을 표현하기 위한 문화 행위로 시조를 제작하거나 노래하였다. 반면 요즘 시대의 문화는 대중에 의해 주도되며, 그 가운데서도 대중가요는 가장 영향력 있는 장르가 되고 있다. 대중가요가 가장 영향력 있는 장르가 되고 있는 것은 무엇보다도 대중들과의 접촉이 용이하기 때문이라 할 수 있다. 다른 문화 장르와는 달리 대중가요는 그것을 향유하기 위해 일부러 노력하지 않아도 쉽게 접할 수 있다는 강점을 지닌다.

또한 시조와 대중가요는 모두 노랫말과 음률의 결합물로 양자 모두 시와 음악으로 이루어졌다는 공통점을 지닌다. 요컨대 연행 양상을 보면 이들은 모두 노래의 형태가 되는 것이며, 그 노랫말을 볼 때는 양자 모두 시가 될 수 있다. 다만 요즘의 교육 현장에서 시조는 문학으로, 대중가요는 음악으로 편입되어 서로 다른 장르로 인식되지만 조선조의 시조는 그 시대를 노래하는 '노래'로서의 인식이 강했다. 대중가요 또한 노래 가사는 시로서의 파악이 가능하게 된다. 그렇다면 시조가 음악이 될 수 있는 것처럼 대중가요는 문학의 영역에 포함될 수 있어서[4] 양자 간에 연결 고리를 갖게 된다.

본 논의는 이들에 대한 문학적 접근으로 시조와 대중가요의 관계 속에서 <청산리 벽계수>와 <텐미니츠>의 가사에 나타난 여성 이미지를 고찰하고자 한다. <청산리 벽계수>는 황진이 시조의 대표격으로 지금도 많은 사람들의 사랑을 받고 있는 작품이다. <텐미니츠>는 대중가요의 속성상 <청산리 벽계수>처럼 긴 생명력을 보이지는 않지만, 한 동안 <텐미니츠> 열풍을 일으키며

―――――――――

(피지배예술)이란 두 축으로 나누어 볼 것을 제안하였다. 그랬을 때, 시조는 지식인 예술이며 지배예술이 되고, 대중가요는 서민예술이며 지배예술에 포함됨으로써 시조와 대중가요는 공통분모를 지니게 된다.

4) 대중가요를 문학의 영역에서 파악할 수 있는 가능성에 대해서는 이영미의 「문학교육과 시가문학으로서의 대중가요」(『국어교육학연구』7, 국어교육학회, 2003. 8)에서도 본고와 동일한 견해를 보이며, 구체적이고 심도 있는 논의를 전개하였다.

가요계를 넘어 대중문화의 중심에 자리하였던 작품이다. 두 작품 모두는 여성 화자가 각기 한 남성을 향하여 발화하게 되는데, 이 여성들은 상당히 매력적인 모습으로 다가선다는 공통점을 지닌다. 이러한 두 작품 속의 여성 이미지가 장르와 시대를 달리하며 과연 어떠한 모습으로 나타나는지 살피도록 한다.5)

2. 황진이 시조의 여성 이미지

1) 조선시대의 여성과 황진이 시조

황진이의 생몰연대에 대해서는 정확한 기록이 남아 있지 않으나, 대략 1546 년~1582년 경에 생활했던 것으로 알려져 있다.6) 이 시기는 성리학이 시대의 이념으로 자리하던 때로, 삼강이나 오륜의 덕목이 삶을 지탱해 나가는 하나의 규범으로 자리하고 있었다. 이러한 규범은 이 시대를 살아가던 여성들에게도 예외는 아니어서, 여성들을 가르치는 지침서들이 따로 존재하기도 하였다. 소 혜왕후가 편찬한 『내훈(內訓)』은 이 시기의 가장 대표적인 여성 교육서라고 할 만한데, 여기서의 가르침을 보면 '유한정정(幽閑貞靜)한 자태와 믿음성이 있는 절개'를 갖추는 것을 부덕으로 여겼다.7) 이러한 부덕은 궁극적으로는 '여성의 성적 욕망을 제한하기 위한 가부장적 메커니즘'8)으로 작용하여 현대적

---

5) 논의를 전개함에 있어서 <청산리 벽계수>에 나타난 여성 이미지의 고찰은 작자인 황진이의 시조와의 관계 속에서 다루게 될 것이고 <텐미니츠>는 여타 대중가요와의 관계 속에서 논하 게 될 것이다. 이는 두 작품의 창작 배경의 차이에 기인하는 것으로 <청산리 벽계수>가 작자의 내면의식의 표출인데 반하여 <텐미니츠>는 대중 문화산업의 구조적 틀 안에서 배태 된 것이기 때문이다.

6) 김용숙, 『조선조 여류문학 연구』, 혜진서관, 1990, 411-430쪽.

7) 김함득, 「조선조 여인의 교훈서 '내훈'의 근대적 고찰」, 『국문학논집』12집, 단국대학교 국어국 문학과, 1985, 4쪽.

8) 이숙인, 「貞淫과 德色의 개념으로 본 유교의 성담론」, 『철학』67권, 한국철학회, 2001, 26-29쪽.

인 시각에서 바라볼 때, '여성 자신을 위한 인권확립이나 사회참여나 경제자립 등이 전혀 몰각되고 당시 여성은 한갓 남성들의 노리개나 욕구충족의 대상밖에 되지 않았던 윤리도덕관으로 교잠을 삼'[9]았다는 비난을 받기도 한다. 하지만 당시의 여성들은 오히려 그러한 메커니즘 속에 편입됨으로써 그들의 여성성을 획득하는 것으로 생각하게 되었다. 곧 부덕은 규방의 여성들이 순종적이고 인내하는 여성의 모습을 미덕으로 여기게끔 하며 그들에게 정절 이데올로기를 강요하는 하나의 도구로 작용하게 된다.

규방 여성들에 대한 이러한 메커니즘은 관기 제도가 유지되는 중요한 이유가 된다. 규방의 여성과는 달리 기방의 여성들은 성에 대하여 어느 정도의 자유를 보장받았다. 하지만 그들 또한 시대의 이데올로기에서 완벽하게 자유로울 수는 없었다.[10] 그래서 그들 또한 정절을 미덕으로 여기게끔 되었다. 그녀들은 비록 관기의 신분이지만 사랑하는 임 앞에서는 규방 여성들과 동일한 가치를 지향하며, 수동적이고 소극적인 자세로 일관하게 된다. 여기에다가 고려 말 사대부들에 의해 시작된 여성의 열(烈)을 긍정적 가치로 인식하던 태도는 조선조로 접어들며 『삼강행실도』 등에서 다수 여인의 열행을 전달하여, 열녀의 이야기가 여성들에게 널리 유포되는 계기가 되었다.[11] 특히 여기서 열녀의 개념은 '열행을 한 아내'가 되고 있어서 규방의 여성들에게 열행은 중요한 가치체계가 되고 있음을 알 수 있다. 그리고 이것은 사회 풍조가 되어 이러한 열행에 정절의 의무가 없던 평민이나 천민들까지도 가세하게 되었다.[12]

기녀의 본질은 사치노예로, 신분적으로는 천민에 해당하면서도 귀족층과

---

9) 김지용, 「내훈에 비춰진 이조여인들의 생활상」, 『아세아여성연구』7집, 아세아여성연구소, 1968, 180쪽.
10) 박애경, 「기생-가부장제의 경계에 선 여성들」, 『여/성이론』4호, 여성문화이론연구소, 1998, 223-224쪽.
11) 이혜순, 「열녀상의 전통과 변모-『삼강행실도』에서 조선 후기 <열녀전>까지」, 『진단학보』 85집, 진단학회, 1998, 163-166쪽.
12) 박애경, 앞의 논문, 227쪽.

가장 가까워질 수 있는 존재였다.[13] 그들의 비극은 바로 여기에 있었다. 사대부와의 교유가 잦아짐에 따라 그들은 귀족과 천민의 만남이 아닌 남녀의 만남으로 그 성격이 변모되고 둘 사이에는 종종 연정이 싹트기도 하였다. 하지만 사대부와 기녀는 본질적으로 화합할 수 없는 사이였다. 기녀는 원칙적으로 관기이기 때문에 관에 예속되어 있다. 따라서 사랑을 나누었던 사대부가 임지를 옮겨 떠나면 그녀들은 홀로 남겨지게 되고, 그러면 정절의 이데올로기 안에서 떠난 임을 그리워하며 기다림 속의 나날을 보내게 되는 것이다.

그녀들의 이러한 가치와 정서는 기녀시조에 고스란히 담기게 되는데, 상당수의 기녀 시조가 이별의 아픔이나 기다림의 한을 노래했다는 것은 그들의 삶의 모습이 어떠했는지를 짐작하게 한다. 이렇듯 자신의 삶의 체험을 통해 진솔한 감정을 시조에 담게 되니 이는 관념적인 사대부 시조와는 다른 모습을 구현하게 된다. 즉 서정적 구상물로서의 시조를 인식하여, 그것의 문학적 가치를 높이는 데 일조하게 된 것이다.[14] 사대부의 작품이 '남성의 관념적 세계상'을 드러내는 데 반해 기녀시조는 '사실적이고 경험적인 미학세계'를 그려내고 있다는 것은[15] 궁극적으로는 시조의 미적 체계의 변화를 뜻한다.

기녀시조에 대한 이러한 평판은 황진이로부터 그 단초를 마련했다고 해도 지나침이 없을 만큼 황진이의 시조는 뚜렷한 자취를 남겼다. 그녀는 자연의 이치를 끌어들여 삶의 이치와 접목을 시킨다든지, 비인격적인 사물에 인격을 부여하는 등의 뛰어난 시적 수사와 함께 상황을 묘사하는 언어의 조탁미를 구사하며 성리학 일변도로 흘러 재도지기와 관도지기 문학으로서의 역할을

---

13) 김동욱, 「이조기녀사서설-사대부와 기녀」, 『아세아여성연구』5집, 아세아여성연구소, 1966, 75-77쪽.
14) 이것에 대한 논의는 김열규의 「한국 시가의 서정의 몇 국면」(『동양학』2집, 단대 동양학연구소, 1972), 박철희의 「시조의 구조와 그 배경」(『논문집-인문과학편』7집, 영남대학교, 1973), 성현경의 「기녀시조와 사대부시조」(『조선전기의 언어와 문학』, 형설출판사, 1980) 등 다수의 논문에서 언급되었다.
15) 나정순, 「시조와 여성 작자층」, 『문학과 사회집단』, 집문당, 1995, 153-156쪽.

하는 시조를 문학으로서의 시조로 그 위상을 바꿔 놓았다. 이렇듯 황진이의 시조는 사대부 시조와는 다른 모습을 지니며 기녀시조 가운데 가장 뛰어난 작품으로 평가받지만 기녀시조와도 다른 일면을 지닌다. 기녀시조를 두고 '버림받은 여인의 절망을 표현한 실연의 정서라는 한국의 문학적 특질을 대변한다'[16]고 한 지적은 기녀시조에 눈물과 한숨이 자주 등장하고 한과 그리움, 외로움의 정서가 지배적이기 때문이다. 황진이 시조에서도 일반적인 기녀시조의 모습이 발견되지만, 그보다는 당당하고 의연한 모습이 더욱 강하게 부각됨으로써[17] 기녀시조의 일반에서 일탈된 모습을 보인다. 그리고 이러한 차이의 결정적인 근거는 화자의 태도에서 비롯된다.[18]

> 어져 내일이야 그릴 줄을 모로ᄃ냐
> 이시랴 ᄒ더면 가랴마ᄂ 제 구ᄐ여
> 보내고 그리ᄂ 정은 나노 몰라 ᄒ노라[19]

(靑丘永言(珍本) 6)

---

16) 조윤제, 「황진이의 시와 한국시의 전통」, 『우석논집』2·3집, 우석대, 1969. 그러나 이러한 정의가 기녀시조의 특성을 요약하는 데 절대적으로 긍정되는 것은 아니다. 다만 일반적인 한 특성을 나타내는 데는 유효하다고 본다.

17) 황진이의 시조에 대해 최동호는 「황진이 시의 양면성과 현대적 변용」(『어문논집』18집, 안암어문학회, 1977, 186쪽)에서 황진이의 시조 또한 여성의 사랑을 말하지만 이는 '눈물어린 연약한 감상적인 여인의 사랑을 말하는 것이 아니다'고 보았다. 또한 김상진의 「기녀시조의 맥락과 황진이시조의 팜므파탈」(『고전시가 엮어읽기』(하), 태학사, 2003, 102-108쪽)에서도 황진이 시조가 한 편으로는 기녀시조의 정서를 수용하지만 다른 한편으로는 '감정의 거리두기' '우월적으로 인식하기' '적극적으로 행동하기' 등의 방법을 통해 일반적인 기녀시조의 맥락과 거리가 있음을 설명하였다.

18) 이러한 화자의 태도는 황진이의 '활달하고 기량이 큰 성격'에서 비롯된다고 할 수 있다. 『識小錄』·『朝野諱言』 등을 보면 황진이를 두고 한결같이 '성품이 활달하고 기량이 커서 남자와 같다 [性倜儻類男子]'고 적고 있다. 그 밖에도 『松都記異』와 『於于野談』 등에도 고결하고 활달한 성품이라고 적고 있다(이에 대해서는 김상진, 위의 논문, 95-97쪽 참조).

19) 시조의 작품 인용은 박을수 편, 『한국시조대사전』(아세아문화사, 1992)에서 하였으며 이하 같음.

靑山은 내 뜻이오 綠水는 님의 情이
綠水 흘너 간들 靑山이야 變홀손가
綠水도 靑山을 못 니져 우러 예어 가는고.

(大東風雅 128 槿花樂府 251)

위의 시조들은 떠나간 임을 그리워한다는 점에서는 기녀시조의 일반에서
벗어나지 않는다. 하지만 여기서의 화자는 슬픔을 타자화시켜 객관적 거리를
유지한다는 점에서 변별된다. 따라서 그리움은 그리움에 그칠 뿐 슬픔이나
한으로까지 확대되지 않는다. <어져 내일이야>에서 보이는 화자의 태도는
얼핏 이중적으로 비쳐질 수도 있다. 보낸 것도 화자이고 그리워하는 것도 화자
이다. 하지만 무책임하게도 보일 수 있는 종장의 이러한 진술은 초·중장의
상황과 결합됨으로써 새로운 의미를 형성한다. 초장의 진술로 떠난 후의 상황
을 예견하는가 하면 중장에서는 임과의 관계에서 자신을 주도적 위치에 올려놓
는다. 있으라고 했으면 임은 굳이 가지 않았다고 하는 것은 결국 화자의 뜻으로
임을 보냈다는 것인데, 이는 임과의 관계에서 자신이 주체가 됨을 암시하는
것이다. 더욱이 임이 떠난 후의 그리움을 화자는 처음부터 예견했던 일이기에
그것으로부터 담담해질 수 있다.

　<어져 내일이야>에서 보이는 화자의 주체적 인식은 <청산은 내 뜻이오>
에서 관계의 역전으로 다시 확인된다. '녹수는 흘러가도 청산은 변하지 않겠다'
는 화자의 다짐은 지절을 중시하던 조선조 여인의 모습과 일치한다. 그런데
흥미로운 것은 바로 자신을 청산에, 임은 녹수에 비유함으로써 일반적인 상징
체계에서 일탈된다는 점이다.[20] 산과 물의 전도된 비유로써 화자는 강하고

---

20) 일반적으로 산은 남성의 상징이고 물은 생산력이나 모성과 관련됨으로써 대표적인 여성
상징이 된다(장덕순, 『한국설화문학연구』, 서울대출판부, 1971, 122쪽, 바슐라르(이가림 역),
『물과 꿈』, 문예출판사, 1998, 24쪽 참조). 한편 황진이의 시조에서 산과 물이 등장하는
것은 모두 3수이다. 즉, 위의 시조에서 보이는 '청산/녹수'와 함께, "山은 녯 山이로되 물은
녯 물이 아니로다/晝夜에 흐러거든 녯 물이 이실소냐/人傑도 물과 깇도다 가고 아니 오노미
라"에서의 산/물, 그리고 후설할 <청산리 벽계수>에서는 명월(만공산)/벽계수가 그것이다.

당당함의 주체자로 부각되는 반면, 임은 여리고 약한 존재가 되어 그리움과 슬픔은 임의 몫으로 남는다. 화자의 이러한 인식은 자신의 마음을 '뜻'으로 임의 마음을 '정'으로 표현한 것에서도 드러난다. 뜻이 환기하는 이미지가 강인함이라면, 정에서는 녹녹한 따뜻함이 배어난다. 이는 곧 임과 화자의 사랑에 있어서 자신을 우월적으로 인식함으로써 가능하다.

거칠게 살펴보았지만, 두 편의 시조에 등장하는 여성 화자는 '감정의 거리두기'와 '우월적으로 인식하기'의 수법을 통해, 기녀 시조 일반에서 보이는 '버림받은 여인의 절망'이라는 정서와는 상당한 거리를 보인다. 여성화자의 이러한 태도는 황진이의 다른 시조에서도 동일하게 발견된다. 특히 산과 물의 비유의 역전 현상은 <산은 녯 산이로딕>21)에서도 나타나게 되며, <청산리 벽계수>에서 화자를 달로, 상대 남성을 물로 표현한 것 또한 이들과 같은 맥락에서 파악할 수 있다.

황진이의 시조가 기녀 시조의 정서에서 전적으로 위배되는 것은 아니다. 앞선 작품들에서도 그리움의 정서가 나타나고 <내 언제 무신ᄒ여>22) 또한 떠나간 임을 그리워하는 여인의 정서를 노래하기도 하였다. 하지만 '감정의 거리두기'와 '우월적으로 인식하기'의 시적 장치를 두어 무절제한 감정의 노출이나 슬픔으로의 함몰로까지 치닫지는 않는다. 당당하고 의연한 태도로써 자칫 사랑의 포로로 전락할 수 있는 위험성을 차단한다.

2) 〈청산리 벽계수〉, 그리고 팜므 파탈

황진이의 시조 가운데 주체적 자아로서 여성의 모습이 가장 극명하게 드러난

---

21) 여기서도 변하는 것은 임이며 변하지 않는 것은 화자이다. 흘러가는 물을 어찌할 수 없는 것처럼 떠나간 임 또한 어찌 할 수 없다고 하면서 그리움의 감정에 함몰하기보다는 객관적 거리를 유지하며 담담한 마음으로 현실을 받아 들인다(이 작품 및 <내 언제 무신ᄒ여>에 대한 구체적인 설명은 김상진, 앞의 논문, 102-106쪽 참조).

22) 내 언제 無信ᄒ여 님을 언직 속엿관딕 / 月沈 三更에 온 뜻이 전혀 업닉 / 秋風에 지는 닙 소릭야 낸들 어이 ᄒ리오

작품으로 <청산리 벽계수>를 꼽을 수 있다. 특히 작품 속에 등장하는 벽계수와 명월이 종실 사람인 벽계수와 황진이 기명(妓名)의 환유가 되며 황진이와 벽계수의 일화와 함께 황진이의 시조 가운데 가장 많이 회자되는 작품이기도 하다. 표면적으로 임의 존재는 전혀 등장하지 않은 채 명월과 벽계수의 관계만을 노래하고 있지만 기실은 그 어느 작품보다도 유혹적이다.

> 青山裡 碧溪水야 수이 감을 자랑 마라
> 一到 滄海ᄒ면 다시 오기 오려오니
> 明月이 滿空山ᄒ니 쉬여 간들 엇더리
>
> (樂學拾零 539 靑丘永言(珍本) 286)

작품은 화자가 벽계수를 향해 발화하는 것으로부터 시작된다. 벽계수는 청산 안에서 흘러가고 있다. 벽계수의 가치는 부단히 흘러간다는 데 있다. 그리고 그것의 목적은 '일도창해'하기 위함이다. 그런데 일도창해하고 나면 벽계수의 생명은 소멸하고 만다. 목표에 이르고 나면 더 이상 존재하지 않을 자신인데도 벽계수는 위험을 알지 못하고 쉼 없이 흘러갈 뿐이다. 그 위험을 일깨워주는 이가 화자이다. 벽계수는 알지 못하는 것을 화자가 안다는 사실은 화자가 벽계수보다 높은 위치를 점하고 있음을 암시하게 되는데, 그렇다면 명월이 곧 화자의 상징임을 알 수 있다. 명월이 하늘, 즉 천상에서 만물을 비추는 존재로 벽계수를 비추고 있다면 벽계수는 다만 그 빛을 받으며 흘러갈 뿐이다. 둘의 관계가 이렇다보니 명월은 벽계수의 앞을 예견할 수 있지만 벽계수는 명월의 앞은커녕, 자신의 앞도 예견할 수 없는 처지이다.

벽계수가 처한 삶의 위기가 벽계수에게만 있는 것은 아니다. 그것은 명월에도 동등하게 적용된다. 달도 차면 기울 듯이 명월 또한 언제나 그 모습일 수만은 없다. 그럼에도 이 둘의 가치가 서로 같지 않은 것은 벽계수는 그것을 모르지만, 명월은 알고 있다는 점이다. 그래서 자신의 목표 달성이 곧 자신의 소멸임을 알지 못한 채 일도창해를 위해 부단히 흘러가고, 또 그것에 강한 자부심을 갖는 벽계수를 조롱이라도 하듯 일격을 가한다. 그리고는 상대에게 쉬어갈 것을 적극적으로 유혹한다.

<청산리 벽계수>에서 보이는 화자의 적극적 태도는 내재되어 있는 성적 욕망을 노래하여 황진이 시조 가운데 가장 농염한 것으로 꼽히는 다음 시조와의 관계로 보다 분명해질 수 있다.

冬至ㅅ둘 기나 긴 밤을 한 허리를 버혀 내여
春風 니불 아리 서리 서리 너헛다가
어론님 오신 날 밤이여든 구뷔 구뷔 펴리라

(靑丘永言(珍本) 287 樂學拾零 24)

물리적인 시간에 인격의 부여, 언어의 미적 표현, 자유자재로 움직이는 시간의 새로운 인식 등으로 <동짓달 기나긴 밤>은 기녀시조로서 뿐만 아니라, 고전 시가사를 통틀어서도 수작으로 꼽힌다.

이 시조는 황진이의 시조 가운데 여성성이 가장 잘 부각되면서 에로티즘의 정서가 느껴지는 작품이다. 이는 '동짓달 기나긴 밤'과 '허리' '춘풍 이불' 등이 결합하여 빚어내는 결과로, 밤의 한 '허리'는 가장 깊은 밤의 이미지를 나타냄과 동시에 여성의 농염한 자태를 연상시킨다. 화자는 임이 오신 날 밤에, 춘풍 이불 속에 넣어 두었던 동짓달의 긴 밤을 펼치겠다고 하여 임이 오신 날 밤을 가장 길고 가장 따뜻하고 사랑스럽게 보내려는 포부를 드러낸다. 임과 보내는 밤은 단지 함께 있음의 의미를 넘어 남녀 간의 교합을 상정할 수 있다는 점에서 욕망은 극대화된다.

하지만 <동짓달 기나긴 밤>의 화자는 자신의 감정만을 드러내고 있을 뿐이다. 상대를 유혹하는 것이 아니라 임과 따뜻한 밤을 보내려는 화자의 목소리에 상대가 유혹당할 따름이다. 물론 이 또한 고도의 유혹이 될 수도 있겠으나,

어기서 드러난 화자의 목적은 상대를 유혹하기보다는 사랑스런 자신의 이미지를 부각시키는 것에 더 중점이 놓인다. 또한 황진이 시조에서는 유일하게 상대를 '어론님'으로 지칭하고 '오신'과 같은 존대어법을 사용하고 있다. 이런 다소곳한 어조는 사랑하는 임과의 밤을 좀더 길게 연장하려는 화자의 욕망이 자칫 추한 애욕으로 치부되어 음란함으로 비쳐질 수 있는 여지를 없애고 오히려 헌신적이고 사랑스런 여성의 모습으로 변모시킨다.

이러한 상황에 견주어 볼 때 <청산리 벽계수>의 화자는 적극적이고 대담하게 나서서 상대를 유혹함으로써 더욱 강한 욕망을 내재한다. 유혹은 욕망의 다른 목소리이다. 즉 유혹이란 주체자 자신의 욕망을 상대의 것으로 전도시켜 스스로의 욕망을 충족시키려는 전략인 것이다. 그래서 종종 교태나 품위 없는 행동으로 보이기 십상이다. 하지만 <청산리 벽계수>에서는 다른 상황이 전개된다. 화자가 벽계수에게 쉬어가라고 유혹하는 그 감정의 저변에는 화자의 욕망이 내재되어 있다. 그럼에도 화자는 그 품위를 전혀 손상시키지 않을 뿐만 아니라 오히려 품격마저 느끼게 한다. 이는 고도화된 화자의 전략에 기인한다. 일체의 노골적인 표현을 삼간 채, 화자는 그저 바다를 향해 흘러가는 벽계수와 공산을 가득 비추는 명월의 이야기만을 하고 있을 뿐이다. 요컨대 <청산리 벽계수>는 자연의 이치와 삶의 이치를 접목시킴으로써 유혹적이되 추하지 않고, 유혹조차도 권유로 느껴진다.

작품 속에 묘사된 이러한 여성의 이미지는 당대의 시조 작품으로는 드물게 팜므 파탈의 이미지를 표방한다고 할 수 있다. 팜므 파탈이란 프랑스어로 '여성'을 뜻하는 팜므 femme와 '숙명적인, 운명적인'이란 의미를 지닌 파탈 fatale의 합성어이다. 즉 치명적인 매력을 지닌 운명의 여인으로 우리말로 표현하자면 요부나 악녀 정도에 해당할 것이다. 이것은 어느 하나의 성격, 혹은 성향으로 만들어지는 것이 아니어서 그것의 성격을 하나로 규정하기란 쉽지 않다. 보들레르가 정의한 '아름답고 매력적인 여인의 태도'[23]에서 알 수 있듯이, 그것의 성격은 매우 복합적이다.

이러한 여성의 모습은 여성의 절대 복종을 강요하던 조선시대의 여성상과는 매우 거리가 있어 보인다. 그러나 황진이의 시조 작품은 그 당당한 성품[24]에서 짐작할 수 있듯이, 일반적인 기녀 시조의 정서와 구분된다.[25] 그 가운데서도 <청산리 벽계수>는 팜프 파탈의 모습을 강하게 드러냄으로써 특히 변별된다. 자신의 여성스러움을 강조하며 내재된 욕망을 표출한 <동짓달 기나긴 밤>은 유혹적이긴 하지만 은근한 유혹으로, 얼핏 사랑하는 대상을 향한 헌신과도 같아 보인다. 그래서 눈치 없는 상대라면 화자의 욕망은 이내 감지하지 못한 채, 헌신적인 사랑에만 마음 뿌듯해 할 수도 있다. 무엇보다도 <동짓달 기나긴 밤>은 상대의 존재가 개입되지 않는다. 화자는 상대의 반응이나 그의 감정에는 관심을 두지 않은 채 자신의 욕망만을 드러내고 있을 뿐이다. 상대를 의식하지 않은 채 자신의 감정에만 충실한 것은 순수해 보일 수는 있겠으나 유혹의 기술로 볼 때는 그만큼 덜 세련될 수밖에 없다.

하지만 <청산리 벽계수>는 벽계수에게 발화하는 것으로부터 작품을 시작함으로써 특정 대상을 향하게 된다. 즉 유혹의 대상을 분명하게 설정한 것이다. 따라서 작품에 등장하는 언어적 장치나 기법은 대상을 유혹하기 위한 수단으로

---

23) 보들레르는 ①싫증난 태도, ②지루해하는 태도, ③감정을 드러낸 태도, ④뻔뻔스러운 태도, ⑤냉정한 태도, ⑥속이 뻔히 들여다보이는 태도, ⑦지배하려는 태도, ⑧의지를 드러내는 태도, ⑨심술궂은 태도, ⑩아픈 태도, ⑪어리광과 무관심과 악의가 섞인 고양이 같은 태도를 아름답고 매력적인 여인의 태도로 정의하며 팜프 파탈의 구체적인 모습을 나타냈다(이명옥, 『팜므 파탈-치명적 유혹, 매혹당한 영혼들』, 다빈치, 2003, 262쪽). 한편 이 책에서는 서양화에 나타는 팜프 파탈의 모습을 잔혹, 신비, 음탕, 매혹의 네 가지로 분류하였다.

24) 김상진, 앞의 논문 참조. 여기서는 황진이의 출생 및 성장 배경 등과 관련하여 그의 성격의 일면을 고찰하였다.

25) 김상진, 위의 논문, 88-92쪽 참조. 아울러 황진이의 시조 이외에도 언어유희를 이용하여 자신의 욕망을 표현한 기녀시조가 있는데, 眞玉의 "철이 철이라커든 무쇠 섭철만 너겨써니/ 이제야 보아ᄒ니 정철일시 분명ᄒ다/ 내게 골블무 잇더니 뇌겨 볼가 ᄒ노라"나 寒雨의 "어이 어러자리 므스일 어러자리/ 원앙침 비취금을 어듸두고 어러자리/오늘은 츤비 마자시니 녹아 잘까 ᄒ노라" 등이 그것이다. 이들은 각각 정철 및 임제와 화답한 작품으로 알려져 있다.

작용하게 된다. 화자는 자신은 천상에서 빛을 발하는 명월로, 상대는 산 속에서 그 빛을 받고 흘러가는 벽계수로 묘사함으로써 자신의 우월성을 드러냈다.

이러한 관계는 청산과 벽계수의 관계에도 통용될 수 있다. 황진이의 몇몇 시조를 통해서 볼 때 청산(혹은 산)은 여성 화자의 은유가 된다.[26] 그렇다면 여기서의 청산 또한 화자의 또 다른 상징으로 볼 수 있는 가능성이 있다. 여기서 주목되는 것은 벽계수가 청산 '안'을 흘러가고 있다는 점이다. 이는 양자가 포함관계에 있음을 뜻하게 된다. 이처럼 명월과 벽계수, 청산과 벽계수의 관계를 통해 화자는 자신이 절대적으로 우월한 위치에 있음을 암시한다. 더욱이 상대는 벽계수로 고정되어 있는 데 반해 화자는 명월과 청산을 넘나든다. 상대에게는 2:1의 압박이 되는 셈이다. 화자가 명령법으로 발화한다는 것도 주목할 만하다. 여성 발화의 특징 가운데 하나가 '상대 높임법'[27]이다. 그런데 화자는 오히려 명령을 함으로써 청산/벽계수, 명월/벽계수의 관계에서 보이는 자신의 이미지를 더욱 견고히 하며 강한 힘으로 상대를 유혹한다.

<청산리 벽계수>의 화자에게서 나타나는 팜프 파탈의 이미지에는 그것의 행위자인 황진이의 삶과 이미지도 한몫을 한다. 출중한 외모와 함께 시문에도 능했던 것으로 알려진 황진이에 대해서는 많은 일화가 전해지고 있다. 그 가운데는 그녀가 가까이 했던 남성들과의 이야기도 여럿 있는데[28], 그 중에서도 작품 속 환유의 대상인 종실사람 벽계수와 작자 황진이의 관계는 작중 화자의 이미지에 많은 영향을 미치게 된다.

---

26) 앞서 살펴본 <청산은 내 뜻이오>와 <山은 녯 山이로딕>에서 볼 수 있듯이 산을 여성에, 물을 남성에 비유하고 있다. 황진이의 이러한 관습적 상징을 볼 때 위의 시조에 등장하는 청산 또한 여성 화자의 상징임을 알 수 있다.

27) 여성적 발화의 특징은 '애원, 호소, 완곡함, 부드러움, 겸손함, 독백적 감탄, 상대 높임법' 등으로 요약할 수 있다(박애경, 앞의 책, 113쪽). 한편 이러한 발화의 특징은 다음 장에서 보게 될 <성인식>과 <텐미니츠>에 등장하는 여성 화자의 발화 양상에도 동일하게 적용된다.

28) 기록에 의하면 황진이는 벽계수 외에 서화담, 이사종, 지족선사, 소세양 등과 교유가 있었다고 적고 있다. 그런데 그녀가 흠모하였던 사람들은 사랑이 아닌 존경의 대상이었으며, 남녀간의 사랑에는 오히려 냉정한 모습을 보인다.

종실에 벽계수란 사람이 있었는데, 속마음으로 진이를 보고자 하였으나 진이는 풍류명사가 아니면 가까이 할 수 없었다. 이에 손곡 이달에게 방법을 모색하자 이달은 그에게, 어린 아이를 시켜 가야금을 가지고 따르게 한 후 작은 나귀를 타고 진랑의 집을 지나가라고 하였다. 그리고 누각에 올라 술을 마시고 가야금 한 곡조를 타면 진랑이 와서 그대 옆에 앉을 텐데, 못 본 체 일어나서 나귀를 타고 가라고 하였다. 그러면 진랑이 뒤를 따라올 것인데, 취적교를 지날 때까지 돌아보지 않으면 일은 이루어지고 그렇지 않으면 일이 이루어지지 않을 것이라고 하였다. 이에 벽계수가 손곡이 시킨 대로 하자 과연 진랑이 그의 뒤를 따랐다. 취적교에 이르렀을 때, 진이는 가야금을 든 아이에게 물어 그가 벽계수임을 알고 이에 노래를 불렀다. 이 때 부른 노래가 바로 '청산리 벽계수'인 것이다. 청아한 황진이의 노래 소리에 벽계수는 차마 계속 갈 수가 없어 취적교 부근에 이르러 뒤를 돌아보았다. 그 순간 그는 나귀에서 떨어졌다. 이에 황진이는 '이 사람은 名士가 아니오, 다만 풍류랑일 뿐이다'하고는 되돌아갔다.[29]

위의 일화에서 황진이는 상대 남성이 벽계수임을 알고는 그를 흘러가는 물에, 자신을 명월에 빗대어 노래를 부른다. '쉬어간들 어떠리'란 종장으로서도 알 수 있듯이 노래의 목적은 벽계수를 유혹하기 위함이다. 손곡의 당부에도 불구하고 벽계수는 황진이의 청아한 노래 소리에 차마 그냥가지 못하고 돌아보고 만다. 황진이의 유혹에 넘어가고 만 것이다. 그러자 황진이의 태도는 이내 변한다. 벽계수를 유혹하기 위해 노래를 불렀지만 정작 그가 유혹에 넘어가자 황진이는, 그는 명사가 아닌 풍류객에 불과하다며 돌아서버린다. 결국 벽계수

---

29) 徐有英,『錦溪筆談』: 宗室有碧溪守者. 思欲一眄 而眞高自標致 非風流名士得親 乃謀於蓀谷李達 達曰 公一眄眞娘 能從吾言乎 碧溪守曰 當從君言 達曰 君使小童 挾琴隨後乘小驢 過眞娘之家 登樓賒酒而飮 彈琴一曲 則眞娘必來坐君傍矣. 君視若無見 則起乘驢而行 則眞娘亦當隨後而來 若行過吹笛橋而不顧 則事可諧矣 若不然則必不成矣. 碧溪守從其言 乘小驢 使小童挾琴而遇眞家 登樓賒酒而飮 彈琴一曲 則起乘驢而去 眞果追後而來 當吹笛橋 問於琴童 知其碧溪守也乃曼聲而歌曰 靑山裏碧溪水 莫誇去來休 一到滄海難再見那得不少留 明月滿空山 臨去願一游 碧溪守聞此歌 不能去 到橋邊回顧 隶落驢 眞娘笑曰 此非名士乃風流郎也 卽徑還 碧溪守慚恨不已.

는 황진이의 유혹에 넘어갔으나, 정작 황진이와의 만남은 이루어지지 못하고 괜스레 낙마하는 망신만 당하고 만 셈이다. 사랑의 감정에 결코 함몰되지 않으며 상대 남성을 조정하는 여성의 모습은 양면성을 띠며 묘한 매력으로 작용하여 상대에게는 더욱 매혹적으로 다가선다.30)

이렇듯 행위자의 이미지가 어우러져 <청산리 벽계수>의 여성에게서 받는 이미지는 영화 속 팜므 파탈의 모습과 매우 흡사함을 알 수 있다. 물론 그것이 영화 속 팜므 파탈과 절대적으로 일치하는 것은 아니다. 팜므 파탈이란 용어가 서구의 근대적 용어인 만큼 우리의 시조 속에 등장하는 여성의 이미지와는 시·공간의 거리가 존재한다. 하지만 순종과 인내를 미덕으로 여기던 조선조에, 비록 기녀시조라고는 하더라도 <청산리 벽계수>에 등장하는 여성은 확실히 대담하다. 더욱이 그 여성은 적극적으로 나서서 남성을 유혹하면서도 그 품위를 손상시키지 않는다. 이 점에 대해서는 대중가요 속 여성 이미지와의 관계 속에서 구체적으로 논의하기로 한다.

3. 대중가요 속의 여성 이미지

1) 현대사회와 대중가요

90년대 이후의 문화는 '대중'이 그 중심을 이룬다.31) 이러한 현상을 반영이라도 하듯 노래 또한 대중가요가 가장 영향력 있는 장르로 부상하게 된다.

---

30) 이러한 황진이, 혹은 황진이의 시조의 여성화자는 남성을 파괴시키는 악마적인 일면을 지니는 것으로도 파악된다(김옥순, 「기녀시조에 나타난 사랑의 레토릭」, 『한국 페미니즘 시학』, 동화서적, 1996, 86-87쪽).

31) 김창남의 「대중의 시대, 대중문화의 시대」(『민족음악의 이해』6, 민족음악연구회, 1997)에서는 우리의 문화가 과거의 민중담론에서부터 대중담론으로의 변모 과정 및 그 근거에 대하여 상세히 논의하고 있다.

대중가요가 시대의 주류가 될 수 있었던 것은 그것이 다수의 사람들로부터 공감을 얻기 때문이다. 누구라도 한두 번 들으면 따라서 흥얼거릴 수 있을 정도의 까다롭지 않은 멜로디와 함께 인간의 감성을 자극하는 서정적 가사로 인하여 쉽게 대중들에게 다가설 수 있었다. 그래서 조선조인이 시조로써 사상과 정서를 노래하고 또 공감했던 것처럼, 현대인들은 대중가요로써 그것을 대신하게 된다. 요컨대 대중가요의 가사에 담긴 의미는 그것을 향유하는 사회의 구성원들과 공유하게 되는 것이다.[32] 이는 대중가요가 인간의 보편적 심리를 담아내기도 하고, 또 한편으로는 시대마다 변화하는 사회의 모습을 기민하게 반영하고 있기 때문이기도 하다. 전자가 철학적 사유체계의 근간이 된다면, 후자는 시대적 가치관에 근거한다. 즉 대중가요는 동전의 양면과 같은 인간의 심리를 담고 있는 것이다.

현대 사회로 접어들며 많은 제도와 문물이 변화함에 따라 가치관에도 변화가 생기게 되었다. 거기에는 여성에 대한 인식의 변화도 포함되는데, 과거와는 달리 여성의 지위도 상승되고 변화하였지만 남녀 관계에 있어서의 여성은 여전히 수동적이고 소극적인 '여성스러운 여성'이 환대를 받고 다소곳한 여성의 모습이 바람직한 여성상으로 인식되곤 한다.[33] 여성에 대한 이러한 이미지는 대중가요에도 그대로 나타나게 되는데, '사랑한다 말할까 좋아한다 말할까 아니야 아니야, 말 못해. 나는 여자이니까'란 <여자이니까>(심수봉 노래, 1978년 발표)에 등장하는 여성 화자의 모습은 이러한 현실을 단적으로 드러낸다.

대중가요에 나타난 소극적이고 수동적인 여성의 모습은 과거의 문제만은 아니다. 최근에 발표되는 여성 가수들의 노래에서도 이러한 현상은 발견된다.

---

32) 최상진 외, 「대중가요에 나타난 한국인의 정서」, 『한국심리학회지 : 일반』20권 1호, 한국심리학회, 2001, 43쪽.

33) 이지적인 모습과 함께 '여성성'이 여성의 매력을 평가하는 데 영향을 미친다는 것은 이러한 사실을 입증한다(이경성외, 「젊은 남성들은 어떤 얼굴모습의 여성에게 매력을 느끼나」, 『한국심리학회지 : 사회 및 성격』17호, 한국심리학회, 2003, 73-83쪽).

'아시아의 별'로 일컫는 소녀가수 보아의 <발렌티>(2003년 발표)에 등장하는 여성(혹은 소녀)은 '내 미래를 걸어버리고 그대의 두 손을 잡았어'라고 하여 자신의 미래보다는 사랑하는 사람을 선택하는가 하면, '타이트한 그대의 틀에 맞춰진 사람이 되고도 행복한 나'라고 노래하며, 조선조 여인에게서 보이던 순종의 미덕이란 틀 안에 스스로를 가둔다. <발렌티>에서 보이는 여성화자의 이러한 모습을 단지 여성들이 지니고 있는 성향이나 속성의 탓으로만 돌릴 수는 없을 것이다. 왜냐하면 남성이 생각하는 여성의 모습 또한 이러한 상황에서 벗어나지 않기 때문이다.

고교생 가수 이승기가 부른 <내 여자니까>(2004년 발표)는 연상의 여성을 사랑하는 연하남의 노래이다. 연하남은 연상의 여성에게 '누나는 내 여자'라고 하더니 이내 '너는 내 여자'라고 부르기에 이른다. 뿐만 아니라 그 여성을 두고 '알고 보면 여린 여자'라고 하여 자신이 보호해야 할 대상으로 만든다. 이것은 연상남과 연하녀의 관계에서 여성이 남성을 '오빠'라고 호칭하며 존댓말을 하는 것과는 상당히 거리가 있는 모습이다. 이처럼 자신보다 나이가 많은 연인을 여성은 오빠라고 호칭하지만 남성은 '너'라고 부른다는 것은 남녀의 사이에서는 나이보다는 남자라는 성이 더 우선된다는 사실을 여실히 보여주는 것으로, 우리 사회에 남녀의 격차가 여전히 존재하고 있음을 시사한다.

이러한 현실 앞에서 여성이 자신의 사랑의 감정을 여과 없이 드러낸다거나, 더 나아가 적극적으로 남성을 유혹하는 것은 21세기로 접어든 오늘날에도 여전히 일반적인 현상은 아니라고 하겠다. 그랬을 때, 박지윤의 <성인식>(2000년 발표)에 등장하는 여성 화자의 고백은 놀랄 만하다.

> 그대여, 뭘 망설이나요. 그대 원하고 있죠, 눈앞에 있는 날.
> 알아요, 그대 뭘 원하는지 뭘 기다리는지. 그대여, 이리와요.
> 나도 언제까지 그대가 생각하는 소녀가 아니에요. 나 여자로 태어났죠.
> 기다려준 그대가 고마울 뿐이죠. 나 이제 그대 입맞춤에 여자가 되요.

난 이제 더 이상 소녀가 아니에요. 그대 더 이상 망설이지 말아요.
그대 기다렸던 만큼 나도 오늘을 기다렸어요.
장미 스무송일 내게 줘요. 그대 사랑을 느낄 수 있게 그댈 기다리며
나 이제 눈을 감아요
그대여 나 허락 할래요. 나만을 바라보던 그대의 사랑을
사랑은 너무나 달콤하고 향기로운 거란 걸 내게 가르쳐줘요.

<성인식>의 전문이다. 노래에 등장하는 화자는 겨우 소녀의 티를 벗어난 갓 스물의 여성이다. 이제 막 성인이 된 화자는 사랑하는 남성 앞에서 당돌하리만치 적극적이다. 수줍고 부끄러운 소녀의 모습을 내던지고, 적극적인 행동으로 남성이 자신에게 다가와 줄 것을 종용한다. 사랑을 통해 소녀에서 여인으로 거듭나겠다는 여성화자의 외침에는 내재되어 있던 화자의 성적 욕망이 담겨 있다. 현대 사회로 넘어오며 사회의 많은 제도와 가치관 등이 변화를 겪게 되면서 여성의 섹슈얼리티 또한 개방화의 물결을 타게 된다. 이러한 여성의 성적 가치관이 대중가요에도 여과 없이 드러나게 된 것이다.

하지만 <성인식>의 여성 화자가 비록 거침없어 보이기는 하지만 여기서 팜므 파탈의 이미지는 별로 드러나지 않는다. 대신 어린 티를 벗어나 성인의 대열에 합류하고 싶은 소녀의 미숙함이 엿보일 뿐이다. 팜므 파탈은 좀더 능숙하게 상대방의 심리를 읽어낸다. 그러나 <성인식>의 화자는 자신의 감정을 표현하는 데만 충실하다. 표면적 진술로 볼 때 <성인식>은 그동안, 아직은 미성숙한 화자를 바라만 보던 남성을 위해 노래이다. 하지만 실제로는 화자의 욕망을 향한 감정이 훨씬 우세하다. 그런데 여기서 묘한 것은 당돌하리만치 거침없는 화자의 외침은 도리어 상대를 움츠러들게 만들 수도 있다는 점이다. 더욱이 상대 남성 또한 화자의 생각에 동의하는지는 알 길이 없다. 요컨대 이것은 매혹의 대상이 아닌 경계의 대상이 될 수도 있다. <성인식>의 화자가 보이는 이러한 감정은 아직 미성숙한 사랑의 열정에 가깝다.[34]

---

34) 스텐버그는 사랑의 삼각형 이론을 통하여 사랑을 이루는 요소로 친밀감(intimacy), 열정

2) 도발적인 악녀, 〈텐미니츠〉

<텐미니츠>(2003년 발표)는 노래가 대중에게 알려지기 전부터도 많은 화제를 불러 일으켰다. 그것은 어쩌면 노래 자체에 대한 관심보다는 그것의 행위자, 즉 가수 이효리에 대한 관심이라고 하는 것이 더 정확할 듯하다. 이효리가 노래한다는 그 자체만으로 세인의 관심을 집중시켰던 <텐미니츠>는 거기에 등장하는 어휘나 표면적인 진술을 놓고 볼 때, <성인식>만큼 선정적이거나 노골적이지 않을 수 있다. 하지만 여기에 등장하는 여성은 스스로를 남성보다 우월하게 인식하며, 훨씬 강한 여성의 이미지로 남성에게 다가선다.

<텐미니츠>는 그 내용의 전개에 따라 세 단계로 구분 가능하다.

> [1] Just One 10 minutes 내 것이 되는 시간
> 순진한 내숭에 속아 우는 남자들
> Baby 다른 매력에 흔들리고 있잖아
> 용기 내봐 다가와 날 가질 수도 있잖아
> 어느 늦은 밤 혼자 들어선 곳, 춤추는 사람들, 그 속에 그녀와 너
> 왠지 끌리는 널 갖고 싶어져, 그녀가 자릴 비운 그 10분 안에
> 지루했던 순간이 날 보는 순간 달라졌어 (I'm telling you)
> 오래된 연인 그게 아니던, 중요한 사실은 넌 내게 더 끌리는 것

첫 단계는 유혹할 대상에의 접근 및 준비 단계이다. 첫 머리에서 화자는 딱 10분이라고 발화한다. 이것은 <텐미니츠>의 여성 화자가 남성을 유혹하는 데 필요한 시간이다. 화자가 10분을 강조한 것은 그것의 상징성에서 비롯된다. 10분이라고 하는 시간은 어떤 일을 계획하는 시간이기보다는 자투리 시간,

---

(passion), 결정/헌신(decision/commitment)의 세 가지를 들었다. 이 세 가지 요소를 모두 갖추면 이른바 완전한 사랑에 이르게 되겠지만, 모든 사랑이 세 가지 요소를 다 갖추는 것은 아니어서 둘 혹은 하나의 요소만으로도 사랑이 형성된다. <성인식>에서 보이는 사랑은 열정만이 우세한 경우로 풋사랑의 전형에 가깝다(한덕웅 외, 『인간의 마음과 행동』, 박영사, 2004, 412-425쪽).

휴식 시간의 의미가 강하다. 특히 제도 교육에 익숙해진 현대 사회에서 10분은 관습적으로, 50분의 수업 시간 뒤에 찾아오는 짧은 휴식 시간을 의미하게 된다. 요컨대 10분이란 짧은 자투리 시간 정도로 남성을 유혹할 수 있다고 하는 것은 화자의 자신감의 표현이며 능력의 과시이다.

하지만 <성인식>의 화자가 자신의 성적 욕망을 가식 없이 강하게 표출함으로써 거침없는 모습을 보인 것과는 달리 <텐미니츠>의 화자는 내면을 포장하며 자신의 욕망을 상대의 욕망인 양 전도한다. 뿐만 아니라 그녀는 자신의 의도된 유혹에 넘어오는 남자들을 조롱함으로써 도발적인 악녀의 모습을 연출한다. 존댓말이 아닌 반말로 발화한다든지, 서구에서 남성이 연인을 부를 때 사용하는 '베이비'[35]란 호칭을 오히려 남성에게 사용하여 여성과 남성의 위치를 역전시킨다. <텐미니츠>의 여성에게 처음부터 사랑 따윈 존재하지 않았는지도 모른다. 그녀가 남성을 유혹하려는 것은 그를 사랑하기 때문이 아니다. 단순한 호기심과 소유욕, 그리고 자신의 성적 매력을 시험하고 싶을 뿐이다.[36]

화자는 혼자서 춤추는 클럽에 갔다. 왜 그녀가 혼자서 클럽에 갔는지에 대한 설명은 없지만, 자신의 욕망을 충족시키기 위해 남성을 유혹하려는 심리라는 짐작이 가능하다. 요컨대 사랑의 대상을 찾기 위함이 아니라 유혹의 대상을 찾기 위함인데, 화자가 남자에게 다가서는 유일한 이유가 '왠지 끌리'기 때문이라는 것은 이러한 추론에 설득력을 더한다. 유혹의 대상을 설정한 화자는 상대를 탐색하고 그에 맞는 전략을 구상한다. 그 남자에겐 이미 사귀어온 애인이 있다. 애인이 있는 남자를 단 10분 만에 유혹하기 위해 세운 화자의 전략이 바로 10분과 50분의 환유이다. 50분 동안의 지루한 수업시간과 비교할 때,

---

35) baby에는 일반적인 '갓난아기'의 의미 외에 남성이 아내, 애인, 여자친구를 뜻하거나, 소심한 사람, 어린애 같은 사람이란 의미가 담겨 있다.

36) <텐미니츠>의 여성 화자에게선 이른바 사랑의 세 가지 요소 중 어느 것도 발견할 수 없다. 여기에 굳이 사랑의 명칭을 붙인다면 '어느 사람과도 심각한 사랑에 빠지거나 특별히 흥분하지도 않는' 유희적 사랑에 가깝다(김중술, 『신 사랑의 의미』, 서울대 출판부, 2001, 66-68쪽).

10분 동안의 휴식은 짧지만 그래서 더욱 즐겁고 아쉽다. 자신이 10분의 휴식이라면 그녀는 지루한 50분이다. 10분의 휴식이 삶에 활력을 주듯이, 자신과의 만남이 그의 삶에 활력이라며 상대를 유혹한다. 서로의 관계에서 중요한 것이 시간의 '길이'가 아닌 '가치'임을 강조하는 것이다.

> [2] I say 너의 그녀는 지금 거울을 보며
> 붉은색 립스틱 화장을 덧칠하고
> Baby 높은 구두에 아파하고 있을 걸
> 나는 달라 그녀와 날 비교하진 말아줘
> 짧은 순간이 아니라고 했잖아, 영화 속에 갇힌 우리가 되는 거야
> 영화 속 10분 1년도 지나쳐. 어때, 겁먹지는 마 너도 날 원해
> 지루했던 순간이 날 보는 순간 달라졌어 (I'm telling you)
> 오래된 연인 그게 아니던, 중요한 사실은 넌 내게 더 끌리는 것

<텐미니츠>의 둘째 단계는 본격적인 유혹의 실행 과정이다. 여기서 화자의 전략은 크게 두 가지로 구분된다. 그 하나는 상대 여성에 대한 부정적 정보를 전하는 것이며, 다른 하나는 남성의 내재된 욕망을 부추기는 것이다. 첫째 전략을 위해 화자는 상대 여성의 은폐된 사실을 폭로한다. 즉 그녀는 짙은 화장과 높은 구두로 포장하고 있는 '가식 덩어리'라는 것이다. 이어 화자는 그녀와 자신과의 차별화를 선언한다. 이것은 화자에게 약점으로 작용하는 시간의 열세를 극복하려는 전략이다. 그래서 화자는 끊임없이 10분의 중요성을 강조하고, 그래도 망설이는 남성을 위해 영화의 비유를 든다. 이는 시간에 있어서 중요한 것은 가치임을 노래했던 첫 단계의 발화에 설득력을 더하게 된다. 그리고 이러한 과정은 두 번째 전략의 성공률을 높이기 위한 수단이다. 화자는 "지루했던…" 이하의 내용을 반복적으로 발화하기에 이르는데, 적절한 시간차를 두고 반복함으로써 그것이 주는 자체의 효과[37]와 함께 그 사이 다른 정보들을 제공

---

37) 반복은 강조의 효과와 함께 정서의 고조화를 이루어 절정을 이끌어 가고, 새로운 경이감을

함으로써 성공의 가능성이 높아진다. 따라서 동일한 내용이지만 상대 남성이 받아들이는 효과는 훨씬 증폭된다.

> [3] Just one 10 minutes 내 것이 되는 시간
> 모든 게 끝난 후 그녀가 오고 있어
> Baby 붉은 립스틱 촌스럽기도 하지
> 내게 와봐 이제 넌 날 안아 봐도 괜찮아
> Don't tell a lie just be yourself 힘들게 둘러대지 마
> 널 떠나 달라 말을 해 (have it your way)
> Bling[38] Bling shine it's right to come 사랑에 빠진 거라고
> 거짓을 말할 거면 모두 없던 걸로 해

셋째는 상황을 끝내가는 단계이다. 이제 그녀의 작전은 성공한 듯 보인다. 단 십 분 만에 다른 여자의 남자를 유혹한 그녀는 몸 매무새를 다듬고 온 여성을 촌스럽다며 비아냥거린다. 이것은 앞서 그녀를 두고 화장과 높은 구두로 포장된 가식 덩어리로 만든 것을 더욱 강조하는 행위이다. 이는 질투의 표현일 수도 있겠으나, 상대 남성으로 하여금 애인으로부터 보다 멀어지게 하려는 화자는 전략일 가능성이 더 높다. 애인이 오자 화자는 더욱 대담한 행동으로 남성을 곤경에 빠뜨린다. 그녀 앞에서 자신을 안아보라는 발화는 두 가지 효과를 거둔다. 즉 일차적으로는 자신의 욕망을 채우는 것임과 동시에 상대 여성의 질투심을 극대화시킬 수 있는 것이다.

남성을 향한 화자의 요구는 여기서 그치지 않는다. 스스로를 속여 둘러대지 말고 그녀에게 이별을 선언할 것을 종용한다. 상대 남성이 정말 화자의 유혹에 넘어갔는지의 여부는 확인할 길이 없다. 다만 화자의 확신이 있을 뿐이다. 강한

불러일으키며 내용의 수식을 높이는 등의 효과를 거둔다(김대행, 『한국시가구조연구』, 삼영사, 1984, 191쪽).

38) 'bling'은 힙합 문화에서 사용하는 은어로 우리말의 '짤랑짤랑'과 같은 의미를 지닌다. 요컨대 화려하게 빛남을 나타내는 의태어 정도로 볼 수 있다.

확신 속에서 뿜어져 나오는 화자의 태도는 그만큼 위력을 지니게 될 것이며, 머뭇거리는 남성에겐 또 다른 힘으로 작용하게 된다. 화자는 또 그녀에게서 떠나 스스로의 길을 가라고 종용하고, 이어 화려하게 빛나는 그것이 꼭 찾아올 거라고 한다. 이것은 스스로를 빛나는 존재로 격상시키며, 그가 그녀를 떠나 자신에게 오면 화려한 미래가 펼쳐질 듯한 기대감을 불어넣게 된다. 그리고 막바지에 이르러서는 거짓을 말하면 지금까지의 일은 모두 없었던 일로 하자며 협박을 하기에 이른다. 여기까지 진행되는 동안 화자는 남성에게 조금만치의 여유도 허락하지 않는다. 한껏 유혹을 해 놓고는 뜻대로 되지 않는다면 미련 없이 돌아서겠다며 차갑고 냉정한 모습으로 돌변해 버리는 화자의 모습은 남성을 자신의 매력에 빠지도록 유혹하지만, 자신은 결코 사랑에 탐닉하지 않는 전형적인 악녀의 모습 그대로이다.39)

한편 <청산리 벽계수>가 창자인 황진이의 내면적 세계의 표현인 것과는 달리 <텐미니츠>는 현대 대중음악의 메커니즘 속에서 의도되고 만들어진 것이다. 거기에는 무엇보다도 상업적 성공이 큰 부분을 차지하며 대중들이 가장 선호할 수 있고, 궁극적으로는 그래서 보다 큰 이윤을 창출해야 하는 것이다. <텐미니츠>는 이러한 대중음악 산업의 마케팅 전략으로 만들어진 노래일 수 있다. 이는 과거 여성 인기 그룹 핑클의 멤버였던 이효리의 솔로 데뷔곡이기도 한데, 핑클은 청초하고 순수한 소녀적 이미지를 표방하여 대중의 호응을 얻었던 그룹이다. 인기 그룹의 멤버가 솔로 가수로 전환할 경우 가장 큰 장애요소로 작용하는 것이 바로 그룹의 이미지를 벗어나지 못한다는 점이다.40) 그렇기 때문에 어느만큼 과거의 이미지를 떨쳐버리고 변신할 수 있느냐에 성공의 여부가 달려 있다. 이를 위해서는 무엇보다도 과거와의 차별화 전략

---

39) 이러한 모습은 느와르 영화에 등장하여 '남성을 거세하고 파멸에 빠뜨려 전통적인 가정을 파괴하는' 팜므 파탈의 모습과도 유사하다(이형식, 「캐롤은 팜므 파탈인가:연극 '올리애나'와 영화각색본의 비교」, 『문학과 영상』3권 1호, 문학과 영상학회, 2002, 72쪽).
40) 황재연, 『뮤직 비즈니스』, 시유시, 2004, 168-173쪽.

이 필요하게 되는데, 그래서 선택된 것이 이효리의 섹시 이미지이다.[41] 따라서 창자인 이효리는 노래를 발표하기에 앞서 매스컴을 통해 그녀의 섹시 이미지를 강조하며 대중들 앞에 나섰고, 이러한 섹시 이미지를 부각시킬 수 있는 노래가 <텐미니츠>인 것이다. 요컨대 이효리와 <텐미니츠>는 고도화된 현대 대중 음악 산업의 마케팅 전략에 의해 계획되고 만들어진 하나의 결과물이라 할 수 있다.

4. <청산리 벽계수>와 <텐미니츠>의 비교적 특성 -결론에 대신하여

본고는 넓게는 시조와 대중가요의 비교적 고찰로, 황진이의 <청산리 벽계수>와 이효리의 <텐미니츠>를 중심으로 작품에 나타난 여성 이미지를 탐색하였다. <청산리 벽계수>와 <텐미니츠>를 주 대상으로 삼은 것은 이 둘이 시대를 벗어나 몇 가지의 공통점을 지니고 있기 때문이다. 우선, 양자 모두 텍스트 못지않게 그것의 행위 주체자에 대한 관심이 지대하다는 점이다. 황진이는 기녀의 신분임에도 불구하고 탄생에서 죽음에 이르기까지 삶 그 자체가 세인의 주목을 받는다. 이러한 주목은 그것의 미화로 이어지고, 그래서 심지어는 황진이가 인간 세상의 사람이 아닌 천상의 존재라는 이야기까지도 나오게 된다. 이와 함께 부모의 내력, 기생이 된 내력 등에 대해서 다양한 이야기들이 기록으로 전한다. 이효리 또한 한동안 우리의 젊은 세대를 '효리 열풍'에 빠지게 했던 인물로 21세기 우리나라 대중문화의 새로운 섹시 코드로 등장했다.

---

41) 이렇듯 스타의 이미지를 만들어 이를 스테레오 타입화 하여 문화텍스트로 전가하는 방식은 할리우드의 영화산업에서 처음 고안해 냈다(Thomas Harris, "The Building of Popular Image : Grace Kelly and Marilyn Monroe", in Christine Glechill(ed.), *Stardom:Industry of Desire*, London and New York : Routledge, 1991, 강현두 편, 『현대사회와 대중문화』, 나남출판사, 1998, 377-382쪽에 수록된 번역문에서 인용).

특히 <텐미니츠>가 발표되던 2003년은 우리나라 대중문화의 중심에 이효리가 있었다고 해도 과언이 아니었다. 방송에서 보이는 그녀의 행동은 물론, 일상에서 벌어지는 사소한 일들이 낱낱이 보도되어 화제가 되곤 하였다. 여기서 주목되는 것은 이들 모두가 텍스트 밖의 요소에 사람들의 관심을 집중시켜 그것을 텍스트의 이미지로 전가한다는 점이다. 이렇듯 텍스트 행위자의 이미지를 텍스트의 이미지로 끌어들여, 두 작품에 등장하는 팜므 파탈의 이미지를 견고히 하는 데 한몫한다.42)

팜므 파탈은 종종 '매혹적이지만 위험한'43) 존재로 묘사된다. 매혹의 많은 부분이 시각적인 데서 비롯되는 만큼 팜므 파탈의 이미지는 영화 속 여주인공에게서 종종 찾을 수 있다. 영화에서의 팜므 파탈은 자주 변화무쌍하고, 간교하면서 성격화의 일관성이 명확하지 않은 아이러니컬한 인물로 나타난다. 즉 청순하면서도 요염할 수 있고, 남성의 보호 본능을 자아내는 연약한 여성이면서 동시에 잔인한 악마의 모습을 지니는 양가적인 인물이다.44) 남성을 유혹하면서도 순수를 표방하고, 자신의 이끌림에 남성이 넘어오면 잔인하게 돌아서는 <청산리 벽계수>와 <텐미니츠>의 여성은 이러한 영화 속 팜므 파탈과 유사하다. 팜므 파탈의 중요한 특성 가운데 하나가 유혹에 빠진 남성을 파멸로 이끈다는 점이다. 이 점에 있어서도 두 작품은 공통된다. 자신을 유혹하는 황진이의 청아한 노래 소리에, 말을 타고 가던 벽계수는 그만 뒤를 돌아보게 되고 그 결과로 낙마하게 된다. 말은 물리적인 의미를 넘어 또 다른 상징적 의미를 갖는 것으로 출세와 권위를 상징한다. 그러니 낙마를 했다는 것은 단순히 말에

---

42) 팜므 파탈은 19세기 낭만주의 문학작품에 등장한 이후, 주로 미술과 영화 등에 자주 등장하며 개념이 확산된 것에서 알 수 있듯이, 거기에는 시각적인 매력 또한 중요한 요소가 된다. 따라서 시조와 대중가요의 가사 또한 시각적인 이미지와의 결합을 통해 팜므 파탈의 이미지를 더욱 강하게 표출하게 된다.

43) E Ann Kaplan, *Women in Film Noir*, BFI, 1980, 2쪽(서인숙, 「필름 느와르의 팜므파탈」, 『영화교육연구』4권, 한국영화교육학회, 2002, 158쪽에서 재인용).

44) 서인숙, 위의 논문, 160쪽.

서 떨어졌다는 표면적 진술을 넘어 양반으로서의 지위와 체면의 손상을 동시에 뜻한다. <텐미니츠>의 남성의 경우, 노래에서는 설명되지 않았지만 그 또한 애인과의 관계에서 치명적인 갈등이 발생했으리란 짐작을 할 수 있다. 단 10분 자리를 비운 사이, 낯선 여성의 유혹에 빠져 있는 남자 친구에게 관용을 베풀 수 있는 여성을 기대한다는 것은 그 여성을 지나치게 과대평가했거나, 혹은 과소평가한 남성의 착각일 뿐이다.

하지만 <청산리 벽계수>와 <텐미니츠>는 그들의 시대적 거리만큼이나 서로 간에 격차를 보이기도 한다. 이러한 차이의 첫째 근거는 양자의 서로 다른 창작 배경에서 찾을 수 있다. <청산리 벽계수>의 화자는 작자이며 텍스트 행위자인 황진이이다. 뿐만 아니라 작품 속에 환유로 등장하는 명월과 벽계수 또한 실존 인물을 대상으로 한다. 그런 만큼 작자의 내적 가치를 작품으로 형상화한 것이다. 거기에 반해 <텐미니츠>는 현대 대중문화 산업의 철저한 마케팅 전략에 의해 생산된 것으로 그것의 행위자 또한 만들어진 이미지일 뿐이다. 따라서 <텐미니츠>에서 중요한 것은 그것의 내적 가치를 표현하는 것이 아니라 대중들의 보다 많은 호응을 얻어내는 일이다. 그래서 <텐미니츠>의 여성은 남성의 유혹자로서 남성보다 우월한 것처럼 보이지만 실제적으로는 남성들에 의해 만들어진 여성의 모습이다. 즉 그 중심은 남성에 놓여 있다는 것이다. 남성을 향해 자신을 '가질 수도 있'다고 한다든지, 상대 여성을 비난하는 등의 행위에는 남성의 환심을 사려는 심리가 도사리고 있다.

두 작품은 유혹의 방식에도 차이를 보인다. <청산리 벽계수>의 여성이 자신과 상대 남성의 관계를 자연의 이치를 끌어들여 비유함으로써 품격을 지니는 것과는 달리 <텐미니츠> 여성은 오직 성적 자극을 유혹의 수단으로 삼는다. 자신의 욕망을 상대의 욕망인 양 전도하여 비록 자존심은 지켜내고 있지만 훨씬 직설적이다. 곧 <청산리 벽계수>의 여성이 그 유혹을 삶의 이치로 바꿔 '정신적 차원으로 승화'[45]시키고 있는 데 반해 <텐미니츠>의 여성은 '성적 매력을 유혹의 수단'[46]으로 삼고 있다.

　그러나 두 작품에서 보이는 이러한 차이를 작품의 가치로 직결시키는 것은 아직 성급한 판단일 수 있다. 왜냐하면 이러한 차이는 그것이 표현된 시대적 가치관이나, 방법의 차이에서 비롯될 수 있기 때문이다. 앞서 언급했듯이 이들은 서로 다른 목적을 지향하며 창작된 만큼 서로의 방식에는 많은 차이를 드러낼 수밖에 없다. 요컨대, '시대가 바뀌면 사람이 바뀌고 사람이 바뀌면 문화가 바뀐다. 문화의 변화는 다시 사람에게 영향을 미쳐 변증법적 과정을 통해 끊임없이 변화하기 마련'[47]이라는 정의는 두 작품 속에서 보이는 여성 화자의 태도를 파악하는 데도 유효할 듯하다.

---

45) 로버트 그린, 강미경 옮김, 『유혹의 기술』, 이마고, 2002, 585-602쪽.

46) 위의 책, 537-550쪽.

47) Leontiev, A.N, *The problem os activity in psychology*. In J V Werth (Ed), 『The concept of activity in Soviet psychology』. NY : Sharpe. 1981. 37-71쪽, Vygoetsky, L.S., 『Mind in society : The development of higher psychology processes』, Cambridge : Harvare University Press, 1978 (최상진 외, 앞의 논문, 44쪽에서 재인용).

참고문헌

1. 자료

『論語』

『孟子』

『詩經』

『禮記』

『朱文公文集』

『菜根譚』, 나남, 1996.

『李朝名賢集』3, 성균관대 대동문화연구원.

『葛峯先生文集』乾坤, 오성사, 1982.

『栗谷全書』Ⅰ·Ⅱ(『한국문집총간』44·45), 민족문화추진위원회, 1989.

『栗曲全書』, 성균관대 대동문화연구원.

『松江全集』, 성균관대 대동문화연구원.

『松江歌辭』(성주본) , 통문관.

『退溪全書』, 성균관대 대동문화연구원.

『국역 율곡집』(고전국역총서), 민족문화추진위원회, 1984(중판).

『국역 송강집』, 삼안출판사, 1974.

서유영, 『금계필담』(동국대 한국문학연구소,『한국문헌설화전집』8, 민족문
　　　　화사, 1981)

박을수(편), 『한국시조대사전』, 아세아문화사, 1992.

심재완, 『역대시조전서』, 세종문화사, 1986.

윤덕진, 『선석 신계영 연구』, 국학자료원, 2002.

2. 관련 논문 및 서적

고정옥, 「국문학의 형태」, 『국문학개론』(우리어문학회편), 일성당서점, 1949.

권순회, 「전가시조의 미적 특질과 사적 전개 양상」, 고려대 박사논문, 2000.

금장태, 『유학사상과 유교문화』, 전통문화연구회, 1995.

김광순, 「퇴계 문학에 있어서의 자연관과 인생관」, 『연민학지』1집, 연민학
　　　회, 1993.

김대행, 『시조유형론』, 이대출판부, 1986.

──, 『한국시가구조연구』, 삼영사, 1984.

김동욱, 「이조기녀사 서설-사대부와 기녀」, 『아세아여성연구』5집, 아세아여
　　　성연구소, 1966.

김명숙, 「유기적 관점에서 본 율곡의 자연관과 인간관」, 『율곡사상연구』4집,
　　　율곡학회, 2001.

김명준, 「<월선헌십육경가>에 나타난 의식 지향」, 『조선중기 시가와 자연』,
　　　태학사, 2002.

김문기, 「권호문의 시가 연구」, 『한국의 철학』14, 경북대 퇴계학연구소,
　　　1986.

김병국, 「'고산구곡가'의 연구」, 성균관대 박사논문, 1991.

김사엽, 『국문학사』, 정음사, 1956.

김상진, 「송암 권호문 시가의 구조적 이해」, 『한국학논집』18집, 한양대 한국
　　　학연구소, 1990.

──, 「고산구곡가의 구조와 의미고찰」, 『한양어문』8집, 한양어문학회,
　　　1990.

──, 「도산십이곡의 창작배경과 작품세계」, 『한양어문연구』11집, 한양어
　　　문연구회, 1993.

──, 「조선중기 연시조의 연구-사시가계, 오륜가계, 육가계 작품을 중심

으로」, 한양대 박사논문, 1996.

―――, 「송강시조에 나타난 화자의 모습과 차별 양상」, 『온지논총』8집, 온지학회, 2002.

―――, 「고산구곡가의 성리학적 생태인식」, 『시조학논총』20집, 한국시조학회, 2004.

―――, 『조선 중기 연시조의 연구』, 민속원, 1997.

―――, 「기녀시조의 맥락과 황진이 시조의 팜므파탈」, 『고전시가 엮어읽기』하권, 태학사, 2003.

김승희, 「소수 문학으로서의 기녀 시조 읽기」, 『시학과 언어학』3호, 시학과 언어학회, 2002.

김신중, 「사시가의 시상 전개 유형 연구」, 『국어국문학』106호, 국어국문학회, 1991.

―――, 「한국 사시가의 연구」, 전남대 박사논문, 1992.

―――, 「<어부사시사>의 공간과 시간」, 『한국고전문학연구입문』, 집문당, 1996.

김열규, 「한국시가의 서정의 몇 국면」, 『고전시가론』, 새문사, 1984.

김옥순, 「기녀시조에 나타난 사랑의 레토릭」, 『한국 페미니즘 시학』, 동화서적, 1996.

김용숙, 『조선조 여류문학 연구』, 혜진서관, 1990.

김용직, 「갈봉 김득연의 작품과 생애」, 『창작과 비평』23, 창작과 비평사, 1972, 봄

김용철, 「16세기 강호시조의 낭만성」, 『우리어문연구』19집, 우리어문학회, 2002.

김지용, 「내훈에 비춰진 이조여인들의 생활상」, 『아세아여성연구』7집, 아세아여성연구소, 1968.

_____, 「퇴계와 다산시, 그 표현 양상의 비교 연구」, 『퇴계학연구』4집, 단국대 퇴계학연구소, 1990.

김창원, 「김득연의 국문시가 연구 : 17세기 한 재지사족의 역사적 초상」, 『어문논집』41, 안암어문학회, 2000.

_____, 「김득연의 국문시가의 역사적 위상」, 『조선중기 시가와 자연』, 태학사, 2002.

김함득, 「조선여인의 교훈서」, 『국문학논집』12집, 단국대 국어국문학과, 1985.

김혜숙, 「<고산구곡가>와 정신의 높이」, 『한국고전시가작품론2』, 집문당, 1992.

김홍규, 「16·17세기 강호시조의 변모와 전가시조의 형상」, 『욕망과 형식의 시학』, 태학사, 1999.

나정순, 「시조와 여성 작자층」, 『문학과 사회집단』, 집문당, 1995.

문영오, 「어부사시사연구」, 『고산윤선도연구』, 태학사, 1983.

바슐라르/이가림 역, 『물과 꿈』, 문예출판사, 1998.

박규홍, 「조선전기 연시조 연구」, 영남대 석사논문, 1983.

_____, 「16세기 시조문학 연구」, 『시조학논총』8집, 한국시조학회, 1992.

박노춘, 「신계영과 그의 <선석가사>」, 『현대문학』88호, 현대문학사, 1962.

박성의, 「경민편과 <훈민가> 소고」, 『송강문학연구』, 국학자료원, 1993.

박애경, 「기생-가부장제의 경계에선 여성들」, 『여/성이론』4호, 여성문화이론연구소, 1998.

박연호, 「원림문학의 공간의 위상과 문화 교육적 의미」, 『한국시가연구』17집, 한국시가학회, 2005.

박요순, 「정철과 그의 시」, 『송강문학연구』, 국학자료원, 1993.

박희병, 「한국산수기연구」, 『고전문학연구』8집, 한국고전문학연구회, 1993.

배종호, 「율곡의 이통기국설」, 『동방학지』27, 연세대 국학연구원, 1981.

서수생, 「퇴계문학 연구」, 『한국의 철학』창간호, 경북대 퇴계학연구소, 1973.

서원섭, 「퇴계의 도산십이곡 연구」, 『한국의 철학』2, 경북대 퇴계학연구소, 1974.

성기옥, 「고산시가에 나타난 자연인식의 기본 틀」, 『고산연구』창간호, 고산연구회, 1987.

──, 「한국 고전시 해석의 과제와 전망」, 『진단학보』85집, 진단학회, 1998.

──, 「도산십이곡의 재해석」, 『진단학보』91집, 진단학회, 2001.

성현경, 「기녀시조와 사대부시조」, 『조선전기의 언어와 문학』, 형설출판사, 1980.

성호경, 「16세기 국어 시가 연구」, 서울대 박사학위 논문, 1986.

소재영, 「한국문학에 나타난 이상향 연구」, 『동양학』12집, 단국대 동양학연구소, 1993.

손오규, 「퇴계시와 ‘경’」, 『성대문학』26집, 성균관대 국어국문학과, 1988.

──, 「산수문학의 형성과 그 개념」, 『고전시가의 이념과 형상』, 임하 최진원박사 정년기념논총, 1991.

──, 『산수미학탐구』, 부산대출판부, 1998.

──, 「산수문학에서 원림의 미적 위상」, 『도남학보』18집, 도남학회, 2000.

──, 『산수문학연구』, 제주대학교 출판부, 2000.

송정헌, 「갈봉선생유묵고」, 『충북대 논문집』10, 충북대학교, 1976.

──, 「갈봉시조고」, 『조선전기의 언어와 문학』, 형설출판사, 1976.

신연우, 『조선조 사대부 시조문학 연구』, 박이정, 1997.

─────, 「<도산십이곡>에의 미학적 접근」, 『고전문학연구』25집, 한국고전
　　　　문학회, 2004.

신영명, 「16세기 강호시조 연구」, 고려대 박사논문, 1990.

─────, 「17세기 강호시조에 나타난 '전원'과 '전가'의 형상」, 『한국시가연
　　　　구』6집, 한국시가학회, 2000.

─────, 「보수적 이상주의의 계승과 파탄-김득연의 강호시가 연구」, 『논문집』
　　　　18집, 상지대학교, 1997.

신은경, 『풍류』, 보고사, 1999.

안병태, 「송강문학에 나타난 자연관」, 『송강·고산문학론』, 이우출판사,
　　　　1987.

양승무, 「주자의 인설에 대한 재조명」, 『유교사상연구』1집, 유교학회, 1986.

오종각, 「이세보의 연시조 연구」, 『한국시가연구』5집, 한국시가학회, 1999.

유명종, 「퇴계학의 기본체계」, 『퇴계학연구』3집, 단국대 퇴계학연구소,
　　　　1989.

윤사순, 『한국유학논구』, 현암사, 1980.

─────, 「율곡 이이의 자연관」, 『율곡사상연구』2, 율곡학회, 1995.

윤재근, 『시론』, 도서출판 둥지, 1990.

이민홍, 「고산구곡가와 무이도가고」(Ⅰ·Ⅱ), 『개신어문연구』1집·2집, 충
　　　　북대학교, 1981. 1982.

─────, 『조선조 시가의 이념과 미의식』(개정판), 성균관대 출판부, 2000.

─────, 『증보 사림파문학의 연구』, 월인, 2000.

이사라, 「삼원구조에 있어서의 매개 기능」, 『시의 기호론적 연구』, 중앙경제
　　　　사, 1987.

이상보, 「선석의 시가」, 『국어국문학』2집, 서울문리사범대학 국어국문학회,
　　　　1961.

이상원, 「17세기 시가사의 시각」, 『조선중기 시가와 자연』, 태학사, 2002.

────, 「조선후기 '고산구곡가' 수용양상과 그 의미」, 『고전문학연구』24집, 한국고전문학회, 2003.

────, 『17세기 시가사의 구도』, 월인, 2000.

────, 「16세기 말-17세기 초 사회 동향과 김득연의 시조」, 『어문논집』31, 고려대 국어국문학회, 1992.

이시연, 「연시조의 특성에 관한 고찰」, 『국문학의 사적 조명 I』, 계명출판사, 1994.

이주연, 「김득연 시조 연구」, 한양대학교 석사논문, 1995.

임주탁, 「연시조의 발생과 특성에 관한 연구」, 서울대 석사논문, 1989.

임형택, 「조선전기의 한문학」, 『한국사』11, 국사편찬위원회, 1981.

장덕순, 『한국설화문학연구』, 서울대출판부, 1971.

장숙필, 「율곡의 이통기국설과 인물성론」, 『율곡학보』14, 율곡학회, 2000.

정대림, 「성산별곡과 사대부의 삶」, 『한국고전시가작품론』2, 집문당, 1992.

정 민, 「'어부사시사'의 갈등상」, 『고전문학연구』4집, 한국고전문학연구회, 1988.

정병욱, 「사림문학의 국문시가」, 『대동문화연구』13집, 성균관대 대동문화연구원, 1979.

정요일, 「퇴계의 문학론」, 『퇴계학연구』4집, 단국대 퇴계학연구소, 1990.

조동일, 「16세기 사림파의 문학 사상」, 『대동문화연구』13집, 성균관대 대동문화연구원, 1979.

────, 『한국문학통사』(2・3), 지식산업사, 1982. 1984.

────, 「산수시의 경치, 흥취, 이치」, 『한국시가의 역사의식』, 문예출판사, 1993.

조성래, 「연시조의 구조에 관한 연구」, 청주대 석사논문, 1996.

조윤제, 『고전시가사강』, 을유문화사, 1937.

———, 「황진이 시와 한국시의 전통」, 『우석논집』2·3집, 우석대학교, 1969.

조태흠, 「고산구곡가의 구조와 의미」, 『국어국문학』24집, 부산대학교, 1987.

———, 「훈민시조 연구」, 부산대 박사논문, 1989.

최강현, 「가사의 발생사적 연구」, 『가사문학연구』, 정음문화사, 1984.

최규수, 『송강 정철 시가의 수용사적 탐색』, 월인, 2002.

———, 「권섭 시조에 나타난 웃음의 문학적 형상화와 그 의미」, 『한국시가연구』15집, 한국시가학회, 2004.

최동국, 「이황론」, 『고시조작가론』, 백산출판사, 1986.

———, 「조선조 중엽의 시조와 淡의 美」, 『시조학논총』18집, 2002.

최동호, 「황진이 시의 양면성과 현대적 변용」, 『어문논집』18집, 안암어문학회, 1977.

최상은, 『사대부가사에 나타난 자연인식과 서정』, 보고사, 2004.

최성호, 「성산별곡 연구」, 『송강문학연구』, 국학자료원, 1993.

최신호, 「도산십이곡에 있어서 '言志'의 성격」, 『한국고전시가작품론 2』, 집문당, 1992.

최영성, 『한국유학사상사Ⅱ』, 아세아문화사, 1995.

최재남, 「'육가'의 수용과 전승에 대한 고찰」, 『관악어문연구』12집, 서울대 국어국문학과, 1987.

———, 「장육당육가와 육가계시조」, 『어문교육논집』7집, 부산대 사범대학, 1983.

최진원, 「자연과 인간 존재」, 『한국사상대계』Ⅰ, 성균관대 대동문화연구원, 1973.

———, 『국문학과 자연』, 성균관대출판부, 1986.

———, 「국문학에 나타난 자연」, 『도남학보』10집, 도남학회, 1987.

———, 『한국고전시가의 형성성』, 성균관대출판부, 1988.

한영조, 「幽情, 혹은 유교적 은자의 길」, 『퇴계학보』111집, 퇴계학연구소, 2002.

황문환, 「조선시대 언간과 국어생활」, 『새국어생활』12권 2호, 국립국어연구원, 2002, 여름.

황의동, 『율곡 사상의 체계적 이해1-성리학편』, 서광사, 1997.

Northrop Frye, 『Fables of identity』, Harcourt, Brace & World, Inc. 1963.

Robert A. de Beaurande · Wolfgang U. Derssler/김태옥 · 이현호 역, 『담화, 텍스트 언어학 입문』, 양영각, 1991.

3. 엮어 읽기를 위한 참고문헌

1) 16 · 17세기 산수화와 산수시조

『高麗史』

『朝鮮王朝實錄』

郭熙, 『林泉高致』

김종태, 『한국화론』, 일지사, 1989.

안휘준, 「조선초기 및 중기의 산수도」, 『산수화(상)』, 중앙일보, 1980.

유홍준, 『조선시대 화론 연구』, 학고재, 1988.

윤연원, 「조선왕조 중기 산수화의 구도적 특색」, 홍익대 교육대학원 석사논문, 1988.

이동주, 『한국회화소사』, 서문당, 1982.

이정호, 『포스트모던 문화읽기』, 서울대출판부, 1995.

지순임, 『산수화의 이해』(3쇄), 일지사, 1999.

정양모, 「이조전기의 화론」, 『한국사상대계Ⅰ』, 성균관대 대동문화연구원, 1973.

허 균, 「시와 그림」, 『전통미술의 소재와 상징』, 교보문고, 1992.

2) 생태주의 문학과 〈고산구곡가〉

김성곤, 「문학생태학을 위하여」, 『외국문학』25호, 열음사, 1990.

김욱동, 『문학생태학을 위하여』, 민음사, 1998.

남경희, 「생태주의의 인문학서설」, 『기호학연구』9집, 2001.

문덕수, 「생태시와 에콜로지」, 『시문학』335호, 현대문학사, 1999. 6.

송용구, 「독일의 생태시」, 『시문학』287호, 현대문학사, 1995. 6.

송희복, 「푸르른 울음, 생생한 초록의 광휘-에코토피아의 시학」, 『현대시』77호, 한국문연, 1996. 5.

양근석·이을상, 「동양의 자연관과 생태철학의 이념」, 『국민윤리연구』39호, 한국국민윤리학회, 1998.

장정렬, 『생태주의 시학』, 한국문화사, 2000.

조남국, 『율곡의 삶과 철학 그리고 경제, 윤리』, 교육과학사, 1997.

진교훈, 『환경윤리』(대우학술총서 인문사회과학100), 민음사, 1998.

3) 〈청산리벽계수〉와 〈텐미니츠〉에 나타난 여성 이미지

강현두(편), 『현대사회와 대중문화』, 나남출판사, 1998.

김중술, 『신 사랑의 의미』, 서울대출판부, 2001.

김창남, 「대중의 시대, 대중문화의 시대」, 『민족음악의 이해』6집, 민족음악연구회, 1997.

로버트 그린/ 강미경 옮김, 『유혹의 기술』, 이마고, 2002.

박애경, 『가요, 어떻게 읽을 것인가』, 책세상, 2000.

서인숙, 「필름 느와르의 팜므파탈」, 『영화교육연구』4권, 한국영화교육학회,
　　　2002.

이경성, 「젊은 남성들은 어떤 얼굴모습의 여성에게 매력을 느끼나」, 『한국심
　　　리학회지:사회 및 성격』17호, 한국심리학회, 2003.

이명희, 『팜므파탈-치명적 유혹, 매혹당한 영혼들』, 다빈치, 2003.

이숙인, 「貞淫과 德色의 개념으로 본 유교의 성담론」, 『철학』67권, 한국철학
　　　회, 2001.

이영미, 『대중가요사』, 시공사, 1998.

──, 「대중가요 연구에 있어서 균형잡기」, 『인문과학』31집, 성균관대 인
　　　문과학연구소, 2001.

──, 「문학교육과 시가문학으로서의 대중가요」, 『국어교육학연구』7집,
　　　국어교육학회, 2003.

이형식, 「캐롤은 팜므 파탈인가 : 연극 <올리애나>와 영화각색본의 비교」,
　　　『문학과 영상』3권 1호, 문학과 영상학회, 2002.

이혜순, 「열녀상의 전통과 변모-『삼강행실도』에서 조선후기 <열녀전>까지」,
　　　『진단학보』85집, 진단학회, 1998.

최상진, 「대중가요에 나타난 한국인의 정서」, 『한국심리학회지:일반』20권
　　　1호, 한국심리학회, 2001.

한덕웅 외, 『인간의 마음과 행동』, 박영사, 2004.

황재연, 『뮤직비지니스』, 시유시, 2004.

찾아보기

인명 및 지명

(ㄱ)

16 · 17세기 시조의 동향과 경향

인쇄일 초판 1쇄 2006년 4월 20일
    2쇄 2015년 6월 23일
발행일 초판 1쇄 2006년 4월 25일
    2쇄 2015년 6월 26일
지은이 김상진
발행인 정진이
발행처 **새미**
등록일 2005. 3. 15 제17-423 호
서울시 강동구 성내동 447-11 현영빌딩 2층
Tel : 442-4623~4 Fax : 442-4625
www.kookhak.co.kr
E-mail : kookhak2001@hanmail.net
ISBN 978-89-5628-211-0 *03810
가 격 15,000원

* **새미**는 **국학자료원**의 자매회사입니다.
*저자와의 협의 하에 인지는 생략합니다.